# 倒影

## 20位世界著名女作家小说景观

刘晓村 著

中国书籍出版社
China Book Press

图书在版编目（CIP）数据

倒影：20位世界著名女作家小说景观 / 刘晓村著.
北京：中国书籍出版社2025.6.--ISBN 978-7-5241-0342-4

Ⅰ. I106.4

中国国家版本馆CIP数据核字第2025SF1578号

**倒影：20位世界著名女作家小说景观**

刘晓村 著

| | | |
|---|---|---|
| **图书策划** | 赵从旻　庞　元 | |
| **责任编辑** | 庞　元 | |
| **责任印制** | 孙马飞　马　芝 | |
| **插　　图** | 甘庭俭 | |
| **封面设计** | 东方美迪 | |
| **出版发行** | 中国书籍出版社 | |
| **地　　址** | 北京市丰台区三路居路 97 号（邮编：100073） | |
| **电　　话** | （010）52257143（总编室）　　（010）52257140（发行部） | |
| **电子邮箱** | eo@chinabp.com.cn | |
| **经　　销** | 全国新华书店 | |
| **印　　刷** | 北京睿和名扬印刷有限公司 | |
| **开　　本** | 787毫米×1092毫米　1/16 | |
| **印　　张** | 19.25 | |
| **字　　数** | 310千字 | |
| **版　　次** | 2025 年 8 月第 1 版　2025 年 8 月第 1 次印刷 | |
| **书　　号** | ISBN 978-7-5241-0342-4 | |
| **定　　价** | 78.00 元 | |

版权所有　翻印必究

# 自序
### PREFACE

## 看吧,她们是你的镜子

《倒影——20位世界著名女作家小说景观》好像是一本致敬之书,似乎又不全是。20位女作家虚构的文学世界,如镜像般折射在我们生活的当下。对她们所写小说的沉迷和强烈的分享欲望,促使我提笔写下本书。

我喜欢和推崇的作家很多,不分男女,更遑论古今。作家起初也是读者,他涉足先辈作家开辟的园地,流连忘返,最终成长为新一代作家。我也如此。无数小说引领我走上写作道路,作家则是我精神和技艺上的导师、跋涉中的同道。其中,那些女性作家和她们的小说,对我来说就更加特别。一直以来,她们就像是或远或近的朋友,在陪伴我成长、形塑我人格和辅助我认知世界的过程中,起着至关重要的作用。

以女性的视角,或者说凭借女性艺术家的情与理书写大千世界,架构各种表达方式,使用隶属于她独特个性的语言,既铺陈生活的复杂深邃,又展示小说艺术本体的美感,世界各国女作家的作品琳琅满目,美不胜收。看得多了,我便也有话要说。从在日记本上写几句读后感给自己看,到分享给朋友阅读,再到发表读书笔记,我断断续续写过不少有关女作家小说的述评文字。随着阅历的累积、阅读量的扩展,这类文章也在不断地增删和再造。

# 倒 影

在写作完成十篇女作家小说述评之后，应"一起悦读俱乐部"创办人石恢的邀请，我开始在"一起悦读俱乐部"的读书会分享阅读这一系列小说。这个读书会形式开放，不设门槛，读友们来自各行各业。文学只是该俱乐部丰富多彩的读书类别之一。我曾担心在领读过程中和读友们产生隔膜。毕竟，我所选择的小说，大都是当代世界各国最有深度和实力的女作家的代表作。她们中的好几人都获得过诺贝尔文学奖、布克奖等世界公认的文学大奖。话说回来，借助读书会这个最直接的平台，也正好可以检视一番严肃文学在普通读者中的魅力。

我在西单图书大厦、百万庄图书大厦和"一起悦读俱乐部"的领读引起了读者们的强烈共鸣。医生、护士、律师、大学教师、中学教师、插画家、工人、图书管理员、大学生、公务员、记者、电视台编导、外企员工……各个职业的读者在参加完读书会后，急速购买了我介绍的小说。在我多次领读后，也有一些读者提前购买了我将要领读的小说。他们告诉我，他们会见缝插针地在上下班通勤的地铁上阅读、睡前阅读、周末闲暇时阅读……阅读小说让他们有种久违、仿佛回到了青春期的激动的体验。

这真是意外的惊喜！读者的反应激发了我的写作热情。为了更全面地介绍当代女作家及其创作，我特意扩大了写作对象的范围。比如，在北美和西欧这些公认的文学高地之外，我有意选择了亚洲、非洲、南美洲等地区女作家的代表作。事实上，非主流国家的女作家作品，丝毫不弱于那些处于文学中心地位的作家作品，只是资讯发达程度和传播通道不同而已。

毛姆说过，一本书之所以成为经典，靠的不是评论家的表扬、教授的阐释和学校里的学习，而是由于一代又一代的大量读者在阅读时能够获得享受，在心灵上有所受益……

集结在这本书里的 20 位女作家，有几位我特别熟悉、尤为珍爱：英国作家多丽丝·莱辛，加拿大作家艾丽丝·门罗，奥地利作家、剧作家埃尔夫丽德·耶利内克，德国作家赫塔·米勒，南非作家纳丁·戈迪默应该如是。她们都是诺贝尔文学奖得主，其系列作品我拜读过大部分。这些现代经典小说的生命力超越了时间和国界的阻隔，还将继续流传下去。

日本作家江国香织、韩国作家申京淑、中国作家张爱玲、英国作家露丝·普拉瓦尔·杰哈布瓦拉和美国作家安妮·普鲁在本国出名已久，获得过国内外多项文学大奖，作品质量也很稳定。

印度作家阿兰达蒂·洛伊、法国作家弗朗索瓦丝·萨冈和智利作家伊莎贝尔·阿连德写作的首部长篇小说便在国际上一炮而红。她们接下来的创作，似乎未能超越处女作。

作为严肃文学传播的现象级作家，安·兰德和阿梅丽·诺冬的小说频频引起轰动和争议。她们的生活和创作始终蓬勃昂扬，思想极为活跃。

还有几位女作家是我完全不知悉，却对她们的小说一见钟情，相见恨晚。她们是马来西亚作家黎紫书、西班牙作家玛丽娜·马约拉尔、法国作家妙莉叶·芭贝里、德国作家尤莉娅·弗兰克和美国作家米歇尔·克拉桑迪。

……

20位世界各地的女作家，从亚洲到欧洲，从非洲到美洲，将她们的代表作展开来浏览，也是广博斑斓的景象——

申京淑的《单人房》回顾了韩国城市化进程中年轻人的艰辛奋斗史。《单人房》中的年轻男女有多压抑，萨冈《你好，忧愁》中的男女就有多放浪。

同样是写日本的年轻人，江国香织和诺冬笔下的主人公，其个性和生活状态，怎么看都像存在着"两个日本"。

黎紫书和戈迪默都在小说中执著地追问身份认同的问题，只是前者充满苦痛，后者显得豁达。

耶利内克凭借电影《钢琴教师》声名远播。其实，她的同名小说看起来比电影更加深刻，她的长句极富音乐性，又酷又美。

同是德国作家，分别以第一次世界大战和第二次世界大战为故事背景的弗兰克和米勒，小说结构和语言方式大相径庭。弗兰克的叙事晓畅通透，米勒的意象丰饶奇绝，控诉的却都是战争的癫狂和非人性。

门罗在小说中看似"捉弄"了自诩"高大上"的小镇女青年，而这女子恰恰又依持这份"高大上"超度了既定的命运。

杰哈布瓦拉、芭贝里、洛伊和阿连德为敢于打破阶级壁垒的勇士喝彩，她们小说中的爱情境遇因这份勇敢脱俗的跨越而精彩绝伦。

马约拉尔勾画出长达一个甲子的姐妹情谊和女性不平凡的自我完善之路。

不同世纪的知识女性在爱情中所受的煎熬和她们旺盛的创造力，在莱辛的笔下力透纸背。戏中戏的结构本属平常，莱辛却拥有非凡的故事创新能力和人生见地。

兰德极度理性地质疑理想的脆弱、人性的贪婪。兰德"冷酷"的观念不仅在文学界，也在思想界和美国普通民众中争议巨大。

普鲁和克拉桑迪颂扬了个体在苦难中经受的历练和艰难生长……

女作家们悲天悯人，勤奋坚韧。如果非得指出她们和男作家有何不同，也许是女作家的小说不论介入生活的切口是大是小，都更贴近事件和情感的实质。她们能够突破观念的桎梏，同理心和包容力也更强。她们敏感细腻，直觉尤其精准，善于观察和描写活灵活现、极具个性的形象和细节。世间万物，下笔皆有灵性，女作家的小说常常是静水深流，润物细无声，极为耐读。

法国文学理论家埃莱娜·西苏认为，写作本可以是一种双性的行为，但因为现时文化历史的发展，女性跨越两性界限的尝试是比男性成功的……这也是我一直较为偏爱女作家的小说的部分原因。

虽说现代小说不再强调故事性，我还是坚持选择故事性和艺术性兼顾的作品来和大家分享。我认为，读者可以从小说的"故事"入门，养成阅读习惯，逐步增强阅读兴趣，随之加大阅读量，拓展对小说风格样式的接受度。在不断积累的基础上，如果能再研读作家、评论家以及各行高手对小说的读解，则可由"量"到"质"得以提高。

# 自　序

文学的意义何须我赘言。在网络充分普及，由此带来时间的碎片化、个体感受同质化的时代；在智能化必将成为人类主体的时代，人的异化（机器化、空心化、橡皮化）也在加剧。因其对天性的解放，文学在培养和保持人的感知力、想象力以及审美力方面的独特作用，似乎愈加显现出来。

小时候从父母的书架上抽出夏洛特·勃朗特的《简爱》，今日拆开玛格丽特·阿特伍德《别名格蕾丝》的书籍包装，不管时空如何改变，只要心仪女作家的小说拿在手上，我立刻会有踏实、欣悦以及世界都安静下来了的感觉。

文学是最为经济和便捷的灵魂伙伴。文学触发我们对多元价值观和精神复杂性的敬畏、探求和守持。文学超越性的特质，让我们活得更自由，更加像"人"。

2025 年 6 月 12 日

# 目录
CONTENTS

自 序 *I*
看吧，她们是你的镜子

## 亚洲篇

万物皆神灵 3
印度女作家阿兰达蒂·洛伊和她的《微物之神》

存在与虚无之间 23
日本女作家江国香织和她的《沉落的黄昏》

被囚禁的青春 37
韩国女作家申京淑和她的《单人房》

摇曳在热带的恶之花 53
马来西亚女作家黎紫书和她的《告别的年代》

小团圆的温度 67
中国女作家张爱玲和她的《小团圆》

## 非洲篇

第一世界和第三世界的偶遇 *81*
南非女作家纳丁·戈迪默和她的《偶遇者》

## 欧洲篇

**97**　殖民地的伤与痛
　　英国女作家露丝·普拉瓦尔·杰哈布瓦拉和她的《热与尘》

**115**　爱情的颂歌
　　英国女作家多丽丝·莱辛和她的《又来了，爱情》

**129**　少女情怀不总是诗
　　法国女作家弗朗索瓦丝·萨冈和她的《你好，忧愁》

**141**　优雅的真相
　　法国女作家妙莉叶·芭贝里和她的《刺猬的优雅》

**155**　一个欧洲年轻女人眼中的日本和日本人
　　比利时女作家阿梅丽·诺冬和她的《闻所未闻》

**169**　反击的边界
　　奥地利女作家埃尔夫丽德·耶利内克和她的《钢琴教师》

**185**　我的人生被饥饿打了劫
　　德国女作家赫塔·米勒和她的《呼吸秋千》

**201**　遗弃也会轮回
　　德国女作家尤莉娅·弗兰克和她的《午间女人》

**217**　隐形伴侣
　　西班牙女作家玛丽娜·马约拉尔和她的《隐秘的和谐》

## 美洲篇

**命运的播弄**     **233**
加拿大女作家艾丽丝·门罗和她的《逃离》之《播弄》

**爱自卑微中绽放**     **249**
美国女作家安妮·普鲁和她的《船讯》

**守望家园的杏仁树**     **265**
美国女作家米歇尔·克拉桑迪和她的《杏仁树的守望》

**彼岸的诱惑**     **271**
美国女作家安·兰德和她的《理想》

**幽灵出没的百年沧桑**     **279**
智利女作家伊莎贝尔·阿连德和她的《幽灵之家》

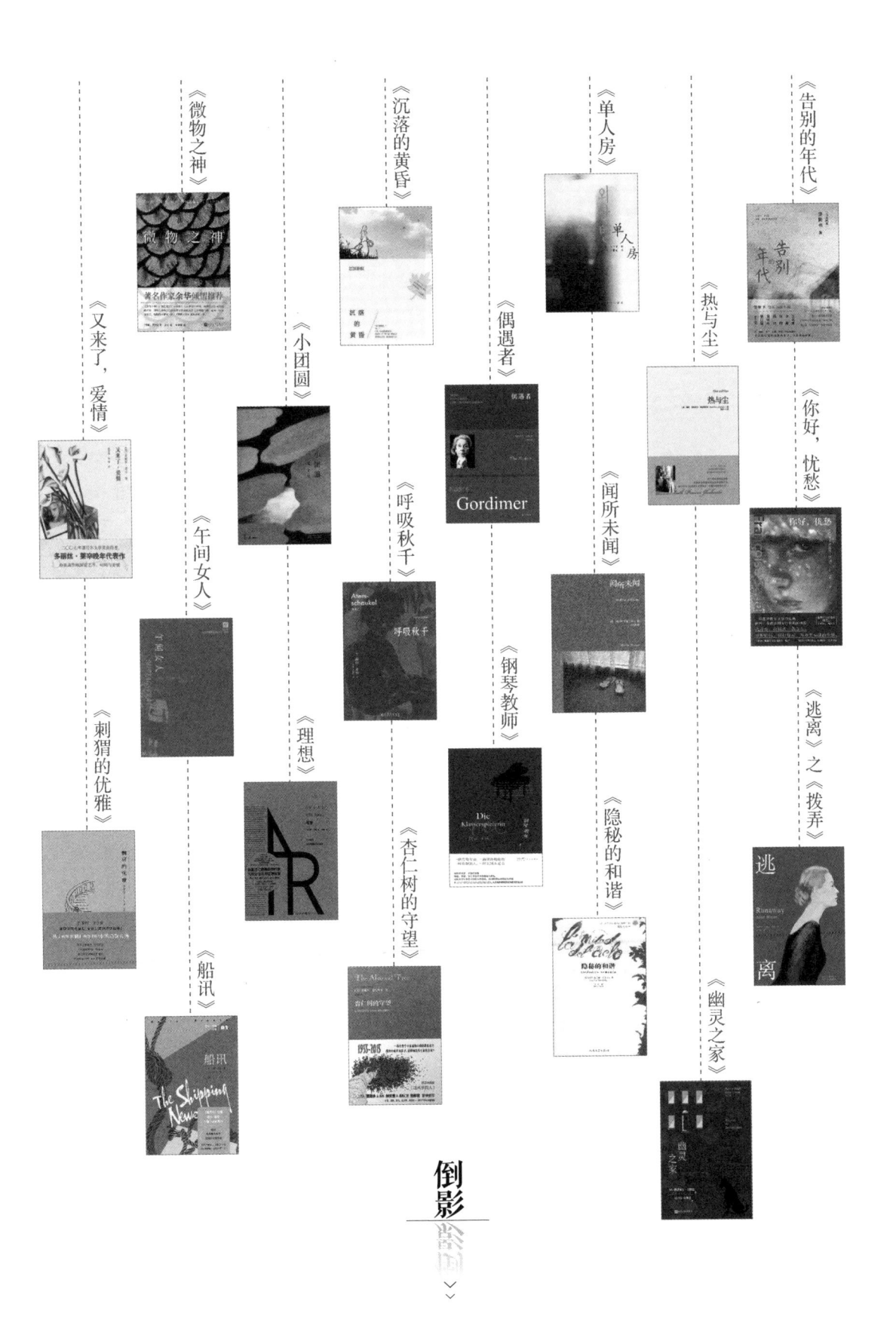

《微物之神》
《沉落的黄昏》
《单人房》
《告别的年代》
《又来了，爱情》
《小团圆》
《偶遇者》
《热与尘》
《午间女人》
《呼吸秋千》
《闻所未闻》
《你好，忧愁》
《刺猬的优雅》
《理想》
《钢琴教师》
《隐秘的和谐》
《逃离》之《拨弄》
《船讯》
《杏仁树的守望》
《幽灵之家》

倒影

阿兰达蒂·洛伊

阿兰达蒂·洛伊（Arundhati Roy，1961— ），出生于印度东北部的山城锡隆，毕业于新德里建筑与城市规划学院。印度著名作家和公共知识分子。先后做过记者、编辑、电影编剧，被福布斯评为"30位全球女性典范"的第二名。自传体色彩浓厚的小说《微物之神》被认为是继《午夜的孩子》之后最杰出的印度文学作品，曾获美国国家图书奖、布克奖，被译为40种语言，出版600万册。

**《微物之神》**
人民文学出版社，2020年1月版

# 万物皆神灵

印度女作家阿兰达蒂·洛伊和她的《微物之神》

> 他们将明白，惩罚有各种不同的大小，而有些惩罚大得像嵌入卧室的衣柜，你可以一辈子耗在那里面，一辈子在幽暗的架子之间徘徊。
>
> ——阿兰达蒂·洛伊

## - 01 -

1997年，印度女作家阿兰达蒂·洛伊在美国兰登书屋出版了她的长篇处女作《微物之神》。这本小说一经出版，立刻走红全世界，它雄踞《纽约时报》畅销书排行榜49周，被翻译成40种语言，在全世界范围内发行了600万册图书。也是在1997年，印度独立50周年之际，36岁的洛伊凭借《微物之神》获得了美国国家图书奖和英国文学大奖布克奖。《微物之神》更被誉为继《午夜之子》之后最为重要的印度小说。

通常情况下，畅销书不一定是文学意义上高水准的作品。一部作品畅销的原因很多，有时作品内容的高度政治化也是畅销的内驱力。然而，《微物之神》确实称得上是当代长篇小说中的杰作。从洛伊的个人经历来看，出生于1961年的她还如此年轻，所学专业也并非文学，更不是专业作家，但是她的小说在结构、语言和人物形象塑造等方面，极其老练圆熟，更别提从中折射出的思想光芒了。这部半自传体小说可谓倾尽洛伊智慧灵性的天才之作，她想要超越这部作品，可能性不大。

《微物之神》绽放的巨大魅力让我长叹：到底是诞生过伟大史诗《罗摩衍那》和《摩诃婆罗多》的印度，其深厚的文化底蕴和多元的宗教及文化生态，出现惊世之作也是自然的。如今，洛伊挤进了印度文学的"万神殿"。并且，她还属于印度传统社会中地位低下的女性，她的成就让人更加欣喜！

在《微物之神》里，洛伊借用印度伟大的卡塔卡利舞者的论点，阐述了关于经典艺术的要义："伟大故事的秘密就在于没有秘密。"伟大的故事是你听过而且还想再听的故事，是你可以从任何一处进入而且可以舒舒服服地听下去的故事……对于一部文学作品来说，"怎样讲"（故事），有时甚至比"讲什么"更加重要。没有秘密的故事，如何才能让读者和观众看下去、反复看，关键在于它的讲述（表演）技巧。它需要集合创作者的生活阅历、直觉、判断力、价值观、美学观、表现力，等等，甚至是创作者自身的元气、韧劲，这么多的要素，才有可能合成一部伟大的、没有秘密的故事的出台和流传。在此过程中，早就扫荡清了惊悚、诡诈和故作等出人意料的环节。伟大的故事，追求经典的效果，它不依靠惊奇刺激你，它撩开你置身其中却被蒙蔽住的那部分生活，它幽深沉厚，亚光质地，一旦潜入人心，就会久久地回旋不去。无论何时，只要想起它，你都会感觉到它的注视，领受到它的滋养，惊叹于它的智慧。

由于《微物之神》完全是意识流的写作手法，语言诗意、讥诮，充满弹性；细节奇异丰满、蜂拥而至，几近令人眼花缭乱。同时，作家高屋建瓴地对笔下的事件和人物进行了历史、哲学、社会学和文化人类学意义上的评述，使得我要重述完整的小说情节很困难。我担心在专注于故事的概述中，忽略和破坏了洛伊对世间微物诗意而想象力奇绝的描写。阐释诗歌之美，述清想象之奇，总是最为困难的事。

## - 02 -

31岁的瑞海儿从美国回到了母亲的家乡——印度西南部农村阿耶门连。23年前，瑞海儿的龙凤胎哥哥艾斯沙从这儿被强制送到加尔各答生父家去了。现在，父亲即将移民澳大利亚，他又把艾斯沙退送回了阿耶门连。如今的艾斯沙终日沉默，他原本就是个安静的孩子，因而没人注意到他是在哪天不再说话的。他能融于任何他所在之处的背景中，人们几乎觉察不到他的存在。渐渐地，关于他沉默的理由却被隐藏起来了。

如今，老家凋败的老宅里只剩下83岁的姑婆宝宝克加玛（印度马拉亚拉姆语中对"姑婆"的称谓，她原名娜华蜜·伊培）和家中的老厨子克珠玛莉亚（印度马拉亚拉姆语称谓，"小玛莉亚"的意思）。双胞胎的母亲阿慕（印度马拉亚拉姆语中对"妈妈"的称谓）早就死了，舅舅恰克移民去了加拿大，外祖母玛玛奇（印度马拉亚拉姆语中对"祖母"的尊称，她原名索莎玛）也已经死去。这本来是个富贵之家，随着共产党势力在此地的蓬勃兴盛，也因为一件意外事故——恰克的女儿苏菲从英国来到此地度假时意外溺亡，这些内外因素加剧了它的分裂和溃败。

## - 03 -

16岁的阿慕从学校毕业那年，父亲帕帕奇（印度马拉亚拉姆语中对"外祖父"的昵称，他原名斯里·班南·约翰·伊培）从德里退休，全家人搬到了印度西南部喀拉拉邦的乡村阿耶门连。尽管帕帕奇是一位著名的昆虫学家，曾任动物学研究院副院长，他却认为让女孩子上大学是一项不必要的开销。帕帕奇没有足够的钱为阿慕置办一份适当的嫁妆，因此直到阿慕18岁，也没有人前来提亲。

为了逃离脾气暴烈的父亲和心怀怨恨的母亲，阿慕策划了几个小计谋来哄骗父母。有年夏天，帕帕奇终于同意她去加尔各答远房姑妈家度假。就在那儿，阿慕结识了她后来的丈夫。刚认识五天，他就向阿慕求婚了。阿慕知道自己并没有爱上他，但她认为只要能离开阿耶门连，与任何人生活在一起都行。他们很快就结婚了。

阿慕的丈夫在加尔各答一家茶庄当经理助理，他的家人曾经是非常富有的地主。尽管娘家人都没来参加婚礼，阿慕的婚事还是操办得相当讲究。婚后，她随丈夫搬到了印度东北部的阿萨姆邦。在那里，阿慕成为园主俱乐部出了名的美人，她也度过了生命中极为短暂的轻松时髦的日子。她的丈夫很快就暴露出了酗酒者的恶习：撒谎成性以及酒后的暴力！

1962年，印度和中国爆发了边境战争。年底，阿慕夫妇搭乘一辆令人毛骨悚然的公交车到达阿萨姆邦首府西隆。然后，在"中国即将占领印度、印军即将撤退"的谣言中，艾斯沙和小他18分钟的妹妹瑞海儿出生了。

双胞胎只有两岁时，寂寞的茶庄生活使他们父亲的酗酒情形更加恶化，乃至不时陷入酒精中毒的昏迷中。茶园的英籍经理霍立克威胁要开除他，除非他离开一阵子，去度假或是治疗酒瘾，他的妻子阿慕则由霍立克代为"照顾"。茶庄上已经有许多被霍立克"照顾"出来的皮肤白皙、衣衫褴褛的小孩，阿慕当然不愿意再炮制一个，于是她丈夫对她拳打脚踢。阿慕毫不犹豫地对他给予了还击。当他开始将暴力导向孩子们时，也就是在印度和巴基斯坦开战那年，阿慕离开了丈夫。在不受欢迎的情况下，她投奔到了娘家，回到曾经想逃离的环境中。

父亲帕帕奇不相信阿慕的婚姻经历，并非是他对阿慕的丈夫有好感，他只是不相信一个英国人会垂涎别人的妻子。母亲玛玛奇则认为离婚后的阿慕不仅不幸，而且她在任何地方都不会再有地位。姑姑宝宝克加玛也是终身未婚者，但她对阿慕充满愤怒，因为阿慕是缘于爱情才和属于不同社会阶层的男人结婚，然后又离婚的人。至于阿慕那个从德里大学和英国牛津大学毕业的哥哥恰克，虽然没有对妹妹的离婚表现出歧视，但也公开宣称，属于家族的工厂没有妹妹丝毫份额，因为女人没有法律地位。

多数时候，阿慕守护着她那两个双胞胎儿女，内心波澜不兴。另外一些时候，比如听到她喜欢的歌曲时，还是会产生莫名的疼痛。她会抛开母亲的身份和离婚妇女的道德，让身上那种焦躁不安、不受控制的东西发泄出来，她在头上插花；眼里带着神奇的秘密，不跟任何人说话；她带着收音机在家里大宅后面的河岸待上数个小时，在那儿抽烟，裸泳……

这种由母性的无限温柔和自杀式轰炸机般鲁莽的愤怒合成的阿慕,最终上了那条船,就是那条后来被瑞海儿发现并由艾斯沙带着瑞海儿和表妹苏菲走进去、走向家族绝境的船。

## - 04 -

伊培这个家族的人都是亲英派人士,他们的个性像阿耶门连炎热、潮湿、干旱和多风的天气一样暴烈而喜怒无常。帕帕奇曾是普萨学院的一位大英帝国昆虫学家。印度独立后,他变成了动物学研究院副院长,退休时基本爬到了院长的位置。帕帕奇曾经发现过一只毛发独特的蛾子,他指望在这只蛾子身上诞生重大科学突破,结果经鉴定,那蛾子不过是一种普通热带舞蛾科的变种。更大的打击来自12年后,他已经退休,经过一次分类上的彻底更新变动,鳞翅类学者认为,帕帕奇发现的蛾事实上是此前科学界所不知的另一属性的昆虫。这种蛾子最后以帕帕奇所憎恶的动物研究院代理院长的名字命名,那人的资历比他浅很多。

在发现那只蛾之前,帕帕奇的性情已经相当暴躁,但这只蛾子仍然是他后来愈加郁郁寡欢和易怒的原因。有时,他会抓起黄铜台灯砸向玛玛奇;更多的时候,他开上那辆报复性购买的天蓝色普利茅斯汽车,在大热天穿着西装三件套,神气活现地在山间穿行。

阿慕从小就看到父亲殴打母亲。在访客面前,帕帕奇显得彬彬有礼。如果访客是位白人,他则几乎要向他们摇尾乞怜了。他捐钱给孤儿院和麻风病院,努力塑造一个世故、慷慨和有操守的公众形象。但是,单独和妻子女儿在一起时,他就是个穷凶极恶、多疑多虑的恃强凌弱者。阿慕和妈妈被殴打、受屈辱,却被迫让朋友亲戚羡慕和嫉妒她们有个好父亲和好丈夫。父亲的暴虐脾性让阿慕学会了与残酷共存,她会主动寻求争吵和对抗,甚至乐在其中。

在印度传统习俗中长大的玛玛奇,早已习惯了男女间的不平等乃至暴力。她的丈夫比她大17岁,他已经是个老头子时,她还在盛年。玛玛奇和丈夫的关系就像儿子恰克眼中印度和英国的关系:"我们的心智被一场战争侵入了——一场让我们崇拜征服者,并轻视自己的战争。"玛玛奇在婚后学了一段时间的小提琴,当帕帕奇听人说他妻子很有成为音乐家的天赋时,他便毅然阻止她再学习下去。

恰克从英国牛津大学回来度假时,看到父亲抓起黄铜花瓶殴打母亲,他制止了父亲的举动,并坚称不能再在家里看到父亲的这种行为。面对牛高马大的儿子,帕帕奇只得住手,但从此以后,他几乎不再和妻子讲话。不过,他这样反倒解放了玛玛奇。自那一天起,玛玛奇把她所有的爱都倾注到儿子恰克身上。离婚后的恰克在玛玛奇开办的果菜腌制厂和诸多女工随意放荡的性行为,玛玛奇也表示充分理解。她不仅付钱给那些女人,甚至让人专门给恰克的房间建造了一个独立的入口。

玛玛奇跟着退休的帕帕奇移居到阿耶门连之后,她开办的工厂"天堂果菜腌制厂"生意很不错,但她的眼睛渐渐失明了。玛玛奇把生意交给恰克打理,阿慕也一直在厂里做事,但她在法律上却与这个厂丝毫无关。

## - 05 -

恰克在德里大学修完本科学业,并获得了专门为全球最优秀的本科学生前往牛津大学攻读硕士和博士学位而设立的罗德斯奖学金,能得到这种万分之一的机率,证明他是个相当聪明博学的人。在牛津他认识了在咖啡馆做女用的英国人玛格丽特。玛格丽特的父亲有一家面包店,母亲则是一个女帽商的助手。玛格丽特资质一般,她希望靠打工挣些钱,然后修完教师专业课程,毕业后做个教师。恰克幽默、乐观、不拘小节、轻微的左派思想和热情得令她喘不过气来的做爱都让她喜欢。和恰克在一起,她的灵魂仿佛从狭窄的岛国逃逸出来了,眼界大为开阔。

恰克喜欢玛格丽特的独立。她不照顾他,不依赖他,也不念叨他。也许是玛格丽特和他见惯不惊且深为厌倦的东方女性的个性大相径庭,恰克反而依赖上了她。那些年,恰克懒得搭理家人,家信都很少看完,放假回家也是心不在焉,他的心思都在玛格丽特身上。他们顺理成章地结婚了。

结婚一年之后,现实生活的阴影逐步显现出来,恰克变得懒散肥胖,他再也没有罗德斯奖学金可领,而公寓的房租由他负担。玛格丽特上班前公寓里有多脏乱，她下班回家时还是原样。后来，恰克在印度茶叶厅的海外销售部门找到一份工作，他们搬到了伦敦。伦敦的高房价让他们只能租住小而黑的房间。玛格丽特从来不让自己的父母来家中做客。

怀孕后的玛格丽特容光焕发，她在伦敦碰到了她哥哥的朋友乔。乔是一位生物学家，稳重、瘦削、没有负债。生下女儿苏菲后，玛格丽特提出了离婚。不久，她与乔结婚了。

恰克带着破碎的心回到了印度。他先在马德拉斯的基督教学院教了一阵书，帕帕奇死后，他回到了阿耶门连。玛玛奇无限欣喜地为儿子做着一切，近似于一种恋慕和崇拜。恰克需要这种仰视，同时，他又因此轻视玛玛奇。他以各种出丑露乖令她蒙耻的行为来惩罚她。在所有恰克折磨玛玛奇的秘密惩罚中，最恶劣也是最伤感情的是恰克经常带着骄傲的口气谈起玛格丽特，仿佛他赞赏她是因为她有勇气和自己离婚。他知道玛玛奇看不起玛格丽特，却又嫉妒玛格丽特能得到恰克的狂爱。他知道他这么做，玛玛奇会很痛苦，他不是在贬低自己，而是在贬低玛玛奇。

所有印度的母亲都为自己的儿子着迷，无法正确评估他们的能力。玛玛奇认为恰克根本就是块当总统的料。

## - 06 -

恰克的姑姑娜华蜜·伊培——孩子们昵称为宝宝克加玛——是个无法归类的人。在31岁的瑞海儿看来，耄耋之年的姑婆宝宝克加玛是在倒着活的。年轻时，她放弃了物质世界；年纪大了，她反倒浑身上下披挂着金银首饰。在珠光宝气的陪伴下，她和她忠诚的厨娘玛莉亚整天坐在椅子上，吃着花生看电视。那个安装了卫星天线的电视机能收看到全世界各地的电视节目。除了收看电视，其余时间，她把自己充分封闭起来。她怀疑房子四周布满小偷，就连侄孙瑞海儿和艾斯沙，她也怀疑他们有偷盗行为，她看着这对双胞胎长大，但从不看好他们。她知道他们和他们的母亲阿慕都是最为糟糕的逾越者。

18岁那年，宝宝克加玛爱上了从马德拉斯来喀拉拉的神父慕利冈。慕利冈是爱尔兰人,年轻英俊,他长年累月研究印度教经文,希望某天能因循智性的途径来反驳它。每个星期四,慕利冈神父都会到阿耶门连拜访宝宝克加玛的父亲约翰·伊培神父。伊培神父是圣多马教会的神职人员。在信仰基督教的团体中,许多人都知道伊培神父曾接受过叙利亚正教教会的最高领袖安提阿总主教的祝福。这个事件也属于阿耶门连民间传说的一部分。

伊培神父比慕利冈神父大很多,他们不属于同一教派,但喜欢在一起。每次看到慕利冈神父,宝宝克加玛纤细的身体里就会涌动起潮水般的性兴奋。她用了很多手段来引诱慕利冈神父,都没能奏效。

一年过后,慕利冈神父必须回到马德拉斯。宝宝克加玛一意孤行违抗父亲的意愿,成为了罗马天主教教徒。梵蒂冈发布一张特赦状,她发了誓,进入马德拉斯的一所修道院,成为一个见习修女。她希望因此能和慕利冈神父多多接近,正当相处。

她的期待落空了。她发现资深修女以更复杂的《圣经》问题独占了神父和主教的时间,她或许要等上好几年,才能接近慕利冈神父。她在修道院变得焦躁不安,特别寂寞。由于修道院寄到外面的信都要被院长事先审读,故聪明的宝宝克加玛使用了家里人才懂的暗语给父亲写了一些令人困惑不解的话。

伊培神父从马德拉斯将她的女儿从修道院带回了阿耶门连。不过,宝宝克加玛坚持不愿皈依旧教,她一直是个罗马天主教教徒。伊培神父把她送到美国的罗切斯特大学去修一门课程。两年过后,她从一个纤瘦的女孩长成了大胖子,但带着观赏园艺方面的文凭从罗切斯特回来了。

尽管还是见不着面,宝宝克加玛却比以往更加爱慕慕利冈神父。为了让她能够开心一些,伊培神父让她管理家里的花园。她将她的暴烈情绪和无爱的痛苦都倾注在了花园的营造上,花园被她打理得美不胜收,镇上的人们都跑来观看。

她再也没有离开过阿耶门连,并且终身未婚。

- 07 -

改变家庭命运的事件发生在1969年12月。那时候,帕帕奇已经死了。恰克开着父亲的那辆蓝色普利茅斯轿车，车上坐着妹妹阿慕、侄儿艾斯沙、侄女瑞海儿和姑姑宝宝克加玛。他们一行人是去科钦镇看电影《音乐之声》，当晚住在旅馆，隔天一大早要去机场迎接从英国来的玛格丽特和苏菲。乔在不久前出车祸死了，恰克为了安慰前妻和女儿，邀请她们来印度过圣诞节。

这家人带着满腔的激情和爱慕去迎接英国亲戚，尽管此前没见过面，但她们来自英国，就值得全家人盛装隆重接待。他们彼此之间似乎就没有那么多的爱。恰克把妹妹和两个外甥看作套在他脖子上的石磨。宝宝克加玛不喜欢双胞胎，他们既没父亲，更是半个印度教徒，是杂种，将来不会有叙利亚正教教徒愿意和他们结婚。她也讨厌阿慕，阿慕和她一样是单身，但阿慕是可耻的离婚，而她对慕利冈神父的恋情之所以没有结果，完全是因为她要做正确的事的决心和自制力所致。阿慕又如何呢，借给孩子讲述凯撒在参议院被他最好的朋友布鲁图斯刺杀而死的故事，她告诉两个孩子，不要相信任何人，不管是母亲、父亲、兄弟、丈夫或最好的朋友，都不能信！

他们的轿车开到接近科钦镇的外围时，铁路和公路交叉处红白相间的栅门被放了下来，等待火车通过。正当瑞海儿和艾斯沙等待得不耐烦，警察的哨声和一队游行队伍走过来了。游行队伍高呼着"革命万岁！""世界工人联盟万岁！"等口号。那一天的游行者是工人、学生和劳工等人，他们中既有贱民，也有非贱民，游行是由当地共产党组织的。阿耶门连共产党组织的领导是皮莱同志。

皮莱同志开办的印刷厂还承担了为"天堂果菜腌制厂"印制商标的业务。恰克也自称是马克思主义的信徒，但还不是正式的党员。面对共产党壮大的声势，宝宝克加玛感觉到十分恐惧，她那种贵族式的恐惧由来已久，他们非常担心现有的一切被剥夺。

坐在车窗边的瑞海儿突然看到了家里的木匠维鲁沙举着红旗走在游行队伍中，她高声招呼他，维鲁沙回头看到瑞海儿，却迅速钻进人群中消失了。阿慕听到女儿的话，非常不安，连忙呵斥女儿闭嘴。

游行队伍走到了普利茅斯轿车周围。一个男人随意打开了车门，强迫宝宝克加玛接过一面红旗，命令她挥动着红旗说"革命万岁！"极度恐惧中的宝宝克加玛战战兢兢地按照他的话做了，引来周围群众的欢呼哄笑。宝宝克加玛感觉自己受到了巨大的侮辱！

恰克让瑞海儿确认，她看到的人是否真是维鲁沙？姑婆恼怒的神情让瑞海儿不安，她说她不能确定。宝宝克加玛却认定那人肯定是维鲁沙。她开始怀恨维鲁沙，并把他当作那些羞辱她的人的代表。

## - 08 -

维鲁沙是玛玛奇工厂的工人。他是个贱民，不可触碰者。他的父亲维利亚巴本是个采摘椰子者，印度称这类人为"帕拉凡"（采椰子的贱民，喀拉拉是印度椰子之乡）。有次维利亚巴本拿铁锤敲打一块花岗岩时，一块碎片飞入他的左眼，他失明了，玛玛奇拿钱为他装配了玻璃眼珠。他对玛玛奇一家人感激涕零。

印度殖民时期，许多个"帕拉凡"，包括维利亚巴本的父亲基兰，他们都皈依了基督教。他们以为这样可以逃避贱民身份的灾难，还可以得到一些食物和钱。他们因而又被称为米饭基督徒。但是，他们的处境并没有得到根本改变，他们被迫和非贱民基督徒上不同的教堂，拥有不同的牧师，他们的主教也是贱民。印度独立后，他们也无权拥有工作保留权或低利率银行贷款之类的政府津贴，因为在形式或理论上，他们是基督徒，不属于任何一个阶级。

玛玛奇告诉艾斯沙和瑞海儿，当她还是个小孩子时，帕拉凡必须拿着扫帚倒着爬，将他们的脚印扫除。只有这样，属于婆罗门阶级的人或叙利亚正教徒才不会意外踩上他们的脚印而玷污自己。帕拉凡和其他贱民一样，禁止走公共道路，禁止用衣物遮住上半身，禁止携带雨伞。他们必须用手遮住嘴说话，以免把污染的气息喷向和他们说话的人。

那个时候，到阿耶门连来度假的帕帕奇夫妇首先发现维鲁沙双手非常灵巧，他只有11岁，就已经能够利用棕榈叶等自然木材做一些结构复杂的玩具和木雕人像。他将他的劳动成果放在掌心，然后伸出手，这样阿慕取走这些精巧的礼物时就不必碰到他。他比阿慕小三岁，却称呼她"小阿慕"。玛玛奇说服维利亚巴本将维鲁沙送到自家公公创办的贱民学校去读书。

从14岁开始，维鲁沙跟着一个德国木匠学习了三年手艺。到他16岁时，不仅完成了中学教育，而且成为一个精通木工的匠人。他有明显的德国式设计感，他为玛玛奇制造了包豪斯式的餐桌、巴伐利亚式躺椅，他甚至为宝宝克加玛导演的家庭圣诞演出制作道具。除了木工技艺之外，维鲁沙对于机器的制造、修理也很有一套，他基本上承包了玛玛奇厂里一切机器的装配、保养和维修工作。

维里亚巴本是旧时代的帕拉凡，对玛玛奇及其家人为他们做的一切感恩戴德，而维鲁沙则更自信和自尊。有四年时间，他突然消失得无踪影，就连他母亲去世和哥哥从椰子树上摔下来后瘫痪在床这样的大事也联络不上他。待他又回到阿耶门连，玛玛奇仍旧雇用了他。不断有谣言说维鲁沙已经变成了一个纳萨尔派（印度共产党里的强硬派）分子，还曾入过狱。

维鲁沙失踪的这四年间，艾斯沙和瑞海儿都还太小，他们并不记得他。在他回来以后，他们很快成了最好的朋友。他教他们使用木材和刨子，教他们钓鱼，给他们讲故事，甚至一起演戏玩耍……他在伊培家房子下游椰子林背后的家，也成为双胞胎最喜欢去的地方。

## - 09 -

在科钦的戏院，在观看《音乐之声》的间隙，只有7岁的艾斯沙被戏院卖果汁糖果的商贩猥亵了，身心遭受到极大的伤害；瑞海儿为保护哥哥和阿慕顶撞起来，反被不明就里的阿慕威胁了一番……其实，孩子对好人坏人的直觉认识是惊人的准确的，无奈，不会有人真正重视孩子的意见。何况，第二天到来的英国人才是大人们关注的焦点。艾斯沙的痛苦只有与他灵犀相通的妹妹瑞海儿来分担和安慰……

这家人终于等来了玛格丽特和苏菲。英国那两位大小女士举动自然，甚至带有某种成分的不经意。印度友人则相当注重礼仪。恰克脱下民族服饰，肥胖的身体硬塞在紧身西装里，手上还做作地拿着两朵玫瑰花；玛玛奇尽管已经失明，尽管蔑视玛格丽特不过是英国劳工家庭的孩子，还要挣扎着给前媳妇和孙女拉小提琴以示欢迎；宝宝克加玛用莎士比亚戏剧中的人物来比喻苏菲的可爱，为的是显示自己的博学，把自己和英国亲戚在机场看到的那些喧闹的"清洁工阶级"区分开；阿慕则严厉地禁止双胞胎淘气，希望他们在印度和英国的"举止竞赛"中获胜。只有三个孩子——9岁的苏菲、7岁的艾斯沙和瑞海儿，他们不懂矫饰，不懂等级的真意，很快就混在一起疯玩了。

带着"牛津情绪"的恰克对被英国殖民多年的印度人的总结最为到位："我们是战争的俘虏，我们的梦想被篡改过了。我们不属于任何地方……或许我们永远不会被允许靠岸。我们的悲愁将永远不够悲愁，我们的喜悦将永远不够喜悦，我们的梦想将永远不够远大，我们的生命将永远没有足够的重要性。"

矛盾和差异很快就表现出来了。厨子玛莉亚亲吻苏菲的方式，引发了玛格丽特的好奇，她询问是否印度的男人和女人也是以这种在手掌心深深吸气的方式来亲吻。阿慕生气地挖苦了玛格丽特，感觉丢了面子的恰克立即要妹妹向前妻道歉。阿慕愤怒地质问哥哥："我们一定要表现得像刚刚被发现的人种，像被上帝遗弃的某个该死的人种吗？"

## - 10 -

对于像艾斯沙和瑞海儿这样出生于富有的大家庭，家族既西化又传统，家中长辈的意识形态纷繁复杂，本人又极端聪明早熟的孩子来说，他们的童年也是可以经由一件事、在几乎一天之内就结束的……

出事的前一天下午，12月的天气却下起了大雨。维里亚巴本喝了很多酒来压制自己的恐惧，替自己壮胆。他痛哭流涕地向玛玛奇忏悔，描述着维鲁沙如何和阿慕一起进到卡利普赛遗留下的屋子里，看来那个白人恶魔已经进入了他们的灵魂。

卡利普赛是一位已经本土化了的白人橡胶种植园主，他爱上了一个印度当地的男孩。男孩的父母发现他们的关系后，强制带走了男孩子。卡利普赛痛苦不堪，便在自己脑袋上开了一枪。在他死后，他的秘书和厨子为争夺他的屋子不断地对簿公堂，房子长期没有所属，便荒废下来了。两年前，维里亚巴本曾渡河给奄奄一息的妻子寻些吃的，他闻到从这间屋子里飘出雪茄烟味，他觉得那是鬼魂的气息。他对着那烟味掷出镰刀，将鬼魂钉在一棵橡胶树的树干上。可是，鬼魂依然还在，烟味仍不时飘出。他鼓起勇气靠近那间屋子，发现了儿子维鲁沙和阿慕在一起……

宝宝克加玛曾经说过，维鲁沙是这个家族的天谴，现在，她的话似乎应验了。听完维里亚巴本哭诉的玛玛奇惊恐憎恶之极，她在宝宝克加玛的撺掇下，先是哄骗并软禁了阿慕。随后，宝宝克加玛到警察局控告维鲁沙几天前绑架了两个双胞胎孩子并强奸了阿慕。

警察局巡官汤姆斯·马修是个世故而没有心肝的人。他叫人接来了皮莱同志，他想了解一下维鲁沙的背景，他是否在共产党组织中有后盾。问询的结果让汤姆斯·马修满意，原来皮莱同志和他属于同一类世故功利又冷酷的人。皮莱同志没有强调维鲁沙共产党员的身份，更没有驳斥宝宝克加玛对维鲁沙荒谬的指控。他说维鲁沙没有共产党的支援或保护，他是单独行动的人。

双胞胎来到母亲的卧室外询问她为何被锁起来，狂怒中的阿慕粗率而无心地回答说都是因为他俩，她才如此不堪！他们一生下来，就该被丢在孤儿院……兄妹俩吓坏了，他们认为母亲已经不再想要他们，艾斯沙决定带着瑞海儿到河对岸卡利普赛留下的空房子去度日，在阿耶门连待得无聊的苏菲也坚持要跟他们一起去玩。

他们在河边找到了维鲁沙的那条渡船，打算冒雨划到对岸去。在离河对岸只有几米远的地方，他们的船撞上了一根浮木，船翻了。如果是在白天，他们会抓住船舷当作救生圈浮游到岸上去。但当时天已经黑了，黑暗中则完全看不清船在哪儿，他们只能瞎抓瞎游。艾斯沙和瑞海儿侥幸上岸；苏菲被洪水冲走了，她溺水而亡。

这一切，大人们都不知晓。玛格丽特在倒时差，日日昏睡。苏菲离开前，恰克本想去前妻房间与自己最爱的两个女人温存一番，但某种说不清的自卑阻止了他，于是他去找皮莱同志谈论维鲁沙的问题了。大为出乎恰克意料的是，皮莱同志爽快地承认了维鲁沙共产党员的身份，但他却希望恰克将维鲁沙从"天堂果菜腌制厂"打发走，因为厂里的其他非贱民党员不愿和贱民党员在一起共事。

恰克表示不能理解，皮莱同志提醒恰克，印度不是英国牛津大学，对他而言，荒谬的事情，对别人并非如此。皮莱同志准备在腌菜厂组织工会来发动斗争，推翻资产阶级。颇为讽刺的是，他们要推翻的正是他们活动的支持者恰克。

玛玛奇找人叫来了维鲁沙。面对玛玛奇连珠炮似的脏话谩骂和吐在脸上的唾沫，维鲁沙表现出了异常的平静。他明白，总有一天，历史会让他支付僭越者的代价。他所进入的那条通往阿慕身心的隧道，唯一的出口就是他自己的灭亡。

从玛玛奇家出来，维鲁沙去找了皮莱同志，这个精神上的孤儿渴望得到组织的指引和帮助。皮莱同志批评他将私生活和组织工作混为一谈，党的成立并不是要支持工人不检点的私生活。

告别皮莱同志，维鲁沙决定不再回工厂或自己家，他渡河去了他认为安全的地方。

维鲁沙最后一次造访皮莱同志以及他们之间发生的事情始终是一个秘密。

## - 11 -

警察在卡利普赛的屋子里不仅抓住了维鲁沙，还同时找到了艾斯沙和瑞海儿。正在熟睡中的他们被一起带到了警察局。由于双胞胎告诉警察他们是主动去找维鲁沙的，这就并不构成绑架，强奸也顺理变得牵强而没有证据。汤姆斯·马修对宝宝克加玛说，这可能使她偷鸡不成蚀把米，警方可以以"第一控诉报告"为由将她变成一个刑事犯。

宝宝克加玛吓坏了，为求自保，她想出了一个更加毒辣的计划。她哄骗双胞胎说他们已经害死了表姐苏菲，而杀人是最不可饶恕的罪责！他们以及他们的母亲阿慕将要为此去坐牢，而坐牢的恐怖双胞胎早就知道。现在只有一个办法能解救母亲，那就是他们在面对警察的问询时，乖乖地顺从回答"是的，就是如此"。至于警察问话中涉及的那个人，他犯了错，本来就活不过当晚。双胞胎不相信宝宝克加玛的话，他们知道维鲁沙没有犯错，但他们还是立刻点头答应了。他们已经目睹过警察对维鲁沙的拳打脚踢，那种暴力的刺激，已经吓破了他们的胆。

刚抓到他们三个人时，警察们便将双胞胎最爱的、私下里说不定把他当成父亲的维鲁沙踢打得半死。接着，艾斯沙被选中去拘留所和维鲁沙就绑架他们的问题对质。面对拘留所里令人作呕的粪便臭味和已经被打得脑袋变形、四肢折断的维鲁沙，七岁的艾斯沙作了伪证。

就在这一天，双胞胎兄妹俩的童年溜走了。

- 12 -

苏菲的葬礼举行过后，阿慕听罢双胞胎告诉她的事情经过，立刻带他们到警察局要求见到维鲁沙澄清事实。汤姆斯·马修羞辱并威胁了阿慕一番，并告诉她，维鲁沙在被捕那天夜里就死了。阿慕痛苦地告诉双胞胎，她害死了维鲁沙。

宝宝克加玛原来以为阿慕没胆量将她与维鲁沙的私情公之于众，没想到阿慕对此全不在乎。宝宝克加玛害怕这事对自己家族带来的负面影响，皮莱同志已经带领工人们在腌菜厂外面示威游行了。宝宝克加玛认为必须赶走阿慕，将艾斯沙送回加尔各答他父亲那里去，尽一切可能来淡化这桩大丑闻。她最擅长的手段就是以别人的愤怒作为肥料来肥沃她的植物，她以在苏菲死亡事件中阿慕和艾斯沙该负的罪责来刺激恰克。果然，本来就对家人简单粗暴、只对玛格丽特和苏菲格外温柔的恰克完全失控了，他立即让阿慕送走了艾斯沙，接下来，阿慕也从家中被赶走了。

官方报纸曾报道苏菲如何死去，警察如何同一个被控绑架和谋杀罪的帕拉凡"对抗"。之后，阿耶门连的正义战士和受压迫者的代言人皮莱同志如何带领大家保卫"天堂果菜腌制厂"。皮莱同志宣称，在警方的一项错误讼案中，"资方"（恰克）因为一位帕拉凡（维鲁沙）积极投入合法的工会活动而想除掉他。在识字率高达95%的当地，每一个人都通过报纸知道了这个事件。

- 13 -

阿慕和八岁的瑞海儿在火车站将艾斯沙送到加尔各答他们的父亲那里去。骨肉分离带来的撕裂疼痛，提前支取了阿慕的健康和双胞胎兄妹的童年。从那以后，艾斯沙不再说话，仿佛他此生的话都提前说完了。中学毕业后，他也不愿再深造。他热衷于家务，热衷于与一切老旧的生物为伴，直到23年后再被送回阿耶门连。

从此，阿慕在各处流浪，做着小旅馆接待员等勉强糊口的工作。她很快就因为酗酒等毛病染上重疾。对儿女的思念和空虚的精神状态让她生不如死。31岁那年，她孤独地死在一家低等旅馆的肮脏的房间里。恰克草草地焚化了她，没有过多的悲伤。

母亲离家后，瑞海儿就无人照管了。她先是被送到修道院去住读学习，但很快就被开除了。她抽烟、放火烧毁女舍监的假发髻，没有朋友。成长过程中，没有人在意她，她的精神却也获得了意外的释放。中学毕业后，她在建筑学院待了八年，没有修完五年的大学课程，没有拿到学位。就读建筑学院时，她在一家书店遇到了后来的丈夫赖瑞·麦卡斯林。赖瑞是美国建筑师，他们俩一见钟情，很快闪婚。婚后，瑞海儿跟着丈夫来到了波士顿。

赖瑞很爱瑞海儿，但他忍受不了妻子眼神中透露出的冷漠，即便在做爱时，也是如此。慢慢地，他也开始对婚姻无所谓，变得冷漠起来。赖瑞不了解，瑞海儿的眼神其实只是空洞，是艾斯沙那种极度安静的翻版。

他们离婚了。离婚后，瑞海儿在纽约的印度餐厅当过女侍，在华盛顿一家加油站的防弹室里当过夜间职员。当宝宝克加玛写信告诉她，艾斯沙又被送回了阿耶门连，瑞海儿立马放弃加油站的工作，欣然离开美国，回到了家乡。

— 14 —

23年后，亲人们大多已经死去。舅舅恰克在加拿大做着不挣钱的古董生意，宝宝克加玛精致的花园完全荒芜了，现在她靠卫星电视打发日子。BBC关于饥荒和战争新闻的报道令她震惊，重新点燃了她对革命和马列主义怀有的一贯的恐惧。她此生唯一的爱人慕利冈神父四年前死于病毒性肝炎。慕利冈神父数年来对印度教经文的冥思，终于使他改变了信仰。15年前，他变成了护持神毗湿奴的信徒。他俩一直在通信，新年时给对方寄卡片。他改信仰的决定对宝宝克加玛打击不小，他背弃了誓愿，却不是为了她。而她曾经改变信仰，却完全是为了他。

皮莱同志依旧生活在阿耶门连，他得知瑞海儿离婚了，相当鄙视她。虽然皮莱同志在维鲁沙事件中扮演着一个不算小的角色，但是他不认为自己必须担负任何个人责任。皮莱同志最为自豪的是儿子列文目前在德里的荷兰和德国大使馆做承包商，列文还与德国共产党第一书记握过手。皮莱同志曾任经理的幸运印刷厂如今已经老旧，以前这是共产党在阿耶门连的办公室，党员们在这儿举行半夜的读书会。

双胞胎曾在那里学会游泳、苏菲溺毙的米那夏尔河已经被严重地污染，恶臭冲天。河对岸卡利赛普的房子经过修缮后成为一家五星级度假酒店。那些老共产党员现在是穿着鲜艳的民族服装、善于摇尾乞怜的服务生。在房子的后阳台，警察们带走维鲁沙和双胞胎的地方，已经被围成了酒店的厨房。发源于喀拉拉的印度伟大的古典艺术史诗卡塔卡利舞，则从五六个小时的演出缩成20分钟的小品，在酒店的游泳池畔演出。

一切都改变了。琐碎的事件，平常的事物，被砸碎了，然后被重建起来，并赋予新的意义。突然间，它们变成故事中发白的真相。认为一切变化都开始于苏菲来到阿耶门连的那天，只不过是看待这件事情的方法之一。事实上，这件事开始于历史的脚步在河湾停留的那些时候，开始于爱的律法被订立之时——那种规定谁应该被爱和如何被爱的律法；那种规定人可以得到多少爱的律法。

……

- 15 -

小说的男主人公恰克，虽然受过印度和英国的精英教育，骨子里却是个大男子主义窝囊废。英国妻子玛格丽特抛弃了他，他只有忍气吞声，靠食物来缓解抑郁，并依然谄媚和巴结玛格丽特。对于同为女性的妹妹阿慕，他却表现得异常残忍，让妹妹无家可归，早早离世；他追赶时髦信奉马克思主义，在该伸出援手时却完全不奉行革命的人道主义立场，将既是厂里员工又是家庭朋友的"贱民"维鲁沙抛弃。

帕帕奇、玛玛奇、宝宝克加玛这些印度高等级贵族，残暴、自私、贪婪又虚伪，极力维护着残忍的种姓制度。位高权重的科学家帕帕奇随意虐打妻子、轻贱女儿；身为女人的玛玛奇姑嫂俩，看不起女人，对强权者极力逢迎，对贱民侮辱出卖，还要维持某类高雅的格调。这些有幸排在等级社会序列上游的人们，虽然没有直接对"下游"的人们施暴，却是暴力的合谋者。

洛伊在小说中颂扬的微物之神，正是一个贱民，是被成人世界合力围攻和捕杀的心灵手巧的通灵者——维鲁沙。只有同样卑贱的女人阿慕亲近维鲁沙的身体，天真烂漫的双胞胎兄妹和维鲁沙性灵相同。但女人的命运会被父权（兄长）、夫权改写，孩子的天真也维持不长。他们在成长中会被猥亵、裹挟、威胁和污染，那些"完全的成年人"为了政治或商业利益，往往会直接或间接充当扼杀美好品行的帮凶。

在等级社会，一个贱民胆敢挑战或进入非贱民的世界，他们就如同大自然中那不安分、勉力挣扎的微物，蜘蛛、蚂蚁、青蛙、蜻蜓、蛾子、蛇鼠、蝙蝠、果蝇、蟑螂、蜥蜴等一样，难以逾越自己的种姓、阶级和祖谱，哪怕他们自身足够优秀，哪怕他们饥渴地寻求精神寄托，不管他们寻求的是宗教还是主义，基本都会以失败告终。他们挣扎在受排挤、嫉妒、踩踏甚至被杀害的生存路上。那种自出生便被打上的卑贱烙印，犹如精神的文身，没有一种万能药水能涂抹上去而使之消失无痕。

## - 16 -

《微物之神》是一部气势磅礴的神性之作，故事的演绎和浓重的抒情都不是它最终的旨归。世间万物众生平等的印度宗教信念对洛伊影响很大。她对每一只动物，即使渺小如蚂蚁，每一株植物，常见如椰子，都将之放在显微镜下来精微细致地加以剖析。她携带女性特有的细腻、温润、略微神经质的激情和孩童般纯真鲜活的眼光，相当娴熟地将民间故事、英雄史诗、诗歌、戏剧、谚语等艺术和全球化的国际商标杂糅拼贴在一起。她以极大的气魄把印度西南部喀拉拉地区璀璨斑斓而又伤痕累累的动物、植物和各阶层民众囊括在她笔下。在她铺排的热带图景中，每一种生物都享有同等跃动的生命权利，都应当被尊重，而人不过是万物间颇为狡黠隐晦的物种。洛伊甚至认为人往往比兽类更愚蠢和残忍。

洛伊小说的细节丰富到令人炫目的地步。它散发着河流奔涌的气势、植物清爽的通透感、食物丰厚的香醇味道。之外，还有男女间微妙的爱欲，儿童视像的奇幻、庞大和混乱，政治的丑陋无常……她毫不忌讳地描写动物、植物和人心腐烂之后散发出的恶臭，纤毫毕现从毒疽中开出的"恶之花"。洛伊调动了故乡的全部色彩来绘制这部微物蠕动的巨型画像。她的学识、想象力、审美眼光和胸怀都远远超越出其36岁的年龄，难以想象这是一部女作家的处女作。

## - 17 -

作为印度左派知识分子、女权主义者和异见活动人士，洛伊不满足于仅仅描写印度的风土人情或某种现实政治，她在呈现等级社会的不公和普遍存在的暴行时，思考着产生这样暴力的历史、文化和宗教的深层原因。因而，她的小说绝不是猎奇、风尚、情色以及苦难揭露等类型的小说，它无意展示第三世界的奇观。它应和了卡塔卡利舞者的观点：没有秘密，不制造惊悚。

知识分子的理想，写作者的人文情怀，让洛伊选择了维护和歌颂世间那些卑微弱小的生命。尽管他们生存艰辛，但拼尽全力挣扎，想要赢得生命的尊严。洛伊潜心四年，以雄奇深邃、轻盈幽默的高超的写作技巧，赋予了那些"微物"健硕洒脱、连天接地的神性魅力。

小说最后一章，倒叙了维鲁沙和阿慕的爱情以及性爱场面。在米那夏尔河畔，一对男女，贱民和非贱民，不可触碰者和高贵者，他们触碰在一起，相爱，并最深地进入了彼此……洛伊调动起她最为诗情画意、灵动飘逸、幽冥抽象的文字，将两位禁忌者身体的优美和灵魂的忧伤展现得让我浑身战栗。这些文字优美得犹如得到过神示，似乎是专为那些天地所不容的精灵而生，为他们敢于蔑视俗世，敢于张扬生命的力量而大声喝彩！

## 江国香织

江国香织（1964—　），出生于东京都，目白学园短期大学国文科毕业，曾留学美国特拉华大学。日本著名作家。主要作品有长篇小说《草之丞的故事》《409拉德克里夫》《一闪一闪亮晶晶》《冷静与热情之间Rosso》和诗集《糖渍紫罗兰》等。1989年以小说《409拉德克里夫》获法国费米娜奖，成为日本获得此奖的第一人。2004年获日本文坛最负盛名的直木奖。

**《沉落的黄昏》**
南海出版公司，2013年9月版

# 存在与虚无之间

## 日本女作家江国香织和她的《沉落的黄昏》

> 这是一个关于灵魂擦肩而过的故事，灵魂擦肩而过那一瞬间的故事。
>
> ——江国香织

## - 01 -

最近接连看了好几本日本当代著名女作家的长篇代表作，川上弘美、青山七穗、三浦紫苑、江国香织等，这几位女作家在日本文坛非常活跃，得到的评价也很高。她们的小说整体风格较为接近，女性文本的特质非常突出。小说结构明晰简洁，行文清新雅致，情感丰富细腻。这些小说颇似我看到过的日本铜版画，视像高雅，意境空灵。女作家们的着眼点不在小说情节的铺陈，而是专注于对人物个性和内心情感的精雕细琢。日常生活的点点滴滴在她们笔下纤毫毕现，折射出斑驳迷离的微光。

最终在这些小说中选定江国香织《沉落的黄昏》作为评论对象，倒是因为这部小说的整体基调、故事情节、人物个性，甚至叙述语言，都与我们脑海中根深蒂固的，以川端康成、三岛由纪夫、芥川龙之介、大江健三郎等作家为代表的所谓典型的日本文学很不同。同样，比利时著名女作家阿梅丽·诺冬曾客居日本很长时间，她以日本为背景的长篇小说《闻所未闻》，与《沉落的黄昏》创作时间非常接近，但诺冬笔下的日本年轻人与江国香织笔下的他们却大相径庭。

诺冬小说中的日本人，酷似我们从文学、电影、电视以及新闻中了解的那类型日本人，可以说更接近某种固定的"日本人"概念。年龄相差无几的江国香织和诺冬，她们笔下的日本人怎么会有如此大的反差，她们文化心理的异同如何……这类比较我深感兴趣。但因为其中牵扯到复杂的跨文化命题，非本文所要专门探讨的方向。

不同作家笔下的日本人之不同，原本是颇寻常的事情，它显示出文学写作"多棱镜"或是"罗生门"式的立场和效果，是人性原本多元而复杂的本质。我还是先捋清江国香织在《沉落的黄昏》中塑造的日本人为好。江国在日本本土长大，她笔下 21 世纪的年轻人，又会呈现出何种与前辈不同的面目呢……

## - 02 -

健吾突然提出要从梨果的公寓搬出去时，梨果懵掉了。他们已经同居了八年，梨果深深地爱着健吾。梨果用煽情的表白和热情的做爱也无法将健吾挽回，因为健吾爱上了另外一个女人。梨果的世界坍塌了，她形神恍惚，弄不清自己到底错在哪儿。好友凉子让梨果将健吾抢回来，或者赶紧结交新男友。这些建议对梨果于事无补，她心里的漏洞，只有高大、俊朗的健吾能填补。

健吾隔三岔五会给梨果打电话，不知是担忧梨果的精神状况，还是新恋情没有进展。某天在健吾的公寓，梨果撞见了健吾的新欢，那女孩叫华子。华子长得娇小玲珑、漂亮清纯。华子在健吾面前表现出的娇蛮情态，以及健吾对她的宠溺，都让梨果深受刺激。十天之后，健吾又联系梨果，说华子问候梨果。显然，华子从健吾那儿知悉了梨果的一切。听到健吾的声音，梨果依然心动，不由自主又一次原谅了他。

华子 27 岁，无业，健吾是在机场迎接从德国回来的同学胜矢时认识她的。华子和胜矢在德国短暂同居过。健吾对华子一见钟情。认识华子三天后，健吾就向梨果提出了分手。其实，五年前，还在一家大公司工作的健吾曾向梨果求过婚，刚从大学美术系毕业不久的梨果却认为婚姻是爱情的坟墓，毅然拒绝了健吾的求婚。这下，轮到梨果来承受失去爱情的巨痛了。

健吾告诉梨果，华子在他那里住了一周后，向他借了点钱，就离开了。健吾问她去哪儿，她也不说。她走后，健吾只好给梨果打电话诉苦。于是，一种奇怪的关系建立了，健吾不断来电话，话里话外全是华子。梨果尽管心痛、心伤，情状如行尸走肉，倒还装着兴致勃勃的样子听着健吾的倾述。对梨果来说，无法触摸到健吾壮硕性感的身体，听听他的声音也是种安慰。

两个月过去了，梨果在迷糊的状态中过着每天一模一样的日子，就连去应聘点心店的兼职工作，也遭到了失败。某天中午，华子居然找上门来，平静而泰然自若地要求在梨果这里租住一间房，并和梨果分摊并不便宜的房租（华子听健吾说梨果个人付房租很吃力）。事后，让梨果自己也想不通的是，她似乎根本无力拒绝华子温婉却荒诞的请求。

## - 03 -

梨果本来想让健吾尽快将华子带走，但潜意识中对健吾爱着的女人的好奇心还是占了上风。华子确实是个很好的同居者，她不顾及别人，也完全不需要别人顾及她。她仿佛是梨果家里的长居者，轻松、自然。她对新居不好奇、不发问、不麻烦，也从来不提自己的隐私。梨果觉得华子既不像动物也不像植物，她没有沉闷感，没有生气，却也并不阴森，甚至让人感觉个性开朗而又爽快。

健吾并不知道华子住到了梨果这里。华子对健吾满不在乎，健吾为此黯然神伤，梨果又为健吾的黯然神伤难过。华子不做饭，不外出，生活简单，似乎可以随时抽身走人。梨果问华子什么时候离开，华子不客气地回答说她想待到待不下去为止。梨果倒是很快就接纳了华子，毕竟留住华子就可以留住健吾。除此之外，华子实在太不碍事了，她很独立，也很宽容。

情绪低落的健吾告诉梨果，他可能被华子给甩了。于是，梨果邀请健吾到家里来玩，健吾吃惊地在这里看到了华子。健吾在华子面前柔软的样子让梨果心痛如刀绞。健吾和梨果的心情常常如坐过山车一般，只有华子的情绪非常稳定，她总是泰然自若地应对别人。

从这天起，健吾就常到梨果家来玩，他是来看华子的。健吾和梨果的共同回忆，包括对好友凉子趣闻逸事的议论，像是他们三个人在共同分享着往事。梨果依然爱着健吾，依然还有拥抱亲吻健吾的冲动，健吾的注意力却在华子身上。梨果陷入了重重心事里，健吾也很矛盾，他俩都无法像华子那么轻松。

— 04 —

直人在梨果任教的辅导学校读书，六岁的他来自单亲家庭。放暑假前，老师带着孩子们从夏令营归来，梨果本来约华子一起吃晚饭，直人却没有人来接回家。直人说他可以独自回家，梨果到底不放心，她将直人带着一起去吃晚饭。华子和直人一见如故，她待谁都是这么亲切自然。

每过一段时间，华子就会去一个叫湘南的地方住一周。她总是提着小包说走就走，从不加以解释。这天晚上，华子第二天又要去湘南，梨果问她对健吾是什么样的感情，华子轻松地说她喜欢健吾，但不爱他，今后也不会爱。相形之下，健吾对华子却那么狂热，梨果感到很不解。

华子走后，好长时间都没有回来。健吾不时到梨果家里来坐坐。在没有华子行踪可谈论的情况下，他们的话题就少多了。梨果有很多相恋时的细节可供回忆，健吾却极力回避谈论过去，他们在一起总有些尴尬和别扭。在感情上原本特别积极主动的健吾，现在却像有难言之隐似的深沉起来。

三周过去了，华子还是没有回来，健吾和大学同学相约去登山野营。放暑假了，梨果无处可去，无人可约，这才觉得原来自己的大学生活里只有健吾。梨果靠看书、种花和做活动小雕塑等事情来打发寂寞，她有些想念华子。

— 05 —

秋天到了，华子还是没有回来。辅导学校开学后，有天，在上素描课时，梨果和直人谈起大人和孩子谁更快乐一些的话题。直人说他爸爸认为大人快乐，因为大人可以寻求刺激；华子姐姐说孩子更快乐，孩子可以成天逍遥自在而不受指责……听直人提到华子，梨果大吃一惊！细问才知，原来华子最近住到了直人家里。梨果回想起来，她带着直人和华子一起用餐那次，晚餐快结束时，直人的爸爸重藤来接直人回家，顺手将自己的名片递给了梨果和华子……直人告诉梨果，爸爸和他都很喜欢华子姐姐。梨果让直人给华子带话，让华子给她打个电话。

梨果没有等来华子的电话，她有点生气，回忆起有次与健吾和凉子夫妇出去旅行的情景。当时，喝了很多酒的健吾和凉子在房间霸占了整张床，把同床的伴侣挤到角落里。梨果和凉子的先生不约而同地走到屋外去乘凉。虽然他们没有位置安睡，但两人都深爱着屋里的爱人，都感觉很幸福！现在，凉子和他的理工男先生早已离婚，她在香港给人家当小三；梨果也与健吾分手了……想到这些，梨果揪心地孤独。

华子终于来了电话，梨果对她一阵抢白，质问她为何轻易地住到直人家。华子生气地说梨果的反应真是奇怪，她并不欠梨果房租，而和谁在一起是她的自由。华子似乎受到了梨果问话的伤害，梨果有点内疚。末了，华子又说，她在直人家还有点意思，不过梨果寂寞的话，她随时可以回到梨果那里。梨果无言以对。

很快，华子又提着她很少的行李回到了梨果家。

梨果对华子的态度让凉子大惑不解。凉子邀请梨果到香港去放松心情，并给梨果寄来了往返机票。

— 06 —

华子回来后，健吾又来梨果家了。健吾听说华子是去了湘南的海边打高尔夫球，神情立即黯淡下来。健吾曾不屑地说过，打高尔夫球不过是有了点臭钱的中年人的运动……看到健吾情绪低落，梨果心痛起来，她主动要求给健吾和华子唱首歌。华子曾多次请求梨果唱歌，梨果都不愿唱，这时却不管不顾地唱起来。健吾用奇怪而陌生的眼神看着梨果。

华子住在梨果家，却不定期去与健吾约会、做爱。华子和健吾都很喜欢给梨果讲述他们约会的细节。梨果有时平静，有时心乱如麻，却都没有失态。她听直人提起，华子不时也在与他父亲约会。健吾越来越憔悴，甚至会衣冠不整地跑到梨果学校来找她聊天。不久，健吾辞职了，尽管他说过他很喜欢广告公司的工作。

辞职后的健吾经常来梨果家吃饭，梨果满心欢喜，华子却有些不屑。有次，健吾在和华子约会后喝得酩酊大醉，眼见健吾的痛苦脆弱，梨果心疼地抱住他，让他睡在自家的客厅里。华子却说健吾没出息，那么冲动地辞职，真应该被扫地出门。华子的冷漠让梨果很生气，华子却温柔地要求与梨果睡在一起。

华子又失踪了，不知去了哪里。她最终还是抛弃了健吾。健吾心都碎了，他告诉梨果，华子最讨厌别人在她身上寄托希望。华子曾对健吾直言，别指望得到她感情的回报。

梨果从直人那里得知，华子只在他家住了一周就走了。直人说他特别喜欢华子姐姐，华子姐姐总是能变着法儿和他玩得开心。

华子不在身边的日子，梨果总是感觉她还在屋子里。没有人的屋子很洁净，而洁净本身就是一种孤独。

- *07* -

胜矢漂亮的妻子找上门来，她告诉梨果，她想要见见华子。她实在好奇，这个导致她和胜矢离婚的女人究竟长什么模样。

胜矢给梨果打来电话，代妻子道歉。胜矢说妻子一向理智，怎么会跑去找华子。几天后，已经在汽车租赁行找到了新工作的健吾请胜矢和梨果一起聚餐。三个人本是大学同学，聊起往事和同学们的近况还都滔滔不绝，唯有提到华子，就像有难言之隐似的表达困难起来。临走时，胜矢告诉健吾和梨果，他离婚了。

放寒假了，华子突然从香港给梨果寄来了圣诞贺卡，原来她擅自使用凉子送给梨果的机票去了香港。梨果非常生气，凉子更骂华子简直就是小偷。

没有华子的日子，梨果渐渐适应了健吾在自己生活中的缺位，偶尔健吾来家里，梨果还略有些不自在。她不知道如何向健吾解释华子的近况。

凉子从香港打电话告诉梨果，她居然在香港的下只角——油麻地找到了华子。

华子住在豪华的丽晶酒店，穿着艳俗的红裙子和男式拖鞋，正与几个当地的老头老太太挤在一张桌上喝粥。华子对凉子很冷淡，表情更像是掉进了万丈深渊。凉子问她要在香港待多久，她不耐烦地说不知道。

华子在香港的日子，梨果不断听到直人和胜矢满怀感情地谈起华子。直人说华子漂亮聪明又新潮，特别有意思；胜矢回忆起他待在德国杜塞尔多夫的时候，华子有次对他感叹，说自己无家可归。他满怀爱怜地让华子在他那儿住了半年多。那半年真是甜蜜……

华子人虽不在，却不断给梨果寄来房租，让梨果觉得很困惑。某天，有一位风度翩翩的中年男人来梨果家找华子，见华子不在，便礼貌地离开了。

## - 08 -

华子回来了。梨果下班回家，听到屋里传来温馨的音乐声，她在见到华子的那瞬间，忍不住要落泪。梨果有一堆关于香港的问题要质问华子，刚睡醒的华子却轻描淡写地说，她看到梨果并不想使用那张免费机票，她就拿去用了。

健吾听到华子的消息没啥特别的反应。他说他的工作特别忙碌，过得充实而快乐。

梨果给华子讲起她去香港后都有什么人来找她，什么人特别想见她。华子听罢全无兴趣，她说她只想念梨果，总是回忆起她们共同生活的细节。华子热情地把刚从美国回来度假的弟弟介绍给梨果，说弟弟可以做梨果的男朋友。梨果提起健吾，华子说她已经丝毫不喜欢他了。梨果听罢，依然感觉刺痛。

华子和弟弟之间充满了温情和爱。他们的对话透露出彼此都历经过很多坎坷，已经长时间没在一起生活了。他俩提到亲人（哪怕是母亲）时的口气，仿佛对方既被他们熟知，又相当有距离。梨果觉得姐弟俩都很神秘。华子说她之所以把弟弟介绍给梨果，是因为在这个世界上，她只相信弟弟。她不相信爱情和友谊，不相信自己，不相信幸福和不幸。

那个风度翩翩的中年男人又来找华子了。通过华子和她弟弟的对话，梨果知道了他叫中岛先生。华子面无表情地和中岛先生一起出去喝茶。通宵未归。

梨果觉得很孤独，她约上健吾去喝酒。梨果告诉健吾，她还可以重新爱上他。健吾无言地苦笑起来，他看上去很伤感。

## — 09 —

春日的一天，梨果外出买东西回来，华子告诉梨果，健吾来电话了，他和胜矢要来吃饭。梨果突然感觉无法独自面对他们，她告诉华子，她想和她一起出去。于是，头一回，梨果明明知道家里要来人，却跑了！

华子告诉梨果，她总是逃逃逃，她的人生就是不断地逃离，可是最终却逃不掉……逃出来的这个下午，华子泰然自若，梨果却已经失去了初始的兴奋，她变得坐立不安，不知道接下来她们要到哪里去。于是，华子让梨果和她一起到湘南中岛先生的别墅去住。

这个建在海边的别墅好像华子的家。华子说她不喜欢大海，她喜欢天空，所以也很喜欢飞机。院子里有个小狗屋，华子说那还是弟弟小时候自己动手做的。弟弟今天正好返回美国，中岛先生一向娇惯他，早就给他买好了头等舱的机票。说到弟弟，华子总是饱含深情。

华子让梨果随便在她的衣橱里挑选衣服，她一反在梨果家的怠惰，在这个冰冷的别墅里主动照顾着梨果。她订了寿司，刷洗浴缸、铺床单拿被子。别墅里的用具豪华簇新，然而都是冷冰冰的。两人并排睡在榻榻米上，梨果莫名地有些心神不宁，华子则平静地将被子拉到下巴处，一动不动。梨果能感觉到华子和她一样有些失眠。

第二天清早，下起了阴冷的小雨，梨果和华子一起喝过红茶之后，华子目送梨果打车回城上班去了。

下午梨果回家，华子又没回来。健吾来了，他告诉梨果，昨天他和胜矢以及胜矢的前妻来找过她们。他和胜矢离开后，胜矢的前妻独自留下来等着华子。她说她找华子有点事。梨果心想，每个人都找华子有事……

第二天晚上，中岛先生打电话告诉梨果，华子割腕自杀了！中岛先生说这话时很平静，声音里甚至充满了力量。华子是在梨果走后，赤身裸体躺在浴缸里割腕自杀的。她没有留下遗书。

## - 10 -

梨果和健吾参加了华子的葬礼。中岛先生代表家属讲了话。华子的母亲也来了，她和华子长得很像，化着不自然的浓妆，看上去有点恐怖。她的悲哀似乎已经干枯凝固。华子的弟弟没有来参加葬礼。

梨果和健吾分别时，健吾的眼神充满了绝望。

几天后，胜矢的前妻来找梨果。她告诉梨果，她见过华子，她没想到华子竟然是长得像中学生一样的女孩，毫不性感。她不明白胜矢到底迷恋华子什么。华子死后，胜矢失态地对前妻说，他再也不用担心华子上别的男人的床了……梨果问胜矢前妻，她是不是在嫉妒华子？胜矢的前妻不置可否地说，梨果也在嫉妒华子。

现在，梨果看到家里的每样东西都会联想起华子。华子喜欢猫狗，梨果曾建议她养小动物，但华子说她不擅长摆弄有生命的东西。

梨果的录音电话里尽是直人给华子的留言。直人和他爸爸每天都在等待华子姐姐的出现……

直人的电话深深刺激了梨果麻木的神经。她冲到健吾家，二话不说就要和健吾做爱。健吾极力躲避，梨果不依不饶地强迫着健吾。她毕竟是女人，无法真正撼动健吾的身体。正当梨果筋疲力尽地想要放弃时，健吾揽过了她……

雨夜，健吾送梨果回家。梨果静静地告诉健吾，她准备搬家。就像15个月前，健吾对她说，他打算离开他们同居的地方……

## - 11 -

《沉落的黄昏》写于20多年前。1996年的黄昏，应该是和如今有很大区别。那时全球化的浪潮还未铺展到世界的各个角落，各国年轻人的差异还比较显著。即便如此，《沉落的黄昏》的主人公，也不是我们看到听到的那种典型的日本人。他们基本都脱离了原生家庭，个性鲜明。他们崇尚独立、自由，少有东亚人与生俱来的压抑感，个人就是生活的主人。这样的年轻人，更有现代感，更有力量，生命的律动感更强烈。

华子是江国香织举重若轻写就的人物，她是个矛盾体。当然，每个成年人在思想上都可说是矛盾体，但少有人会在行动上彻底地凭借直觉行事。芸芸众生多是最终不得不屈从于生活，还为之美其名曰"成长"。

如果用颜色来形容华子，没有比灰色更适合她的了。灰色是黑色和白色的混合色，像是纠缠不清、颓废浑浊和暧昧难言的组合；又是非常高雅的色调，能将冷淡和温软奇妙地融为一体。灰色单独拎出来使用，应是非常难以驾驭：稍微高调点，她就容易变成白色，单纯，却不丰富；过于低调，却又接近于黑，走向了黯淡。灰色的神秘在于她是有底的，她有黑与白的底，她有来历，她的神秘和淡泊都不故作，因而她反倒是最接近于丰富的颜色。华子的个性，正是如此。

江国香织含蓄地隐去了华子的过往经历，读者并不知道华子来自什么样的家庭，为何27岁了还游走在陌生人家里。她没有职业，形单影只，孑然一身。作家只强调她的身形是娇小的，她的面容漂亮而清纯，她的外形完全没有攻击性。她是那种放在一个背景中，就会隐匿了自身的灰色人物。每个人，都被华子迷住了，因为灰色会吸附在一切颜色之上，稀释和渗透着它所附着的颜色。作家想要表达的，正是各种人性"色彩"在与"灰色"的冲撞中凸显出来的那种神秘莫测、变幻多端而又意味深长的部分。

## - 12 -

华子说她总在逃离，直到最后逃无所逃。其实江国香织笔下的每个人，都在逃离，只不过华子在明里逃，他们在暗中逃。在和梨果长达八年的相恋之后，健吾对华子的钟情，不过是在图谋情感的变化。女性比男性的依赖心更强，男性更追求异性的新鲜感。梨果难以面对健吾的绝情，她痛苦不堪。梨果忘记了她拒绝健吾的求婚在先，她说"婚姻是爱情的坟墓"。其实，她在潜意识中也很惧怕日久重复的两性关系。华子的出现，让健吾率先逃离了越来越平淡的恋爱。

男人容易在新欢身上焕发热情。这热情可能由荷尔蒙引发，却未必全是荷尔蒙作用的结果。男人的身体往往比女人诚实大胆。梨果起初无法理解健吾的绝情，与华子住在同一屋檐下之后，华子不显山不露水的性情，反倒把健吾的缺点鲜明而又充分地暴露在梨果面前。华子无意中帮助梨果看清了男人的真相，亦即生活的真相。

男人们似乎都对华子没有抵御力，她从这男人家搬到那男人家。这些男人仅仅露出他们性格的一个侧面，给人留下了开放多元的想象空间。胜矢放弃了才貌双全的妻子，迷恋上华子，这让他妻子大感不解。从胜矢妻子的言行中，我们不难猜测胜矢为何离婚。妻子的强势和自以为是，正是胜矢厌倦和反感的源头。没有华子在胜矢面前流露出的无助，胜矢对妻子的霸道体会还不深。男性的自尊、优越感和保护欲在华子面前都可以得到满足。同时，华子的独立和淡漠又让他们在与她的关系中倍感轻松。华子是理想的恋爱对象。

直人那忙碌有钱、刚愎自用的爸爸也是如此。华子有趣、聪明、新潮，能和直人玩到一起，却对重藤本人没有什么企图，她就是在直人家暂住一阵子而已。现实世界中哪里去找这样不食人间烟火的天使！

华子和弟弟有段时间住在中岛先生在湘南的别墅。那里有华子大量的衣服和弟弟的狗窝，华子最后也死在那里。中岛先生是华子身后最为神秘的影子。这个47岁彬彬有礼的绅士是华子的继父？他比华子母亲年轻很多，且和华子关系暧昧。他是华子的情人？情人又怎会放任华子满世界和别的男人同居？情人代表家属在葬礼上发言也不合适……他对华子的死表现得很轻松，也许他才是华子命运的操盘手。不过，江国香织并不希望读者把注意力集中在这个人身上，对他着墨很少。他是成熟的男人，代表着对华子的命运具有掌控力的某种势力。

华子清纯无助的外在气质让男人们放松，让他们得以显露真性情的一面。很快，华子冷冽而我行我素的真面目，又让他们陷入进退维谷的苦恼。他们在此触摸到感情的莫测和生命的虚无。健吾、胜矢、重藤，也许还有其他人，假以时日，他们和华子有了更深层次的纠缠，不是没可能超越情感的物质性阶段，真正进入欣赏包容的精神层面。只是，华子昙花一现地死了，这些男人还未来得及了解到真实完整的她是什么样子。这其实也是男女相处中常有的悖论，彼此因误解相爱，因了解分手。

华子是厌世的，男人们理解不了华子的这一生命状态。他们对女人的要求，皮相重过精神。因而，华子生前最留恋的人，除了弟弟，就是同为女人的梨果。华子和梨果的情谊深度，反照出她与纠缠不清的几个男人的关系的苍白。

作家故意在华子的行踪中留下诸多可疑的痕迹。与其他人相比，华子更像一个梦幻。这个现实中的"幻影"彰显和反衬出众人残存在心底深处的理想：超越沉重的当下现实，拥有能轻盈飞翔的未来……可是，华子的死不啻是个预言和警告，生活的实质终究是沉重的，逃无所逃。虚无的终点就是死亡这个最大的虚无。

— 13 —

生命中的轻与重，到底怎么衡量、怎么处理？每个人都无法做到彻底不去思考这些问题。它是存在的本质，永远与人如影随形。小说中出场最多，把大家串联到一起的梨果，其实才是作家笔头夯得最紧实、寄予情怀最深沉的人物。

从表面上看，梨果是失败者，她是小说中最痛苦的人，失恋，应聘兼职工作落选……不如意的事情接踵而至。但是，梨果能从失败中不断汲取能量。她和很多年轻人不一样，她很怀旧，重感情，从不轻言放弃。无论对工作还是爱情，梨果都能舍弃小我，执着地去追寻她认定的超越功利的人与事。她对健吾的痴情，对华子的真诚，对朋友凉子、胜矢、直人的关切，既源自她善良、憨直、淳朴的天性，也是她对陌生事物既敏感好奇又热情执着的体现。梨果的内里是强健的，和华子或许正好相反。

异质相吸。蓬勃的梨果给了漂泊的华子此生最大的安慰。华子把萍水相逢的梨果视作生命中最重要的两个人之一，足见梨果的人格魅力。单纯而心无旁骛的追求，那种苦与累、那种痛与伤，能把梨果牢牢"吸附"在大地之上，让她超越了生命的虚空感，她被"坎坷"搓磨得越来越皮实。如果说华子显影的是生命之"轻"，梨果恰恰表现出生命之"重"。

在梨果和华子的对比中，读者自有他们的思考和取舍。无论你选择承受还是逃遁，生活都有严肃、艰辛和沉重的一面，每个人迟早都要面对它。

感情的变故曾经给梨果一记响亮的耳光，她却成功地克服了它的掣肘，迈上了人生的新台阶。

— 14 —

江国香织的小说语言简练隽永，就似隐隐透亮的骨瓷，含蓄细腻，简素清雅，值得远观细看。作家探寻了"存在与虚无"这个深奥的人生课题，使用的材料却是清淡的情节、反高潮的爱情关系和通透的文字。为追求深邃绵长的余韵效果，江国香织的确是在反其道而行之，小说的内容和文字不断做着减法，人物的前史基本上隐藏到了幕后。

江国香织似乎不是传统意义上的日本作家，不知道和她曾留学美国有无关系。她笔下的日本女人也基本是职业女性。这些女性的困惑、苦恼与追求迥异于她们的前辈。无论是梨果、华子、凉子还是胜矢的前妻，都是忠于内心的现代女性。梨果个性独立，憨厚善良，至情至性；华子丰富敏感，敢做敢当，不断思考着生命的意义；凉子古道热肠，在貌似随意的爱情和婚姻中顽强地保持着对生活的热情；胜矢的前妻敢于接纳有缺失的人生，追求自我完善……这些女性，她们的命运再也不会局限与捆绑在一个男人身上，她们的痛苦和欢乐有了独立精神作为铺垫，丰富而有光彩。

《沉落的黄昏》晕染着深浓的禅意。没有程式化的日本故事，没有常见的日本语言方式，没有读者熟稔的"日式人物"，这些人物在精神上没穿和服，就是在节日时也没有穿。他们和全世界的青年一样，穿着牛仔裤和体恤衫。他们的行为方式并不局限在日本，具有广泛的普世价值。

我喜欢这种轻盈洒脱、流畅大气的小说品质。它拒绝简单的价值判断，对人精神世界的展示幽微而饱满。作家们只有站在男女精神完全平等的层面来写人性，才有可能使作品具有审美的现代性，并达至相当的深度。

和平时期的生活，更多时候呈现出的是千人一面的平淡局面。写作如何从生活的普遍性中突围，精准地传达深具个性的文学形象，这确实非常困难。江国香织是日本首个获得法国文学奖"费米娜"奖的作家。在日本国内，她更是"直木奖""紫式部文学奖""川端康成文学奖"等多个文学大奖的获得者。即使我只看过她的《沉落的黄昏》这部小说，也认为她的得奖实至名归。

申
京
淑

申京淑（1963— ），出生于全罗北道井邑郡，毕业于汉城艺术大学文艺创作系。韩国著名作家。著有《请照顾我妈妈》《寻找母亲》《草莓地》《深深的忧伤》《钟声》《想要说给月亮听的故事》等长篇小说、短篇小说集和散文集。曾获得现代文学奖、李箱文学奖等韩国重要的文学奖项。2012年获得第五届英仕曼亚洲文学奖。

**《单人房》**
人民文学出版社，2006年12版

# 被囚禁的青春

韩国女作家申京淑和她的《单人房》

> 可是为什么,无论当时还是现在,只要想起那个房间,为什么我会感觉无比的孤独。
>
> ——申京淑

## - 01 -

申京淑是当代韩国最重要的女作家之一。她曾凭借长篇小说《寻找母亲》获得"2011年度英仕曼亚洲文学奖",成为获得这一奖项的首位女作家和首位韩国作家。《寻找母亲》在人口仅有5000万的韩国发行了近200万册,并在全球30多个国家翻译出版。《寻找母亲》的英文版登上过《纽约时报》畅销书排行榜,申京淑说得上是誉满全球。

读完《寻找母亲》,准备写作评论,为了更多地了解申京淑的创作,我又读了她创作于20年前的长篇小说《单人房》。之后,犹豫再三,我还是改变方向,选择将《单人房》作为最终的述评对象。我承认,写作《寻找母亲》时的申京淑已经50岁了,其创作功力远超于写作《单人房》的那个时期。《寻找母亲》感情真挚细腻，甚至比多年以前中国女作家张洁的著名长篇散文《世界上最疼我的那个人去了》更质朴大气。母爱既属于个体，又最具普世性，母爱题材的作品容易超越一时一地的局限，得到广大人群的认同。在东方各国，母亲多以善良、坚忍、顽强和富有牺牲精神的形象出现。母亲的故事虽绵延不绝，其精神内核却比较近似。《寻找母亲》也是其中一部很有分量、感情饱满、写作手法圆熟的力作。

然而，我不得不承认，作为一个写作者，我也有自己的偏好。有时这种偏好与大众的喜好一致，更多时候，某部作品的某个部分很深地触动了我，我便偏离了大道，拐进自我的小径独自斟酌、陶醉和思索。阅读《单人房》的体验就是这样。

《单人房》没有《寻找母亲》情感磅礴、细节朴实，它让我感觉到的更多是一种疼痛。如果说《寻找母亲》让我产生的是"人生一世，草木一秋"的喟叹和对城市化过程中老年人凉薄晚年的心疼，《单人房》中的人们"年纪轻轻"，反而通篇散发着痛楚的气息。它描画出历史的车轮对个人命运无情碾压后血肉模糊的图像，还有逼仄麻木的日常生活对个体身体和精神带来的扭曲。它产生的后果延宕的时间更长，杀伤力更大。它的命题比《寻找母亲》更为社会化，也更复杂。如果说《寻找母亲》是对农业文明眷恋的挽歌，《单人房》就是城市化过程中一代人追求民主自由、个人发展的哀歌。看完前者叫人忧伤惆怅，读完后者却悲恸难言。

对这种时代性伤痕的揭示和书写对于写作者来说犹如手持双刃剑。它在带来思想性、恢宏感的同时，也容易流于空洞和概念化，或者说作家的某种强烈的"控诉"欲望会不自觉地削弱作品的文学性。因而，它同时考验着作家的思想意识、价值判断以及审美能力。到底是早熟而天赋异禀的作家，创作《单人房》时，33岁的申京淑已经表现出纯粹的文学性眼光。

## - 02 -

《单人房》写作于1995年，迄今已经过去了30年。30年来，韩国走出了《单人房》故事背景中那种工业化前期、民主自由来临前夜的黑暗和混乱。30年的沧海桑田，当初的年轻人已经老去，并与社会达成了充分的和解。透过《单人房》中几个人物的命运，我还是较为深入地看到了韩国在20世纪后期走过的艰难道路，韩国国民为自由、民主和法制的最终到来付出的惨烈代价。今天的现代化大都市所呈现出来的光鲜面子，掀开来，内里应该还看得见昔日残留的疤痕。

对每位严肃作家来说，拒绝遗忘本民族历史中不堪回首的过去是其基本姿态。更何况，申京淑写作的最大母题就是回望自己及其家族走过的道路。

申京淑在小说开端就点明《单人房》是一部纪实与虚构交织的作品，只要被称作"小说"，哪怕是自传体小说，其虚构性也就不言自明。在《单人房》中，作家以第一人称的笔触代入18岁前后一段独特而鲜为人知的经历，同时也以第一人称的口吻、当下的身份来补充和评价故事中的生活。作家在双重空间中游弋穿梭，审视着作为32岁作家的自我，以及我对文学和生活相互关系的见地。同时，不断闪回16岁至19岁通向作家之路的那段艰难的日子。申京淑借用电影中空间蒙太奇的叙事手法，让《单人房》忧郁哀婉的调子充分流动起来。其灰色基调的行文，诗意而优雅，讲述的虽是悲伤的故事，却深具艺术之美。

对于《单人房》的文本结构，申京淑花费了一番大心思。意识流、互文、拼贴等现代性文学技巧，在她的精心布局之下，确实为小说增色不少。如果把《单人房》比作某个身体，那么，这个身体的各个"关节"都打通了，榫结无缝，灵活舒展。小说整体风格轻柔和谐，散而不乱。作家确实做到了"真做假来假亦真"，真实和虚构杂糅得自然贴切，读来很有感染力。

为了叙述的简明、清晰，便于读者理解，我且按小说中作家代入故事时所用的人称"我"来介绍《单人房》。读者应该明白，此"我"非我，她既是申作家，也不是申作家……

- 03 -

我在济州岛写作新的小说。这段写作的由头，是偶然勾起的一段关于16岁时经历的回忆。1978年，韩国维新末期，美国新任总统卡特公布了阶段性裁撤美驻韩陆军的计划，美国副国务卿克里斯托弗表示愿意与北朝鲜等国家建立外交关系。为此，朴正熙总统心绪纷乱。那时候，家在乡下的16岁的我没有考上高中。由于农村的封闭，我根本听不到外部世界要求体制维新和废除紧急措施的呼声。我只想尽快离开无聊的家乡，到汉城去找大哥。

16岁那年，精神恍惚的我在插秧季节被自己的铁耙插进了脚掌。铁耙虽然被妈妈给拔出来了，我却隐隐约约地感觉到："也许我的生命就是由残酷来组成。未来拥抱残酷，我的心里必须盛载着纯洁，否则我就不能过活。"

我发表第一部长篇小说后不久，有位高中同学打来电话，确认我就是那个她曾经的同学。随后，更多的高中同学打来电话，表示她们以我为骄傲，我的学校因为出了我这个作家，连她们都感觉到扬眉吐气。我曾经的老师，也发来很长的信件，告诉我学校的近况，希望我能回学校去看看。

她们的电话，勾起了我对那个时期的回忆。我很少回忆起那段日子，也许是下意识在回避一种伤痛。在那个阶段，我没有朋友，也没有同学间的往来，身体和内心都囚禁在了那间"单人房"里。

- 04 -

1979年到1983年，乡村和城市的大流动中，无数乡下的年轻人选择了和祖祖辈辈的人们大相径庭的生活方式，他们离开农村，惊恐不安地在城市蜗居下来。广大的个体立刻淹没在了打工的场所，任人欺凌宰割。其中，意志力强健的人还知道追逐梦想，不懈努力；柔弱的人可能就被城市机器所碾压变形，甚至消灭了。

1979年，告别哭叫得撕心裂肺的弟弟和在杂货店工作的爸爸，泪眼婆婆的妈妈带着16岁的我和19岁的表姐坐火车到汉城去找大哥。初次进城的我用惊恐的眼睛打量着汉城巨大的楼宇、辉煌的灯光和奔忙的汽车。

来到城市后，我和大哥还有表姐合住在一起。那是大哥租住的环境破旧脏乱的公寓房，在工业区外面。这栋楼房住着37户人家，每户都是单人房。在我们那间单人房，大哥贴着墙壁睡觉，我睡中间，表姐则靠着窗户睡。窗外不远处就是电气铁路车站，从那儿有三条岔路伸向各处。每天早晨，潮水般的人群从那儿上电铁，五分钟之内，这些人就都消失了，路上变得空空荡荡，人们不知去了哪儿。我们家在农村属于比较殷实的家庭，来到城市，却彻底落入底层。无论过去还是现在，想起那间单人房，我就感觉到孤独。

按照相关规定，16岁的人是无法参加工作的。大哥给我瞒报了年龄，并将我的名字改为"李美妍"。我和表姐在职业训练院进行了工作前的培训。在这儿，20个女生睡在一个房间里。有个在孤儿院长大的女生偷走了妈妈特意给我买的七条新内裤和手绢。我的损失还不算最大，她在逃走前还偷走了同室女孩的一些钱物。

经过短暂的职业培训，我和表姐到一家拥有千人规模的电气公司做了女工。我们的工作是在流水线上将立体声音响的内材料圆盘送往准备班，再用气锤钉进七个固定PVC的螺丝。经过胆怯、笨拙、进展缓慢等各个工作阶段的锻炼之后，我和表姐成了熟练工。每天下班时，公司为防备工人们将零件带出工厂，专门派人对我们进行搜身检查。起初给女工搜身的竟然是男人，经过女工们的抗争，公司才派了个女人来。

工作收入非常少，往乡下家里寄一点钱，基本就所剩无几。单人房里的日常生活还是得靠大哥贴补。大哥白天在龙山洞事务所工作，晚上还要到夜间大学去学习法律课程。尽管生活艰苦，23岁的大哥却竭尽所能照顾着两个妹妹。

– 05 –

我在山下长大，对我而言，大自然熟悉得让我疲惫，也多少有些可怕。尽管如此，我却喜欢融入自然中。在城市，可怕的是人。你不知道他们在想些什么，他们会不会做出什么伤害别人的举动来。

虽然职业培训院的老师称我们为产业生力军，但工作不过是重复劳动，久而久之就让人厌倦。支撑我坚持下去的信念是文学梦想，以及给老家青梅竹马的朋友昌写信。表姐的梦想是存钱买相机，她想做个摄影家，专门拍摄各种姿态的鸟。

1979年，韩国经济开始高速发展。同时，韩国人民的民主意识也空前觉醒和高涨。普通民众对建立社会保障制度的呼声很高。这波风潮也传到了我和表姐工作的电气公司。公司的几位劳工组（工会）委员积极动员女工们加入劳组以维护自己的合法权益。然而，公司却采取威逼利诱等各种手段千方百计阻扰女工们加入该组织。劳资双方的争执无法调和时，公司公然将一位不愿被他们收买的劳组女委员开除了。

表姐与我和许多女工一样，陷入了深深的矛盾中。一方面，劳组的委员们待人亲切，他们希望帮助大家提高各种福利，如缩短工作时间，增加收入等，这也关系到我们的切身利益；另一方面，公司的各层头目（从大到小分别为社、部、课、系）对劳组虎视眈眈，对我们监视很紧，（公司）社长说，他在劳动厅、市政府、中央情报部、劳动监督办公室和治安局都有后台。最终，我们还是加入了劳组。公司虽没有开除我们，但百般刁难劳组的活动，甚至还动手打劳组人员。

工作越来越压抑，甚至有系长对我和表姐进行性骚扰。表姐为了保护我，挨了系长一记耳光。更令人悲愤的是，我们拿这个混蛋毫无办法。曾有位女工被系长强奸，女工怀孕后被系长老婆暴打一顿，被迫离开了公司。面对受到的屈辱，表姐说她想去死，我则灌下了一整瓶烧酒来发泄。

-06-

不久之后，执政的朴正熙政府为了加强劳工的素质，颁布了针对产业工人的继续教育政策：工厂如果能送员工去参加继续教育，就可以减免一定的税额。大哥要求我和表姐借此机会完成高中教育。我积极地复习起功课来。热衷于打扮的表姐却不愿意再读书，大哥严厉地呵斥她要把眼光放长远。

尽管劳组的支部长特别平易近人，还特别关心我们，我和表姐为了读高中，还是背叛了他。因为公司有规定，如果要进入选拔"产业体特别学级学生"（工厂附属高中）的程序，就必须退出劳组。那时，劳组正在号召大家抵御夜间的加班工作，我和表姐在夜班时看着空空荡荡的流水线，感觉特别羞耻。我横下心来，以我必须去做一个作家的理想来鼓励自己走出道德困境。

— 07 —

本性活泼、喜欢运动的三哥来到汉城，他考入了大学法政系夜间部。他的理想是当一名检察官，以此来振兴我们这个家庭。在搬到学校之前，大哥、三哥、表姐和我，我们四个人并排睡在单人房里。我几乎整夜不敢动弹，脚腕因此被磨出了水泡。直到现在，我偶尔还是会一动不动地睡一整夜。身体有它自己的记忆。

爸爸到堂叔家去借钱给三哥交学费，他碰了壁。我们家曾经没少资助堂叔一家人，妈妈流着眼泪数落堂叔没良心。妈妈在家乡给三哥借钱交了学费。在生计的逼迫下，大哥和三哥忧心忡忡，特别压抑。大哥交往的一个女朋友，自从到我们居住的单人房来做过客，就与大哥分手了。

1979年，17岁的我和20岁的表姐以公司前两名的成绩考上了产业体特别学校（女子高中）。每天下午五点，下班之后，我们就去上学。校长在首次训话时特别让我们感激朴正熙总统的政策关怀，班主任老师崔弘二却说最应该感谢的是我们的父母。

直到如今，16年过去了，我的眼前还能浮现出当时那些比我们大很多的女同学们浮肿的脸庞。她们坐在暗淡的日光灯下，一边打盹，一边学习珠算、打字、商务英语、会计……这就是当时底层产业工人、后来公司白领的雏形。她们是这个国家跃居亚洲四小龙经济奇迹的铸造者之一，但这代人的青春、健康和梦想都被压榨得一干二净。

— 08 —

住在37间单人房里的打工者，他们的生活单调而又艰辛，我几乎没见过有其他什么人出入。某天，在院子里公共水龙头那儿洗衣服时，我认识了神情冷漠的缝纫女工、我女高的同学希斋姐姐。我们俩一见如故，常常在一起玩"那当然"的游戏。这个游戏是希斋姐姐提出来的，玩法就是不管她说什么，我就回答"那当然"；或者不管我提什么，她都回答"那当然"。我们在游戏中尽情宣泄着梦想和祈望，尽管我们知道那都是不现实的。

表姐不喜欢希斋姐姐，她对有别的女人夹进我和她的紧密关系中有点吃醋。大哥也让我"别和楼下那个女人走得太近"。我总觉得希斋姐姐身上有点什么独特的气息让他们很不容易信任她。

— 09 —

大哥大学毕业了，他白天剃成光头去当防卫兵，晚上则戴上假发去夜间大学做老师。大哥想尽一切办法挣钱照顾弟弟妹妹们。

三哥更憔悴了。我看到了放在他书包里"废除维新，打倒独裁"的油印宣传单，他的衣服上也有催泪弹的气味。

我一直在给乡下的昌写信，那是我最快乐的寄托，虽然我从未收到过他的回信。暑假回到乡下时，我才知道妈妈把我写给昌的信都半途拦截了。昌的爸爸有遗传病，后来神秘失踪，妈妈不愿意我和昌作为男女朋友交往。然而，我回到乡下就偷偷和昌约会，昌告诉我，他要考大学，学习美术。

在产业体特别学校学习的那个阶段，不仅希斋姐姐对我很好，我还碰到了生命中的贵人——我的班主任崔弘二老师。我因为不喜欢数理化而逃课了一周之后，他来我们单人房进行家访。他告诉我，只要我不旷课，便可以在珠算和会计课时练习写小说。崔老师还送了我一本他最近读过的最好的小说，小说名叫《侏儒射向天空的小球》。从此，小说走进了我的世界。

— 10 —

放暑假时，三哥回乡下去了。表姐刚读大学的哥哥来汉城玩，又是四个人同住在单人房中。希斋姐姐让我去与她同住，大哥坚决不允许，还把我训斥了一番。然而，四个人在酷热中拥挤在一间屋里睡觉，大哥对此也终于无法忍受。睡眠不足必然引起莫名的焦躁，大哥把表姐的哥哥赶走了。看着表姐受到伤害的样子，大哥又追悔起来，我趁机住进了希斋姐姐的房间。

希斋姐姐也是农村人，她15岁就在奉天洞做了缝纫女工。在那里，她和一个模样和个性都很女性化的男裁缝同居了。那个男人对她很好，她却感觉很是窒息。大概是害怕小小年纪就永远被拴在裁缝铺，她带着那男人送给她的贝壳项链逃跑了。

公司的一些女工包括我的同学金三玉都参加了劳组组织的裸体示威活动。警察镇压了这次活动，不少女工企图自杀，和警察搏斗在一起。金三玉为了不被警察抓住，从机动警察队的窗户跳了出去，结果摔成了瘸子。被公司开除回家后，她自杀了。

开始于军事政变、镇压过民主运动的朴正熙总统被暗杀身亡。在短暂来临的自由日子里，崔弘二老师过于乐观了，他说："腐败了18年的独裁政权终于被摧毁了。维新体制结束，人权得到了尊重。"但他又怎么可能预料得到后来发生在光州的惨剧呢。

总统死后，上面发布了紧急戒严令。社会正处于急剧动荡中，不时听到有人被抓。同学告诉我，五人以上的聚会说话，就是犯罪。三哥到了晚上经常不回单人房过夜，大哥为此极度担心。

妈妈不喜欢大哥的新女友，妈妈嫌她腰太细，根本不是过日子的人。妈妈说别的孩子找什么样的女人没关系，大哥却不行，他的行为关乎我们家的未来。

我18岁了，21岁的表姐邀请刚满23岁的希斋姐姐和我一起吹灭了生日蜡烛。我们庆幸我们能依然活着，虽然我们在单人房过着简易宿舍般的生活。

每个时代都有不为人知的秘密。所有的秘密并不是关乎那个时代的生，恰恰是关乎那个时代的死。

— 11 —

虽然维新体制的最高权力者被暗杀了，汉城的春天（政治过渡期）还是光照全城。民主化浪潮如江河泛滥，一旦决堤，再难堵塞得住。

三哥在大学的游行中被打得满身是伤；希斋姐姐不上学了，她在工厂的工作之外又到一家裁缝室去兼职；崔弘二老师转到了别的班级去当班主任；表姐也打算不再继续上学。我突然对独自在校的学生生活失去了兴趣。

"汉城的春天"来临了，士气大振的劳组再次与工厂的管理层展开斗争。劳组代表工人们要求享受加班自由、带薪休假、八小时工作制，要求享受退休金和提高工资。我和表姐战战兢兢地观望着劳组的斗争。劳组领导批评我们不为自己的利益去奋争，早晚会成为牺牲品。

三哥在外面过夜的频率越来越高，他参加学校的游行，差点被警察抓住。大哥责骂三哥不务正业，三哥谴责大哥是民主斗争的逃兵。两人还在单人房里打了起来……

"汉城的春天"只维持了203天，新军事政府装甲车无情地践踏了它。我们的工厂不用加班了，到处都在抓人。单人房附近小卖部的店主也被抓走了，他是曾经被管教过的人。平日里，他总在用石膏雕塑圣母像。他对我特别关照。冬天的时候，他不顾排成长队的人们抱怨，总是把烧得最旺的煤球先卖给我……妈妈曾经提醒我防备他，因为他眼睛下面有刀疤，胳膊上也有文身。我反问妈妈说："您不是说用双手干活的人可以信赖吗？"被抓走后，他80多岁的母亲，每天坐在小店门口翘首等待他回来。然而，他再也没有回来过。

劳组支部长也被抓走了。公司裁员的人，大部分都是劳组成员。这些被解雇者们仍然强行上班，他们向公司递交了不正当解雇的复职申请书。每天早上，他们都要和阻止他们进门的警卫爆发战争。

表姐失恋了，她说对方嫌她是个工人。她报名参加了电话接线员的培训班。下午五点下班后，我独自去学校上学。晚上，我再独自走夜路回到单人房。

## — 12 —

很多公司都被查封或停业，我们公司还没被查封，活计却少了很多。大哥教书的学院被查封了，大哥失业了。我坐在空荡荡的工位上，反倒希望能不停歇地在流水线上工作下去。

希斋姐姐烫了头发，穿起紫色高跟鞋，不再到工厂上班。大哥看到她化妆出入的样子，还以为她做了酒吧女。据说工厂里一些女性因为受不了干活的苦，就走向了酒吧或者茶室。

我19岁了，被大哥看到了我的日记本，他知道了我很想做一个作家。自从18岁的夏天，昌对我说我们一定要上大学之后，我就在笔记本上写了这句话。

有天在单人房的顶层，希斋姐姐告诉我，她要和裁剪室的老板在一起生活了。希斋姐姐说，等她攒够两百万块钱给乡下的弟弟，然后就要结婚。

我们也曾有过快乐的时光。希斋姐姐、那个被我称作"大叔"的裁剪室老板，还有我，我们三人坐在单人房的楼顶唱歌。妈妈带来给大哥过生日的母鸡，因为没有人敢杀，我把它拴在楼顶喂养着。这只鸡成了那位大叔的最爱，他甚至会背着我们与鸡对话。

我偷了工友尹顺林姐姐误放在表姐工作服中的钱，为此承受的惊吓和羞愧让我发起了高烧。尹顺林姐姐写信让我把钱还给她，她说她急需这笔钱，她还说她曾经也偷过钱，因而她不会为此事鄙视我。她亲自上门来讨钱，带着我用这钱买了橘子去看望从拘留所放出来的劳组干事李小姐。李小姐给我们讲述了她被警察踢打暴虐的经过，完全是死里逃生的感觉。李小姐鼓励我坚强地写作，将来成为作家，书写劳组同人们的故事。

到公司领取退职金和拖欠工资的人比上班的人还多，公司好像也维持不下去了。进入三年级之后，大哥让我辞退工作，专心复习考大学。现在，我已经不记得我是否拿到了退职金。表姐给了我大学的报名费。表姐把弟弟妹妹接到汉城读专科学校，他们在另外的地方租住了单人房。现在，她也像当初的大哥一样，担负起了进城的弟弟妹妹的生活。

## — 13 —

1980年夏天，我在老家和已经是大学生的昌见面了。昌就读的大学在光州，他给我讲述了5月发生在光州的可怕事情。他说那不叫"事变"，而应该叫作"革命"。没有战争，军人却用大刀刺杀国民，而且是孕妇。19岁的我沉默了。昌告诉我，就在他被警察追捕狠揍的那天，他和一个陌生的女人睡觉了……悲伤涌进了我的心里。

我回到单人房，努力复习起功课来。希斋姐姐照顾着我的生活。有一天，大叔突然走了。希斋姐姐毒死了那只母鸡，因为它是大叔的最爱。希斋姐姐不再去服装室，也不去工厂。我学习回来后，发现她总在单人房里睡觉，无声无息，像是已经死去了。

昌带着一个可爱的女孩来看我。昌就要去当兵了，他对那个女孩很照顾。他们走后，我拿着昌在乡下送我的夜光熊，难过地去找希斋姐姐，希望与她睡在一起。第二天，我装作神色镇静的样子送走了精神不济的昌。仿佛从那时起，我就过起了违背心灵的生活，心里想的和脸上表现出来的不一样。

有天早晨，我和希斋姐姐一起走出胡同。希斋姐姐说她明天就要开始休假了，下午就要回乡下去，出门的时候忘记锁门了。她让我晚上回去时帮她锁门。我想也没想就照她说的那样做了。锁门的时候，我顺便扫了一眼室内，一切东西都和往常一样，摆放得整整齐齐。

第二天，大叔来找希斋姐姐，他看到了那把门锁。我说姐姐回乡下的家去了。大叔大惑不解，他说姐姐早已是无家可回。

几天后，大叔踹开了希斋姐姐的房门，房间里已经发出了异味。原来是我把姐姐锁在了房间里，她死了……极度惊恐之中，我跑出了胡同。从此，我再也没有回到过那个单人房所在的地方。

那天我跑到表姐家，浑身颤抖，泣不成声。那次匿名的死亡是怎么达到的？虽然警察在希斋姐姐的房间里找到了遗书，房间门却是锁上的……希斋姐姐怀孕了，大叔让她把孩子打掉，大叔说他们还没到要孩子的时机……

我害死了希斋姐姐……19岁的我，似乎患上了失语症，有时一天一句话也讲不出来。

希斋姐姐让我做起了噩梦。每一次，只要想起她，我就会浑身难受不自在。

## - 14 -

在大哥和三哥无私体贴的帮助下，我考上了大学，做了一名作家。回想起16岁到19岁的那段日子，我仍然感觉到刺痛。我不喜欢那段日子，曾经想极力忘记。现在，写完这部小说，我明白了，在我最重要的生命的身影里，有希斋姐姐和那段时期那些人的影子。他们帮助我走出了单人房，走出了那段最黯淡的生命。

我们家有六个孩子，勤劳善良的妈妈、沉默正直的爸爸，注重亲情的哥哥弟弟和妹妹们，他们给了我最多的温暖。每当想起生我养我的村庄，我就感觉到难以言传的幸福。这种幸福感在别的地方都找不到。

## - 15 -

小说的内容基本就是这样。以上是我拎出的、相对完整的故事线。其实《单人房》并不是线性叙事的小说，内容并不连贯，行文中大量穿插着作家当下生活的多个瞬间，作家对自我、文学、民族命运的思考和反省。申京淑并不打算以某种封闭性质、起承转合的所谓完整故事来吸引读者，她不过是借自己年少时的经历，向人性和时代发问。

尽管道路风霜泥泞，韩国普通民众的精气神倒是在《单人房》中得到了有力的彰显。其中的女主人公，16岁从农村到城市，地位卑微却从来没有放弃过作家梦，最终凭借一己之力成为著名女作家。大哥就似几个弟妹的父亲，从形象到心灵都非常高贵。他勤力工作、好学务实、回报长者、提携弟妹，很有人格魅力。三哥以及作家的初恋对象昌，他们勇敢独立，很有社会正义感，也不乏生活情趣。表姐和希斋姐姐，她们是那么柔弱无助，却都善良勤劳，温柔慈悲。公司劳组的委员们，她们中多数人都是女性，面对以男性为代表的强权势力，她们毫不退缩。在争取女工利益、提高女工尊严的斗争中，她们表现出的百折不挠的气概，令人尊敬和为之瞩目！还有在各个阶段对作家的人生观、价值观影响巨大的老师们，他们的宽厚善良，他们对晚辈的关爱扶持、对民族的信念和对理想的坚持，感人至深。

申京淑以深情、内倾、举重若轻的文字和朴素而浸透着生命气息的细节，塑造了上面这些普通劳动者的群像。透过这些"位卑未敢忘忧国"的民众，我似乎看到了韩国民主化进程最鲜活具体的律动。今天的韩国作为一个现代化的民主国家，每个过来人都应该为之骄傲，那确实是他们用奋斗和牺牲换来的果实。

## - 16 -

申京淑来自农村，可以说是自然之子，她对自然的美丽，以及它所具备的威慑力的体悟，让出生在都市的作家难以企及。她能将动植物的生死与人的生死相当自然地勾联到一起，文学视界疏朗而开阔。她的小说语言很有散文的特质，清新诗意，带着山川的纹理和四季的灵动。

尽管《单人房》写于30年前，申京淑却已经采用了互文、拼贴、虚实结合等当时国际流行的写作技巧。她的互文内容的主要来源是她过去的小说，她比较少借用别的特别是较生僻作家的作品，因而总体上还算易读。她作品中流露出的真诚和谦卑的气质，与土地山林熏染出来的结实厚重的质感形成了强烈的反差，一轻一重，象征了个体生命的渺小和大自然的伟力。这样的文学天赋是申京淑的成长经历所带来的自然痕迹，远非仅仅卖弄技巧就能达到。

申京淑认为文学并不能改变任何现状，文学不能跑到生活的前面，它不是生活的引领者。文学扎根于生活问题，而生活问题并非只存在于真理和希望之中，错误和不幸之中同样包含着问题。她笔下的这段生活，蕴含着的更多是沉痛的不幸。在韩国，以光州事件为背景的文学和电影电视作品都不少，但申京淑并没有涉猎到具体的政治事件中，她只是借助笔下的形象，将本民族不可磨灭的伤痛封存在了审美长廊中。

  缺乏历史感和社会性，让今天的很多年轻人成为单向度的人，也让今天的文学作品碎片化倾向严重。而文学的功能之一，就是最为感性地回溯和检视国家、民族和个体的灵魂路径。厘清来路让我们看清今天的面目，辨清明日的方向。《单人房》在文学的审美之外，抚慰了历史之痛。

黎紫书

黎紫书（1971— ），出生于马来西亚怡保，毕业于霹雳女子中学。马来西亚著名作家。主要作品有《天国之门》《余生》《流俗地》等长篇和短篇小说集十余部。曾获花踪文学奖、《联合报》文学奖、时报文学奖等奖项。长篇小说《流俗地》入选《亚洲周刊》2020 年十大好书。

**《告别的年代》**
北京十月文艺出版社，2022 年 9 月版

# 摇曳在热带的恶之花

马来西亚女作家黎紫书和她的《告别的年代》

> 你将逐次流浪到另一个母亲的房中。每一个极其相似的母亲,有着近似的命运和体味。
>
> ——黎紫书

## - 01 -

  东南亚各国作家的小说,我看得非常少,可以说是不了解东南亚文学。在写作这一系列的女作家书评时,我特意去网上查找资料,选择马来西亚当代较有代表性的女作家的长篇小说来读。就这样,我看到了黎紫书的名字。很多中国著名作家对黎紫书的小说评价很高,这更引起了我的好奇。黎紫书生于1971年,原名林宝玲,从事新闻工作十几年,目前还在一家报社当记者,写小说算是她的业余作业。她的创作以短篇和微型小说为主,长篇小说就只有这部《告别的年代》(2022年新出版长篇小说《流俗地》)。

  黎紫书以中文写作,应该算是华文作家。马来西亚是个以华人为主的多族群共居国家,由于语言限制,我无法了解马来西亚其他语种写作的女作家的状况,只好以黎紫书为代表来探视马来西亚当代文学。

从介绍中看到，黎紫书学历不高，仅止于高中毕业。不过，她为人为文的敏感度、对生活的体察度可是不浅。生活底蕴对于作家的养成来说，远高于一纸文凭。她甫一提笔，就获得了华语文坛多项文学奖。获奖不啻为巨大的动力，激励她不停地写下去，写得更好。良性循环的写作状态对作家来说无疑是最大的幸事。写作是艰苦的事业，不断获得肯定和鼓励简直就是万里长征的催化剂，张爱玲的名言"出名要趁早"，其中或许也有这层意思。

## - 02 -

《告别的年代》故事发生在 20 世纪中后期，这也是从冷战到共产主义在全球范围内遇挫的时间段。那些年，世界局势和各国内政动荡不宁。在马来西亚一个叫"锡埠"（虚构）的地方，有那么一些人，无论是颓败者还是发达者，都在凄怆惶然地向身世和命运告别。这些人的祖辈大多在 20 世纪早期从中国大陆漂洋过海来到南洋，一辈子想的、念的以及回不去的都是故土家园。他们的后代是"且把他乡作故乡"的第二代移民，在当地落地生根，或说是随波逐流，被命运安插到哪儿就是哪儿。

小说围绕一个名叫杜丽安的女人展开。杜丽安和男主人公叶莲生、叶望生兄弟俩（孪生兄弟）承载着这部小说叙事的重心。从他们文绉绉、书面化的名字就能看出他们人生的分量要比其他人更重。其他人物，诸如钢波、苏记、细叔、刘莲、石鼓仔、娟好等，他们的名字更为本土化、平俗而随意，这也恰如他们的命运。

小说以三条线索、三种视角来拼贴故事和评价人物。显然，作家期望在形式上有所创新，丰富和拓展故事的内核，挖掘人物行动背后复杂的动机。

第一个层面，我姑且称之为"表现"，作家以全知视角让杜丽安活泼泼地演绎着她曲折的人生。第二个层面，作家以第二人称和第三人称交替叙事的技法，透过一位叫靓仔的大学生视角，讲述小说《告别的年代》创作背景、作家杜丽安（笔名韶子）神秘的身世、评论家第四人对韶子作品背景内容的调查以及对其作品的美学评价。我把它命名为"阐释"。第三个层面，靓仔借助《告别的年代》追踪溯源，揭开自己的身世之谜，同时演进的是他在蜗居地——五月花旅馆的传奇经历。靓仔明白，杜丽安命运的线头连接着他的来历。作家对双重命运的隐喻，在不同的年代均借助的是孪生兄弟这样的人物设置来体现的。这个层面的内容，我将之划定为"窥探"。

## - 03 -

年轻时的杜丽安在大华戏院做售票员。20世纪中期，南洋各地的戏院绝对属于本城的文化和时尚中心。戏院以及它周围的各类营生也吸引着城中上至达官贵人、下到贩夫走卒和各色人等驻足流连。杜丽安置身于小小的售票房，看到的却是活色生香的大世界。

在戏院附近街巷贩卖桂林米粉的妈妈苏记、热爱羽毛球运动的弟弟阿细、戏院门口卖小零食的丑妞娟好、州议员陈金海、各家店铺里的老板伙计……都是杜丽安眼中的老风景。当然，她每日里最盼望看到的，还是后街培华小学的老师叶莲生。就连陈金海搞大了娟好的肚子，而后又暴毙在色情电影《荡妇迷春》放映现场的离奇事件，也不及杜丽安撞见叶莲生时产生的震动大。

在城里最古老的图书馆，高中会考结束的靓仔合上《告别的年代》这本大部头书，回到自己的栖身处"五月花"旅馆。作家用"五月花"这个名字来为旅馆命名，颇有些反讽意味。这个"五月花"和1620年从英国普利茅斯港口驶往美国，建立了北美第一块殖民地的"五月花"号轮船没有丝毫关系。那边厢是载着102个清教徒的轮船，这边厢却是妓院和"炮房"。不过，两个"五月花"也有近似的地方，里面"装载"的都是些孤魂怨鬼。

靓仔从小便和母亲在各个小城、各家小旅店流浪。他们到达"五月花"后，落脚于三楼一间非常潮湿的房间，从此再也没有离开过那里。

靓仔在图书馆阅读的这本书《告别的年代》，作者也叫杜丽安。为了将作家杜丽安与作家笔下的人物杜丽安区别开来，作家杜丽安特意给自己取笔名为"韶子"。韶子35岁就英年早逝。对韶子作品很有研究的评论家第四人否认《告别的年代》出自韶子之手，他认为该小说呈现出来的复杂性远远超出了作家的阅历。

从这本书里，靓仔了解到还有一个自己存在于世，他叫"J"。他和"J"是孪生兄弟，但是命运大相径庭。靓仔有时会去 J 就读的精英男校远远地观望 J。在学校门口，靓仔见到了来接 J 放学的杜丽安。

- 04 -

出嫁之前，杜丽安让弟弟阿细帮忙向叶莲生归还借来的小说《告别的年代》，她说她完全看不懂书中的内容。阿细当然明白姐姐看上了斯文秀气的叶老师。叶莲生祖籍广东番禺，父亲是马来西亚共产党员，后来进山打游击，继而失联。叶莲生属于马来西亚左派劳工党成员，他多次参加示威游行，多次被拘留，最终教师职务不保。按照马来西亚内安法，他被流放到了外地的小岛。

杜丽安丰满艳丽，不少人对她垂涎三尺。锡埠私会党小头目、绰号"钢波"的彪形大汉刘笑波将杜丽安娶到手，做了小老婆。对于长在大街上、爸爸是赌徒、妈妈是小贩、弟弟是杂工的漂亮女孩杜丽安来说，嫁给比自己大 20 岁的一方"二诸侯"，对方大老婆又只是个海边农妇，这样的婚姻并不算差。阿细对姐姐嫁给钢波很失望，钢波曾经率领一帮烂仔到家里来找杜父索要赌债，还动手打过杜父。杜丽安无法让弟弟明白：锡埠天天都在上演着现实版的酷烈电影，叶莲生那类后生仔只是她青春梦幻的彩色花边，在嫁人问题上，她相当分得清虚实。父母对杜丽安嫁给谁毫无发言权，在他们眼里，嫁人是另一只饭碗，饭碗当然还是大块点、牢实点为好！

- 05 -

母亲热衷和靓仔玩寻宝游戏。母亲把玩具、生活用具藏在房间的各个角落，然后不厌其烦地让靓仔去寻觅。她很有耐心地等待靓仔找到那些东西，如同期盼一份宝物降临。靓仔也是母亲的珍宝，她时不时要把他拿出来检视一番，看到他完好无损，母亲才放心。

母亲每日在藏匿中生活，她背着靓仔和男人们做皮肉生意，出没在"五月花"的各个角落。母亲还没衰老就生活在遗忘中，从不提及往事。

"五月花"的妓女们打架、吵架，再和好，彼此相依为命。渐渐地，她们也都老了，不再有嫖客登门。

管理"五月花"的是个叫细叔的男人。细叔对靓仔母子特别关照，母亲因湿热的天气和简陋的居住条件患上了严重的风湿病，双腿肿胀变形。细叔每日给她买饭、敷药，并做些小生意来养活他们母子俩。

母亲临死前特别想吃肉。靓仔给她买来了咖喱羊肉，她饱食一餐后捂着肚子，非常满足地离世了。

## - 06 -

为了参加妈妈的葬礼，阿细从打工的外地回到老家锡埠。他看到姐姐杜丽安婚后倒是变得光亮圆润了。虽然不是正室，钢波却很宠爱杜丽安。钢波大字不识几个，他对女人的爱体现在为她操持各种杂事上，比如厚葬丈母娘，比如替老丈人还赌债。杜丽安虽然认命，但要处理婚后复杂的家庭关系，很有些力不从心。特别是钢波那两个对她充满敌意的儿女，不好对付。杜丽安的愁烦自然不少。

钢波的顶头老板庄爷给了他一笔钱，他拿出其中的大头给渔村大老婆的两个儿子开了渔场。杜丽安使尽手段，还是只分得小份。她用这笔钱开了一家茶餐厅。很快，精明强干的杜丽安就把餐厅经营得风生水起，红红火火。有了事业作精神寄托的杜丽安变得越发漂亮了。

天长日久，不断磨合，家人们习惯了彼此，大家都收起锋芒，各归其位地过起日子来。钢波做爷爷了，他比从前爱回渔村的大老婆那边去，甚至一反常态地在那儿过起夜来。母亲去世之后，杜丽安的父亲和一个印度洗衣女工在自家老宅同居，印度女人把父亲照料得还不错，杜丽安贴点钱也算想得通。有时，那印度女人的两个高大的儿子会去老宅蹭饭，杜丽安看在眼里，也是管不过来。最得钢波宠爱的儿子石鼓仔到外埠闯天下去了，文静秀气的女儿刘莲到制衣厂做了车衣工。

日子暂时还算顺遂。只是，杜丽安怎么也怀不上孩子，钢波也不配合她去医院检查身体。

## - 07 -

临近母亲去世，那些老妓女告诉靓仔，有个叫玛纳的瘦小文弱的泰国女孩住进了"五月花"旅馆。玛纳神秘莫测，总是从后门出入，很少有人能见到她。同是年轻人，玛纳的出现勾起了靓仔强烈的好奇心。也许玛纳对他的感觉也一样，她频频在靓仔的房间里留下现过身的痕迹（翻他的东西），可又总是来去无踪影。

靓仔和玛纳玩起了捉迷藏的游戏。玛纳带来的神秘女性气息让靓仔欣喜。母亲还在世时，房间里就有这种甜馨温润的气息。这个不现真身的玛纳，搅扰得靓仔心神浮动。

靓仔想象着，某天他能把韶子的小说讲给玛纳听。韶子的小说总能唤起靓仔对模糊往事的回忆。她小说中的诸多人物都在靓仔不同的人生阶段出现过。从第四人对韶子的描述中，靓仔了解到，韶子属于放浪不羁、至情至性的作家。韶子的个性让靓仔联想起早年间一位很有风尘味的阿姨，在跟着母亲辗转各地时，这位阿姨经常带着丰盛的礼物来看望他们母子俩。阿姨总是那么欢天喜地，抽烟聊天不停歇。后来，不知怎的，她突然从他们母子俩的生活中消失了。

## - 08 -

日子真不经过，时间滑到了20世纪80年代初，杜丽安在四邻中最早给家里添置了彩电、冰箱和录像机。她已经在学开车，准备购买新房子。生活富足的同时，内心的隐忧也在疯长。

帮会女人的闺房日子肯定是寂寞的，杜丽安听说钢波在外面还有别的女人，她已懒得去探个究竟。她的生意越做越大，她得到的尊重、恭维甚至巴结都足以冲淡她对钢波的依赖。父亲吃喝嫖赌了一辈子，还算体面平静地走了；家中老宅杜丽安也不想去争，留给印度女人住着，等于是帮忙看房。弟弟在都门（马来西亚城市）生活得也很踏实，结婚生女，做到高级打工仔职位。只有石鼓仔还是不长进，无所事事，到处借钱。不过，真正替他着急的也只有钢波。老实巴交的刘莲有了男朋友。听说她的男朋友不仅是制衣厂的财务副总管，模样还像其时非常轰动的电视剧《上海滩》里的男明星周润发。杜丽安根本不相信刘莲会有这么大的本事。

自信豪爽、急躁莽撞的钢波惹出了大事，他的谊父、帮主庄爷打算退出江湖，庄爷让钢波与他一起退居二线，而把堂主位置留给了自己的侄儿。钢波还不到60岁，对堂主位置觊觎已久，他率领一帮弟兄与庄爷当场翻脸。庄爷被气得中风倒下，不省人事。事后，惧怕庄爷家族在锡埠政商和黑道方面的强大势力，钢波来不及给杜丽安打招呼，便带着儿子潜逃了。颇通人情世故的杜丽安赶紧去庄爷那儿替钢波赔罪。还好，庄爷没将这笔账算在杜丽安头上。

杜丽安到处打听钢波的下落，终是一无所获。

刘莲将她的男朋友叶望生带回家来，杜丽安见之大惊。这个和叶莲生长得一模一样的男人，果然是叶莲生的孪生哥哥，从小就被抱到伯父家寄养。叶望生和叶莲生性格迥异，形同陌路。叶望生行事灵活，小嘴油滑，刘莲被他欺哄得团团转。接下来的好多天，杜丽安身在茶室，心系叶望生。

杜丽安既有移情之心，叶望生就有贪恋她身体之意。终于有天，杜丽安和叶望生在尚未完全装修好的新房子里苟合了。

## - 0.9 -

会考毕业的靓仔趁着暑假在肯德基快餐店打工。工余时间，除了阅读韶子的小说和评论，他将全部时间和情感都放在了玛纳身上。玛纳神龙不见首尾，却给被妓女和嫖客污染过的房间带来了清新的生气。靓仔和玛纳在藏污纳垢的"五月花"旅馆建立了无声的默契。他们小心翼翼、细腻入微地保持着朦胧诗意的距离。

新年那天，玛纳打扮一新外出了。靓仔疯狂地在各个夜市寻觅她。他回忆起小时候母亲带他去夜市看新年焰火，他独自跑开了差点走失。母亲找到他后，给了他一记耳光，将他的一只耳朵打失聪。新年的回忆让他格外孤独。就在这夜他迷迷糊糊之际，分不清是现实还是梦幻，玛纳潜入了他的房间，给他带来身体的搏动和精神的慰藉。

靓仔明白，他喜欢韶子的小说，犹如古希腊的纳西瑟斯喜欢自己水中的倒影，他在小说中洞见自己的人生。就连韶子极受争议、描写同性恋的小说《只因榴莲花开》,他也是那么喜欢。他不同意评论家第四人对这篇小说的批评,他认为争辩作家本人是不是同性恋者没有意义。作为读者,他被这部小说中同性之间炽烈疯狂的爱情深深打动了。

## - 10 -

杜丽安搬进了豪华的新居。叶望生表面还是刘莲的男朋友,背地里却频频与杜丽安暗度陈仓。杜丽安看出这个男人花心不可靠,他既贪恋杜丽安的肉体,又不放弃刘莲的清纯。杜丽安提醒刘莲防备那些贪欲的男人,她又未尝不是同时在提醒着自己。

历经一年逃亡,憔悴而走投无路的钢波和儿子回来了。杜丽安押着钢波去给庄爷下跪认错。已经偏瘫、讲话困难的庄爷原谅了这个浪子。从此,钢波父子俩的境遇江河日下,他们苟且度日,毫无斗志。钢波沉浸于赌局中,石鼓仔染上了毒瘾。

杜丽安如今修炼成了真正的女强人,她与钢波貌合神离,勉强维持着名义上的夫妻关系。她和叶望生的偷情点也从家中转移到名叫"五月花"的小旅馆。这家旅馆闹中取静,比较生僻,不容易撞见熟人。

家庭的萎顿往往是从家庭成员彼此之间的冷漠和涣散开始的。在杜丽安的茶餐厅打工的石鼓仔毒瘾越来越严重,最终被杜丽安赶走了。渔村那边,钢波大房的两个孩子查出患上了罕见的遗传病。他们无钱治病的新闻甚至上了当地的报纸。极重脸面、最疼爱石鼓仔的钢波面对家人的现状,气急之下,病倒住院。渔村的那个家只剩下刘莲时不时回去看看母亲。

时运至此,杜丽安最大的祈望是能同叶望生有个孩子。她又一次吃起了催生的中药。

## - 11 -

靓仔生日头一天,细叔带他去母亲最喜欢的饭店吃饭,还给了他一些生日寿金。细叔说靓仔的生日是他母亲生前最在乎的事情,他母亲托梦让细叔照顾好靓仔。母亲和细叔之间,早已超越了皮条客和妓女的关系。在漫长而艰难的时日里,他们成为了亲人。靓仔回忆起母亲给他过生日的细节,他刻骨地想念着母亲。所幸玛纳给了靓仔很多安慰。

玛纳时常在黑暗中趴在靓仔背上，温柔地依偎着他。天不亮，靓仔还熟睡着，玛纳就悄悄离开了。她撩拨着靓仔，却又不让他得到全部的她。靓仔把玛纳对他的亲热方式看成女孩子娇羞的伎俩。他们柔情四溢，一起吃饭逛街，一起去看电影。玛纳身形的娇小健美让靓仔很骄傲，他紧紧拽住玛纳的小手，就像她下一秒钟就会游走。同时，玛纳带给靓仔的不安全感也始终萦绕不去。

靓仔的预感和直觉都没有错。在他生日当晚，为给他助兴，同在肯德基打工的印度小伙杰克骑着摩托车，带着他在全城兜风。杰克被同事们传为是同性恋者，最近他失恋了，举动不免有些疯癫。杰克非要带靓仔去人妖聚集卖春的地方逛一逛。杰克给靓仔介绍着各种类型的人妖风格，他们中的大多数人是从泰国偷渡过来做皮肉生意的。

杰克的摩托车在站街的人妖型妓女面前穿梭。最后，杰克说带靓仔去看几个清纯风格的人妖妓女。尽管只是一晃而过，尽管靓仔不敢相信自己的眼睛，他还是在那些站街的人妖中看见了玛纳。清纯打扮的她（他）穿着靓仔为她（他）贴上了白色雏菊花饰的松糕鞋……

下了杰克的摩托车，靓仔掏心掏肺地呕吐起来，继而发起了高烧……

靓仔读过韶子用"石双修"为名发表的小说《屠子》。这篇引起巨大轰动和争议的小说，描写的是一个异装癖屠夫的离奇故事。这个屠夫中年丧妻，从此以女装面目示人。他穿着女性衣服在菜场卖肉，与和他断绝了关系的儿子和媳妇打起了擂台。屠夫最后死于乳腺癌。他盼咐家人将他以女装入殓。他的家人为给他保全最后一点颜面，并未按他的要求送葬，对外谎称他死于睾丸癌。

透过《屠子》这部小说，第四人分析了韶子具有多重人格的心理特质。说到多重人格，也有评价者认为既然韶子早逝，《告别的年代》也有可能出自第四人之手，是他以韶子的名义出版了这部小说，他更属于此种人格的典型。

— 12 —

在庄爷80寿辰的宴会上，杜丽安意外瞥见叶莲生。叶莲生还是那么清瘦斯文，只是他身边多了位女人。他专注地倾听这位女士讲话，非常照顾她。叶莲生温和脱俗的气质依然强烈地撞击着杜丽安，却也让她自惭形秽，不敢上前相认。

自从见了叶莲生，杜丽安失去了对叶望生的兴趣，她不再和他偷情。然而，刘莲却怀上了叶望生的孩子。换在昔日，钢波会让手下人暴打叶望生一顿，再逼迫他迎娶刘莲。如今钢波雄风不再，叶望生玩起失踪后，刘莲除了惊慌失措，只有紧紧拽住杜丽安不松手。

无奈之下，杜丽安将刘莲安顿在"五月花"旅馆待产。刘莲生下了一对双胞胎男孩。本来讲好两个孩子由杜丽安抱走，临到头，刘莲苦苦哀求杜丽安给她留下一个。杜丽安答应了，交换条件是刘莲必须告诉家人，她调去外埠工作了，不能让任何人知道关于孩子的事。

杜丽安对钢波谎称抱回家来的孩子是她收养的。这个男孩让步入中年、越发空虚无聊的杜丽安重新焕发了活力。

钢波因肾衰竭住了医院。他的情妇和一双私生儿女被杜丽安在病房偶然撞见。杜丽安这才恍然大悟，原来那年钢波说拿钱给儿子开渔场，其实是在外面包养了这个年轻女人。那些日子，钢波提着各种玩具频繁地回渔村大老婆家，并且在那儿过夜，他对杜丽安声称是去看孙子了，原来是去探望一双私生儿女。

杜丽安万念俱灰，分割好财产后她逼迫钢波与她分居。从此，她再也未见过他。

刘莲到医院去看望奄奄一息的父亲钢波。回程时她乘坐的大巴车遭遇车祸，她被甩出车窗而亡。死后两个月，她的遗体才得到认领。杜丽安帮忙安葬了刘莲，赶去刘莲住处寻找她的儿子，却被邻居告之三岁的孩子被刘莲的几个女友带走了，下落不明。

— 13 —

靓仔连续多日高烧不退，细叔无微不至地照顾着他。细叔知道"五月花"的一切秘密，似乎也明了靓仔为何生病。

玛纳离开了"五月花"。靓仔在晕眩状态中能感觉到她（他）曾来过，到处都是她（他）留下的清新气息。

细叔给靓仔讲述了玛纳的身世，原来他是细叔的儿子。玛纳的妈妈叫蓝雅，是泰国人。年轻时蓝雅和混社会的细叔同居，日子过得很不好。蓝雅怀孕了，他们却连打胎的钱都没有，蓝雅就回了泰国。不久，蓝雅告诉细叔，她生了个男孩，随她姓，名叫安攀。细叔从监狱出来时，家人都已经死去，他好像一下子觉悟了，开始踏实打工挣钱，不断寄钱给蓝雅。后来蓝雅罹患癌症，细叔赶到泰国去探望她。那一次，他见到了自己的儿子——少年安攀。那时，安攀已是半成品的玛纳。

蓝雅去世后，细叔接到玛纳的电话，她说她正在南下的汽车上，她要多挣一点钱，回去再次做变性手术……后来，她住进了"五月花"旅馆。靓仔的母亲喜欢玛纳，玛纳也喜欢这个亲切的妇人。靓仔的母亲让玛纳想起了母亲蓝雅。再后来……这个妇人的儿子靓仔迷恋上了她……

## - 14 -

靓仔拿到了大学通知书，即将要离开"五月花"。细叔说"五月花"旅馆实在太破旧了，已经有人买下了它改作咖啡馆，"五月花"从前的气息将不复存在。

多年以后，马来西亚文坛诞生了一位"国家级的世界性作家"，该女作家叫玛莉安娜·杜，她出生在首都一个富裕家庭，从小接受英文教育，不懂华语，但会粤语。玛莉安娜以自己的家族史为基础，加入想象与考证，完成了这部名叫《告别的年代》巨著。从玛莉安娜在该书开篇的描写中，读者能推测出她正是杜丽安弟弟阿细的孙女。

## - 15 -

几段故事到此都结束了，小说最后是大段考证《告别的年代》"真正作者"是谁的互文性穿插。在各种生涩、牵强、绕来绕去、啰里啰唆的描述中，小说的作者有可能是读者"你"——靓仔，有可能是这部小说的署名作家韶子，也有可能是评论家第四人。

不清楚黎紫书为何久久纠缠于这种所谓互文写作中。每写作一段故事，必定将她之前创作的小说中的情节或人物拿出来分析，而这种分析又和现时叙述的故事对接不上，特别生硬突兀。互文写作在20世纪60年代就有西方作家尝试和应用。到20世纪80年代，它变成国际流行和颇为时髦的写作手法。时至今日，互文写作技巧已经有点过时，更多的大作家将写作重心放回到对小说内涵和深度的追求上。显然，黎紫书的互文写作处在有心无力的阶段，行文特别不自然，极其拧巴。我几次扔掉书本，第二天再克制住烦躁情绪，强迫自己继续往下读。

– *16* –

对于写作了多部短篇小说的黎紫书而言，《告别的年代》显然是她极为用心规划的一部长篇小说。说是规划，是因为看得出作家行文的紧张、结构的刻意。我将行文称为紧张而不是做作，是因为作家非常真诚，真诚到小心翼翼，甚至啰里啰唆的地步。她明白，线型结构的写法在形式上有些单薄。也许，对于《告别的年代》故事本体，她还是有着本能的不自信。形式即内容，形式的新颖、形式的探索可以让内容更加丰富有趣味。就像侦探故事中常有的那类结构，吸引读者不忍放下书本的，表面上是故事的悬念；只有看到结尾处，读者才恍然大悟，原来情节并不复杂，凶手一直就在那儿。独特的结构"遮蔽"了凶手……形式是文体深层结构的外化，它必然包含和规划着内容的走向。这是现代小说的特点之一。

长篇小说当然也有各种写法，马尔克斯和略萨的小说吸引很多读者的，也是结构的新颖独特、闻所未闻（当时）。每个作家都有在小说文体和修辞上进行试验和创新的野心，尤其是对于第一次写作长篇的黎紫书，她当然不甘心只写一个注水版短篇或中篇小说。不过，国内众多作家还是对黎紫书此种尝试大加称赞，这只能说是见仁见智了。

《告别的年代》的结构特别生涩，它像一个瘤，横亘在那里，不断搅扰你、提醒你这是作家有意而为的别致构思。其实，小说形式到了如此阻塞内容能够酣畅流利表达的程度，就说明其形式不够成功，效果也不是太好。《告别的年代》毕竟只是黎紫书的长篇处女作，假以时日，她或许能把两者磨炼得相映生辉或是浑然一体。

## − 17 −

黎紫书的优势是对南洋风土人情的熟稔。她是个记者，见多识广，社会阅历很丰富。她对底层华人胼手胝足打拼人生的描写出神入化。在这些江湖儿女的命运起伏中，我们能清晰地看到历史变迁如大浪淘沙，看到芸芸众生为稻粱谋的艰辛。无论他是富商、黑社会头目、打工仔、妓女、皮条客还是革命者，这片土地上的每个人心底都镌刻着刻骨的孤独，都想要抱团取暖，结果却往往令人绝望。然而，哪怕是最卑微的灵魂，在为生存奋斗的历史中，都留下过闪光的人性、勇敢之心和脉脉温情。

黎紫书不仅熟悉，而且充分理解底层人民，她的小说充满悲悯情怀。《告别的年代》中那些老老实实地叙述往事，生动细致、平心静气地勾陈心绪的段落格外朴素动人，它们反倒比那些劳什子互文写作的篇章好很多。

## − 18 −

得承认，阅读《告别的年代》很不尽兴，读得特别费劲。作家有企图，却没有能力把握大历史背景之下的个人命运。她不甘心只讲述一段或几段个人史，她庞大的野心和笔力很不对位，就像一位清纯少女硬要打扮成沧桑的中老年妇人，有那么点不上不下的尴尬情状。

黎紫书的小说语言很生活化，真实而富有地域特色。方言如果使用得好，是完全能增强小说的氛围感和文化感的。只是，《告别的年代》中，这种生活化语言作为文学语言，很多地方都显得比较"水"。不少抒情的语句特别像流行歌词，使得整体叙述像砖瓦夯得不是特别紧实的房子，读起来比较松垮。

既然从写作技巧的刻意和实验方面，可以看出作家对该书的写作有很高的追求，我自然对该小说文本的整体格局要求更严格一些。也许，众多推荐该书的著名作家是出于对马来西亚严肃文学的鼓励和打气，标准放得稍低一些，否则不会对该书有那么多溢美之词。

黎紫书确实很有潜质和实力再上层楼。目前为止的观感，就是这样。

## 张爱玲

张爱玲(1920—1995),出生于上海,香港大学肄业,生前长居美国。世界华文领域影响最大的女作家之一。主要作品有长篇小说《半生缘》《怨女》《秧歌》《小团圆》等;中篇小说《金锁记》《倾城之恋》《红玫瑰白玫瑰》等;短篇小说《封锁》《茉莉香片》《心经》《花凋》《色,戒》《琉璃瓦》等;散文集《流言》等;评论集《红楼梦魇》等。

**《小团圆》**
北京十月文艺出版社,2019年1月版

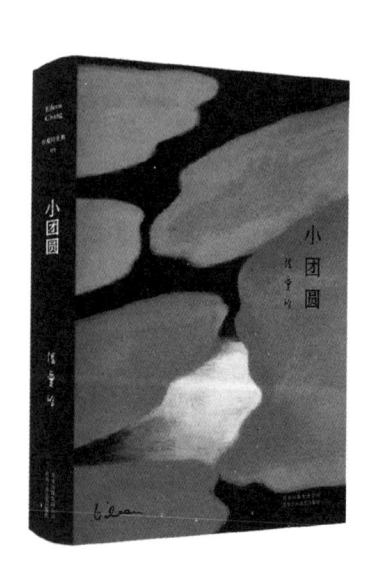

# 小团圆的温度

中国女作家张爱玲和她的《小团圆》

> 这是一个热情故事,我想表达出爱情的万转千回,完全幻灭了之后也还有点什么东西在。
>
> ——张爱玲

## - 01 -

"……老年人回忆中的三十年前的月亮是欢愉的,比眼前的月亮大,圆,白;然而隔着三十年的辛苦路望回看,再好的月色也不免带点凄凉。"在《金锁记》的开头,二十出头的张爱玲老练地揣摩着中老年人的心境。对于《金锁记》的主人公曹七巧来说,30年前的月亮着实是凄凉。同样,张爱玲年过半百之时创作的长篇小说《小团圆》,回到的是她最熟悉的年代——20世纪40年代,她最熟悉的场域和人物——她的家族,属于她的30年前的月亮,既不欢愉,也非凄凉,而是在通透中散发出淡漠的光晕来。

1975年,经过漫长的写写停停,张爱玲基本上完成了这部自传体小说。由于小说内容牵涉到众多亲朋好友,尤其是敏感人物胡兰成,胡兰成当时还定居在台湾，张爱玲听从好友宋淇夫妇的建议，无限期搁置了这部书稿的出版。其间，她甚至要求宋淇把书稿焚毁算了，宋淇没有照办。宋淇惜才，就像卡夫卡的好友、其遗产执行人马克斯·布罗德一样，他也没有遵照卡夫卡的遗嘱，焚毁卡夫卡生前的作品。否则，读者们就没机会阅读到这些传世佳作了。

2009 年，张爱玲去世 14 年后，其文学遗产执行人、宋淇的儿子宋以朗犹豫再三，最终授权台湾皇冠出版社出版了这部万千读者翘首以待的小说《小团圆》。《小团圆》经历的周折，估计连张爱玲自己也预料不到。随着对张爱玲生平事迹最有话语权的几位人士的过世（姑姑、弟弟、炎樱、宋淇夫妇等），不管是作为张爱玲个人史料，还是她的末期代表作，《小团圆》都愈发显现出它的重要价值。

## - 02 -

进入 21 世纪之后，"民国"重又红起来了。读者们忽然发现，眼前闹得纷纷扰扰的人文社科领域的一些话题，时尚界的流行什物，所谓很有品质的生活方式等，不过是在重拾民国牙慧。张爱玲煊赫的家世及其家人之间复杂、扭曲和吊诡的关系，虽然有违绝大多数中国家庭的伦理常态，却异常符合我们对民国时期大家族的想象。谁能比她的家族更封建腐朽（吸鸦片、纳妾、嫖妓、赌博），谁又比她的家族更洋派前卫（离婚、海外游历、外国情人、外国大学、洋行、娴熟英文对话），由本时代最摩登时尚的元素混搭组合而成的家庭，即便其内囊已经败坏，在一般读者眼里，那也只是恶之花，分外奢靡、绮丽和妖娆。

20 世纪 40 年代，张爱玲创造了海上文坛的一段传奇。1952 年，她离开中国，从此销声匿迹将近半个世纪。20 世纪 90 年代初，随着中国城市化进程的高歌猛进，读者们对"现代都市小说"的喜爱程度大有超过"农村题材小说"的趋势。"都市小说"的先驱作家张爱玲再度声名鹊起，其"传奇性"更是远超从前。张爱玲的写作才华、显赫的身世、冷傲的性格、坎坷的经历，她去国后甚少曝光的个人生活，这些都是她文本之外鲜香的"辅料"，不同层次的读者可以从各种角度去咂摸。

与《小团圆》同期推出的长篇小说《同学少年都不贱》，也是千呼万唤始出来的张爱玲旧作。我托朋友买来《同学少年都不贱》，迫不及待地熬夜翻看，看完却大失所望。《同学少年都不贱》仿佛是张爱玲以旧日创作素材拼写成的残羹，心不在焉草草写就。如果说作家的写作也像"生育"孩子的话，《同学少年都不贱》时期的张爱玲似生育过多的母亲，生到后面，懒怠了心肠，对孩子的样貌体格都不甚上心，由着惯性随他去了。《小团圆》的情况似乎就不同，毕竟是个人"自传"，即便字里行间得见作家下笔略有点战战兢兢和游移，那也是因为对个人历史太在乎的缘故。话说回来，《小团圆》也的确为张爱玲的末期创作扳回一局。

## - 03 -

张爱玲在《小团圆》前言中强调，"我写《小团圆》并不是为了发泄出气，我一直认为最好的材料是你最深知的材料……"她最深知的，自然就是她的家族。她最出色的小说，无一不是书写家人的故事。30年过去了，张爱玲的创作视野有了不小的变化，并且，隔着大江大海甚而阴阳两界，她和她最深知的人有了辽阔的距离，《小团圆》的体温似乎就凉得多了。当然，它的肌理依然不乏张爱玲小说独有的讥诮丰盈感，通体弥散出的，却是过尽千帆中冷暖自知的况味。

《小团圆》整体风格散漫自由、大开大合，它绝非张爱玲刻意而为，却暗合了20世纪中后期现代小说的趋势——"小说的心理化和零散化，趋向于结构的消解。"张爱玲早期小说笔触密实绮丽，追求惊艳传奇效果，《小团圆》不啻为她"却道天凉好个秋"式的转身：布局留白甚多，文风平实简素，人物内心的暗流涌动多以直白的语言倾倒而出，隐喻明显减少。沉郁的基调贯穿《小团圆》始终，通篇是同学、恋人和至亲之间的算计和疏离，其苍凉感让人后脊发凉。

"《小团圆》因为情节上的需要，无法改头换面。看过《留言》的人，一望而知里面有《私语》和《烬余录》（港战）的内容，尽管是《罗生门》那样的角度不同。"要进入《小团圆》的氛围，我们有必要先忽略它写作、修改、出版过程中略显凌乱的时间顺序，让时光倒流70年，回到20世纪40年代的民国。《小团圆》中穿场而过的甲乙丙丁，无不是民国时期活跃于香港和上海两地的时髦人物。

《小团圆》中主要人物的命运，他们的一颦一笑，老读者在她高峰时期的小说和散文中早已熟悉。再度拜访"熟人"，读者们期待的就不仅仅是故事了。新的小说会呈现"熟人们"怎样的样貌？抑或，作家会补充哪些边角余料，让"熟人们"的面容更丰满、身段更娉婷……"当你阅读他（作家）的小说时，会领略到一种只有同自己的多年朋友之间才会有的感情。"这也是在中文写作领域，张爱玲等少数几位作家才能享有的殊荣。在对其作品进行持续性阅读的过程中，读者会打通其不同时期笔下的人物，自觉进行比较。

张爱玲将《小团圆》定位为爱情小说。"这是一个热情的故事，我想表达出爱情的万转千回，完全幻灭了之后也还有点什么东西在。"……然而，阅读张爱玲的小说——也许是一切作家的小说——只能将作家自己的诠释作为参考因子对待。《小团圆》当然不只是爱情小说，我个人甚至认为不能将它称为"爱情小说"，它是张爱玲最跌宕也最辉煌的中国生活的全面回顾，是作家在中年之后反思自我和世界关系的形象性反映，并以此定位，就地生根。小说的"虚构性"成为作家袒露内心真实的保护伞，也是她尽情铺展想象力的飞行器。

《小团圆》流泻出的诸多真实而残酷的生活细节，可当作张爱玲从前一些短篇小说的背景。在那些小说里，年轻的作家（24岁左右）识人的眼光与《小团圆》时（55岁）大为不同。早期的短篇小说隐匿了作家的自我，从旁观者的角度讲故事，态度冷静，笔触犀利圆熟。而在《小团圆》中，作家以自身为绝对的中心向外辐射，所有人围绕着"我"来发生关系，"我"则间离出来评价他们。故事性不再是重点，人物内心走向才是关键。

即便面对相对一致的写作素材，作家视角的变化也使得时间和空间交集下的人物投射点移动了。体察大作家处理相同题材时思想和技巧的微妙更迭，从而牵扯出大的时代和小的个体之间互为表里的层层纠葛、重重风云，《小团圆》在考据和想象两方面都让我得到了盛大的阅读快感。

## - 04 -

《小团圆》的创作时间横跨民国和新中国，创作地点历经上海—香港—美国等地，时空背景的变换可谓剧烈。尽管张爱玲宣称自己从不关心政治、自私而不动感情，然而，"覆巢之下岂有完卵"，大的时代和小的个体本来就互为因果，"小团圆"中透析出的珠光和暗影——即便仍旧是作家写过的那批"角色"重新登场，看得出也都被时代塑了形，修了"边角"，面容中有了沟渠。"写作在一定程度上并非寻找或创造新的形象，而是通过特殊的手法将这些形象（或被语言化的经验）进行重新安排，以体现作家的创作意图。"

宋淇在解释《小团圆》的由来时说，"才子佳人小说中的男主角都中了状元，然后三妻四妾个个美貌和顺，心甘情愿同他一起生活，所以是'大团圆'。现在这部小说里的男主角是一个汉奸，最后躲了起来，个个同他好的女人都或被休，或困于情势，或看穿了他为人，都同他分了手，结果只有一阵风光，连'小团圆'都谈不上"。

张爱玲取"小团圆"这个书名，难说没有反讽的意味在里面，这也与她看人看事一贯的距离感与尖锐性相关。在她的大家庭里，从来没有过中国人所谓志得意满、花好月圆的大团圆，都是暂时而各怀心机的小团圆。大团圆自有大团圆相对的封闭性和局限性，小团圆反有小团圆残破分裂的文学余韵。

我自己也是个小说作者，深知不能将自传体小说与自传混为一谈，《小团圆》的情况却甚为特殊。张爱玲在散文随笔中已将家人"爆料"太多，《小团圆》中的所有人物，无一不可对号入座。从对人物心理的书写来说，即便是自传，这种瞬间即逝、变化无常的状态怎么能判断出它的绝对真假？自传体小说更是虚实相间，全看作者行文需要了。作家并非全知全能的代言人，小说写到一定程度，人物自会跳出来"说话"，作家也奈何不得。

俄裔美国作家纳博科夫反对将小说和真实人物、事件联系起来阅读，他说：

"文学是创造，小说是虚构。说某篇小说是真人真事，这简直侮辱了艺术，也侮辱了真实。"他无疑点出了小说的本质。尽管如此，为了加深理解，便于分析，我们不妨学习张爱玲，将《小团圆》中的主要人物和其原型，在此做个对照：

九莉—张爱玲　蕊秋—黄逸梵　楚娣—张茂渊　乃德—张志沂　九林—张子静

云志—黄定柱　邵之雍—胡兰成　燕山—桑弧　荀桦—柯灵　比比—炎缨

## - 05 -

母亲和姑姑，前者对张爱玲伤害最深，后者对张爱玲影响最大。这两位民国"新"女性，张爱玲说不上多爱她们，终其一生，却都在观察、探究和表现她们。这样烂熟于心的人物，跃然纸上，自然枝繁叶茂。果不其然，《小团圆》中的蕊秋和楚娣姑嫂俩，比起散文中的她们，个性要丰富、复杂和深邃得多。

在20世纪四五十年代，在表现新女性的小说和电影中，蕊秋们通常裹着精神上的小脚（生理上的小脚不屑于被表现）。她们受到进步人士的鼓动，解开"裹脚布"，勇敢地冲破封建家庭的束缚，追求独立自主的生活（自由恋爱，走上革命道路）。巴金小说《家》中的琴表妹是其中的代表人物。那个时代的新女性，大多是如此人设。蕊秋不仅离开了封建家庭，更是"冲出亚洲，走向（了）世界"。她偏离时代的幅度之大，不亚于那些革命新女性。蕊秋的形象不好归类，她和小姑子楚娣算是文学长廊里的新人。当然，唯其让人陌生，尤为充满魅力。

蕊秋是湖南人，幼年失怙，年纪轻轻就结婚又离婚，终其一生也没有过完整的家庭生活。旧式妇女最大的不幸也不过如此吧，然而，蕊秋非为寻常人，也不愿走寻常路。她接受过系统的旧学教育，却较少被父母管束，传统文化没能束缚住她。她泼辣任性、敢做敢为，凭借父亲（清末高官）遗留下来的深厚家底，她和小姑子结伴，四海云游。她也算开风气之先的女性，见多识广，博采众长，甚至做过印度总理尼赫鲁姐妹的社交秘书。

蕊秋天生丽质，生性风流，离婚后海阔天空，有整套诱惑男人的技巧。她的男朋友和供养人如过江之鲫。蕊秋深谙感情和性的门道，该如何利用它们而使利益最大化，怎么拿捏它们能笼络滋养人际关系，她都明白通透。当然，即便蕊秋是亲朋好友眼中潇洒耀目的女中豪杰，也架不住张爱玲要掀起其华丽盎然的面子，揭示华袍下爬满虱子的里子。

蕊秋母性不强，逃避做母亲的基本责任。在两个孩子嗷嗷待哺、身体抱恙、精神苦闷甚至惨遭父亲和继母虐待时，蕊秋基本是缺席的。她重视教育，教育儿女却多是"讲大道理"的口吻，知识女性好为人师的本能，引来女儿的反感和儿子的疏远。她从不站在孩子的立场来检视自己作为母亲的行为。珍珠港事变前后，九莉在香港念大学，既孤独又清贫，学习特别用功。蕊秋伙同朋友从上海到香港游玩，顺便囤货做生意，她住在豪华的浅水湾饭店，根本不关心连吃穿都成问题的九莉。她成天赌钱，和各路男人调情，反而向九莉叫穷，甚至把九莉老师因为九莉学习好而赠予她的800港币倾吞去还赌债。

九莉曾患伤寒病住院，蕊秋以自己的身体作为交换来博取德国医生对九莉的精心医护。蕊秋与男朋友亲热时，九莉便自觉外出，给母亲腾房间。九莉很小就明白，母亲的男朋友同时也是母亲的经济供养人。

蕊秋的风头没能维持到老。二战之后，蕊秋从东南亚回到上海。她显得又老又瘦，日渐失去了利用价值，在亲朋中有些众叛亲离的趋势。她只得再次出国，并预言此生将永远寻觅不到归宿。晚年时，她客居英国。临终前给九莉写信，说她最想见的人是九莉。九莉没有回应母亲柔弱的情感流露，她说她买不起去英国的机票。这个借口之勉强冷硬，令人寒心。九莉居然对母亲的生死袖手旁观，宛如看客，这是何等惨烈的母女关系！不过，只要回溯前缘，就不奇怪，九莉从未得到过母爱和家庭温情，她对家人只有还债甚至报复的心理。

九莉明知这样对待母亲是大逆不道的，她也犀利地剖析过自己："她从来不想要孩子，也许一部分原因也是觉得她如果有小孩，一定会对她坏，替她母亲报仇。"张爱玲不惜以讥讽诅咒的口吻来界定母女关系中的自我，足见亲情已经刺激、伤害不到她的皮毛了。

中国人善于讴歌母爱，部分原因是母亲的角色意味着牺牲，因而格外需要感恩。张爱玲的高妙之处在于众生平等。《小团圆》中没有母爱,张爱玲不"为尊者讳",她剖析母亲的自私、骄横、轻佻和贪图享受入木三分,她也不掩饰自己在亲情的伤口结痂之后反转而来的轻松。终其一生,她对亲人的态度都是淡漠疏离的。那种淡,覆盖着一层透明的膜,看似一切如旧,摸上去却冷硬僵死。

话说回来,我们对百年之前追求独立自由、渴望自我实现的女性的处境真能感同身受吗?"娜拉出走之后怎么办?"鲁迅先生无不担忧。"蕊秋迈着她的缠足走过一个年代,不失她淑女的步调,想要东西两个世界的菁华,却惨然落空,要孝女没有孝女,要坚贞的异国恋人没有坚贞的异国恋人",她只有死抱救命稻草——祖上留下的古董(金钱)不放手。蕊秋的生活看似和同时代的女人隔着千山万水,有着云泥之别,然而,她并不比市井俗妇或是乡下女人更有安全感——那些人还能指望着晚年被儿孙赡养,她却只能孤寂地客死异乡。

《小团圆》把蕊秋写到中年时期便戛然而止。现实生活中,黄逸梵在61岁时客死英国,死时没有任何亲人在侧;张爱玲76岁独自在美国去世。母女俩的生命结局可说是殊途同归。不知这两位民国先锋女性去世前作何感想,我揣测张爱玲应该比她母亲要平静,她没有背负任何感情和金钱的债务,而她母亲,毕竟是胸有块垒。

## - 06 -

张爱玲在随笔《姑姑语录》的首行就给张茂渊定了调——"我姑姑说话有一种清平的机智见识"。所谓"清平的机智见识",就是出身大户人家,从小见多识广;接受过完整的中西方教育,智识不凡,对许多人与事,见惯不惊,能以冲淡平和的态度对待。

张茂渊1901年出生于南京,1991年在上海去世。张茂渊的父亲张佩纶是光绪年间的高官,母亲李菊耦是李鸿章的大女儿。张茂渊幼时家境富裕,曾留学英国。回国之后,在电台和洋行做事,算是中国第一代外企白领。遗憾的是,张爱玲出国太早,《小团圆》只勾勒出张茂渊(楚娣)前半生的经历,其更加坎坷而百味杂陈的后半生，只能凭借浮皮潦草的新闻报道了解个大概。张茂渊没有子嗣，生前深居简出，死后没有留下只言片语。或许一段极为珍贵的中国职业女性口述历史就这样错失了。

楚娣个性独立，她比嫂子蕊秋更现实，也更坚硬。蕊秋骨子里有点罗曼司，楚娣却是彻头彻尾的现代大都市女郎。不多愁、不自怜，清楚分明地待人接物。她敢与同父异母的大哥打房产官司；看不起抽大烟的二哥乃德，与他们先后断绝了关系。她经济独立，绝不依附任何人。她特立独行，尽管哥嫂离了婚，她却与大她六岁的嫂子感情浓厚到疑似同性恋的地步。那些行走在传统男权社会的知识女性，缔结金兰之谊，甚至同性之爱，相互关爱支撑，联手对抗世俗的偏见和环境的打压。这种关系，在民国时期或许并不鲜见，却少有被表现。楚娣和蕊秋在感情上都很离经叛道，并常常以对中规中矩感情模式的僭越为傲。

蕊秋犹如天马行空的艺术家，楚娣则理性、冷冽、趋利避害。楚娣的个性就像张爱玲笔下上海人的注脚："上海人是传统的中国人加上近代高压生活的磨炼，新旧文化种种畸形产物的交流，结果也许是不甚健康的，但是这里有一种奇异的智慧。"楚娣迫于无奈收留了从二哥家逃出来的九莉，却连一顿饭也不舍得留侄儿九林吃。她清楚，她没有抚养侄儿侄女的责任，自己也有不小的生存压力。她不会为做个好人而委屈自己。她是那种把现在和未来看得清清楚楚的女性，明白要安全前行就得轻装上阵，附带的累赘就得尽量摈弃。她幽默大气，看问题入木三分，偶尔也难免刻薄。年轻时，她的情史迷离混乱，先后和嫂子、外侄、已婚同事等人发生纠缠，皆是不得始终。她的情感不乏力度，却遇不到对手。与她过手的男人精神意志之孱弱，让人沮丧。楚娣爽利直接的处事之道和超越时代的思想意识注定其将终生孤独。楚娣的行为和心理，几乎比同时代女性前卫近半个世纪。她的形象宛若富矿，信息量很大，深挖下去，总会有新鲜的发现。

在所有亲人中，张爱玲和姑姑的感情最为深厚。她出国前和姑姑约定今生永不见面。换了寻常人家，至亲离别的肝肠寸断堪比断手断脚，张家人到底非凡，姑侄果真就此永别。1979年之后，有几年，她们再度以书信联络，不过也仅止于此。别说与张爱玲隔着太平洋，相见不易，就是同在上海，张茂渊也没有再见过侄儿张子静。张家人到底只有"小团圆"的命。

从报纸上看到，晚年时的张茂渊和丈夫李开弟倒是琴瑟和谐。他们俩早在青年时代就认识，接近老年才结婚。张茂渊活到90岁去世，算是得了善终。

## - 07 -

相比描写得活色生香的蕊秋、楚娣，《小团圆》中最重要的人物——女作家九莉的前夫邵之雍，其形象反倒不太饱满。是否当时人物原型胡兰成还健在，张爱玲在潜意识中"留有一手"？抑或她和胡兰成的情感纠葛过于复杂，胡兰成的汉奸身份也不容抹去，千言万语竟无语凝噎？然而，"终止道德判断让我们最深刻地理解小说"，我们在《小团圆》中瞧见当时来往于上海的人员空前混杂的身份，战后汉奸的狼狈处境，以及与汉奸来往密切的人心绪的复杂。

九莉未见邵之雍其人，先闻其事。她把这事当作时代的笑话讲给闺密比比听："有人在杂志上写了篇批评，说我好。是个汪政府的官。昨天编辑又来了封信，说他进监牢了。"九莉向来不会人云亦云地看人看事，她不屑于市面上的道德观。邵之雍对她文章的激赏点中了她的穴位，甚合她意。他执意要见她，彼此倒也相见恨晚，言谈高度投契。邵之雍文学功底深厚，写得一手好文章，见识不俗。九莉的精神状态为之焕然一新，不仅流露出活泼俏皮的女儿态，还连带出妙语连珠的兄弟气，邵之雍也为之陶醉。

九莉对色彩永远感到饥渴，同样饥渴的，还有情感。色彩的饥渴可以靠穿着打扮解决，安放情感则棘手得多。九莉了解自己："她太不母性……她不喜欢像她的人，尤其是男人。"邵之雍比九莉大15岁，结过两次婚，长子已经很大。九莉喜欢"老人"，"他们至少生活过。她喜欢人生"。邵之雍善于周旋于各种人之间，对女人热情而有耐性，被很多女性崇拜爱慕。九莉缺的就是人气，她是书本界的练达之人、真实生活中的侏儒。真可谓纸上谈兵的高手遇到了采花高手。

九莉认为只有无目的的爱才是真爱，她把邵之雍对她的爱划归其中。她沉溺在这段感情中，痴情也好，糊涂也罢，世间的女子不也都如此，人生总得有这么一次吧。即便如此，精灵如她，也还是看出他的侧面深沉斯文，他的正面却有泼辣的市井女人气。侧面加上正面，应该是完整的他的肖像，他正是这么个人，也许并不复杂，"好"得激情四溢，"坏"得理直气壮。这是某种孩子气不成熟的性格，还是所谓真性情？人到中年而感情方式依然孩子气的男人，很能吸引某类早熟的知识女性，她们的母爱和自信心或许都能被他们勾带起来。女人的直觉和对自己直觉的重视都同样惊人。

像很多热恋中的女人一样冷血愚蠢，九莉认为老练的邵之雍扩展开了她的生活。她祈望能结结实实地"生活"（也包括性）一把，以排遣她作为写作者容易滋生的虚无感。即使在做爱中被邵之雍折断了子宫颈，由此带来的"痛楚"也增强了她的存在感。她从小被忽视，早熟而孤寂，始终有些受虐倾向。同时，童年的创伤让她一向对人对事不做非分之想，只享受当下的快乐，惧怕未来。敏锐的心性告诉她，未来只会更坏。她的天才性几乎让很多人与事一语成谶。

拥有爱人知己、情欲的新鲜感，以及写作带来的名利，九莉人生中短暂的高光时刻到了。张爱玲以直露甚至有些粗鲁的笔触来写性，一反年轻时性描写的文雅含蓄，其变化令人心惊。"有一天又是这样坐在他身上，忽然有什么东西在座下鞭打她。她无法相信——狮子老虎掸苍蝇的尾巴，包着绒布的警棍……"在短篇小说《色•戒》中，张爱玲写到强烈的性行为对恋爱中女人心理的控制，《小团圆》也是如此。

虽然登报结了婚，但汉奸四处奔逃藏匿的状态让他们无法相守。改名换姓在各地流窜的日子，邵之雍依然处处留情。九莉对他滥情的承受力超过了一般女人，但还没变态到喜欢和那些女人分享他的地步。她渐渐明白，他们之间没有未来，她绝望到想要自杀。

邵之雍以置之度外的态度对待与他有关的女人的生死。他赞美她们、利用她们、解构她们，不过是为了占据有利的制高点，更好地控制和消费她们。他从不放弃任何一个与他有关系的人，无论男女。除了占有欲，"人"也是他活动的资本。九莉对政治本来不关心，在外却得背负"汉奸老婆"的舆论指责；在邵之雍那里，她这个老婆常常也是有名无实。她吞咽不下这口"里应外合"的浊气。

抗战胜利过后，人事巨变，时代的列车在他们这些曾经的风头人物身上碾压而过。邵之雍的处境可想而知。九莉再是淡漠和逃避，横陈在眼前的惨烈现实，到底让她不能掩耳盗铃。

## - 08 -

后来，九莉又恋爱了，对象是演员燕山。他们俩约定好要一致对外封锁消息。她是当红作家、汉奸的老婆，他是明星，都是很敏感的身份。在没有狗仔队的民国时期，名人想要隐婚隐恋很容易做到。如果不是《小团圆》面世，大概不会有几人知道张爱玲（九莉）和桑弧（燕山）的这段恋情。

燕山不及邵之雍才情横溢，却比后者多点男子气。九莉自觉对新的恋爱很投入，但在楚娣看来，她对燕山完全没有对邵之雍的用情深厚。当然还是旁观者清——在爱情上大难不死的人，元气大伤，冷与热都难入皮肉深处了。燕山对此也是心知肚明，加之"汉奸妻，人人可戏"的身份，他到底还是和别人结了婚，婚后仍然来找九莉。九莉并不感到意外，心底却火烧火燎地痛。那种痛苦更像是对她自尊心和占有欲的挑战，对重陷孤独境地的恐惧，与之前对邵之雍感情上的难以割舍，本质完全不同。

九莉没有寻常女人的多愁善感，她不逃避现实。她明白自己不过就是爱人迢迢路途中的某一站，"这一段世间与生命力无论什么别的事都不一样，因此与任何别的事都不相干。她不过陪他多走一段路。在金色梦的河上划船，随时可以上岸……"九莉坦然接受失恋的结果，她自有她的超度方式。

## - 09 -

《小团圆》中留给配角的篇幅不多，九莉的亲戚、香港求学时期的老师和同学、母亲的朋友、家里的用人，等等，这些人物着墨不多，却最有"张味"。

张爱玲以突出个性（外在形象）的洗练笔法勾勒这些小人物，分寸把握极佳，细节刻画精准入微，人物性格呼之欲出，文字张力十足。他们的言语动作于无形中渲染出浓厚的时代氛围。这些陪衬性质的人物，最能显示作家观人察事之"毒辣"，写作功力的精深，并且极大地丰富和延展了小说的生活层面，增添了它的文学韵味。张爱玲作为一代天才的灵光在他们身上频频闪现。

## - 10 -

张爱玲毕竟出国多年，想要捕捉隶属于一方水土的细节纹理岂是易事。纯粹凭借想象来书写的话，即便如张爱玲这样的大家，也难以克服后续写作中的空洞虚乏感。相比 30 年前的小说，《小团圆》中的人物似乎也跟着作家一起"老"了，其黯淡的悲凉气超过鲜辣的创痛感。这倒也符合人老之后的心境，明白了人生的局限、孵卵挣扎的不易，多了慈悲之心。张爱玲不再板着脸孔决绝地面对芸芸众生，她到底给《小团圆》续上了个还算暖色的尾巴。她写道——

"九莉做梦，梦到蓝天白云，阳光下松林中的小木屋，几个儿女在林中出没。她的爱人来拉她……就是醒来，也还快乐了很久很久……"

就连植物都有趋光性，何况人呢？

## 纳丁·戈迪默

纳丁·戈迪默（Nadine Gordimer，1923—2014），出生于约翰内斯堡附近名叫斯普林斯的矿业小城，威特沃特斯兰德大学肄业。南非最重要的作家和公共知识分子。主要作品有《面对面》《我儿子的故事》《七月的人民》《无人伴随我》《跳跃》等20多部长篇小说和短篇小说集。1991年获得诺贝尔文学奖。

《偶遇者》
漓江出版社，2015年9月出版

# 第一世界和第三世界的偶遇

南非女作家纳丁·戈迪默和她的《偶遇者》

> 向偶遇者敞开——这是她和一票朋友的信念,也是他们认为生活值得继续的部分原因。
>
> ——纳丁·戈迪默

- 01 -

直到19世纪,"世界"恐怕还属于一个超级大词,绝大多数人的脑海中绝对不会有所谓"世界"的概念,家庭、宗族、家乡就是构成他们生活的全部空间。明晰的"国家"观念,恐怕只存在于极少数精英的意识里。进入20世纪之后,尤其是20世纪后半叶,科技的神速进步使得万事万物仿佛被"换了人间"。遥不可及、神秘莫测的"世界",渐次撩开帷幕,变成了"地球村"。它远在天边,又近在眼前,宇宙时空的急遽变化呈现出魔幻般的效果。

地球像个村落,人员流动频繁,利益犬牙交错,它因此而变得更好了吗?近几十年来,地区间的发展更加不平衡,局部战争和政治迫害从未真正停歇过。人们的宗教信仰和思想观念前所未有地充满矛盾,复杂而混乱。迁徙、流亡、移民等远离故土的行为成为 20 世纪蔚为大观的社会现象。

《偶遇者》讲述的正是移民的故事。

1923 年，纳丁·戈迪默出生于南非约翰内斯堡附近有很多黑人和犹太人定居的矿山小镇斯普林斯。受到成长环境的影响，她对有色人种的痛苦以及黑白两色人种之间的斗争非常敏感。她 9 岁开始练习写作，13 岁就在报纸上发表了第一篇寓言故事，算是个早慧的文学天才。1953 年，戈迪默出版了她的第一部长篇小说《说谎的日子》，这部小说使她在欧美文学界崭露头角。《纽约时报》称赞《说谎的日子》"洞悉人生、思想成熟、笔法新颖自然、独具个人风格，堪与弗吉尼亚·伍尔夫的作品媲美"。

戈迪默是南非国大党成员，长期为反对南非的种族隔离政策奋斗，她是曼德拉的支持者和挚友，晚年的她更是不遗余力地为促进南非和世界和平奔走呼吁。她终身都在关注社会敏感议题，身体力行地为弱势群体"振与呼"。这样的作家，更别说女作家，在当今世界似乎已逐渐"凋零"。越来越多的年轻作家对政治不再发声，其作品也鲜有涉及公平正义等社会性内容。与 20 世纪晚近以来的诸多知识分子类似，作家们也更加商业化、犬儒化了。

年轻时的戈迪默受到美国左翼作家厄普顿·辛克莱的影响，开始关注社会政治事务。1958 年，她的长篇小说《陌生人的世界》因涉及黑人随时处于不安全状况等方面内容，在南非被禁十年之久。她的另一部长篇小说《已故的资产阶级世界》完成于 1966 年，更是长达 12 年被禁止发行。这部小说的主题是种族隔离政策使白人和黑人同时成为了牺牲品。1974 年，凭借长篇小说《自然资源保护论者》，戈迪默斩获英国最重要的文学大奖——布克奖。两年之后，她的短篇小说集获得法兰西国际文学大金鹰奖……

在长达 70 多年的写作生涯中，戈迪默仅长篇小说就出版了 19 部，还留下了短篇小说、剧本、论文、非虚构文本等众多作品，她被誉为南非国宝级作家。1991 年，在以《7 月的人民》为主打的系列长篇小说加持下，戈迪默荣膺诺贝尔文学奖。在她获奖之前，诺贝尔文学奖已经 26 年未颁发给女作家了。

## - 02 -

《偶遇者》创作于 2003 年，其时，戈迪默已经 80 岁。这是她长篇小说的封箱之作，完全地返璞归真，没有使用任何高深的技巧。除了细腻优美、大气深刻的文学品质，《偶遇者》最让我动容的，乃是萦绕其间的深沉博大的人文情怀。对笔下的众生，无论其贫富贵贱何如，文明程度怎样，戈迪默都尽量予以平等理性的对待。即便牵扯到大是大非的难题，她也没有将复杂的事务脱离它具体的情境去作简单化处置，更别说居高临下或颐指气使地去判断、指教那些挣扎在角落里的弱者。

《偶遇者》的故事背景设置在两个曾经最为动荡、对立和复杂的地区。在这种地方，棘手的问题每时每刻都笼罩在人们头上：种族（黑人与白人）、制度（专制与民主）、阶级（资本家与劳工）、社会形态（第一世界与第三世界）……不一而足。戈迪默尽量隐匿她强烈的政治态度，以文学的方式展示不同地区民众的生命状态、价值追求和对尊严的捍卫。她下笔的姿态踏实旷达，不偏不倚，视野宏阔；诗与思，在她的行文中互为表里，互相成全。

戈迪默与英国作家多丽丝·莱辛一样，特别反感评论者强调她的女性身份。不是说她不屑于做女人，她们这种公共知识分子型女作家，写作主题也好，精神格局也罢，已经超越了简单的性别身份划分，她们思考和表达的是一个整体性的世界。在这个世界中，女性天然地位于其中。过于强调其特殊性，在她们看来，反倒是一种脆弱的表现。

话说回来，戈迪默的大部分小说还是以女性视角来切入故事的，《偶遇者》也不例外。我倒认为，正因为这部小说的主题关乎国家、种族和移民等最容易纠缠不清的意识形态话题，它由女作家来书写，兴许在铺陈残酷真相的同时，能够传递出女性特有的善良、柔软和慈悲的气息。

## - 03 -

在南非一座繁华城市的中心，朱莉·萨默的轿车电池突然失灵，无法制动，引起了交通堵塞。在一片叫骂声中，两个黑人跑来帮忙，这才把车推到路边，让出道来。在朋友的指点下，朱莉去车行维修汽车。一来二去，朱莉便认识了以修车谋生的阿拉伯青年阿布杜。阿布杜属于非法滞留此地的外国人，名字显然也是化名。

朱莉 29 岁，肤白貌美，在城郊的高档白人居住区长大，做着流行文化演出的公关工作。朱莉有一帮波西米亚风格的朋友，朋友圈命名为"圆桌帮"。"圆桌帮"里各种肤色的人都有，大多是年轻人。这帮人的价值观相近，和家人的关系都比较疏远。自由、轻松、身份平等、不问隐私是他们这个团体的主旨。被朱莉带入"圆桌帮"的阿布杜受到了大家的欢迎。

朱莉的父母非常有钱，双方离婚过后，又都建立了富裕快活的新家庭。朱莉虽是在锦衣玉食中长大，却厌恶父母那个阶层的人，以及他们围绕金钱展开的生活。她的观念应和了德国评论家本雅明的某种说法：纯粹的消费行为本身就意味着剥削……朱莉从高档住宅区搬了出来，住在城中专供仆役居住的村屋里。除了不愿与父母那样的人为伍，朱莉并不知道自己想要成为什么样的人。

阿布杜比朱莉小一岁，他的忧郁、神秘和性感深深吸引了朱莉。两人开始频繁交往。在这段关系中，阿布杜抱着走一步看一步的心态，没有流露出更多的热情。他认为朱莉和自己要好，不过是在猎奇，她对居留证已经过期、成天东躲西藏的外来人的心境不可能感同身受。

破除偏见，向偶遇者充分敞开心扉，是"圆桌帮"那伙人的信念。朱莉陶醉在和阿布杜的性爱关系中。那种身心的满足感，只有借用博尔赫斯的诗句"一切都是以第一次的样子发生，但却在某种意义下就是永恒"来形容。毕竟，"性"在它的源头处，无关思想分歧。

朱莉和阿布杜的关系遭到她父亲和阿布杜车行老板等许多白人的费解和藐视。他们认为朱莉是在标新立异，寻求刺激。对此类非议，朱莉甚是不屑，她对陈腐的社会习俗从来都极端排斥。

## -04-

阿布杜的身份被人告发了，他收到了南非内政部移民局驱逐出境的通知。这并非阿布杜首次被某个国家驱逐，他却依然感到万念俱灰。朱莉和"圆桌帮"的朋友们对此义愤填膺。他们建议阿布杜改名换姓去别的城市隐匿下来，或者干脆消失在城市的地下——每座城市都有一个地下世界，那是无钱无权无家可归的人唯一可去的地方。然而，阿布杜不愿再像丧家犬一样东躲西藏，他希望朱莉去找她父亲那些有权势的朋友帮忙。

面对再度被放逐的命运，阿布杜连做爱的兴趣甚至力气都消失了。这让朱莉既心痛又羞愧，她觉得是自己这类人和这个国家亏欠了阿布杜们，剥夺了他们很多天赋人权的东西。

朱莉抗拒向父亲求助，她知道父亲根本不愿意帮她这个忙。父亲那个阶层的人，精明实用，看人下菜碟。在他们的算盘里，没有阿布杜这类人的位置。无奈之下，她只得去找叔叔阿希巴尔德·查尔斯·萨默讨教。

萨默是在当地极受人尊敬的妇产科医生，他医术高明，品质高洁，温和幽默，极富爱心。果然，萨默医生非常理解朱莉的行为。他是过来人，当然明白对于年轻人来说，肉体的交合无法逆转，这股力量的无情和莽撞有时会像电击一样，把他们撞击得晕头转向。同时，萨默医生也相信，爱情有时并不仅存于肉体中，假以时日，"爱可以让人把所爱者的性格特征摄入自己身上，让他我变成自我"。

萨默医生建议朱莉去找律师争取居留权，并愿意随时以自己在本城居民中极高的声誉为侄女作证。萨默医生年轻时曾放弃家里为他订的亲事，娶了门不当户不对的立陶宛移民姑娘为妻，这在亲朋圈子中被广泛诟病。然而，多年以来，他和太太相亲相爱，十分幸福。

童年时期，叔叔总能给父母离异后的朱莉带来最大的欢乐和安慰。现在也一样，朱莉焦虑不安的情绪在萨默医生那里得到了极大的缓解。

朱莉带阿布杜找到几位非常有名的律师帮忙，结果不过是将居留时间延长了几天而已。这对情人眼看着就要分手，阿布杜倒也无甚哀伤，他从来就认为朱莉并不属于他，就像朱莉的国家也从不属于他一样。

阿布杜低估了朱莉对爱情的执着。从12岁起就热衷性活动、不缺男友的朱莉，偏偏对阿布杜的离去产生了"永失我爱"的强烈恐惧感。别说父母和她隔着代，就连"圆桌帮"那些同龄的朋友们，相互之间也多是"报喜不报忧"，忌讳牵扯到彼此的隐私。朱莉深层的思想、她的爱和恐惧，他们都唯恐避之不及。从灵魂深处去理解某个人，既不容易，也没那么轻松洒脱。"圆桌帮"这些人，追求的就是生活之"轻"。

失去阿布杜，她将不再拥有任何与她贴心贴肺的人。突如其来的凄惶感让朱莉无所适从，她必须追随阿布杜而去！

## - 05 -

阿布杜听到朱莉的决定，简直不敢相信自己的耳朵，她发疯了！她自以为无所不能，可她真正了解他的国家吗——那是殖民强权在离开时强行分割出来的国家；那里政教合一，政治迫害和贫穷迫害并行；那里气候恶劣，富家小姐们一天都待不下去……而他，更是无法为她负责。

朱莉买好了机票，没有丝毫退缩的意思。即便情绪烦躁，阿布杜也不得不承认朱莉对他一贯的尊重：坦荡地爱他，并完全地接纳他的自我。

朱莉的父亲对女儿的决定痛心疾首。他指责朱莉从未利用优越的条件去开创一番真正的事业，交往的都是不值得交往的人。当然，何为有意义的事业，甚至何为有意义的人生，作为银行投资家的父亲和身为公关小姐的女儿各执一词。从父亲口中，朱莉得知萨默医生正被一位年轻的女病人控诉，罪名是性骚扰。朱莉根本不相信叔叔会有这样的行为。她忙于处理临走前的各种杂事，没能亲自去慰问叔叔。

阿布杜告诉朱莉，他的家庭人口众多，极其传统。他从西方世界回国，带着一个白人姑娘同行，姑娘却不是他的妻子，这根本无法向家里人交代：无名无分算什么。于是，朱莉毅然与阿布杜结了婚，虽然这不是她计划中的结婚时间。只有一个"圆桌帮"的朋友在市政厅为他俩做了见证。

为结婚而进入司法机关，这算是阿布杜生平首次大胆地驻足这个国家的公务系统。

## - 06 -

回到阿拉伯世界，阿布杜恢复了他的本名：易卜拉欣·伊本·穆萨。走下飞机之后，朱莉很是雀跃，易卜拉欣则对她的兴奋冷眼相看。

又不是衣锦还乡，易卜拉欣只感觉痛苦和愤怒。家乡没有任何变化，满目荒凉：看不到一丝绿色的干燥沙漠，乌泱乌泱毫无秩序感的大众，肮脏的公共设施，颠簸不平的路面，贫陋的街巷……

与所有从发达地区回到落后地区的人享有的待遇一样，这对新婚夫妇受到众多亲戚甚至邻里的热烈欢迎。朱莉是白种人，好奇的目光纷纷向她射来。与此同时，面对亲人，尤其是母亲，易卜拉欣的挫败感却更加强烈。

易卜拉欣的原生家庭在这个国家属于中等阶层，家人们全都居住在一起。他父亲替一位有钱的远亲种植稻米；他母亲是家庭主妇。一个哥哥在边境附近的油田工作，已经失联；忧怨阴郁的嫂子带着儿女住在夫家。另一个哥哥是屠夫；弟弟在咖啡馆做服务员。姐姐已经出嫁；妹妹在富人家当保姆，即将出嫁。

即便是在民风淳朴（也许只是未开化）的地方，某人的经济地位依然决定他的话语权。易卜拉欣有个舅舅开着修车行，易卜拉欣的修车技术就是跟舅舅学的。舅舅负责省政府所有公务用车的保养和维修，还是当地美国车和德国车的总代理，美国、德国和意大利的汽车零件也由他独家代理。舅舅是这个大家庭最富有的人，典型第三世界权贵资本主义加封建主义制度的受益人。舅舅素来一言九鼎，地位仅次于妈妈。

激动、新奇加热闹的重逢之后，生活艰难的一面渐次展开。易卜拉欣情绪低迷，连家乡的风俗习惯都懒得告诉朱莉。他越俎代庖，紧张地替朱莉筛选哪些东西值得一看,哪些不该知晓。这种引导根植于他内心深处的自卑,对于白人富家女,尽管是他的妻子,他的不安全感始终如影随形。他以嘲弄和漠然的态度来试图规避这种出生带来的天然差距,这让他的爱情或说是夫妻感情总是不能酣畅淋漓地流露出来,无论是阿布杜时期还是易卜拉欣时期,情况没有本质变化。

朱莉觉得丈夫望着她的时候并不是真的在看她,他只是在她眼里看到自己的倒影而已。他在家乡成天眉头紧锁,心事重重。

除了做爱,那不需要更多的语言沟通,他们仿佛活在各自的母语系统里,就算大家都懂得的那部分能重叠在一起的语言,也有不少误读的成分。

## - 07 -

这个更像是城乡结合部的伊斯兰定居地并不是很闭塞,全球化的阴影也在慢慢浸入沙漠。每天定时呼唤五次的穆拉津(呼唤早祷的人)的声音变成了高音喇叭传出的录音。年轻人聚集在一起,会因怨愤、屈辱和无望的前景滋生反政府的乌托邦言论。发达国家的商业信息和思想观念也以变形变质的方式在此地渗透。接受过高等教育的年轻人渴望离开祖国去西方世界……与此同时,《古兰经》所缔造的传统在老年人和多数女人中有条不紊地坚守着,绝大多数人的赤贫状况也顽固地得不到改变。

除去彼此合意的身体接触,易卜拉欣和朱莉基本是在同床异梦。然而,性的愉悦在年轻时具有不可替代性。性爱带来的激情、温柔、理解和追随,既是快速的,也是脆弱的。她曾经是他的优势,可以利用她获得他想要的东西。现在,他担心哪天她对冒险游戏感到厌倦,提起旅行箱就任性地离开。如果那样,他会更加失败,这又似乎是必然的。令人不解的是,他在以预设的失败来掩饰对她越来越深的感情依赖。

朱莉坦然接受了这一切变化,她的心理容量远远超过她的年龄。她锦衣玉食长大,接受过最好的教育,小小年纪就见多识广,在金钱面前从容淡定。父母的离异让她对亲情既疏离又渴望。她清楚资本虚伪罪恶的一面；没有吃过苦头的阅历，也让她的善良本性得以根深蒂固地保持了下来。深陷南非这个政治局面纷繁复杂、社会环境动荡险恶的国家，朱莉的所见所闻着实不少，她比一般的富家小姐更有承受力和包容力。

## - 08 -

朱莉努力尝试着融入当地的风土人情。易卜拉欣的家人都非常和善、真诚，特别是他的母亲和妹妹马丽亚姆。她们总是隐隐觉得亏待了朱莉，因而对她特别关心。朱莉毫不做作、亲切而平易近人的举止也深得人心。易卜拉欣家里的几个男人则遵守教规，不大和朱莉接触。

母亲从美国给朱莉寄来了英文版《古兰经》，她认真学习起来。她和马丽亚姆互相学习对方的母语。渐渐地，易卜拉欣的母亲也同意朱莉进入厨房，和自己的女儿、儿媳们一起做饭、洗菜、洗碗。厨房里只有两只简陋的煤油炉，却能做出丰富多样的美味，这让朱莉感到惊叹。她觉得这间厨房就像这个家庭：貌似贫瘠，却有着变幻莫测的内里。

由马丽亚姆牵线，朱莉开始给当地一些富裕人家的女人上英文课，她的阿拉伯语进步也很明显。朱莉坦诚、聪慧而善解人意的个性赢得了当地人的赞美和尊重，易卜拉欣的侄女莱拉更是把她当母亲一般依恋。易卜拉欣的家人给不习惯家庭生活的朱莉带来了全新的感受，她从未如此被人需要，拥有温煦如春的亲情！

女人们之间的互助和交流变得越来越频繁、亲密、愉悦和充实。在她们的帮助下，朱莉熬过了风月（沙漠刮大风）最艰苦的日子。她的定力让易卜拉欣颇为吃惊。

## - 09 -

易卜拉欣没有妻子那么轻松，妻子似乎是在度假，他却在被囚禁。除了在舅舅的车行帮点忙，他把所有的时间和金钱都用在办理出国手续上。在这种效率极低、办事靠层层行贿的国家，他连续被澳大利亚和加拿大拒签。极度无望的时候，他理解那些渴望以斗争甚至政变作为手段来改变现状的朋友们，他们的失败宽解了他的挫折。但他和他们完完全全地不同，他无力改变故土的现状。总之，这里的未来他不关心。签证被拒不过是加深了他对发达国家和自己国家同样的愤怒！

舅舅打算把车行生意整个交给易卜拉欣打理。舅舅认为，没有比易卜拉欣更合适的人选了，读过大学（还是经济学）、见过世面（在西方各国流浪）、长相英俊堂皇（还有白人太太），由他来与本省和外国权贵打交道最合适，最能维护整个家族的利益。易卜拉欣毅然回绝了舅舅的邀请。全家人尤其是舅舅，既吃惊又恼怒，他们认为他过于狂傲了。舅舅警告易卜拉欣，要不是自己的儿子几年前死于车祸，这个馅饼也掉不到他的头上。家人们猜到了，易卜拉欣还想出国。舅舅对本地年轻人（包括易卜拉欣）仇视政府、只想出国的行为相当鄙夷。舅舅说，"外面那个充斥着假神的世界又有什么值得你们去的！"这大概也是当地既得利益者们共同的心声。他们享有资源，却从不力求改革满目疮痍的祖国。

易卜拉欣要求朱莉给她在美国的母亲写信，请她帮忙作经济担保、写推荐信，他要为去美国做努力。他所有的钱都花在了行贿和办理出国手续上，几乎是孤注一掷。尽管朱莉十二分不愿意求助母亲和继父（赌场老板），但她爱丈夫，愿意帮助他尽快地快乐起来。推荐信很快从美国寄来了。

俗话说"久等必有一禅"，易卜拉欣终于等来了美国签证。回国已经一年多，朱莉携带的旅行支票也基本上花光了，离开的时候到了。少有的狂喜使易卜拉欣放松多了，他热烈地拥吻了妻子！

时至今日，夫妇俩连买机票的钱也凑不齐了。朱莉只好给叔叔写信，请求他借给她五千美元。萨默医生再次伸出了热情且不问缘由的援手，他不仅给朱莉寄来了六千美元，还告诉她，之前那个涉及他性骚扰的案子，由于太多的病人愿意为他出庭作证（人数多到律师都安排不过来），并且，那个原告曾多次以这种手段诬陷男人，萨默医生的胜诉是早晚的事。他本可以反告她破坏他的名誉，但既然同僚和病人如此信任他（甚至登报支持他），他的名誉也没受到丝毫损失。萨默医生猜想，诬陷他的女人肯定是受到过有地位的男人的伤害，无法报复，才对他采取了如此下作的手段。萨默医生理解她的处境，不打算起诉她。

— 10 —

朱莉常去村外的沙漠地界漫步。她牵着莱拉的手，那个极度依恋她、瘦骨嶙峋的小手给她以握着一个小护身符的感觉。虽然沙漠空空如也，朱莉却能从中找到最深沉的平静。她爱上了忧伤的沙漠，爱它的浩瀚博大和宠辱不惊。

朱莉思考了很多问题。她观察到自己正在形塑成另外一个自我。这个自我在她递给还叫阿布杜的那个人两张机票时，突然完成，并且越来越成熟坚定。她联想到他们未来在美国的生活，易卜拉欣的境遇与在南非时又会有多少改变呢：打工，重新成为车身下的油猢狲；送外卖，洗盘子；住在某个不见天日的地下室……美国有许多移民成功的励志故事，还有更多个体并未来得及变成故事就消失了。朱莉了解资本主义社会，商业社会的游戏规则她从小就耳闻目睹。她没有兴趣再次加入这种生活。可是，她根本无法说服一意孤行的丈夫。

从前，易卜拉欣每次出国时，他的家人都滋生过美好的愿景，换回来的却都是失望。这一次，几个女眷是如此不舍和她们形同姐妹的朱莉！尤其是马丽亚姆，她快要出嫁了，未婚夫是一位警察。她梦想着嫂嫂朱莉能够参加她的婚礼……

面对即将到来的离别，亲人之间爆发了撕心裂肺的不舍之情，这是朱莉甚为陌生的情感体验。易卜拉欣对此感觉到的只有羞惭之情，极力想要避免。

## – 11 –

朱莉告诉丈夫，她打算留在此地。易卜拉欣顿时变得怒不可遏！这夫妇俩都想离开生长之地，选择的路径却大相径庭。丈夫的态度反而将朱莉处于萌芽状态的决定捶打得越来越坚实，她不再彷徨。她有一笔父亲为她设立的信托基金，她准备将之用到此地的绿色农业实验田这个项目上。易卜拉欣的一位远亲正在做这个生意，看起来前景还不错。

易卜拉欣日夜说服朱莉和他一起离开，却都失败了。他的家人变成了她的同盟，他们全都倒向朱莉一边，包括包容他、无限爱他的妈妈……

直到独自离开家园，易卜拉欣都没有放下他的怨怼。在人潮拥挤的飞机上，他暗自思忖：忍受各种肮脏不适，忍受贫瘠落后的痛苦，是他这样的可怜虫必须的行为，这是他进入西方世界的投名状。

朱莉被易卜拉欣的家人簇拥着，女眷们纷纷拥抱安慰她，告诉她，她的丈夫一定会回来的，就像那个一直在油田工作、失踪很久的大哥，前不久被易卜拉欣打听到了下落……

## – 12 –

小说至此戛然而止。未来的事态走向就像世界局势一样难以确定。朱莉到底能坚持到几时？毕竟，她才在此地居住不到两年时间。世界上的任何地区，如果其持续处于贫瘠状态，或许都存在着文明缺陷和制度落后的问题，朱莉真能无视这些问题，完全地加以适应？她会不会以对金钱专制的反叛开始，以对政治专制的逃离结束？没有对此地宗教信仰的强烈认同，朱莉又以何种信念来抵御它无所不在的影响？如果她的投资和实践（绝不只是教授英文）连连失败，她该如何维生？随着参与当地事务的深入持久，她会不会和易卜拉欣一样，甚至连亲情也无法弥补她的挫败感？……

易卜拉欣的未来更加悬而未决。9·11事件之后，美国对阿拉伯人的歧视加深，各种管制更加严苛，他能承受越来越恶劣的外部环境吗；他最大的企望是把母亲接到西方生活，这又有几分可能性？如果再遭驱逐，年龄优势也没了，他该怎么应对？他和朱莉之间的爱情，很大程度上是靠性爱在维系，一旦分居两地，感情会不会发生裂变？……

对此，纳丁·戈迪默既不是那么悲观，也不是那么乐观。她试图客观地反映这些苦苦挣扎的灵魂本来的样子。当然，如果字里行间完全不带个人的情感倾向和对世态人情的评价，那也绝对不是纳丁·戈迪默。

易卜拉欣如此向往西方世界，戈迪默给予了他深切的理解和同情。这个青年有文化、有抱负，却找不到在这个世界上的定位。第三世界有许多青年如此。他们敏感而充满理想，对本乡本土失望，宁愿背井离乡，去外国寻求发展。然而，他们要在异乡那固若金汤的等级社会里挣得一席之地，谈何容易。许多桎梏看似无形，却无所不在，只有岁月的历练才能让你明白。即便在废除了种族隔离制度的南非，社会问题也依然成堆：个别黑人拿到了花红，摇身成为压迫者；一些白人永远敌视黑人，种族和阶级观念根植人们的血脉深处；成功者强强联手，继续垄断成功；某些道貌岸然的法律条文，更像是在为弱势人群设置障碍……

朱莉这个人物，形象立体饱满，个性突出。戈迪默的文笔清新流畅、驾轻就熟。她既不动声色又深入肌理地勾画了朱莉在短短两年中的变化和成长。这种成长也许是被动的，是由极端的情境逼迫出来的。朱莉在精神上本有悖逆（南非、家庭）的基因，身心又面临着种种异质化挑战，艰苦的环境让她爆发出令人难以置信的顽强和韧劲，仿佛凤凰涅槃，其变化让人惊叹！可见，境遇的大反转才是促其成熟的快速催化剂。

*– 13 –*

戈迪默没有回避沙漠地区人民贫瘠苦痛的生存现状，她描写了恶劣的自然环境，年轻人的普遍绝望，当权者的专制腐败，既得利益者的无耻。易卜拉欣和那些逃离母国的流亡者们的际遇，天然地附带着对母国的控诉。对此，戈迪默发出了强烈的谴责。同时，她更多地赞美着沙漠的雍容野性、孩子的活泼天真、母亲的宽厚质朴、男人的勤劳隐忍、女子的聪慧纯洁……她抒发他们真挚热烈的感情，他们善于在苦难中寻觅美好事物和生活乐趣的高贵人格！这些人为数不少，包括萨默医生，他们身在世界各地，散布于各个阶层和各种人种。他们不会故作姿态，刻意寻求认同，却善良正直、敢于负责、勇于担当。戈迪默认为，他们才是真正的心灵高贵者，是未来世界唯一的希望！

戈迪默并未在阿拉伯国家生活过，却将那里的环境和生活细节描写得真实剀切，极具震撼力！能将原本单调贫瘠的土地书写得如此充满魅力，足见戈迪默的文学功力。毕竟是写作经验丰富的作家，她的目光锐利老辣，技艺炉火纯青。她的叙述语言轻盈质朴又简洁优美。她徐徐托起了原本埋藏在沙漠一隅，被世人遗忘已久的生活。

虽说内容沉重，整部小说的风格却宛若浩渺静谧的沙漠，委婉从容、不疾不徐，没有高高在上或者猎奇激进的语言。戈迪默试图告诉你，这就是世界：如此复杂，如此幽深，黑白缠绕，苦乐夹杂，难以泾渭分明。人们相互之间既有巨大的物质差距，也有相似的情感和欲望。只是，作为作家和知识分子，戈迪默认为必须在作品中坚守人道主义理想，保持清醒的头脑，不被权势、金钱和利益收买。

— 14 —

《偶遇者》得到了全世界知识分子的高度认同。美国著名哲学家、评论家、学者萨义德说："《偶遇者》堪称一部富有创造性的杰作……戈迪默以极为敏锐的洞察力为我们展现了一幅阿拉伯世界的图景。"南非著名作家、诺贝尔文学奖获得者库切写道，"……关于穆斯林的生活，很难想象有比这部《偶遇者》所描绘得更饱蘸同情心、更直观贴切的了"。

纳丁·戈迪默真不愧为女性的骄傲，她正直善良，才华横溢，视界开敞，漂亮优雅！高度的理性和丰富的情感在她的行文中并行不悖。她博学多才又谦恭低调。她的小说最为充分地彰显出她的人格特质：高蹈深邃是一面，细腻诗意是另一面。她留下了史诗般的文学作品，也留下了从年轻直到老年都素雅美丽的仪容。

90岁那年，纳丁·戈迪默在儿女的陪伴下安详地离开了人世。

**露丝·普拉瓦尔·杰哈布瓦拉**

露丝·普拉瓦尔·杰哈布瓦拉（Ruth Prawer Jhabvala，1927—2013），出生于德国科隆，12岁时移居英国，1948年加入英国国籍，1951年迁居印度，1975年移居美国纽约。毕业于伦敦大学玛丽皇后学院。英国著名作家、编剧。1927年其编剧的《看得见风景的房间》《霍华兹别墅》双双获得奥斯卡金像奖，另著有《她愿跟从谁》《激情的本质》等小说。1975年，《热与尘》荣获英国文学大奖——布克奖。

**《热与尘》**
重庆出版社，2015年3月出版

# 殖民地的伤与痛

## 英国女作家露丝·普拉瓦尔·杰哈布瓦拉和她的《热与尘》

> 印度总是能够改变一个人,我也没能例外。
>
> ——露丝·普拉瓦尔·杰哈布瓦拉

## - 01 -

用"热"与"尘"来形容南亚次大陆国家印度可谓简明扼要。这个国家的天气,带有鲜明的热带特质,炎热、风沙、暴雨、潮湿……各种极端气象总是没完没了地交替而至。随处可见的垃圾尘土,污水浊泥,让恢宏的建筑物也打了几分折扣。印度的脏乱差不断见诸报端,同样,印度悠久的历史、样态繁多的文化、影响深广的宗教、奇特的生活方式,也让它在世界各个国家中跳脱而独树一帜。对印度这个国家好像很难条分缕析地妄下定论,各种评价常常也是自相矛盾。

对印度表现出强烈兴趣的作家艺术家自古不少。交通条件大为改善的20世纪,很多作家艺术家更把印度视为此生必到之地。19世纪的吉卜林、叶芝,20世纪的艾略特、毛姆、福斯特,当代作家鲁西迪、奈保尔、简·莫里斯、基兰·赛德，等等，都对印度有过十分精彩的描写。《热与尘》的作者、英国女作家露丝·普拉瓦尔·杰哈布瓦拉在其中并不特别惹眼。

1927年，杰哈布瓦拉生于德国科隆。她自小随家人在各个国家辗转，12岁移居英国，21岁加入英国国籍，24岁迁居印度。她一共在印度生活了20多年。杰哈布瓦拉的丈夫是一位印度建筑师，她算得上是半个印度土著。大多数作家笔下的印度都属于到此一游中的"到此一瞥"，像英籍印度裔作家奈保尔那样深入印度各地一年多才提笔书写印度的作家，已属少见。

杰哈布瓦拉声称常住印度的外国人会对印度产生一种复杂的情感，这种情感分为狂热、冷静和厌倦三个阶段，如此交替，循环往复，极少有人能够例外。1975年，发表这番言论不久，她就移居纽约了。不过，她曾表示，在欧美生活一段时间之后，她会非常想念印度，想回印度去。

2014年，杰哈布瓦拉的代表作《热与尘》被评为"亚洲十部最佳小说"之一。她担任编剧的电影《看得见风景的房间》《霍华兹别墅》也都获得了奥斯卡最佳编剧奖。无可否认，杰哈布瓦拉是写作风情小说和爱情电影的高手，她笔下的爱情故事细腻婉转，既有品味，又不高深莫测，充满了戏剧性。这种品质的小说和电影最能流行得开，它们均是普通读者和观众的心头爱。

## - 02 -

《热与尘》叙事结构清晰明了，双重空间，两段相距半个多世纪的人生。两段故事中的人物来自同一个家庭，她们是未曾谋过面的祖孙辈隔代的女人，其命运却大相径庭。作为小说背景的印度，至少从文中的环境描写来看，半个世纪过去了，并没有太大变化。大概杰哈布瓦拉写的是发生在印度北方小镇上的事，如果放在加尔各答或新德里这种大城市，也许变化就如同在中国似的，让人有恍若隔世之感。

1947年，印度摆脱了英国的殖民统治成为独立国家。独立后的印度依然未能成为真正意义上民主、文明和富强的现代国家。原因当然很复杂，文化、宗教、习俗，甚至人种问题，交互缠绕，各说不一。从诸多小说、文论和影像作品中，我们倒是能窥探到印度鲜活而发人深思的诸多细节。作家、艺术家，作为敏感的观察者，普通人只需跟随他们，把他们对于印度的书写集合起来，比对着看，就能看到印度的"毛细血管"里去。

值得一提的是，《热与尘》中的印度主人公，是以往在小说中甚少出现过的形象——印度土邦王。这个土邦王和英国殖民者斗勇斗智，虽然其作为被殖民者，悲剧命运早已注定，但他的个性却相当复杂，有时狡黠强悍，有时温柔率性，让人"过目难忘"。

## — 03 —

"我"的祖辈都是英国殖民时期生活在印度的殖民地官员。祖父道格拉斯·瑞弗斯是印度北方小镇萨蒂普尔邦的助理税务官（副行政长官），祖母泰西·瑞弗斯经她姐姐贝丝·克劳福德介绍给"我"祖父，作了他的第二任妻子。祖母跟随祖父在印度度过了大半生。他们的孩子（"我"的父亲）也出生在印度，少年时回到英国读书。祖辈们直到退休才回到英国，他们中的很多人已无法适应英国的生活。他们总是怀念在印度的日子，尽管那时不乏艰难和苦涩。

在"我"小时候，贝丝姐妹对道格拉斯的前妻奥莉维亚其人其事讳莫如深；男人们却总想多打听点奥莉维亚那桩名动一时的"丑闻"细节。随着道格拉斯去世、贝丝姐妹真正老去，她们终于开始谈论奥莉维亚了。她们接待了知晓奥莉维亚丑闻的英国人哈里。哈里将奥莉维亚在印度写给她妹妹玛西亚的信全部交给了贝丝姐妹，"我"也看到了这些信。奥莉维亚的信深切地触动了"我"。于是，"我"来到印度，寻访祖父辈们（主要是奥莉维亚）的足迹。

……

在"我"这部分，杰哈布瓦拉以日记体的形式叙述其所见所闻。第一人称的叙事带着叙述人的主体观念，先入为主，有点"导视"效果，倒也符合20世纪中后期，接受过系统教育，有一定见识的知识女性的心理状态。小说中另一女主角奥莉维亚，她身处 20 世纪早期，维多利亚时代的英国女性，难有真正的自由。奥莉维亚殖民地官员的妻子这个身份，决定了她和印度的关系不可能直接落地，她只能借助与身边那些人的纠缠，尤其是与男人们的关系，在他者身上感知印度。因而，奥莉维亚的故事，作家仍然使用的是全知视觉的第三人称叙事方式。在这个板块中，作家注重的是对事件本身的推进和延展。

杰哈布瓦拉对这两部分的书写显然有所侧重。大概是相隔年代久远，更容易编织"传奇"的缘故，她把故事的重心放在了奥莉维亚那条线索上。不过，这两段故事均以"我"这个探访者的视角来串联，倒也衔接得自然而贴切。

我对《热与尘》的介绍，分别从这两条线展开。

## - 04 -

1923 年，英国女子奥莉维亚陪伴当殖民地助理税务官的丈夫道格拉斯定居在印度北方小镇萨蒂普尔。夫妇俩感情很好，只是道格拉斯忙于工作，无暇陪伴妻子。道格拉斯高大英俊、严谨内向；奥莉维亚则漂亮活泼，酷爱鲜花，擅长音乐，很有风情。奥莉维亚心高气傲，对丈夫上级和同僚的妻子们不大看得上眼。她认为她们守旧乏味，和自己格格不入。

1858 年到 1947 年，"英属印度"范围内的许多地区都是名义上的独立土邦国，原有的世袭土邦王"纳瓦布"（穆斯林统治者）通过同英国签订的条约承认英国为其宗主国。此外，殖民当局还向一些拥有一定势力并实际控制着某些地区的匪首授予纳瓦布的头衔和相应的领地，这是通过"招安"来维护其殖民统治的手段。萨蒂普尔范围内的纳瓦布就是后一种被招安的土邦王，其统辖下的卡哈姆小邦国就是他的封地。

这位纳瓦布并没有多少进项，生存状态非常憋屈。他热衷款待欧洲人，还养着个英国门客哈里。奥莉维亚第一次走进纳瓦布的王宫，就被迷住了。除了辉煌而富有历史感的宫殿，纳瓦布的吃穿用度都非常讲究，法国餐具、银器、水晶制品、鲜花、大枝形烛台……这些都让奥莉维亚眼前一亮。尽管书中没有写明道格拉斯等人的身世，但能猜测到这些殖民地文官，大多是英国普通人家的子弟。单从待遇上来说，他们在印度其实比在英国更好。

纳瓦布高大魁梧，幽默体贴，很有男子气概。他喜欢尝试新鲜事物，唯美享乐。这些喜好与奥莉维亚简直不谋而合。首次见面，纳瓦布就对奥莉维亚表现出格外的关注，这让奥莉维亚很是受用。尽管吃喝不愁，仆人围绕，宗主国的女人在殖民地的日子却有着内在的单调和匮乏。她们不工作，缺乏社会生活。印度炎热、干燥、肮脏的环境把她们逼回室内。久居室内，即便高雅如奥莉维亚，日日读书、弹琴和闻香，也还是丧失了部分活力。

殖民地官员们虽然内心蔑视印度土邦王，但还得维持着表面的来往。纳瓦布和哈里回访道格拉斯家之后，奥莉维亚和纳瓦布之间相互欣赏、不断深入的交往便拉开了序幕。对妻子的行为，道格拉斯有过疑虑，但他看到她一扫从前的哭丧表情而变得容光焕发，倒也深感欣慰。他明白妻子实在是太孤独了。

## - 05 -

"我"经停孟买来到祖辈们在印度的栖居地萨蒂普尔。这里土地平坦、天空炽热、荒野空旷、沙尘飞旋。"我"幸运地在一家布店的楼上租到了住处，房东是一位叫因德·拉尔的公务员，他们一家住在布店后面狭小的出租屋里。布店和出租屋都不属于他。这儿的房子都是层层分割，房东甚多。

因德·拉尔对"我"豪放、简单、毫无小资情调的生活方式有些不解，他拟想中的英国女人，大概是奥莉维亚那样的。同样，"我"对他们一家人也很好奇：他们母子关系的亲密和夫妻关系的冷淡让我不解。

因德·拉尔工作的地方正是殖民时期英国人的居住区（俗称"开化区"），他供职的"配置及供给局"就设在"我"的姨祖父克劳福德（地区行政长官）的办公室里。道格拉斯和奥莉维亚曾居住的平房现在成了"水利局""卫生局"和某邮政支局的联合办公处。在祖辈生活过的地方，"我"很快就融入其间，让大街小巷的人们随便"参观"我。就是因身材高大、胸部平坦而被人叫作"希吉拉"

（人妖），"我"也泰然自若。

## - 06 -

从克劳福德夫人口中，奥莉维亚得知纳瓦布已婚。他的妻子患有精神疾病，正在瑞士治病。奥莉维亚还了解到，以克劳福德为代表的英国官员都怀疑纳瓦布与他统辖范围内的匪帮依然暗中勾结。

也许是久居王宫的单调困乏，也许是与同胞交往的自然亲切，哈里经常来道格拉斯家找奥莉维亚聊天。从他那儿，奥莉维亚了解到纳瓦布的许多情况。纳瓦布的妻子仙蒂，她的家族属于真正的印度贵族，当初仙蒂在法国对纳瓦布一见钟情，非要嫁给门第比自家低很多的纳瓦布。他们的婚姻生活并不幸福。和所有的君王一样，纳瓦布也有阴晴不定、让人捉摸不透的一面。

道格拉斯不大评判纳瓦布这类印度当地贵族，他对他们缺乏真正的兴趣。面对当地的富商和士绅，他则表现出高人一等的气概。道格拉斯说一口流利的印度斯坦语，他勤奋敬业的做派和处理政务的能力赢得了当地人的敬畏。从地位差距来看，印度当地人是不得不服从他，然而事实上，他们对他也算心服口服。

有次，道格拉斯带着玩笑和戏谑的口吻用斯坦语奚落甚至羞辱当地人，还对奥莉维亚宣称，斯坦语是世界上唯一可以用华丽和礼貌的辞藻来表达最恶毒意思的语言。奥莉维亚听罢很不自在。

## - 07 -

为了更多地了解印度人，"我"在积极学习印地语。"我"每天去等待因德·拉尔下班，从他入手了解当地人。起初，因德·拉尔对有个比自己高大的白种女人走在身边有点窘迫，渐渐地，他竟然有些得意起来。大概与英国人或说富裕的西欧白人关系亲近，也会被人羡慕吧。

天气越来越热，室内几乎无法入睡，"我"被迫和因德·拉尔一家以及院子里的人一起睡在露天场地中，"我"因此看到了因德·拉尔的妻子瑞图半夜发作癫狂症的可怕情形。瑞图没有文化，因德·拉尔的母亲包办了他们的婚姻，瑞图和丈夫无话可说，过得特别压抑。瑞图发病时，"我"的镇定表现让因德·拉尔的母亲很满意，她因此和"我"亲近起来，把"我"介绍给了她的朋友们——当地的几个寡妇。她们的头儿是个叫玛吉的和善女人。

这些50岁出头的寡妇们从不提及自己过世的丈夫。她们快乐随性，似乎要比那些年轻的媳妇们快活很多。

因德·拉尔的母亲把"我"带到当地著名的殉夫自焚贞女祠去拜祭。她对那些殉夫自焚的女性的崇敬态度，以及对这个古老习俗的无限推崇都让"我"困惑。她这个阶层的妇女并不能意识到，她们如今的自由自在很大程度上是因为摆脱了夫权。当然，僭越传统相当于不敬神，那是大逆不道的举动。

## - 08 -

道格拉斯又一次果断地处理了当地妇女的殉夫自焚事件，纳瓦布前来真诚地向他表示感谢。道格拉斯对纳瓦布非常冷淡。奥莉维亚有点心虚，她没有告诉丈夫，最近她和纳瓦布外出野餐过。她自欺欺人地认为自己并不是要有意隐瞒该事，而是道格拉斯近来实在太忙，他们夫妇俩无法静下心来倾谈私事。

萨蒂普尔的几个殖民官员聚会时也议论起殉夫自焚事件来。由于在印度服务的时间很长，他们中的多数人都很热爱印度，他们把当地人愚昧未开化的行为视同小孩子的调皮捣乱。道格拉斯认为殉夫的女人并非自愿，是被家人所胁迫。奥莉维亚对丈夫展开了猛烈的批判，她认为殉夫自焚是印度宗教文化的一部分，英国官员打着文明的旗号去阻止她们，很是自以为是和想当然，是对她们的不尊重。奥莉维亚坚称爱人离去后不愿再活在世上、想要追随爱人共赴黄泉的行为很高尚，她就能这样去做。道格拉斯听到她的表白倒是微笑起来。

奥莉维亚的心绪十分复杂，在她下意识地对印度的辩护中，潜藏着不为人知的情感走向。她毕竟是个性情女子，爱和恨都很难掩饰。

## - 09 -

"我"不顾因德·拉尔的反对,从王室墓地中搭救出一个发着高烧的白人苦行僧。这个自称契达·南达的英国人为了精神上的追求来到印度。他在印度南部那些重要的寺庙中生活过几个月,熟知许多印度教的经书,并找印度教导师为他剃度入了教。他执意要消除自身的一切特征,包括来历和受教育程度等,他只承认自己是横跨了整个印度的苦行僧。"我"收留了契达。白天他在镇子里转悠,随便谁拉着他,他就给人家讲解一番人生哲理,并因此引来大批闲人围观。

镇上类似契达这样的苦行僧不少,他们穿着赭石色长袍,手里拿着念珠和讨饭碗。这些人半裸甚至全裸着身体走街串巷,不停地摇晃着手中的朝圣器物,呼喊着神的名字,就像沿街叫卖的小商小贩一样。"我"把他们当成一帮强悍的无赖,他们中有的人吸毒成瘾,有些人淫荡好色,面容狡诈贪婪。当地人只要听到他们的声音,就会出门将供奉放进他们的讨饭碗中。

因德·拉尔很喜欢和契达一起讨论精神能量的话题,"我"却认为契达没有经受过系统的学习,他关于精神和宗教的知识都是东拼西凑的。因德·拉尔不认同"我"的说法,他坚持把契达看作真正的苦行僧,仅次于圣人的那类人。

"我"越来越难以适应契达,他懒惰而饥渴难耐,不仅对食物充满渴望,更迫切渴望得到性。他似乎认为"我"应该理所当然地像满足他的食欲那样满足他的性欲。他认为通过此种男女双修的方式能达到更高一层的精神境界。"我"当然不会被他的那些说辞所蛊惑。的确,有一些能量从他日日打坐、念念有词的身体中发散出来,他经常勃起的阳具使"我"联想到了湿婆神。虔诚的妇女们都对湿婆神的巨大阳具顶礼膜拜……

## - 10 -

费道斯大师神龛的传说,像印度其他多如牛毛的传说一样,真假难辨。纳瓦布对奥莉维亚解释道，这个神龛是他的祖先阿玛努拉·汗为感谢曾经庇护过他的一位穆斯林苦行僧而建的，现在被不孕的妇女奉为圣地。这里流传着一个古老的传说：有位不孕妇女被丈夫赶出家门，就在丈夫再婚当日，她来到费道斯大师的小树林，在此得到神示：从当日起的九个月后，她将产下一个自己的孩子。结果也正是如此。从此，每年的这一天便成了"丈夫婚礼日"。

奥莉维亚来到印度的第一个夏季里，"丈夫婚礼日"那天，卡哈姆邦爆发了一场骚乱。尽管英军最终镇压了这场小规模的起义，但致使6人死亡、43人受伤。奥莉维亚家的座上宾们纷纷怀疑纳瓦布正是这场叛乱的幕后策划者。虽然英国人表面还得承认和维护纳瓦布在当地的地位，私底下却都把他看作土匪头子。他们认为这些匪徒烧杀抢掠，纳瓦布对此睁只眼闭只眼，只等坐收保护费……奥莉维亚根本不相信这种说辞。

奥莉维亚无视旁人的眼光，更加频繁地和纳瓦布以及哈里来往起来。她承认自己正陷入某种强烈的感情中。纳瓦布炽烈的目光、关爱的举动以及他们之间理解和默契的加深，都使她无法控制爱意。他们确实不乏共同点，都是不同围猎场里的困兽：纳瓦布的邦国由英国人垂帘听政，奥莉维亚的家则散发着墓园的气息。他们俩甚至还有纳瓦布的门客哈里，他们缺乏对不如意的生活反抗到底的意志力，耽于艺术、享乐和一切美好的事物。他们远没有身边那些殖民地官员们吃苦耐劳、意志强健。

内心的波动让奥莉维亚变得敏感，她发现丈夫的脸松垮肥胖，越来越像那些长期生活在印度的英国人。奥莉维亚依然爱着丈夫，她希望能为丈夫生几个孩子，那样她就彻底死心了。然而，她一直没能怀孕。

某天，纳瓦布陪同奥莉维亚参观费道斯神龛。神龛四周的树林幽凉隐蔽，犹如世外桃源。纳瓦布对奥莉维亚倾吐着他的雄心壮志和面对现实的诸多无奈……遭遇知己的激情让他们灵肉合一，真正地相爱了。

## — 11 —

在沙尘暴肆虐的日子里，小镇上的人个个变得焦躁不安、性情暴戾，几近疯狂，"我"也简直无法呼吸。契达心无旁骛，长时间念经，浑身散发出恶臭。"我"实在忍无可忍，将契达的东西扔到了楼下。正好瑞图来了，我按捺住厌烦情绪，大声叫契达离开，契达却唱起了圣歌。瑞图听到圣歌，癫狂症又发作了，开始狂叫。他们俩的声音越来越高，仿佛在以此证明自己信仰的优越性。

瑞图的毛病越来越厉害，每个人开给她的药方都不一样：契达认为，瑞图需要圣人开导；因德·拉尔的母亲采取古老的烙铁治疗法，用烙铁在瑞图全身各处"驱魔"；"我"则建议瑞图去看心理医生。

因德·拉尔对心理学这门科学很感兴趣，但如果说运用到妻子身上，他又表示了怀疑。他认为还是母亲的方法兴许管用。最终，玛吉的建议被大家一致采纳了，她将和契达一起带着瑞图去喜马拉雅山朝圣，兴许万能的湿婆神能让瑞图恢复正常。听到这个建议，"我"很高兴，谢天谢地，契达可以离开了。

"我"以为契达是那种人走茶凉的人，不料他不断从他们所在的达兰萨拉写信来。除了通篇的宗教哲理，他也会插上几句被人欺骗或打劫了的话，信的最后往往都是对"我"提出的物质要求。他的信和奥莉维亚的信形成了鲜明对比，奥莉维亚的信是50年前的老古董了，如今信纸泛黄薄脆，却依然有丁香花的淡淡香味。奥莉维亚的信是写给玛西亚的，但读起来像是她在与自己交流。契达的信毫无个人情感，皱巴巴像肮脏的公文，它们跨越千山万水，最后到达"我"手上时，已经污迹斑斑。信纸上浸透着印度特有的各种怪味：调料味、小便的臊臭、嚼过的槟榔味……

因德·拉尔喜欢读契达的信，他认为契达是一个古老灵魂的化身，是前世的印度人，而"我"的前世绝不是印度人。他对"我"到印度来的目的很疑惑。"我"对他解释道，有很多西方人对物质享受已经厌倦，虽然他们对东方人的精神世界也没有特别的兴趣，但还是希望在这里找到一种更简单更自然的生活方式。

"我"的回答刺激了因德·拉尔，他认为"我"是在嘲讽他们。我们这些西方人穷奢极欲，根本无法理解物质极度贫瘠的人的自卑心。印度的现实是如此低下，活该被人围观嘲笑……

## — 12 —

奥莉维亚听到了更多关于纳瓦布这个家族的传闻，他的父亲——老国王，如何喜欢诗歌、美酒和歌舞。他在欧洲玩弄舞女，并且将其中几个舞女带回印度。在老国王死于心脏病后，纳瓦布的母亲以古老而令人匪夷所思的毒计（浸满毒液的紧身衣）害死了这些舞女。英国官员认为，他们这些受过西方教育（很多人曾就读过英国贵族学校）的土邦王，尽管很有个人魅力，却都是些本质意义上的混蛋。奥莉维亚对这些传闻也很惊骇（她本能地回避着纳瓦布的母亲），但她仍然竭力为纳瓦布辩解。

奥莉维亚怀孕了。她同时把这个消息告诉了纳瓦布和道格拉斯。他们也都同样高兴而激动。奥莉维亚希望自己为道格拉斯生下这个孩子，但她清楚，孩子是纳瓦布的。

然而，情势的变化让奥莉维亚措手不及。哈里思乡病大发，纳瓦布不愿意放他离开，因为他极度依赖这个英国门客。他皇宫里那群陪他玩乐的年轻男伴大多是他的亲戚，他们缺乏真正的见识。纳瓦布与哈里和奥莉维亚在一起显然更有趣味。但是哈里的胃病犯得实在厉害（也有可能是伪装），纳瓦布无奈之下同意让他回英国去。

临行前，哈里告诉奥莉维亚，殖民地当局正对"丈夫婚礼日"的骚乱展开调查，纳瓦布也请了律师应对指控。双方的矛盾似乎摆上了桌面，有些剑拔弩张。纳瓦布得意扬扬地告诉哈里，等奥莉维亚的孩子生下来，道格拉斯和他的同僚们定会震惊得终生难忘……

奥莉维亚明白了，尽管他们彼此相爱，怨愤的纳瓦布还是要借她来报复英国人，发泄某种仇恨。她有点失望，也有点同情纳瓦布。与此同时，激动的道格拉斯也在憧憬着孩子生下来后的施洗仪式，他说他们家族的孩子在 12 岁以前都长着白金色的头发。

奥莉维亚决定做掉肚子里的孩子。尽管纳瓦布的母亲——那个总是躲在二楼帷幕后窥视他们的老夫人——故意从不接见奥莉维亚,她却明了儿子和这个白种女人之间发生的一切。奥莉维亚请哈里帮忙带话,希望老妇人能想办法帮她做人工流产。

### – 13 –

契达回到萨蒂普尔后,谁也不知道他身上发生了什么,他只是说再也无法忍受各种各样的气味了。他不再穿黄色长袍,也不拿念珠,而是穿回了衬衫和卡其短裤。他的外貌从苦行僧变成了基督教青年。契达无尽地沉默着,渴望尽快回到英国去。因德·拉尔对契达的归来很失望,他原本希望能透过契达看到印度教教义的奇异光彩。

"我"和因德·拉尔在一起越来越快乐。他百分之百地信任"我",而且特别温情蜜意。我们在黑暗中躺在一起,因为看不清"我"这张白人的脸,他仿佛跨越了一道障碍,内心的情感和天性中的顽皮劲儿都得到了尽情释放。他变成了另外一个人。印度男人或说是东方男人都拥有这种"变形"技能?不得不说,这也是他们吸引西方女人的一面。

"我"怀孕了,但没有告诉因德·拉尔。他并不亲近自己和瑞图的孩子,仿佛印度的现状让他苦闷到了漠视眼前的一切存在。

契达的肝病和肾病严重,必须住院治疗。为契达看病的戈帕尔医生认为,英国人根本不适合生活在印度,印度只适合印度人居住,就连某些疾病,也只专属于印度人。在契达身上,似乎印证了戈帕尔医生的话。契达的身体素质天生就无法适应像印度圣人那样的生活,他不仅在身体上被印度淘汰,精神方面也彻底失败了。

## — 14 —

在被老夫人叫来的接生婆一番折腾后，奥莉维亚当晚便出现了流产征兆。道格拉斯把她送到英国医生桑德斯的私人医院去看急诊，桑德斯为她做了刮宫术。桑德斯熟知当地的"印度式"流产，很容易就猜出了奥莉维亚流产的真正原因。桑德斯一直认为奥莉维亚身上有某种邪恶的秉性，纳瓦布正是利用她来达到自己的目的。

奥莉维亚从医院狼狈地逃窜到了纳瓦布的王宫。纳瓦布接纳了她。

奥莉维亚的叛逃无疑成为小镇上最大的丑闻。所有殖民地的英国人都认为纳瓦布把奥莉维亚当成了复仇的工具，他们觉得受到了印度人极大的羞辱。不过，他们自以为是地认为，他们在思想上先将奥莉维亚扫地出门了。

## — 15 —

15年后，哈里在伦敦见到了纳瓦布。他老了，胖了，身形臃肿，像个女人，失去了他的敏锐和英气。"丈夫婚礼日"的骚乱经调查，当局向卡哈姆邦委派了一位国务大臣总揽政务，纳瓦布被彻底架空。他经济拮据，奥莉维亚或许是没有钱和他同来，或许是不愿回英国。总之，奥莉维亚从此没回过英国。纳瓦布并没有离婚，他偶尔和精神状态依然不佳的妻子在一起，有时去孟买他母亲那里居住。

这些年来，纳瓦布和英国政府讨价还价，力图抬高一点他们为他规定的、从邦财政岁入中得到的份子钱，但他们对他的要求置若罔闻。

纳瓦布手下那帮匪徒多半被判了死刑，纳瓦布经常到监狱去看望他们。匪徒们在狱中照样潇洒快活，认命服输，吃喝打牌，安然入梦，直到被套上绞索。纳瓦布对这样的人生赞赏有加，他希望自己能够效法他们。

至于奥莉维亚后来的生活，倒成了谜。她定居在喜马拉雅山山腰的一座小镇上，纳瓦布在那儿为她购买了一套小屋。奥莉维亚给妹妹玛西亚的信也越来越简短，少有涉及她具体的生活细节。玛西亚认为奥莉维亚是个感情型的人，她随时听从感情的召唤，不管这种感情会把她带向何处。道格拉斯本来就是一根木头，她无法想象奥莉维亚能和道格拉斯生活到底。

纳瓦布再未和哈里谈及奥莉维亚的私事。只是，他和哈里在酒店听到钢琴演奏时，他不时会来上一句，"她弹得多好啊——就像奥莉维亚一样。"

## - 16 -

"我"在被玛吉帮忙"流产"的过程中如有神启，临时决定留下这个孩子。

离开了萨蒂普尔镇，"我"在喜马拉雅山找到了奥莉维亚的小屋。这所屋子依然如故，它孤零零矗立在一个山腰平台上，风景绝佳。小屋保留着奥莉维亚的气息，甚至还有一只绣花的绷架，真是很有女性色彩。钢琴还在，而且是一台三角钢琴。

纳瓦布死后，奥莉维亚还活了整整六年，但从此不再写信。

奥莉维亚最后的生活细节只能靠猜测。在那些漫长的岁月中，她似乎变成了另外一个人，住在喜马拉雅山这处摇摇欲坠的街巷中。这里时而蓝天白云，有如仙境；时而又雨打风吹，隐匿在云雾中，一切皆不可见。

纳瓦布的邦国由他的侄子继承。"我"在伦敦见过他侄子。他非常富有，一直生活在英国，说是回到印度就会水土不服。

"我"打算继续攀援喜马拉雅山的最高峰，希望得到某个圣人的开示。等"我"再次走下山岭时，一定会是在很久以后了，"我"将在这里生下自己的孩子。

## - 17 -

《热与尘》中双重的爱情故事代表了两代英国女人不同的价值观。奥莉维亚是个有格调的家庭主妇，她爱上的是印度贵族，他的英雄气概尽管受到英国殖民者的打压，但还是顽强地保留下来一部分。奥莉维亚对爱情的追求超越了种族的藩篱，虽然她被同一境况中的同胞抛弃，认为她被印度人利用来反英国，但其实她最大程度地听从了内心的召唤。她是那个时代最敢于行动的女性先锋。奥莉维亚的一生激荡饱满，殖民地女性基本都无法像她那样自主地选择生活。她们中的绝大部分人不得不遵从丈夫的意志，在印度枯萎而"死"。

"我"是个作家和学者，"我"带着寻根的好奇心来到印度，在深入印度的过程中，与印度人身心接触，自由而欢愉。这份感情也许并非爱情，但它是"我"对印度体验的一部分，带有强烈的自我目的，这是否可以算是间接地利用了印度人？

当然，从小说的描写来看，这两种说法也许都不尽然。每段感情都是复杂而深具个性的，如果仅以国力强弱来判断感情的真伪与价值，那就是一种简单化且势利的方式了。

相隔50年的印度之行，女性的自由意志发生了绝大变化。"我"的视野、承受力和独立性已然大大超越于祖辈，因而"我"所体验的印度更加立体丰沛。印度独立之后，那种满目疮痍的现状并未改变。"我"当然能够意识到，抛开印度的现实，逃匿到宗教的境界中，企图回避精神的困顿，有时照样会遭遇挫败，契达就是活生生的例子。同时，"我"虽然理解因德·拉尔在婚姻生活中的冷漠、他的难言之隐，但"我"并不赞同因德·拉尔深刻的自卑感。如果印度人都去效仿西方的生活方式，是否会失去或遮蔽掉印度文化的独特性？

当然，"我"并未急于对印度之行下结论，而是预备向奥莉维亚一样，长久地待下来，更深地体验祖辈们生活过的这片土地。

## - 18 -

《热与尘》对殖民者在印度生活细节的刻画出神入化。印度裔英国著名作家奈保尔曾高度赞誉这位女作家，"深入印度，且笔下能让人最广泛地了解印度的英国作家，只有杰哈布瓦拉"。

海外殖民地的拓展给英国带来巨额财富，但其中除了对印度人民的伤害剥夺外，成百上千曾在印度工作栖身的英国人也受到了巨大的冲击，身体的不适、生活的单调和统治的压力……不断出现的殖民地丑闻都是这些弊病带来的后果。《热与尘》也以不小的篇幅触及殖民者与当地人民深层的矛盾冲突。

除了对殖民地英国人的傲慢、残忍和狭隘进行揭示，杰哈布瓦拉也不回避独立多年后印度依然面临的严酷现实：普遍的贫困和愚昧、性别和种族的不平等、人民对现实的软弱逃避……

奈保尔在他著名的《印度三部曲》之《幽暗国度：记忆与现实交错的印度》中，曾对印度有过总结：印度独立后没能产生一种生生不息、朝气蓬勃的意识形态，人民依然没有共同的归属感，印度在文化思想上始终寄生于其他文明，这种"智识寄生主义"导致创造力的枯竭……

奈保尔还写道："自由随着实现自由的机制来到独立的印度，但这是外国的自由，更适合另外的文明；在印度，自由始终与这个国家的内部结构、信仰和古代限制相隔离。"奈保尔所言，似乎是《热与尘》中印度医生戈帕尔总结印度的那番话的理论注脚。

— *1.9* —

东南亚国家男子与白人女子的爱情故事是许多文学作品的题材。跨文化的爱情故事有它不可替代的独特魅力，比如英国写作异域爱情故事的高手毛姆，仅从文学成就来看，他基本算是世界范围内的二流作家，但他的作品在全世界流行了半个多世纪，并且还将继续流行。跨文化小说在开阔读者视野、缔造现代传奇、传播不同文化等方面功不可没，更别说还有引人入胜的异质相吸的爱情故事。

《热与尘》在这类小说中算是非常独特的一部，篇幅不长，却异常生动自如。杰哈布瓦拉对印度的世俗生活很有热情，因而她熟稔印度普通人的心理。她对笔下的地域和人都没有居高临下的偏见，平等的视角反而让她眼中的印度既灵动、鲜妍、丰饶，又幽默、莽撞、天然。

说到印度独特的魅力，《热与尘》中米尼斯少校的论述不乏独特。他说，印度有许多东西值得我们去爱：旖旎的风光、悠久的历史、美妙的诗歌、迷人的音乐、男男女女可爱的容貌……这一切对欧洲人来说都是危险的东西，因为他们总是一旦爱上便会深陷其中……印度总能找到你的弱点，然后从中下手……

这是作家本人的弱点还是人性的弱点，去过印度的读者会同意此种说法吗？

多丽丝·莱辛

多丽丝·莱辛（Doris Lessing, 1919—2013），出生于伊朗，5岁时全家迁往罗得西亚。14岁（又有说是12—13岁）时因眼疾辍学，在家自修，16岁开始工作。英国最重要的作家之一。著有《野草在歌唱》《暴力的孩子们》《金色笔记》《幸存者回忆录》《猫语录：大帅猫的晚年》等五十余部作品。曾获毛姆文学奖、英国皇家文学会荣誉奖等几十项大奖。2007年，获得诺贝尔文学奖。

《又来了，爱情》
上海译文出版社，2008年4月版

# 爱情的颂歌

英国女作家多丽丝·莱辛和她的《又来了，爱情》

> 当一个人心痛时，很少是为了某一个原因，特别是当一个人年岁大了的时候，因为任何悲哀都会牵动过去一连串的悲哀。
>
> ——多丽丝·莱辛

- 01 -

  1995年，享誉世界的著名作家多丽丝·莱辛写作了这部爱情的悲歌——《又来了，爱情》。《又来了，爱情》是莱辛在创作后期的代表作，果然是大道至简，技高无痕，76岁的她没有丝毫疲态，文字激情澎拜、犀利尖锐，对爱情的展示明敏辛辣。她小说中的知识女性因其高度的精神活力而充满魅力，她完全就是作家自身的写照，实在让人感佩。

  1919年，莱辛出生在波斯（现称伊朗）卡曼莎，五岁时随父母迁入非洲南罗得西亚（现称津巴布韦）。她父亲原是银行职员，在第一次世界大战中当了英国军官，一战过后经营农场。他的农场严重亏损，致使全家陷入贫困境地。莱辛的母亲是位护士，在战时看护过莱辛的父亲，他们就这样结识并结了婚。莱辛还有两个弟弟，其中一位至今生活在津巴布韦。莱辛的母亲不切实际，好虚荣喜铺张，不过她非常喜欢阅读。莱辛受母亲影响，童年和少女时期阅读了大量欧洲19世纪的经典名著。清寒孤寂的年少时光，是文学给莱辛带来了不小的精神慰藉，文学也培养了她善于观察和思考的心性。

因为眼疾，14岁时，莱辛辍学了。16岁她就开始打工，先后做过电话公司接线员、保姆、清洁工等工作。莱辛从来没有放弃过刻苦自学，并熟练地掌握了打字、熟记等多项技能。这些在当时的女子中鲜有人能掌握的技能，让她做上了罗得西亚议会秘书的职务。1947年，她成为南非《卫报》的一名记者。

莱辛结过两次婚，她和头任丈夫育有两个孩子。1943年，在婚后的第四年，莱辛离婚了。她的第二任丈夫是有犹太血统的德国共产主义者。这次婚姻也只持续了两年，留下一个男孩彼得。1947年，莱辛带着彼得以及日后使她声名大噪的小说《野草在歌唱》的手稿回到了英国。

也许是在殖民地长大，目睹过太多不公不义的人间悲剧，莱辛的性格坚忍强硬，她对阶级、人种、性别等各种不平等的社会现象特别关注，经常抛出惊世骇俗的言论。莱辛年轻时加入过英国共产党，因对苏联共产党失望等多种原因，她又退出了共产党组织。不过，她一直是介入社会较深的左翼作家。对人道主义的执着追求和对边缘弱势群体的强烈关怀是莱辛小说非常突出的特质，这也是她始终保持着充沛创作活力的精神源头。

才30岁出头，莱辛即以长篇小说《野草在歌唱》出了名。写作享誉世界的大部头长篇小说《金色笔记》时，她不过42岁。莱辛的创作视野非常开阔，文笔没有闺阁之气，大气舒朗，一针见血。她20岁便开始练习写作，直至逝世的前一年一直笔耕不辍，创作历程长达70年。这位文坛老祖母的体魄、精气神和创作能力实在惊人。

《又来了，爱情》中传递出的信息令人鼓舞，莱辛在高龄依旧保持了特立独行的思想，情感体验新颖，出人意料。虽然爱情中的痛苦远多于欢乐，莱辛笔下的主人公却真诚坦荡，敢做敢为，很有先锋做派。她的爱情小说剑走偏锋，极大地丰富和拓展了该类小说的内容和表现维度。

## - 02 -

《又来了，爱情》以65岁的剧团经营者、编剧萨拉的爱情波折为轴心，围绕一台戏剧的创演过程展开。诸多戏剧人、艺术爱好者、商人悉数登场，他们在萨拉的生活和创作中分别"扮演"不同的角色，戏里戏外都不乏精彩片段。其实，在当今时代，越来越多的严肃文学作家，无论男女，都不屑于在小说中表现爱情，或说是不会花较大篇幅来专门写爱情。木心说过，爱情是一项业已失传的技艺。莱辛为何执意要写一部纯粹的爱情小说，而且还是老年女人的爱情？也许借《又来了，爱情》中女主人公萨拉的内心独白最能解释个中原委，"没有什么像爱一样能揭示出人们在外表掩盖下的完全不同的生活"。

小说采用了"戏中戏"的双线平行叙事结构。"戏中戏"的结构并不算独创和新颖，但对于这部小说来说却非常恰当。一来这是一部主要涉及戏剧人生活的小说，"戏中戏"的设置自然贴切，不会过于刻意；另外，此种形式让两个空间中的女性命运具有时间上的延续性，戏里戏外的主角都是女人、女艺术家，尽管她们生活的时代相隔百年，命运迥异，但内在的关联性极强。俗话说舞台小世界，世界大舞台，虚构和真实之间的距离如此模糊，戏剧和生活从来都是彼此渗透、相互印证的。读者处于第三层空间，在他们看来，戏里戏外本来就都是"戏"，这样巧妙地将两位知识女性所处的时代背景、人文环境和家庭因子贯穿起来，内容显得丰满充实，叙事也更加明晰流畅。

《又来了，爱情》讲的是爱情，但绝不是浪漫言情小说。女人在高龄之年还能遭遇爱情，这听起来就像是天方夜谭，尤其在东方社会中。多丽丝·莱辛无意叙写《廊桥遗梦》那种虚幻的爱情传说，她关注的是普通妇女、老年妇女在感情生活中的权利和沉甸甸的情感际遇。莱辛曾被评价为女权主义者，对此，她并不承认。她认为世界是一个整体，离开了社会总体矛盾的解决，妇女问题无从根除。与社会中蒙受不公的各阶层人民总体解放的目标相比，妇女解放运动的目标就

"显得微乎其微"。莱辛要着力描绘的是"整个时代",妇女问题不过是其中的突出部分罢了。

莱辛辩证的历史观,使她避免陷入女权主义片面性的危险中。从她小说人物的性格和行为方式中,均能明确地看出她所秉持的观念。

《又来了,爱情》中两段相距一个世纪的爱情,它们的异同在哪儿?

## - 03 -

萨拉是青鸟剧团的团长,剧团四位创办者之一,也是一位资深戏剧人。萨拉已经65岁了,依旧保持着旺盛的艺术创造力。萨拉在第二次世界大战中为流亡伦敦的"自由法国"政府当司机,二战后到美国学习戏剧和音乐。萨拉的个人生活非常坎坷,丈夫死于盛年,她30多岁就当了寡妇。为了她自己和两个孩子的生活,她为报纸、杂志、出版社、剧团当稿酬极低的自由撰稿人。她从给青鸟剧团写稿到翻译剧本、改编创作剧本、导演剧本,最终成为这家著名的实验小剧院的经营者之一。

多年不断的高负荷奋斗,萨拉生活的方方面面都在持续进步中。她的两个孩子都很有出息,儿子在印度工作,是位科学家;女儿生活在美国,既是能干的家庭主妇,又是成功的女总管。萨拉儿孙满堂,却并未像绝大多数老年妇女一样,满足于颐养天年,她特别热衷于艺术工作,为此辛苦奔波也不在乎。

事业和儿女的成就并不能让萨拉居功自傲,志得意满,她对自我有着清醒的认识,她认为眼下自己的个人生活是禁欲主义的、淡泊的,其中潜伏着一种枯燥的痛苦的失落感。在将近20年后,这种平衡被打破了,燃烧着的激情再次光顾了萨拉。让她眼睛湿润、灵魂震颤的是她已经有些陌生,却一直在冥冥之中期盼着的爱情!萨拉以65岁高龄重新坠入爱河,等待她的,又是什么?

在这部小说中,萨拉有一个镜像般的对象,她是萨拉改编的剧本的女主角——朱莉·韦龙。朱莉是19世纪后期法国的女作曲家、画家。莱辛之所以选择这个真实人物作为萨拉创作的母体,是因为朱莉·韦龙的命运不仅具有传奇性,更是 19 世纪部分知识女性命运的缩影。

### - 04 -

朱莉·韦龙是个私生女，她随母亲生活在 19 世纪 80 年代拉丁美洲马蒂尼克岛上。朱莉的祖母是马蒂尼克岛的土著姑娘，母亲则是个混血儿。朱莉的母亲做过白人种植园主少爷的情妇，朱莉这个黑白混血儿就是他们的孩子。这位少爷让朱莉接受了与庄园附近富裕地主家庭女孩相当的教育。朱莉因此系统地学习过音乐、美术知识，并且大量阅读老师布置的各类书籍。

朱莉活泼聪明，天赋极高。她的老师都是些非常年轻的男子，浪漫而不切实际。他们希望自己能赶上法国大革命或者能去拿破仑的大军中打仗。这些叛逆而愤世嫉俗的老师碰上朱莉这个身世不同寻常的姑娘，就都爱上了她，给予她很多思想的养分。

成年之后，朱莉出落得惊人的漂亮，魅力非凡。有位驻扎在马蒂尼克岛上的法国军官保罗爱上了朱莉，把她带回了老家马赛。保罗的家庭自然是把朱莉拒之门外的，保罗只好在马赛附近山峦起伏的贝尔河镇乡村为朱莉找到一幢小石屋安家。头一年，保罗每天骑马来与朱莉相会。保罗的父母亲自然不会任由儿子沉溺于此，他们从中干预，于是军队把保罗派往法属印度支那去驻防。朱莉不仅失去了爱情，并且没有了经济来源。

保罗的父亲曾经瞥见过儿子与朱莉在山间漫步。朱莉惊为天人的容颜，让他嫉妒起儿子的艳福来。保罗走前告诉父亲，朱莉怀孕了。保罗的父亲只好送点钱给朱莉度日。朱莉告诉保罗的父亲，她流产了。她拒绝接受金钱馈赠，只请求保罗的父亲给她找一份工作。

保罗的父亲没有料到朱莉如此才华横溢、聪明机智、讨人喜欢，他居然也爱上了她。他答应朱莉，把她介绍到大户人家去做家庭教师。他请求朱莉承诺，决不再和他的任何家庭成员发生纠葛。朱莉谴责保罗父亲看低了她，她对独立自由的渴望是他根本无法理解的。

有四年之久，朱莉陆续给一位医生、两位律师、三位药剂师、一位富裕店主的女儿们当家庭教师。她拒绝搬到小镇上去住，独自居住在贝尔河乡村，等待保罗归来。她与大自然为伴，在树林中坚持写日记、作曲，终身都在给自己画肖像。她热衷于发掘自己真实、潜在的本性，还经常在岩峰之间光着身子跳舞。

25岁时，朱莉任教的大家族罗斯唐家最年轻的少爷雷米难以自拔地爱上了她。朱莉稍后才爱上了他。如果说保罗在本质上是罗曼蒂克的英雄，皮肤黝黑，英俊潇洒，性格冲动，喜怒无常；雷米则代表着成熟的爱情，他清醒稳重，很有耐心，善于察言观色，带点女性气质。

罗斯唐家认为雷米不过是在逢场作戏，然而朱莉怀孕了，她生下了一个健康的婴儿，然孩子很快便夭折了。流言蜚语不胫而走。平日里，朱莉给村民的印象是特别自信、技艺高超，在她背后似乎总是存在着有权势的保护者，人们猜度并指责她在河水中溺死了自己的婴儿。婴儿之死使罗斯唐家失去了耐心，他们要雷米离家从军。

朱莉给罗斯唐伯爵写信，请求给她一份抄写乐谱的工作，伯爵同意了。罗斯唐家族喜爱音乐，经常邀请著名音乐家和业余乐手节假日在他家的沙龙中演奏。朱莉谱写的曲子也曾在这种场合上演，有时是她本人亲自演奏。罗斯唐家族知道朱莉是一位真正的音乐家，创作严肃的音乐。

雷米和一位门当户对的姑娘订婚了，婚后生活得并不幸福。在那个年代，美貌的年轻女人如没有家庭作靠山，就处于不利地位。朱莉和雷米既是非法同居，她本人又是有色人种，更是雪上加霜。朱莉并不软弱，当她经历不寻常的人事时，头脑中保持着一种超然冷漠的姿态。奇怪的是，从她留下的日记中可以看出，她不得不忍受这么多的痛苦和孤独，却没有过自我反省。

五年之后，朱莉30多岁了，她答应了一位50岁的印刷商人菲利普·安热的求婚。镇上的人们为之高兴，他们认为这个扰乱人心的漂泊者终于有了归宿，变得没有害处了。朱莉和菲利普用一年时间筹划了他们的婚礼。在此过程中，朱莉在日记中写道，菲利普的儿子和她之间产生了好感。然而，在举行婚礼的前一周，就在人们认为她淹死了儿子的那条深潭中，朱莉离奇地溺水身亡。警察局判定她是失足落水，这结论简直荒唐透顶——多年以来，她像一只野山羊般在树林中轻快地跳来跃去，怎么可能被淹死？人们推测她是被情人所谋杀，再或者，她是自杀。

朱莉被人遗忘有四分之三个世纪之久。20世纪70年代，雷米的后代在他们家族的藏品中发现了朱莉的乐谱，细看之下，相当之喜欢。他们想起了在地方博物馆里还有一个包装箱（朱莉遗物），他们在箱子里找到了更多乐谱，并且在贝尔河镇的夏季音乐节上演奏了这些乐曲。不久，朱莉的作品被收入巴黎女性艺术家展览会，然后又在伦敦成功展出。音乐爱好者们了解到，朱莉·韦龙是她那个时代一位具有独创性、与众不同的作曲家。人们甚至用上了"伟大"这个词。

## － 05 －

萨拉和她青鸟剧团的伙伴们都被朱莉·韦龙的命运深深打动了。萨拉认为，在朱莉挣扎的一生中，艺术创作才是她永不背叛的情人，是艺术支撑了她全部的精神信念。"艺术和生活是有可能面对枯燥的两种冒险"，朱莉如此，萨拉又何尝不是如此！

在《朱莉·韦龙》剧本的运作过程中，萨拉和朱莉艺术研究专家斯蒂芬·埃林顿·史密斯合作修改剧本。斯蒂芬50多岁，是一位富裕的乡绅，他研究推广朱莉·韦龙的艺术多年。斯蒂芬脆弱、不切实际、多愁善感，他完全把朱莉当成恋人般痴迷。"我发现朱莉就是不被允许存在的我的另一面。用荣格的精神分析法来说就是我的灵魂。"斯蒂芬如此倾诉他对朱莉·韦龙的深情。

萨拉和斯蒂芬一见如故，亲密无间，彼此投契，无话不说。在他们共同努力下，剧本被修改得更加新颖完善，很快就吸引了包括朱莉·韦龙生活时间最长的法国贝尔河镇的投资人在内的多国投资人。剧本得以顺利投排。

来自英国、法国、美国的艺术家们，编剧、导演、演员、舞美人员和制作人员，他们组成的剧组就像一个大家庭。他们在夜以继日的工作中无一例外地都被朱莉·韦龙的艺术成就征服了。萨拉和来自美国的导演亨利是剧组的灵魂人物。

他们激情满怀地进行着排练，每个人都在朱莉的故事中增强了对人生的认识。戏剧排练是一项集体工作，剧组成员的热情投入是演出成功的前提。大家朝夕相处，工作和生活打成一片，戏里戏外的情感交织在一起，不可避免地激荡起了爱情的火花。

扮演保罗的比尔（30岁）、扮演雷米的安德鲁（40岁）都爱上了萨拉。同时，导演亨利（35岁）也爱上了萨拉。比尔和安德鲁毫不顾忌地向萨拉表达了他们对她的倾慕和爱恋，他们俩下意识地在萨拉身上寻找着童年生活中缺失的母爱。面对两个英俊的年轻人，久已遗忘了被人爱慕是何滋味的萨拉当然既吃惊又激动，她被唤起了沉睡的女性特质。她爱他们犹如重新爱上了年轻时的自我。

萨拉当然清楚那种残缺家庭中长大的男人心底的隐秘。她是20世纪末的知识女性，不像朱莉·韦龙，缺乏行动的自主性，生活在压制女性的社会环境中。萨拉自然而不露痕迹地回绝了比尔和安德鲁的示爱，却又对彼此之间相距遥远的年龄差异感觉愤怒。她自信她能给予他们思想与情感的深度，可是他们，尤其是比尔，在某些时候表现出来的轻松、活力、玩世不恭和自恋，又会挫伤萨拉的自尊。她毕竟是无法在身体上与他们比肩的长辈，"我再也不能把一个年轻的身体抱入怀中了，再不能了。对她（萨拉）来说，这似乎是时间给予的最可怕的判决"。萨拉意识到岁月已经剥夺了她的某些权利，如果不想沦为笑柄，她就得隐匿渴望。

## - 06 -

萨拉和导演亨利的爱情关系则很复杂。亨利是美国人，比萨拉年轻30岁。他很有个人魅力，一言一行总是能感染大家。亨利常年在世界各地导戏，经历和经验都很丰富。由于他过人的才华，《朱莉·韦龙》在法国贝尔河镇的首演大获成功，贝尔河镇方面甚至决定修建剧场来驻场演出《朱莉·韦龙》。萨拉和青鸟剧团也收到了多个国家的巡演邀请。

萨拉和亨利在艺术理念上高度契合，情感甚至身体上也相互吸引。"性欲的饥渴和怒火一阵阵向她（萨拉）袭来，像波浪一般传遍她全身，而女性的温柔把这两者都加以吸纳。"这种具有特殊深度的爱情比她成年时期的任何一次爱情都来得更加强烈。

艺术家在心智上的早慧和早衰有时是一对孪生体，亨利自认心理年龄已经很老了，因此他无视年龄差距，迷上了智慧幽默、风度翩翩的萨拉。亨利有家庭，儿子更是他的命根子。婚姻关系让亨利疲惫，但也还能勉强维持下去。是否也是因为年龄差距产生的顾虑，亨利在与萨拉的这段关系中并不算自信，他有点惧怕在某些方面的露怯，但又希望借助与萨拉相爱的力量来打破自己在婚姻生活中的迷失。

萨拉简直不敢相信在这个年龄还能经历这份真正的爱情。然而，爱就爱了，爱情有它的内在逻辑，萨拉拿自己毫无办法，虽然她感觉到的更多是撕心裂肺的痛苦。"爱是没有理由的，一小时真正的爱值得你为此麻木迟钝地过一辈子。"萨拉过去的爱情顺理成章，带着青春的自负、中年的成熟和无须多虑的激情。虽然当时也有点小波折，但它总能满足身体的骚动、灵魂的欲求。这一次却远非如此，她变得踟蹰不前。她既想拥抱亨利，又得克服在脑中作祟的诸多阻力：巨大的年龄差；亨利有太太；两人的事业都如日中天，难有时间共处一地……这些障碍实实在在就摆在眼前，妨碍了他们在相爱的路上往前跨越。

"她融化于渴望之中。她回忆不起曾经经历过目前这种疯狂的渴望。可以肯定地说，在以往的几次恋爱中，她从未感受过这种绝对的、渗透性的需求，欲望难以满足的空虚感吞噬了她的躯体，似乎她的生命本身被压抑了。"萨拉在日复一日的狂喜、沮丧、痛苦、嫉妒和屈辱的循环中受着折磨，她甚至觉得这是对她在过去漫长岁月里轻视恋爱、嘲笑那些在爱情中癫狂的人的惩罚！

— 07 —

萨拉到最后也没有彻底放弃和亨利的爱情，但在这段忘年恋中，她的内心饱受创伤。这不是恋爱中男女经常可能发生的正常挫败，而是想要跨越由男性女性、年轻年老、婚里婚外、世态人情、心理建构等方面高筑的围墙带来的艰辛。莱辛写道："陷入爱河就是记起自己是个流放者。"爱情需要回应，需要两个人共同来完成一段关系，沉浸在爱情中等于把自己的灵魂放逐出去。试问世间有几个高龄女人有这般"视死如归"、为爱行动的勇气！

莱辛越是深挖萨拉在爱情中的孤独和痛苦，越是能显现知识女性高贵脱俗而活力四射的心质。其实，萨拉敢于坚持自我、遗世独立的人生态度，正是她被众多年轻艺术家爱慕的理由。

莱辛坦承，她在高龄时曾有过与有妇之夫的婚外情，她能深刻地洞悉高龄女性在爱情中的微妙心理。她们的快乐和疼痛都非常强烈，难以化解。莱辛没有以更多细节来突出萨拉和亨利的爱情过程，主要是大段铺陈萨拉在此过程中的内心挣扎。抛光了恋爱中常见的卿卿我我的琐碎表皮，对极度私密又极具个性的内心世界的深度开掘，几乎是描写爱情时最难把握的技巧，它也最能习见作家对人性认知的功力和审美意识。

萨拉在爱情中的羁绊和坎坷，表面看来是年龄所致，其下涌动的源流，却是复杂而牢固的元素：社会成见、男女情感方式及性心理差异、女性的道德自责、尊严感掩饰的自卑……不一而足，积沙成塔，淤塞着奔流的爱河。

– 08 –

萨拉和迷恋朱莉、转而迷恋朱莉扮演者莫莉的斯蒂芬成了同病相怜的"战友"。斯蒂芬的妻子伊丽莎白是位热爱艺术的双性恋者，当初是出于经济原因才和斯蒂芬结的婚。婚后，他们育有三个儿子。夫妻俩在外人眼中维持着温情脉脉的关系，其实婚姻早已名存实亡。

伊丽莎白和同性爱人诺拉出双入对，这让斯蒂芬格外孤独痛苦，他把全部的感情都放在了非现实的恋人朱莉（莫莉）身上。莫莉不到30岁，漂亮而活力四射，她拒绝接受斯蒂芬的爱情，这让斯蒂芬心如死灰。尽管第二版朱莉的扮演者苏珊爱上了斯蒂芬，并主动向斯蒂芬示爱，无奈斯蒂芬全然失去了在年轻女人面前的自信。《朱莉·韦龙》的演出大获成功之后，他在极度纠结和绝望中自杀了。

斯蒂芬之死带给萨拉巨大的打击。在萨拉看来，斯蒂芬的真实死因犹如朱莉·韦龙的溺水而亡，神秘难辨。萨拉明白，自己并不能完全从斯蒂芬的角度去"认识"他，无法真正体察他的痛苦，这与斯蒂芬无法体会她的无奈别无二致。人与人之间，所谓亲密关系的实质是什么？萨拉深刻地反省着自己，思考着友谊、爱情、艺术在人格的形成中具有何等作用，会产生何等巨大的影响……

在莱辛看来，"爱情是心灵最高尚的弱点"。朱莉·韦龙和萨拉·德拉姆的两条爱情故事线互相渗透、互相烘托，演绎的都是爱情的激烈、艰难和丧失。这两个趣味高雅、才情横溢、气质卓然的知识女性，一个囿于人种门第难以摆脱爱情的魔咒；一个囿于年龄无法获得爱情，她们在爱情中的痛苦远远多于快乐。莱辛认为她们都是陈规俗见、社会进步的牺牲品。同时，莱辛也不吝以最大篇幅书写她们过人的艺术才华，她们对男权社会生存环境的种种超越，她们凭借非凡的勇气、才华和意志力，激情满怀地创造着至美的艺术。

## - 09 -

《又来了，爱情》中还有一条贯穿线，来自萨拉弟弟哈尔一家。哈尔是位资深医生，收益颇丰。他是我们这个时代成功者中的典型：敬业、冷漠，对金钱和功利之外的事物不感兴趣。哈尔从小被母亲宠爱，唯我独尊，不把任何人真正放在心上。萨拉觉得他就像个吸毒者或被催眠了的人，沉醉在斤斤计较的个人钻营中。哈尔是那类索取型人格的代表。萨拉很不喜欢他，每次去见他都得强打起精神。

哈尔对妻子和三个女儿都不太关心。他供养她们，心安理得甚至颐指气使地对待她们。他有外遇，但也绝不影响到婚姻。年长的两个女儿都很平庸，她们所花掉的教育经费足够维持非洲一个农场几年的开销，但她们对历史、艺术、科学等一切严肃的东西都不感兴趣，只在意打扮和娱乐。小女儿乔伊斯从小就是个问题儿童，继而成为问题少女。她有表达障碍、意志控制障碍和厌食症，无力进入任何一种良性的生活，撒谎、吸毒、贩毒、卖淫……乔伊斯样样都来。哈尔早就在理智上抛弃了乔伊斯。

乔伊斯很小的时候，她的异常就使得姑妈萨拉对她既心疼又关注。每一次乔伊斯离家出走，都是萨拉到处寻找，她最终也是回归到萨拉这里来疗伤。萨拉讨厌哈尔的势利、短视和自私，即便是对亲生女儿，哈尔也不愿给予更多关爱。萨拉总是在强烈地追问和反思形成哈尔这种人格的社会以及家庭原因，他从哪里得来的这份自信？或许正是我们这个男权专制的社会，使得哈尔在事业上大获成功，成功带来的金钱和地位让他极度膨胀，为所欲为，从而在健全的"人"的意义上全面沦陷。

莱辛颇为犀利地点明，正是哈尔这类所谓成功者的广泛存在，才对乔伊斯等迷茫苦闷的后辈造成压力，带来压抑。因为前者并未真正关心过后者；而后者，从前者那里看到的只有社会的功利和冷漠。

萨拉对乔伊斯的无私关爱，体现着萨拉，或说是莱辛一如既往地对社会弱势群体的关注。萨拉放下成功艺术家的优越感，正视边缘群体绝望的现实，她不惜牺牲自己艺术创作的时间，频频对弱势者施予援手，她的行为使得她的人格更加坚实有力，使其知识分子的形象愈加饱满。萨拉这个形象无疑有着莱辛对知识女性鼓励和肯定的因素，可以看作莱辛献给女性的赞歌。

- 10 -

《又来了，爱情》或许是一部痛苦的小说，读起来不算轻松愉快。法国诗人夏尔曾经说过，痛苦中的嗅觉是准确无误的。痛苦自有一种真诚强烈的激情。痛苦淬炼成火，火光四射，能照亮麻木的灵魂，让人保持清醒。同时，莱辛的小说语言又明明白白，清清楚楚，没有修辞上的刻意而为。小说简洁的字句拼凑在一起却有着独特的节奏和韵味，它把人物之间暧昧难言的关系，复杂波折的心绪，准确而又优美地揭示出来了。这样的功力或许就叫炉火纯青吧。

莱辛在小说中为女性不公平的境遇、基本权利的丧失愤愤不平，大声呼吁，其精神境界着实高远。落实到具体的写作中，她也没有落入概念化、简单化、说教气的窠臼中。《又来了，爱情》中的每个人物都有强烈而独特的个性。无论是艺术家、艺术赞助人、艺术爱好者，还是医生、吸毒者、家庭主妇、商人，从表面来看，他们每个人都在为自己的生活快乐而充实地忙碌着。深挖内心，却能洞见他们灵魂的空虚和识见的浅陋。

信仰的缺失、金钱的腐蚀、教育的错位、信任危机……种种因素导致了人性的扭曲失范。莱辛在表达忧虑的同时，特别强调了创造之于人的意义。创造艺术，创造美，创造生活，创造善……艺术和生活才是人们克服枯燥和免于堕落的正确途径。

我个人一向偏爱阅读表现知识女性爱情的小说，加上是学戏剧出身，看到小说中有关戏剧的内容不免感觉到亲切。《又来了，爱情》在题材和内容上同时满足了我的阅读偏好，这样的高峰体验非常难得，特别美好！

— 11 —

2007 年，多丽丝·莱辛以接近 88 岁的高龄获得诺贝尔文学奖。她的创作数量庞大，《又来了，爱情》并不是她最重要的作品，在数不清的对她作品的评论中，《又来了，爱情》的评论也远远少于使她享誉世界的《野草在歌唱》《金色笔记》《暴力的孩子们》等作品。尽管如此，这部作品仍然是她非常重要的一部长篇小说。

进入老年之后，莱辛对心理学以及苏菲神秘主义学说大感兴趣，创作了多部想象力汪洋恣肆的科幻小说。《又来了，爱情》算是她对现实题材小说的再度回归。

"我的灵魂啊，在比星星更遥远的地方，有一片乡土……"这就是《又来了，爱情》邈远幽深的意境，它不断地怀想和触碰着理想状态的爱情。虽不能够完美，却不同凡俗，深具文学品质。

## 弗朗索瓦丝·萨冈

弗朗索瓦丝·萨冈（Françoise Sagan，1935—2004），出生于法国南部洛特省卡雅尔克市的一个村庄里，原名弗朗索瓦丝·夸雷，"萨冈"是她用普鲁斯特书中的人物给自己起的笔名。法国传奇小说家、剧作家。中学肄业。著有《某种微笑》《一月后，一年后》《你喜欢勃拉姆斯吗》《狂乱》等小说和戏剧作品。曾获得法国文学"批评奖"。作品被译成20余种语言，在全世界的销售量近2000万册。

**《你好，忧愁》**
浙江人民出版社，2024年10月出版

# 少女情怀不总是诗

法国女作家弗朗索瓦丝·萨冈和她的《你好，忧愁》

> 我从未品尝过忧愁的滋味，但如今，有种东西像丝绸一般包裹在我身上，恼人又惬意地将我和其他人隔开。
>
> ——弗朗索瓦丝·萨冈

## - 01 -

2004年，法国著名作家弗朗索瓦丝·萨冈病逝。喜爱文学的法国总统希拉克为此致辞道：随着她的去世，法国失去了最优秀和最敏感的作家之一……萨冈以其细腻、激情和敏锐，挖掘了人类的心灵……

萨冈，她是一个神话。这个神话只能出现在法兰西。

1935年，萨冈出生在法国一个富裕的家庭。模样清丽的她从来不是"乖乖女"，中学会考不及格，考大学也名落孙山。不过，她一直喜爱文学，读过不少文学书。阅读，尤其是阅读诗歌、小说和哲学书籍，似乎也是法国时尚人士的标配。

萨冈未曾料到，1954年，年仅18岁的她凭借处女作《你好，忧愁》一举夺得了法国文学界的重要奖项"批评家奖",次年就红遍了法兰西。在接下来的五年间,《你好,忧愁》被翻译成 22 国语言,发行量高达 500 万册。她和这部小说的风头一时无人能及,享誉全世界。

### - 02 -

萨冈一直被热捧为"小资教母",在法国名利双收。这些眼花缭乱的成就,在没有互联网的时代,在地球还远没成为一个"村落"之前,简直令人匪夷所思。无论臧否《你好,忧愁》的声音有多大,我倒觉着,这部小说的横空出世和大肆走红,绝对属于文学周边的大好事。吸引全世界读者眼球的首先是《你好,忧愁》的格调,反常规的人物,优美的文字。同时,这些魅力和功绩,又都必然属于文学。

作为作家的萨冈,其文学道路比较简单,精神轨迹却相当复杂。她终身依附在《你好,忧愁》的名声之上,吃它、靠它、玩弄它、厌倦它,却永远没能超越它。在世界范围内,像萨冈这样凭借 18 岁(作为作家甚至可以说是幼年)创作的小说便能走红一生,获得巨额版税报酬和全球盛名的作家,几乎再没有第二个。用现在流行的话说,《你好,忧愁》是现象级的作品,萨冈是现象级的人物。

然而,写作毕竟是严肃而艰苦的事业,作品质量的高低自有它的内在公正性。写作吸纳和创造天才,却没有任何人能一朝永驻。从文学的角度来看,萨冈只能算是有过一部好小说的普通作家,"一招鲜,吃遍天"的现象从来不属于优秀作家。作为以离经叛道的行为而受到关注的名人,萨冈是命运的宠儿,甚至可以说萨冈是以文学为起点,凭借"行为艺术"而维持了一生的传奇。这类人物在 20 世纪不算多,在 21 世纪则犹如过江之鲫。

《你好,忧愁》只有七万左右的文字量,严格说起来只能算是一部中篇小说。这部小说将萨冈的灵气、审美以及对文字的超常敏感和掌控能力展现得淋漓尽致。文学界对这部小说并没有更多的评价,多数评论文章认为这只是一部通俗小说,充满小资情调,文字清新而已。倒是 2014 年诺贝尔文学奖获得者、法国著名作家莫迪亚克在小说出版伊始便对它大加推崇,他赞赏《你好,忧愁》"以最简单的语言把握了青春生活的一切"。

许多年前,我也还正值青春,正在狂热地阅读各类高深的文学名著。《你好,忧愁》没能入我"法眼",我轻率地认为它不过就是充满小资情调的通俗小说,语言绮丽光鲜,趣味肤浅。如今我人到中年,有了一定的人生阅历,回头再看这部小说,我倒觉得从前真是低估了这部小说的价值。抛开萨冈个人的光环、争议和绯闻等话题不提,仅从这部小说本体来看,无论是内容、文字,还是文字背后的深意,其实并不简单,它确实具备成为文学经典的诸多因素。迄今为止,它能在全球发行近 2000 万册,完全有它的内在合理性。

## - 03 -

《你好,忧愁》的文字特别明澈、轻灵和俏丽,一如小说女主角、17 岁的少女塞茜尔一般迷人。小说以第一人称的手法叙事,其中既有速写又有白描,几段爱情故事,色彩缤纷、活色生香,基调和谐统一。第一人称的叙述法主观直切,直接而坦率,带入感很强,似乎和读者在面对面做着交流。这种叙事手法与行文风格,恰与自由粗犷、落拓不羁的类型小说很贴切。文学史上,不少青春小说和硬汉小说采用的是这种技法,读来令人印象颇深。例如大名鼎鼎的《麦田的守望者》《在路上》《兔子快跑》,以及海明威的系列小说……

《你好,忧愁》中有青春期荷尔蒙的贲张勃发,有诡谲多变的少女心思,有拒绝成熟的男人的多角恋,还有世故老练妇女的失态以及风尘女子的天真……这部短短的中篇小说,像那些 20 世纪中期大热的小说,诸如《了不起的盖茨比》《麦田守望者》《情人》等一样,涉及诸如华丽、颓靡、浪荡、叛逆、拒绝成长等时尚元素,波西米亚风和情色风结合得刚刚好,深入慰藉了各个时期被囚禁在外貌、学业、生存、家庭等多重"牢狱"之中的普通大众,尤其是那些反叛而不得,郁闷又迷惘的年轻人。

## - 04 -

17岁的塞茜尔幼年失母,反倒生活得无拘无束、无忧无虑,这仰仗于她有个英俊强健、热情活泼、精力充沛、善良温柔、浅薄无聊、阔绰挥霍的大男孩爸爸雷蒙。雷蒙只有40岁,混迹于时髦的广告业。雷蒙的做派与一般的父亲大人大相径庭,他从不要求女儿好好学习,认真生活。他有祖上留下的遗产可供闲逸度日,他认为大富翁恰恰都是些不读书的人。雷蒙相当欣赏和纵容女儿的离经叛道,带着还未成人的女儿出入于巴黎的歌厅、酒吧和夜总会,也不忌讳在女儿面前频频更换女友。塞茜尔遗传了爸爸漂亮、快乐和热情的天性,她在爸爸宽容的呵护下,像个小精灵般成长着,特立独行、早熟放浪。

故事中的夏天,塞茜尔跟着雷蒙在地中海的某个海滨度假。与他们同行的,还有雷蒙的情人爱尔莎。爱尔莎29岁,半为大家闺秀,半为轻佻女子。她属于职业恋爱者,依附有钱男人讨生活。从古至今,法国总是盛产这一类女子,有了她们,巴黎才更香艳更具魔力。

爱尔莎和雷蒙算是一丘之貉。塞茜尔有些轻视爱尔莎,也有点喜欢她。至少,爱尔莎让塞茜尔感觉到的只有轻松快乐和一点点不屑——塞茜尔的智力显然凌驾于她之上。雷蒙、塞茜尔和爱尔莎,他们是天生的享乐主义者,容貌出众、热情豪放,内心没有阴影,活着就是为了锦衣玉食、香车宝马和发泄情欲。

塞茜尔在海边认识了19岁的当地少年希里尔。希里尔英俊健美,像地中海的阳光一样灿烂纯净。两位年轻人一见钟情,热烈地相爱了。海边的一切都异常浪漫,看似完美。

毕竟,再明媚的阳光也会播洒下面积不一的阴影。塞茜尔新近有了不大不小的烦恼:她亡母的挚友、爸爸的老熟人安娜要到度假地来看望他们。面对安娜,塞茜尔有一种本能的不安。离开寄宿的中学后,她曾经被爸爸托管在安娜那儿,虽说时间不长,敏感聪慧的她却领教到安娜那不同寻常的性情,"我想到安娜时,从未把她当作一个女人,而是当作一个实体:我看到她身上的自信、雅致、聪明,而从未看到欲念、弱点……"照说安娜就是个准妈妈样的亲切女人,然而,孩子的直觉是最真实而非功利的，塞茜尔明白安娜是与自己和父亲完全不同的另一类人，他们隶属于精明算计的成人世界。

"她妨碍了我爱我自己。我，生来就是为了享受幸福、亲切和无忧无虑的生活，由于她，我陷入了一个充满责备、疚悔的世界，我这个不善自省吾身的少女，在其中丧失了自我。"

的确，安娜和塞茜尔父女犹如来自两个世界。安娜42岁，除了一个老年远亲，连亲人也没有。她保养得宜，美丽高雅，成熟稳定。她虽然和蔼，却待人疏而不亲、冷漠，注重距离感。安娜从事时装业，了解上流社会有钱人的弱点，因而能不露声色地控制他们。

塞茜尔比爸爸更了解安娜，她明白这一类"完美"女人一旦目标明确后的超强能量。她揣摩出爸爸对安娜又敬又"怕"的态度。他认可她的智慧、高雅和秩序感，却也担心受她管束。总之，和女儿塞茜尔一样，雷蒙也害怕一切"严肃"的东西，他不愿正视也还暂时无须面对生命之重，他宁愿沉浸在声色犬马之中不要醒来。安娜的存在，仿佛是个无声的提醒，她要告诫他们父女俩：生命里存在着需要严肃对待的东西。这些东西尽管高大上，要获得它却必须吃一些苦头，得付出辛劳、责任和部分自由作为代价，光凭小聪明是不行的，比如学业、比如爱情、比如事业……这就简直要了雷蒙和塞茜尔的命。

塞茜尔本以为安娜只不过是雷蒙众多情人中的一个，她以正人君子形象捕获了雷蒙。雷蒙摘取其高雅，不过是为了充充门面。在雷蒙看来，爱情的复杂性纯粹是想象出来的，它根本就不存在。他反对忠诚、庄严和高尚这类事物，他也压根不觉得爱情值得上升到意义的层面来看待。两情相悦，相看两不厌，厌倦就分手，雷蒙觉得这才是最佳恋爱方式。

## — 05 —

俗话说，你所讨厌轻视的事情，早晚会落到你头上。花花公子雷蒙也不例外。安娜到了地中海的度假地之后，雷蒙家的气场起了微妙的变化。安娜的理性立刻与雷蒙、塞茜尔和爱尔莎的孩子气拉开了大幅距离。安娜毫不情绪化,不会为海浪的起伏雀跃,同样也不理会塞茜尔对她的敌视。安娜总能赋予事物恰如其分的重要性,让你隐隐觉得你当下的生活是可耻的,是需要纠正的。当然,她是引领者,她有责任心,也有超强的意志力,她既脱俗又出类拔萃。

在浪漫的情境中,在性感的修饰下,安娜温柔地为雷蒙规划了未来生活温馨轻快、充满天伦之乐的图景。这让雷蒙心安理得地觉得自己并没失去什么。对老牌浪子来说,戏耍人间并非太阳下的新鲜事,他本来就过着这样的日子。安娜深谙此理。于是,安娜又不经意地"恐吓"了雷蒙一下,告诫他家庭和睦养颜养心,道德高尚受人尊重,放荡老去则下场悲惨。雷蒙的历任女友多是年轻而胸大无脑类型,今朝有酒今朝醉是她们人生的主要基调。这样的女人对雷蒙来说开心倒是开心,厮混久了也不免乏味。安娜是雷蒙不曾接触过的那类女人,她比雷蒙还大两岁。安娜既不缺年轻女子的性感外表,更配备着语重心长的贤淑和智慧,她能俘获雷蒙也在情理之中。

雷蒙这个超大型婴儿虽然女友不绝如缕,但他实在不了解女人的内在。一切事物的内在都让他疲惫,他只要金玉其外就已足够。但他毕竟出自巴黎上流社会,见识还是有的,内外兼修的女人他还是欣赏的。于是,他轻易地抛弃了爱尔莎,改投安娜的怀抱。

$$- 06 -$$

起初,爱尔莎很失落,过了几天也就想通了。她年轻漂亮,明白有钱人的游戏规则。有钱男人多的是,她对自己的青春和容颜都很自信。何况,她并不喜欢稳定而一成不变的日子,更是惧怕婚姻。

塞茜尔被爸爸新萌发的结婚念头吓坏了,她在希里尔那里获得的信任感、安全感和激情也无法抵御内心巨大的失落与不安。她以为爸爸和安娜认识15年了,要相爱要结婚早就应该有结果了,雷蒙对安娜半推半就的接纳不过是为了让女儿有个"教母"性质的导师。谁能想到,安娜的精明强干到底战胜了爱尔莎的半疯半傻。塞茜尔深受打击，来自成年人的压力，以及对新局面无力把控的感觉让她恼怒。

塞茜尔比她爸爸鬼精得多，她了解雷蒙的软肋：雷蒙轻浮放浪、软弱简单。如果他与安娜结婚，不仅是他，就连塞茜尔也会受到束缚，甚至是管制。安娜有力量摧毁她所不齿的任何东西，包括那种建立在金钱之上的快乐、缺乏高尚内涵的享受。塞茜尔奉行的是王尔德的人生哲学，"罪恶是在现代世界中延续着的唯一带有新鲜色彩的记号"，她的理想是过着一种卑鄙无耻的生活。安娜所要修理的，正是她这一类人。

少女情怀并非总是诗，还有不顾一切、敢于犯罪的勇气和细密诡谲的内心。"青春"赋予人敢于行动的能量和目空一切的骄傲自信。同样是少女，塞茜尔没有奥菲利亚（《哈姆雷特》）的温柔矜持，也不似朱丽叶（《罗密欧与朱丽叶》）天真善良，更缺乏考狄利娅（《李尔王》）的坦诚质朴，她倒颇有几分美狄亚（《美狄亚》）的酷辣和费德尔（《费德尔》）的疯狂。她经过精心谋划，发誓要把浪荡子爸爸夺回来。为此，她不惜利用爱尔莎、玷污希里尔。

## - 07 -

果然，雷蒙很快就上了当。连续几次在煽情的环境中"邂逅"爱尔莎和希里尔腻在一起亲热，雷蒙的嫉妒心和占有欲被勾带出来了。他那老男人特有的自卑心和虚荣心混合在一起，迸发出强烈的不甘之势。他发誓要夺回爱尔莎，犹如夺回他的青春岁月和任性胡闹的自我，夺回他属于巴黎青春常驻的男人圈一员的心理定式。知父莫如女，塞茜尔无须付出美狄亚弑子或费德尔弑爱的惨烈代价，她成功导演了这出戏剧：安娜看到雷蒙在热吻爱尔莎。

自觉已是雷蒙未婚妻的安娜受到了致命的打击。就在转瞬之间，安娜仿佛就老了几岁。一贯的冷静从容竟然如此虚弱，如此一戳就破，说明安娜对雷蒙这类浪荡子并没有过真正的信任。原本就惴惴不安、提心吊胆的事情果然还是发生了，安娜的精神濒临崩溃。她卸下了勉力维持的面具，还原为有着正常喜怒哀乐情绪的普通女子。但是,超强的自尊心绝不允许安娜在"奸夫淫妇"面前有任何出格的举动,她跟跟跄跄地开车离开了海滨,准备返回巴黎。

至此,读者遗憾地看到,安娜完全不似外表显露的那样坚强。张爱玲说得好,漂亮的女人以容貌来取悦他人,有知识的女人以知识来取悦,她们并无本质区别。镇定从容是安娜的手段,她明白这种人设适用于雷蒙,是雷蒙对她的定位。她最终的目的不过是嫁给雷蒙,好让自己的下半生有个依靠。对自己的精明强干有自信的安娜,却对精神和身体的独立性没有认识。她走的还是传统妇女的老路,尽管外表时尚又现代。塞茜尔对安娜的恶毒,不过是因为瞄准了安娜的心理"缝隙"——依赖他人来获得自身幸福。

雷蒙父女俩不需要倚靠安娜来获得快乐和幸福,她却需要借助他们来发展自身。这是何其可悲的个性,下场自然也很悲惨。安娜外在表现很强势,其实,她的心理甚至比爱尔莎和塞茜尔都更脆弱。安娜的形象相当具有代表性,很多知识女性都有这种毛病,她们向往美好,却又不舍虚荣;她们渴望与众不同,自我发展得却不够彻底。她们是半生不熟的女性。从个体精神层面来说,她们够不上是真正的"现代人"。

塞茜尔和她父亲对安娜的离去有些不安,有些歉疚,他们预备写信向她表示道歉和慰问。然而,他们到底都是生怕灵魂负债的登徒子,连一封表示歉意的信都没能写完,就准备一切如常地继续逍遥下去。安娜只不过是他们生活中的插曲。他们是刻骨的自私自恋者,倒也十足的诚实。

回巴黎的路上,由于心神恍惚,安娜连人带车坠入了山崖。经抢救无效,安娜死了。听到安娜去世的消息,雷蒙的震惊超过了悲痛,塞茜尔则是空虚感胜过了自责感。他们在家里幽闭了一个月,抽烟喝酒足不出户,以此种荒谬怪诞的方式来告慰安娜的在天之灵。他们无力去反省自己在安娜之死中的责任,毕竟,反省过去意味着对自我的否定,会比较沉重。他们爱自己,不想改变生活方式。他们对他人有着惊人的漠视。"他人即地狱",其时,萨特的存在主义哲学正在法国以及西欧流行。

塞茜尔失去了对希里尔的激情，雷蒙也未能与爱尔莎感情常青。不久，父女俩各有新欢，再次开启浪漫、轻浮、冒险和挥霍的生活。偶尔，塞茜尔会想起安娜，想起时夹带着淡淡的愁绪……

## - 08 -

在《你好，忧愁》出笼的20世纪50年代，正是第二次世界大战结束之后，西欧和美国的婴儿潮时期，社会经济高速运转，繁华世界正在来临。存在主义哲学体系为自我的确立和个性的发展奠定了思想基础。张扬个性、性解放、吸毒、反叛传统等社会风潮在青年人中大行其道。20世纪60年代的巴黎学生运动以及美国的反战运动都还没有开张，在这二战后抚平创伤的大好时期，消费主义和感官享受成为社会的主流趋势。

拉丁民族的浪漫天性赋予了法国人对美的超常感悟能力。萨冈只有18岁，她修长美丽，眼神清澈如水，如小鹿般灵性跳脱。大多数同龄女孩还没有踏入社会，没有开始真正的人生，萨冈就已经怒放。对于笔下人物的一颦一笑、身姿仪态和心绪脉络，萨冈皆是洞若观火，拿捏精准。她的行文中有种难得的幽默大气，其老练程度大大超越了她的年龄。她的文字如同天籁，浑然天成，诗意盎然。很少有作家能把青春的状态勾画得如此耀眼，如此不羁，如此蓬勃。她的描写只隶属于她这个年龄。这些文字犹如沙砾中的贝壳，粗看没有太大价值，冲掉其表层世故庸俗、繁碎僵滞的沙粒，真实人性的肌理就在贝壳中闪烁，恰如青春的光泽一般动人。它勾起了我们对青春期每次心动的怀念，对人生价值和意义的追问。

萨冈为全世界的读者贡献了一部浸透着浓郁青春汁液、散发着独有青春味道的小说，功莫大焉。

## - 09 -

法国人欣赏并喜爱萨冈的美貌、风度和率性，她一把年龄还能保持"娱乐至死"的反叛精神和决绝的勇气。也许，法国人认为这样的不成熟才是一种真浪漫。萨冈绝不向世俗妥协，绝不过中产阶级精打细算、保守潦草的日子，忠实于内心的狂热、狂躁，将疯狂进行到底，用感官来刺激灵魂，用灵魂来操纵感官。她做到了年轻时的梦想——"过把瘾就死"！多么痛快淋漓的人生，滚滚红尘中有多少人想要这样的生活，萨冈绝对是他们的偶像。

萨冈的心智似乎也永远停留在了青春年华。享乐、任性、放纵，飙车、吸毒、逃税，各种各样与大人物的绯闻，她在反叛的路上越走越远，唯有文学之路，毫不长进。她后续也写了不少小说、电影剧本和非虚构作品，可惜只能用江河日下来形容。她依旧赚足法国人的眼球，却再也不是凭借文学创作。

文学创作除了具备天赋因素而外，持续性的写作所必须要保持的专注力、定力和耐性，注定了每一位大作家的生活内质必然会是简单朴素的。朴素让他看清世界的本质真相，简单才能保持对写作的专注。

职业作家中几乎没人会成天抛头露面，频频以花边新闻亮相。作家的生活自有它内在的深刻性和广博度。萨冈从一开始便缺乏忠于文学的境界，她太"玩票"，并终身是玩票心理。年纪轻轻就得到相当的金钱和名誉当然属于命运的眷顾，足够满足人的虚荣心，让人精神放松。不过，持续的放松却容易导致松懈。

萨冈喜欢的英国作家王尔德曾经说过，"忠贞不贰的人只知道爱的小零小碎，而见异思迁者才懂得爱的大悲大痛"。萨冈一定最懂得爱及生活的大悲大痛，挥霍掉青春，消费掉中年，进入老年（她不过69岁就死了，属于刚进入老年）之后，她的身体和生活都每况愈下。还赌债、打税务官司、透支消费、上法庭、多次手术，等等，在生命的最后十年，萨冈的模样变化非常之大。容貌衰老属于自然规律，本来很正常，只是萨冈晚年的照片，显露出无法掩盖的苦相。她的生命状态再不佳，愁苦却绝对不该属于她的……

许多终身勤奋写作的女作家，在她们晚年的照片上，显得雍容知性而气度非凡，多丽丝·莱辛、托妮·莫里森、玛格丽特·阿特伍德、维斯瓦娃·辛波斯卡、纳丁·戈迪默、苏珊·桑塔格等，都是这样。萨冈晚年的面容却比较凄苦，一双布满皱纹的大眼睛透出疑惑不解的神情，瘦削的面孔堆积着深浓的倦意和疲态。

这也确实是她一生经历的写照。人生当然不是付出与得到总能相宜，但对于少年成名的人，其文学成就大致还是收支平衡的。没有人能从根上逃避成长和成熟。

– 10 –

尘归尘，土归土，萨冈的忧愁已经结束。在数不清的文学书籍中，光芒四射的《你好，忧愁》还将流传下去。萨冈的个人传奇，在文学本体愈加式微而作家的行为需要纳入时尚话题的时代，只会更加传奇。

木心说过，浪漫主义是青年的人权！而忧愁，不过是青春的花边……

妙莉叶·芭贝里

妙莉叶·芭贝里（Muriel Barbery, 1969— ），出生于摩洛哥，曾任法国勃艮第大学哲学教授。凭借小说《刺猬的优雅》，她成为当代法国知名畅销书作家。首部小说《终极美味》获得了2000年最佳美食文学奖以及2001年酒神巴库斯奖。《刺猬的优雅》在法国卖出了200万册，并获得了法国书商奖。最新小说《狐狸的灼心》入围2022年龚古尔文学奖和季奥诺文学奖。

**《刺猬的优雅》**
南京大学出版社，2009年7月版

# 优雅的真相

## 法国女作家妙莉叶·芭贝里和她的《刺猬的优雅》

*真正的新，是永远不会随着时间的推移而过时的。*

*——妙莉叶·芭贝里*

- *01* -

我评论的这系列女作家小说，好多本都被改编为电影。为了让文本的感受更为纯粹，我刻意不在读书前先观看电影。电影和小说的叙事介质迥异，审美感受也不尽相同。不过，法国电影《刺猬的优雅》却属于例外，我在看过电影之后，马上想要阅读同名小说。

说起来，并非这部电影内容深邃，或是电影语言有所突破，格外具有震撼力，它只能算是一部别致的、中上水准的文艺电影，三观端正，视角新颖，人物形象丰满朴实，情节不乏感人之处。

促使我迫切地想要阅读同名小说的原因，来自这部影片的演员。演员的表演是这部电影最大的亮点。每个角色都被呈现得细腻生动，饱含激情。我期待通过阅读小说，发掘出更多电影中未能表现的细节（应该有很多），将那几个热爱文学艺术的小人物形象，烘托得更加立体、多元和丰富。不言而明，根据优秀小说改编而成的电影，囿于时长、叙事方式、导表演水准、视角体验等诸多因素，其分量通常会比小说孱弱。

《刺猬的优雅》的作者妙莉叶·芭贝里1969年出生于摩洛哥，曾执教于法国勃艮第大学，教授哲学。《刺猬的优雅》是芭贝里的第二部长篇小说，销售量高达200多万册。这部小说使她成为法国著名的畅销书作家，并荣获法国书商奖。芭贝里的第一部长篇小说《终极美味》也是畅销书，它获得了2000年法国最佳美食文学奖和2001年酒神巴库斯奖。芭贝里无疑是畅销书市场的宠儿。不过，评定一部文学作品的价值，不能仅仅以畅销与否为标准。卡夫卡生前仅出版过寥寥几部作品，然而，谁也无法否认卡夫卡是史上最伟大的作家之一。

《刺猬的优雅》名字取得巧妙，让人光看书名就会对其内容产生各种联想。"刺猬"这个动物，圆滚滚的身形，浑身是刺，它自带冒犯感，似乎与"优雅"完全不沾边。显然，小说里的刺猬指代的是某个（类）人，他（她）既然带刺，"优雅"又何在？

"优雅"这个词在艺术和时尚圈早已泛滥，几乎成了"媚俗"的同义词，令人厌倦。那么，以文学的笔触来描写和品鉴"优雅"，又会呈现何等样貌？"优雅"的本质到底是什么，边界又在哪儿？……这些，既是我的疑问，也是我的兴趣点。

出乎意料的是，看完这部小说，我反倒有点失望——小说和电影的差距是明显的，直觉是遭遇到水准的降维。

## - 02 -

27年来，勒妮一直都在位于巴黎塞纳河左岸第六区与第七区之间的格勒内勒街一栋高档公寓当门房。她寡居了15年，长得矮小、肥胖、丑陋，不修边幅，完全符合人们心目中对"门房"的刻板印象。这栋大楼居住着八户非富即贵的人家，这些人相互之间从不来往。大家眼中的勒妮，虽然彬彬有礼，却显得冷漠绝情。楼里的人不喜欢她，但还能容忍她。勒妮也乐意在人们面前隐匿自我，不希望被人更多地关注和了解。勒妮懂得，现实就是如此，社会因循常规运转，人们因循常规生活，很少有人会刻意去打破那些约定俗成的东西。

勒妮的老家在农村，贫穷的家境使她读完小学就辍学了。正是在读小学那会儿，12岁的她被文字的魔力所吸引，从此开始了"在毫无生机的纸上吸取某些似乎是有生命的东西"的自学旅程。在学习过程中，勒妮逐渐认识到：智慧是大自然给予穷孩子们的一种重新获得平衡的神器。

17岁那年，勒妮嫁给了吕西安。吕西安是这栋楼原来的门房，他不是知识分子，为人敦厚、老实、热情，善于交际。吕西安从不去干扰勒妮的个人爱好。经过多年坚持不懈的读书学习，勒妮在文学、艺术和哲学等方面都拥有了相当不俗的见地。当然，她在人前还是那个昼夜不停开着电视机的低贱卑微的女门房。不被打搅、不被苛刻对待，这是勒妮最渴望的日常生活状态。

吕西安罹患癌症去世之后，葡萄牙裔的钟点保姆曼努埃拉成了勒妮最亲密的朋友，三天两头来门房间和勒妮聚会。曼努埃拉有四个孩子，干着被人呼来喝去的工作。但她热爱生活，心灵手巧。她总是耐心地倾听勒妮对于人生和文化的不俗见解，即便其中大部分的内容，她根本就听不懂。勒妮把曼努埃拉视为女贵族。在勒妮的眼中，女贵族的标志就是出淤泥而不染。

工作之外的所有时间，勒妮都用来阅读、听音乐和观看各种风格的商业和艺术电影。丰富的精神生活，再配以曼努埃拉时不时带来的美食，勒妮把她俩的日常生活描述为一部温馨而愉悦的史诗。

— 03 —

居住在这栋楼里的八户人家，其成员多是国会议员、外交官、军火商人、美食评论家、大银行家和心理咨询师这样的社会精英。六楼的小女孩帕洛玛就出自精英家庭，她爸爸从部长爬到了议员的高位，并有可能当上国民议会主席；她妈妈是文学博士，做着心理咨询工作；她姐姐就读于巴黎高等师范学院哲学系。帕洛玛12岁，精灵敏锐，酷爱思考，具备巴黎高等师范文科预备班的学识水准。悖谬的是，家人的社会地位和学识如此高大上，帕洛玛却很有点瞧不上他们。她认为他们全都懦弱虚荣，俗不可耐。在帕洛玛的小脑瓜中，只有爱情、友情以及艺术这类精神性的东西，才能让人生变得充实。

帕洛玛不乏离经叛道的思想。她认为人的出生只是偶然现象，生命本身荒诞不经，聪明的头脑只会使成功的滋味变得苦涩，平庸才会让人生充满希望。就要告别童年了，帕洛玛无法接受越来越强烈的生命虚空感。她预备在13岁生日来临前放火烧掉自己的家，然后吞下从妈妈那儿偷来的安眠药自杀。既然准备去死，她琢磨着兴许应该认真地度过此前的余生，"重要的是，不是因为死，也不是因为在哪个年龄死，而是在死的那一刻我们正在做什么"……

## - 04 -

勒妮虽然不是巴尔扎克小说中那种狡猾势利、热衷打探各家隐私的门房，但她毕竟在此地服务了27年，洞悉楼里权贵们的言行举止，她对这些社会上层精英人士的总体印象不算好。

安托万·帕利埃，大财阀的儿子，爱好阅读色情书籍。他甚至不屑于和勒妮讲话。为了显示自己的境界和才学，他对勒妮宣布，马克思彻底改变了他的世界观。勒妮真诚地建议他去看看《德意志意识形态》，他置若罔闻，打心眼里不相信一个门房有能力阅读马克思的著作，仿佛宣扬阶级平等、畅想大同世界的思想家马克思，也只属于他们这些大资产阶级。

国会议员德·布罗格利假模假式，他对勒妮在门厅烧制牛肉浓汤、蔬菜汤和什锦红烧肉时散发出来的味道很是反感。当着妻子的面，他彬彬有礼而不失严厉地对勒妮进行了说服性教育。驱赶老百姓家中散发出来的各种味道，是这位议员的人生目标之一。

住在五楼的皮埃尔·阿尔登是美食评论界的鼻祖。他浮华浅薄，喜好卖弄。

他可以将从未尝试过的菜肴描写得活色生香，让人垂涎欲滴。但是，对那些地位低下的人，他却冷漠而颐指气使，就连人与人之间最基本的礼貌关系也不愿维系。

贝尔纳·格勒利耶是楼里唯一能让勒妮在他人面前不用伪装的人，勒妮还曾考虑过要不要嫁给他。然而，不管勒妮对他谈论的是《战争与和平》，还是垃圾室里的铰链，他的反应都差不多。正因如此，贝尔纳后来娶了维奥莱特也就不足为奇了。维奥莱特原来是阿尔登家里的女用，后来被提拔为女管家。她和她的老板一样，对小人物充满了鄙视，经常在他们面前摆架子、耍威风。

戴安娜·巴多瓦兹小姐住在四楼。她在亚萨斯法学院读书，酷爱养狗，有厌食症。她矫揉造作、附庸风雅，经常组织同学进行宠物狗的技能比赛。可笑的是，不仅她要一门心思扮演高雅，就连对自家的狗，她也是这种滑稽的要求。偏偏她的狗好色又赖皮，毫无高雅追求，常让她在众人面前出丑露乖。这只赖皮狗的诸多出格行径，让勒妮觉得相当痛快。

萨比娜·帕利埃是军火工业巨商的妻子，她妈妈是一家大出版社的审读委员会成员。尽管如此，萨比娜·帕利埃的行为作风和文字水平却都粗鄙不堪。

这栋楼里也有友善、脱俗，言行超越于父辈和家族的人。奥林匹斯·圣－尼斯是住在三楼的外交官的女儿，她19岁，生长在一个左派家庭，没有社会偏见，既不想嫁给有钱人，也不追求功名利禄。就连继承父业做外交官，也不是她的梦想，她只想成为一名兽医。

- 05 -

帕洛玛勤于思考，善于观察，似乎天生就具有深刻的左派平权思想。她认为爸爸懦弱犬儒，因循守旧，总想要提高公民的道德水平，却把自己年老的母亲"扔"在了养老院。妈妈是文学博士，却只会展示文学知识，对普通民众的理解和同情缺少深度。妈妈对勒妮高高在上，充满偏见，每天关注的都是一些鸡毛蒜皮、牵涉个人利益的小事；她心胸狭隘，患上了抑郁症。姐姐科隆布，名牌大学哲学系学生，却并不喜爱哲学。她迷恋物质，争强好斗，浮躁喧哗。有一次，勒妮没有满足科隆布的某个无理要求，她便撒泼一般谩骂勒妮是人类的垃圾……

家人都认为帕洛玛是个古怪的小女孩，她动辄就躲起来，让他们找不到她。其实，帕洛玛躲起来是为了潜心思考。她坚信个体只有沉浸于安静中，才能听到内心的声音，才能去思考。人们太聒噪了，人类生活在一个由语言而不是由行动掌握的世界当中。在这个世界上，顶级的才能就是语言的掌控力。

帕洛玛喜欢日本文化，她自学日语，阅读日本漫画和俳句。在东方和日本文化中，她学到了不少人生哲理。帕洛玛善于联想和总结，她喜爱围棋，并在纠正大人们对于围棋的错误认识之中，领悟到了围棋的精髓：围棋最成功的方面，在于它是一个能够获得平衡的精妙游戏，它既不打垮对方，又能获得胜利。归根结底，生与死也只是构建得好与坏的结果。帕洛玛希望自己能够在建构中死去。

– 06 –

美食评论家皮埃尔·阿尔登死后，他的妻子决定卖掉他们的屋子，日本人小津格朗搬到了阿尔登家。小津格朗是一位卖高保真音响器材的商人，非常富有。他对阿尔登家的房子进行了全面的装修。大规模的装修意味着花费不菲，意味着房主人很有钱。于是，小津的举动便引起了楼里富人们的关注。

小津格朗60多岁，矮小文雅，随和亲切，很有礼貌。在初次见面的闲谈中，小津和勒妮居然像对切口一样，同时提到了大文豪托尔斯泰和他的小说《安娜·卡列尼娜》开篇那句名言——幸福的家庭是相似的，不幸的家庭各有各的不幸。之后，勒妮为在不经意间暴露了竭力想要隐藏起来的真实自我而深感不安。小津格朗和日本导演小津安二郎同样都叫小津，这让勒妮倍感亲切。勒妮喜爱小津安二郎的电影，常以电影中那些隽永的台词来鼓励自己，比如《宗方姐妹》中的那句："真正的新，是永远不会随着时间的推移而过时的……"

没过多久，小津凭借他的财力和个人魅力，成为楼里各家各户关注的目标，本来老死不相往来的邻居们甚至因此走动起来了。

帕洛玛对小津的好感，来自一次电梯事故。当时电梯里只有帕洛玛和小津两人。小津在处理突发事件中的超强能力，以及他对帕洛玛平视的态度，都让帕洛玛感到意外。小津向帕洛玛征求她对勒妮的看法，他承认他对勒妮很好奇。帕洛玛告诉小津，勒妮就像刺猬一样，从外表看，浑身是刺，但这只不过是为了防备他人的袭击，故意竖起的壁垒；勒妮的内心敏感而细腻，虽然常年封闭在无人之境，却有着非凡的优雅……

能够打破世俗的偏见，深入地探究地位比自己低下很多的人的内心世界，小津的这种行为让帕洛玛大为赞叹！从此之后，帕洛玛把小津视为知己。

## - 07 -

小津邀请帕洛玛到他家喝下午茶，他告诉帕洛玛妈妈，他们很谈得来，帕洛玛妈妈大吃一惊。小津对帕洛玛谈起他喜爱的俄国文学，议论智慧之表现，甚至兴致勃勃地讲到俄国文学中出现的各种各样的树。当然，他们肯定会议论到共同关注的对象——勒妮。小津决定送给勒妮一本《安娜·卡列尼娜》，看看勒妮拿到书时有何反应。

拿到精装本《安娜·卡列尼娜》之后，勒妮明白自己已经"暴露"在了小津面前。更加令人震惊的是，小津继而邀请她去家里做客。心绪不安的勒妮在曼努埃拉的怂恿下，生平第一次去理发店做了头发。曼努埃拉借给勒妮一件时装，那是她妯娌工作的那家缝纫店，有位突然去世的客人留下的新衣服。曼努埃拉让勒妮穿上新衣服去赴约。

焕然一新的勒妮和小津先生度过了愉悦的一晚。他们谈论绘画、文学、电影和日本美食，同时对抽水马桶发出的莫扎特《安魂曲》的声音哈哈大笑。当然，倾吐彼此的身世才是男女初次约会的重头戏。小津的父亲是外交家，母亲在他出生后不久就去世了。勒妮也坦陈为何她要在众人面前掩饰真实的自我。

时至今日，居然还有那么多人对他人抱有先入为主的偏见，这让小津颇为吃惊。而小津让勒妮深感不可思议的地方在于，小津像年轻人一般热情和天真，同时又具有长者的睿智和友善……

凌晨三点钟，他们才依依不舍结束了聚会。那天晚上，勒妮注定失眠了。

## - 08 -

帕洛玛的姐姐科隆布让勒妮帮忙收发一封重要的邮件，帕洛玛趁机来到勒妮的蜗居一窥究竟。帕洛玛一直想了解勒妮的日常生活，她喜欢勒妮的猫和花茶，更喜欢勒妮的书籍和为人的友善。在勒妮的陋室里，帕洛玛找到了久违的宁静。

渐渐地，勒妮的门房变成了本楼的一个中心。帕洛玛妈妈干脆把女儿托付给勒妮来照看，否则帕洛玛会时常失踪，令家人担心。帕洛玛妈妈惊异地看到用人曼努埃拉、门房勒妮和小津先生在一起喝茶吃蛋糕，相谈甚欢。

某天下午，带着曼努埃拉为她做的几款精美点心，勒妮去了小津先生家，他们一同观看了小津安二郎的电影。勒妮首次体会到面对男人时所产生的幸福的解脱感。

接下来的日子里，勒妮的心绪越加复杂，自卑的她几乎不敢相信能与小津这样的绅士并肩往前走。她拒绝了与小津共进生日晚餐的邀请。将这一切看在眼里的帕洛玛质疑勒妮为何要这么做。勒妮回忆了她漂亮的姐姐莉塞特被富人玩弄的往事——莉塞特怀孕后被抛弃，最终悲惨地死去。姐姐死后，勒妮坚信，强者活、弱者死，享乐和痛苦的程度与阶级地位成正比，逾越既定的地位作非分之想，就会遭到和姐姐同样命运的惩罚。

即便如此，想要压抑真实的感情并不容易，勒妮在帕洛玛面前痛哭起来。帕洛玛真诚地告诉勒妮，是她给了自己改变命运的希望……

受到帕洛玛鼓励的勒妮，最终改变决定，她勇敢地接受了小津的邀请。

## - 09 -

任何善行都自有它的回报。涉毒不浅的大富翁阿尔登的儿子让·阿尔登专门回来看望勒妮。阿尔登告诉勒妮，在他最绝望的时候，是勒妮无意中指给他看的那片山茶花让他感念到了世间的美好。现在的他戒了毒，做着寻常蓝领的工作，生活平静而快乐！勒妮听罢阿尔登的话，感动得掉下了眼泪。

小津先生给勒妮送来了一封信和高雅的衣物及皮鞋。在信中，小津先生摘录了《安娜·卡列尼娜》中一段优美的文字来表达感情。勒妮看罢信件，感慨万千，哭了起来……

小津挽着打扮得体的勒妮走出大楼。两个势利的邻居太太殷勤地和小津的女伴（勒妮）打招呼，她们居然都没认出那就是勒妮。小津说，她们从来就没有真正"看见"过勒妮，而他自己，则在任何情况下都能认出勒妮。

在一家高档饭店，勒妮和小津吃着他们都喜欢的日本料理，共同庆祝小津的生日。小津亲切地告诉勒妮，她不会再遭遇她姐姐那样悲惨的命运。他们可以做朋友，还可以进一步做他们想做的一切事情。

— 10 —

小津生日的第二天早上，为了救助隔壁的流浪汉，勒妮被冲过来的干洗店的车子撞倒在地。干洗店的女孩正是来给勒妮送回她干洗的那件借来的衣服。弥留之际，勒妮的眼前依次闪过了她最为留恋的人的面孔，那是她的猫、曼努埃拉、吕西安、小津和帕洛玛。帕洛玛曾经对勒妮说过，重要的不是死亡，而是在死亡来临的那一刻，我们在做什么。死亡来临的那一刻，勒妮正准备去爱人。

小津将勒妮遭遇车祸的消息告诉了帕洛玛。小津看上去非常疲倦，帕洛玛感觉到异常疼痛。那一瞬间，世间万物仿佛都处于黑暗当中，而她感到的，只有无限的孤单、羸弱以及肝肠寸断。

为了勒妮，帕洛玛决定不再自杀，也不会烧毁房屋。她要去追寻"曾经"之中的永远，追寻人间之美……

— 11 —

《刺猬的优雅》属于法式小清新风格的小说。它温馨而雅致，故事也比较接地气。它赋予了平凡的人和事超越性的一面。法国人一向善于"烹制"这类文学美味，比普通"鸡汤"文本更有个性，更有意味，也更具浪漫色彩。

"刺猬"当然是指小说中不对富人卑躬屈膝的勒妮。在巴尔扎克、福楼拜、雨果、张爱玲等许多中外作家笔下，门房似乎有他们较为固定的形象和个性，他们粗鄙而令人生厌，喜好打探与传播隐私，属于典型的城市小市民。但是，就像小说中的小津先生所言，人类社会已经发展到20世纪后期快到21世纪了，大众怎么还会以如此程式化的眼光来看待一个人？每个人的身份都不是一成不变的。

妙莉叶·芭贝里塑造了一个全新的知识分子型门房。不论刻画得如何，至少在文学长廊里诞生了一个完全不同于以往的门房形象。

芭贝里承袭了法国左派知识分子的社会理想。在她的书写中，社会各阶层人民在精神上应该绝对平等。勒妮这个形象就体现了"卑贱者最高贵"这个无产阶级的观念。说实在的，在当代小说中，笔调如此委婉，却如此"直露"地去歌颂底层劳动人民卓越智慧的小说还真是少见。

作家借12岁小女孩帕洛玛之口，阐释了她对"优雅"的认识。它属于那种正确政治观念下的常识：一个人不论其社会地位高低、外表如何，内心的高贵和行为的脱俗才称得上优雅。这个认识当然无比正确，但也非常俗套。就像勒妮这个形象，貌似新颖，但由于作家过于强调其内外的差异，并把它作为赞美其内在高雅的基石，反倒显得虚假了。

妙莉叶·芭贝里反感装模作样的权高位重者，厌倦虚伪的资产阶级知识分子，嘲讽忸怩做作的势利眼、暴发户，她以哲学家的犀利笔触剖析了这些人丑陋的灵魂。她在小说中极力称颂的那些人，无论是富有的社会上层人士小津格朗和帕洛玛，还是处于社会最下层的勒妮和曼努埃拉，他们都能不拘一格，敢于拂去生活表层的泡沫，打捞其中真正有质量的内蕴。显然，爱情、友谊和文学艺术是他们共同的精神支柱，并能身体力行地去追求。

《刺猬的优雅》之所以受到全世界几百万读者的青睐，或许就是小说中这些深具普世性的特质引起了大家的共鸣。

然而，《刺猬的优雅》作为一部小说，它的缺憾也异常明显。首先，小说不是论文，《刺猬的优雅》借人物之口，长篇大论的哲学思想如滔滔江河滚滚而下，没有节制，某些章节更是全篇充斥着人生哲理和反思社会的语句。身为哲学教授的妙莉叶·芭贝里，书写这方面的内容当属手到擒来。她把她的哲学思考放进小说中，企图使之显得更深刻厚重。小说不是不能这么写，米兰·昆德拉就爱在小说中阐发哲学问题；雨果和陀思妥耶夫斯基的小说中，也有整篇整幅进行道德、伦理和宗教说教的内容。然而，他们和妙莉叶·芭贝里之间的区别在于，后者将说教放错了位置。

勒妮刻苦聪明，自学成才，喜欢看托尔斯泰的小说和小津安二郎的电影，这些都算合情合理。然而，非要设定勒妮对胡塞尔现象学的思考深度超过一个巴黎高等师范学院哲学系的学生，这就太过牵强，让人哑然失笑了。的确，小学毕业生勒妮只要识字，就极有可能喜欢阅读小说。通过持续不断的阅读积累，她能进步到阅读经典名著，也都可信。毕竟，《安娜·卡列尼娜》还是比较易读的。

但是，较为抽象的哲学学科，其与入门门槛相对较低的文学还是有很大区别的。没有经过任何学术训练甚至连中学都没读过的勒妮，能对哲学产生兴趣的可能性微乎其微，更别提长篇大论地对哲学理论进行剖析。芭贝里想要颠覆勒妮的门房身份没有错，"太像不是艺"，文学艺术就是要反常规。但是，罔顾基本事实的发展逻辑，一味拔高人物内涵，仿佛拔苗助长，不仅使情节显得矫情生硬，还让原本可以鲜活饱满、接地气的人物性格，硬生生坍塌下去一大块，非常可惜。

勒妮可以去著名的巴黎高师当教授的金句如下："所有的现象学都是以这个为基础的：我们的自省意识，是本体尊严的标志，是我们自己唯一值得研究的实体，因为它使我们摆脱了生物决定论。"这不是芭贝里老师附体的表现吗？可怜那个12岁辍学、17岁嫁人的门房勒妮，竟要负担起如此高难的哲学教授的重任。

同样的问题也出在帕洛玛这个人物的塑造上。芭贝里对帕洛玛的过度拔高，只能让小说在虚假的路上走得更远。12岁的帕洛玛，基本就是康德和少女芭贝里的混合物。她的思想之深刻，她在病理学、社会学、语言学和性学等方面也基本具备了大学讲师的水平。另外，即便全家人都有钱而庸俗，她却天生具有左派知识分子的自由平等意识，她有准确的人格判断力和丰沛的蔑视他人的能力。只因曾在勒妮掉在地上的杂物中发现了一本哲学书，她就能辨识出勒妮丑陋外表之下高贵的心灵。这个形象缺乏12岁少女的心理特征和生活细节描写，她基本是由各种离经叛道的哲学思想武装起来的，显得特别脱俗，其行为有着各种"正确性"，只是透着虚假。

小津格朗更像是芭贝里的梦中情人。只要笔触落到他和他的家人，甚至他的秘书身上，完美的人格就像飞雪降临，从各个犄角旮旯把他们笼罩起来。所有的势利眼暴发户，马上像做过道德"透析"，灵魂顿时得到净化，自动地被小津的财力和高贵言行收编。作家自己却说，她不认识任何一个日本人，也不了解日本文化，小津格朗只不过是她想象出来的"日本人"。怪不得这个形象虽然完美，却贫乏苍白。

至于这栋豪华公寓大楼里位高权重的庸众，描写得更加脸谱化、漫画化。我明白作家是想要批判这些上层人物的冷漠、自私、因循守旧、飞扬跋扈，无奈却拿不出多少个性化的有效细节。这些人物尽管职业不一，性格却比较雷同，女的尖刻、势利、拜金；男的冷漠自私、粗鄙无礼、阴沉荒谬。芭贝里佩戴有色眼镜来看待这些人物，夸张地揭露他们的陋行。作家的价值观虽然正确，手法却稍嫌粗糙。

— 13 —

《刺猬的优雅》总体风格是理念大过形象，这些理念也基本属于老生常谈。同名电影在演员气质的选择上非常贴近角色，实际上替小说弥补了太多人物形象塑造上的不足。小说人物缺乏生活质感和动人的细节，他们大体就是在读书看电影，外加发表各种人生感想。

勒妮与楼里的邻居也好，与同阶层的曼努埃拉等人也好，27年来的交往本来不算短，应累积起很多故事样态，绝对有非常精彩的展现人与人关系的事件和细节。遗憾的是作家功力不逮，人物形象显得平面化，没有深度。在平面化的人物之间，交集次数再多，也无法衬托女主人公勒妮独特丰富的性格。勒妮太像是一个伪装成门房的哲学教师了。

标签、套路和简单化地处理情节和人物性格，不免让人感觉是在阅读通俗小说。当然，如果我刻薄地评说，《刺猬的优雅》也可以算是标注了很多哲学符号的言情小说，特别是芭贝里越是强调勒妮外表有多矮小、丑陋和肥胖，行为举止有多粗糙，打扮有多"路人"，她与小津的爱情就越透着虚假，除非我们非要把小津想象成"审丑狂"。

无论如何，《刺猬的优雅》毕竟不是时尚杂志和通俗小说中的"玛丽苏"小说。它赢在价值观上，也赢在人物形象定位上。它走对了方向，很有精神追求，深具知识分子的平权思想和不俗的人性理念，相对欠缺的只是它真正的文学深度。当然，这也是我对它过分的要求，并非每部小说都必须承担所谓"深度"的使命。

有了"优雅"，夫复何求。

## 阿梅丽·诺冬

阿梅丽·诺冬（Amelie Nothomb，1967— ），出生于日本神户，毕业于布鲁塞尔自由大学，比利时著名作家。她从17岁开始创作小说，著有《杀手保健》《诚惶诚恐》《闻所未闻》《爱情与破坏》《独断》等几十部作品，每部小说都高居畅销榜前位。她的作品被翻译成超过30种语言，曾获得法兰西学院小说大奖、法国书商奖、阿兰·富尼埃奖等文学奖。

**《闻所未闻》**
人民文学出版社，2011年5月版

# 一个欧洲年轻女人眼中的
# 日本和日本人

比利时女作家阿梅丽·诺冬和她的《闻所未闻》

> 因为他身上没有缺点,所以我才那么爱他。也正因为他没有缺点,我对他才没有爱情。
>
> ——阿梅丽·诺冬

## - 01 -

美国人鲁思·本尼迪克特的专著《菊与刀》一经问世,立刻在全世界引起了轰动。《菊与刀》被广泛认为是论述日本以及日本人的权威书。对日本人的个性特质,本尼迪克特用"菊"与"刀"这两个字来隐喻。"菊"是日本皇室家徽,"刀"是武家文化的象征。"菊"与"刀"的组合,不仅形象呼之欲出,还深具形式美感。前者高洁冷傲,后者寒气凛冽,正是一对极端的矛盾体。

联系看过的日本文学和日本电影,《菊与刀》中的观点令我信服。随着年龄增长和阅历增加,那类笼统地定义或概括某地某人特征的文章难再引起我的共鸣。当然,文化人类学意义上的总结永远需要。我越来越觉得,以文学和艺术作为手段去观照某个民族,书写民族中的某些个体人物,反倒能更加立体真实地反映民族特性。

传统的日本和日本人给人以性格极端又有点暧昧的印象。安静背面总像有着难言之隐，礼貌之下似乎又很暴虐。从此岸过渡到彼岸、从情绪最低点跨越到最高点，日本仿佛有这种魔性，日本人也仿佛有这种能量……

说起来，川端康成和三岛由纪夫笔下的日本人，个性非常不同；黑泽明与小津安二郎镜头中的日本人，气质也常常大相径庭。当代日本作家笔下的日本人，更是千姿百态，非常开放，也很西化。不过，日本人的传统个性给世人留下的烙印实在太过深刻，阅读比利时著名女作家阿梅丽·诺冬以日本为背景的长篇小说《闻所未闻》时，感觉到的是传统质地的日本人，在欧洲人笔下又还了一次魂。

比利时和日本隔山隔海，两个民族不仅地理距离遥远，民族性格也很不同。比利时作家来到日本，环境和文化所产生的间离，从而带来的陌生化效果，会在敏感者的内心化作思考的力度。日本的世相人心，在她笔下，绝然不同于普通游记文字中浮皮潦草的表象，裸露的是其文化的内核。

## - 02 -

阿梅丽·诺冬出生于1967年，她是比利时的法语小说家。她的父亲帕特里克·诺冬曾任比利时驻日本大使。诺冬出生于日本，六岁时曾跟随父亲到北京生活过两年，后来又到美国纽约和一些东南亚国家游历，17岁才回到比利时。诺冬毕业于布鲁塞尔自由大学，专业是拉丁语文学。

25岁时，诺冬出版了首部小说，至今已出版了20多部小说。她的每部小说都毫无悬念地引起媒体和读者的巨大反响，高居销售榜榜首，成为法国出版界的一个"神话"。她更是各种文学奖的常客，先后获得过法兰西学院小说大奖、法国书商奖、阿兰·富尼埃奖、"花神"文学奖、让·吉奥诺文学奖等奖项。她的小说也被广泛地改编成电影和舞台作品，超过37个国家翻译并出版过诺冬的小说。

《闻所未闻》是阿梅丽·诺冬将日本作为背景来写作的第三部长篇小说。第一部小说《管子的玄思》，记录了她幼年时在日本的经历；第二部小说《诚惶诚恐》写的是她长大后返回日本，在一家公司工作时的遭遇。和前两部小说一样，《闻所未闻》依然是关于她个人经历的半自传体小说。为了将作家"阿梅丽·诺冬"与小说人物"阿梅丽·诺冬"相区别,我在文中将前者称为"诺冬"、后者称为"阿梅丽"。

— 03 —

21岁的阿梅丽出生在日本关西,五岁时离开日本。1989年,她从比利时回到日本居住。为了更好地练习日语,回来刚六天,她便在超市门口张贴了教授法语课程的小广告。当天晚上,20岁的日本人伦理就打电话来,要求做阿梅丽的学生。伦理出生在东京,正在大学学习法语,他的父亲是一家高级珠宝学校的校长。

首次上课时,阿梅丽用法语问伦理在生活中喜欢什么,伦理说喜欢"玩"。对这个回答,阿梅丽有点猝不及防。她不明白这到底是语言障碍,还是伦理的真实心声。为了表示赞同,她补充了一套生活就是游戏的观点。伦理听得云里雾里,好像阿梅丽在进行奇谈怪论。阿梅丽没想到伦理的口语竟然如此之差,她认为日本的法语教学算是基本失败了。当然,和外国人讨论问题的好处是永远可以把对方惊愕的神情归结为文化差异。

初次见面,尽管阿梅丽告诉伦理这不算正式的行课,伦理还是留下了一个装有六千日元现金的信封。

在东京表参道的一家咖啡馆里,阿梅丽开始正式授课。课程进行中,伦理的同学原和阿梅丽的朋友克里斯蒂娜先后到咖啡馆。阿梅丽命令伦理平时必须讲法语,因而伦理在朋友们之间互作介绍时,前后两次将阿梅丽说成是自己的情人。阿梅丽很生气,但明白这是语言表达不畅造成的误会,只好忍耐着尽量不发脾气。

伦理开着奔驰车将阿梅丽接到朋友原的公寓做客,同来做客的还有一个日本小伙子和一个美国女孩。那个美国女孩和日本的生活习俗格格不入,阿梅丽和她不同,阿梅丽对能重新吃上幼时喜爱的日本烧饼而激动。周末,阿梅丽独自到镰仓去旅行。在那儿,她发现了一个静谧而古老的日本,被感动得热泪盈眶。

— 04 —

第二次上课时,伦理把阿梅丽拉到了他的家里。他家住在东京的富人区,阿梅丽对伦理感叹他家的豪华漂亮，伦理却不以为然。伦理的爸爸妈妈和蔼有礼，他的外公外婆却显然对白种人无比好奇，他们对着阿梅丽又蹦又跳、又摸又拍，把阿梅丽惊得够呛。阿梅丽找人分析伦理外公外婆为何如此怪异，她被告知这个现象在日本很普遍。日本人被要求必须要正派上进，为此一直活得比较压抑。往往到了晚年，他们会做出一些荒唐反常的事情来，而他们的家庭则要根据传统习惯照顾他们。

伦理有许多嗜好和普通日本人不一样：他不喜欢喝绿茶，喜欢喝可乐；不喜欢传统日餐，只吃西餐；不喜欢与家人待在一起。他酷爱读书，尤其是法国作家和哲学家的书。有次去看画展，那个蹩脚而倨傲的日本画家让阿梅丽非常反感，他公开蔑视观众，把他们统统当成傻子。然而，伦理和那些观众还是鸦雀无声，彬彬有礼地看画、买画。对此，阿梅丽大感不解。

阿梅丽报了商务日语班的课程学习，这个班有来自新加坡、韩国、德国、加拿大等国家的同学。上课时，阿梅丽总有无数问题要举手发问，她终于惹火了日本老师，老师粗暴地让她以后别再发问了。阿梅丽疑惑地问老师，如果不提问，对于弄不懂的问题，应该怎么办？老师的回答也是含混其辞，不清不楚。

## - 05 -

周末，伦理带着阿梅丽到恋人们聚集的箱根的鸟居去玩。阿梅丽不免要猜测一番伦理此行的目的何在。她自欺欺人地认为那只是礼节所致，毕竟日本人比世界上任何人都更懂礼节。

伦理一直期待阿梅丽邀请他到她家做客，阿梅丽很是犹豫。也许在潜意识中，阿梅丽觉得家就是隐私，她还不太想将其暴露给伦理。

在比利时驻日本使馆工作的好友克里斯蒂娜要回国探望母亲一个月，她让阿梅丽住到她家去，代她照顾家里的绿色植物。克里斯蒂娜的家就在三岛由纪夫自杀的军营附近，阿梅丽感觉很亲切。克里斯蒂娜的家非常豪华、现代，阿梅丽邀请伦理到这儿来上课。还没到上课时间，伦理便带着吃火锅的工具和食材来给阿梅丽做瑞士火锅。吃完饭，淘气的阿梅丽将手指伸进火锅汤底去玩，结果双手被沾满奶酪，无法清洗。伦理忙不迭地去啃阿梅丽手上的奶酪，完后又仔细地给她洗手……他俩激动地抱到了一起。

令阿梅丽感到惊讶的是，她和伦理就这样建立了一种亲密关系。这个可爱而迷人的男人在任何时候都没有在语言或行为上冲撞过她。

阿梅丽问伦理为何不喜欢本国女子，伦理说日本女孩没有真正的自我，她们总是在想别人如何看待她们，男人不过是他们的镜子。她们和男人在一起时很害羞，可是会把有关自我的一切都告诉女友。阿梅丽说这很正常，大部分西方女人也是如此。她要捍卫日本女子，当日本女人不容易。伦理讲做个日本男人也不容易，他们五岁就必须进入最好的小学，这样才能保证将来进入最好的大学。而他自己，在学业上失败了。说到此，伦理居然大哭起来。阿梅丽心痛地将他搂在怀里。

阿梅丽知道，日本的青少年学习负担极其沉重，他们过得非常压抑。青少年自杀率也一直居高不下。伦理有父亲的产业可以继承，虽说结局不会太差，但学习不佳带来的巨大羞耻感一直压迫着他。

- 06 -

热恋中的伦理对阿梅丽倾吐了许多情话，他不断地说很爱她。阿梅丽虽然喜欢他，却始终觉得"爱"难以说出口。阿梅丽认为爱情是一种感情冲动，特别法国化，别的国家的人很难有什么新创造。日本人极少用"爱情"这个词，他们觉得它太重大，只适用于文学作品。阿梅丽倒是喜欢日语里最常用来形容爱情的词——"合意"，她认为这个词轻松、清新，没有那么严肃。

伦理缺乏爱情的幽默感，阿梅丽有时也担心她会伤害伦理。他们在某些点上还不能互相理解。就拿"合意"来说，他们算是彼此的第一个。阿梅丽已经恋爱多次，她却从来没有对谁有过"合意"的感觉。她认为爱和合意之间并非只是程度上的差异，简直水火不容。你可以爱上自己无法忍受的人，爱上非常危险的人，你想要杀死他，但你不会杀死一个合意的人。

伦理在行为上并不像那些典型的日本人，虽然他在进入浴缸前先要把自己洗干净，虽然他也为日本人吃鲸鱼肉辩解，但他喜欢独自一人而不是一大群人在一起旅行，他也不像他的同胞那样酷爱在旅行中拍照。

伦理的父母似乎看出儿子和这个白人女子的关系不寻常，他们不再称呼阿梅丽为老师。他父亲送给阿梅丽一些豪华的首饰。阿梅丽很不习惯接受这样的馈赠，她想要回赠点什么。伦理告诉她，如果她回赠礼物，她父亲就会送更多的礼物给她。

伦理在洛杉矶读大学的妹妹莉香回日本来度假。莉香18岁，模样堪称完美，她在洛杉矶给一个华人黑帮老大当情妇。伦理毫不顾忌地在妹妹面前表现出对阿梅丽的挚爱。阿梅丽很喜欢开朗快乐的莉香，她对莉香的情妇身份毫不在乎。莉香也喜欢阿梅丽。她们在一起嬉笑玩乐，十分开心！

随着来往的增多，阿梅丽在伦理家里也会直言不讳地用日语讲一些蹩脚的笑话，伦理和他父亲都会哈哈大笑，而他的外公外婆却有些生气。他们责备阿梅丽不该用这种方式讲话。伦理的母亲也暗含讥讽地提醒阿梅丽要注意举止行为，她明显不喜欢阿梅丽。自信的阿梅丽对伦理的家人如何看待她全不在乎。

- 07 -

某天，阿梅丽借口要买广岛出产的酸李酱，跟着伦理到了广岛。这个法国作家杜拉斯在《广岛之恋》中描写过的城市，给了伦理和阿梅丽很多欢乐。伦理讲他看不懂杜拉斯的小说，阿梅丽却说杜拉斯的小说只要去感觉就可以了，不用看懂。

夏天，阿梅丽的姐姐朱丽叶到日本来度了一个月的假。朱丽叶是阿梅丽在这个世上最爱的人。伦理和朱丽叶很合得来，阿梅丽把自己放在旁观者的角度来观察姐姐和恋人，她觉得朱丽叶美丽又神奇，伦理细腻又怪异。

只有在朱丽叶的陪伴下，阿梅丽才有勇气回到自己出生的地方——关西。朱丽叶走后，阿梅丽大哭了一场。对比阿梅丽对姐姐的依恋，同样喜爱妹妹的伦理则表现得非常理性。伦理认为妹妹一旦回到洛杉矶，就和在日本时不一样了，她在那儿扮演着一个角色。他似乎理解妹妹的角色，不想去干扰她。

在阿梅丽面前，伦理像个孩子似的天真放松，他告诉阿梅丽，在她去关西的这段日子里,他看了一本描写法国圣殿骑士的小说,他想要成为圣殿骑士。而阿梅丽问他对教皇怎么看时,他却不假思索地说"不怎么看"。

- 08 -

伦理带阿梅丽去登富士山,阿梅丽兴奋坏了。据说,日本人一生至少要登一次3776米高的富士山,否则他就不配做日本人。极其渴望成为日本人的阿梅丽,把这次登山看作一场身份的证明。

阿梅丽强健的体魄和顽强的意志力在登山过程中释放得淋漓尽致。爬到1500米以上后,她一路跑着甩掉了伦理,超过了许多日本人,她也不屑搭理一个美国驻冲绳大兵的频频套磁,带头冲上了山顶。

夜晚的山顶,筋疲力尽的伦理在旅馆睡得像个死人。阿梅丽却激动得睡不着觉,她独自一人躺在火山口等待日出的到来。午夜刚过,星星点点的烛火便在山间出现,许多日本人已经开始登山,准备到山顶看日出。面对这样虔诚的日本人,阿梅丽由衷地钦佩赞叹。

观看日出之后,阿梅丽又以极快的速度冲下了山。直到下午两点多钟,伦理才下山与她会合。不仅如此,第二天本是阿梅丽的生日,伦理的大腿却酸痛得无法出门去见阿梅丽。

- 09 -

伦理的家人外出度假了,伦理将阿梅丽接到家里来同居。伦理精心照顾着阿梅丽,让她过着公主般的日子。他常常凝望着写作中的阿梅丽发呆。阿梅丽觉得她和伦理在一起的感觉是全新的,其主要内容是分享一种动人的不安。伦理行动的缓慢、某些生活习惯的独特和由于语言障碍带来的神秘感,让阿梅丽甚至怀疑他是黑道上的人。伦理越是诡异,阿梅丽越是兴奋。

伦理在家里宴请朋友们。他让阿梅丽陪朋友聊天,自己则充当"阿梅丽的老婆",整晚在厨房做菜。那11个男孩快把阿梅丽折磨疯了,他们全都不出声,一致等待和聆听阿梅丽说话。阿梅丽只好没话找话不停饶舌,其情状形同煎熬。饭后咖啡时间,伦理终于来到他们中间,他们这才恢复了年轻人的样子,又说又笑。他们走后,阿梅丽特别泄气,伦理却说他那些朋友很喜欢阿梅丽,公认她很有趣。

伦理带阿梅丽去他的车站大学参观。在日本,除了11所重点大学,普通大学多如车站,因而都叫"车站大学"。像大多数日本年轻人一样,伦理的大学生活随意而轻松。日本人在18岁以前为学业打拼,25岁以后又为生存像苦役犯一样挣扎,只有中间这几年可以尽情享受一下人生。伦理也不例外,他根本不好好学习,只顾忙着自己感兴趣的乱七八糟的事情。

即便在看电影时,阿梅丽也会频频发现她和日本人的巨大不同。日本人有着高涨的民族自尊心,电影中出现日本偷袭珍珠港的情节时,他们会全体起立鼓掌。阿梅丽能置身事外去感受电影艺术的魅力,伦理却非常投入,感同身受,变得像女孩子一样多愁善感。

12月的一天,阿梅丽抛下伦理,独自去云雀山探险。在这座遥望富士山的雪山里,阿梅丽领略到壮阔辉煌的美景,却差点在暴风雪肆虐的夜晚迷路并被冻死。她靠着健康的体魄和顽强坚忍的信念挺过了漫长艰苦的一夜,精神得到了极大的升华。

圣诞节前,伦理将阿梅丽带到了佐渡岛过节。在那儿,伦理拿出事先准备好的戒指向阿梅丽求婚,但被阿梅丽婉拒。为了不至于太过伤害伦理,阿梅丽勉强收下戒指,并说这枚戒指代表订婚,而订婚与信赖在法语中出自同一辞源。

事后,阿梅丽只要想到结婚就会不高兴。她喜欢伦理,但不愿意嫁给他。

— 10 —

1990年,阿梅丽进入了日本七大公司之一的一家大公司工作。她预备像那些日本人一样,踏踏实实工作40年,但她没想到,她是如此难以适应工作,度日如年。她在公司受到各种侮辱,表现平庸至极。

伦理看到极度不开心的阿梅丽,劝她别再工作了,嫁给他当太太就是。阿梅丽面对伦理的不断求婚,不是没有过犹豫:嫁给伦理就将拥有富裕的物质生活和无忧无虑的日子。即便如此，她还是在结婚问题上闪烁其词，大打太极。

她开始过着双重生活：白天是公司职员，奴隶一样的日子；夜晚疲劳地下班后，她得到伦理热烈的甜言蜜语。阿梅丽甚至觉得她在工作上的痛苦正是对在爱情上忘恩负义的惩罚。

有一次，在阿梅丽睡得迷迷糊糊的当口，伦理又来向她求婚，"你不愿嫁给我吗？"阿梅丽的否定回答恰好在外语里变成了肯定句式。伦理高兴极了，他把喜讯告诉了父母，还告诉了阿梅丽的爸妈，双方家长都很高兴。阿梅丽不愿伤害可爱执着的伦理，她明知伦理利用了语言间的不同表达来诱使她答应结婚，但她不忍心把伦理想象得那么狡猾，更不愿意去戳穿他。

阿梅丽辞职了，似乎是准备着结婚的架势。伦理也说，1991年是回文之年（数字顺念倒念都一样），非常适合结婚。

— 11 —

没有经过多少不舍或纠结，阿梅丽便买好了去布鲁塞尔的机票。尽管心中存有罪恶感，她还是决定逃走。自由比一切都更可贵，她不要结婚。伦理是个完美的恋人，正因为他身上没有缺点，阿梅丽才那么爱他；也正因为他没有缺点，阿梅丽对他才没有爱情。

阿梅丽对伦理假称要回布鲁塞尔看望姐姐和几个朋友。在机场和伦理告别时，阿梅丽哽咽了。随即，得到自由的狂喜笼罩住了她。

阿梅丽开始了和姐姐同居的生活。她一边充当姐姐的生活保姆，一边省吃俭用地从事着写作。伦理有时会从日本打电话来，询问阿梅丽何时回去，阿梅丽总以玩笑或模棱两可的话来对付他。伦理从没有责备过她，这让阿梅丽略为自责。伦理的电话越来越少，最后就没了。阿梅丽觉得这样挺好，她用不着去做那种最为可怕、野蛮、充满欺骗的"分手"之事了。

1992年秋天，阿梅丽的小说《杀手保健》在法国出版。新的生活开始了。

1996年初，阿梅丽的父亲在日本打电话告诉她，伦理结婚了，新娘是个法国人。

1996年底，阿梅丽的日本出版商邀请她去东京出席《杀手保健》日文版的首发仪式。在随后的一个鸡尾酒会上，阿梅丽见到了伦理。六年过后，伦理变成了一个大胖子。阿梅丽说她知道他娶了一个法国女人，伦理马上补充说，她的妻子是一位将军的女儿。阿梅丽觉得伦理的话相当怪异。

告别时，伦理说他要像个武士一样给阿梅丽一个友谊的拥抱。这话既令阿梅丽欣慰，同时又很伤感。他们热烈地拥抱在一起，激情一如往昔！

— 12 —

小说到此完满谢幕，男女主角的结局似乎都相当符合他们的个人意志。阿梅丽成为名利双收的青年作家；伦理崇拜法国，娶到了法国女子做妻子，而且妻子系出名门。

诺冬的小说轻快、幽默，充满着青春少女和大学生那股涉世不深却鲜活真诚的灵气，流畅利落的叙事节奏也很符合现代人的阅读习惯。书中不少片段和细节实在诙谐生动，读来让人忍俊不禁。穿插在小说中的哲理和人生感悟很多，但又绝不让人心生沉重。我想，这也是她的书能够畅销全世界的部分原因。

跨文化写作绝对是当今世界较为时髦的写作方式。一方面，全球化带来的宽阔视野，使读者理解起别的国家和民族的生活变得容易；另一方面，身份的焦虑依然是种族大融合中难以回避的问题。如何在地球村中确立自身，获得关于本民族文化的发言权，这是民族自尊心强烈，经济处于弱势地区的知识分子普遍关注的问题。跨文化写作带来的独特体验也有这样的镜像效果。

在20世纪早期和中期，许多作家在种族和文化对撞中的经历很是坎坷、惨痛和沉重。世界闻名的作家奈保尔、纳博科夫、多丽丝·莱辛、库切、拉什迪等，他们都是跨文化写作的大家。在他们的作品中，那些早期移民的人生，充斥着暴力、敌视、歧视、排挤和被边缘化。这些大作家不热衷或说对展示异域风情没兴趣，他们对在跨文化场域中出现的大量悲剧，做出了人道主义的评判和睿智深邃的思考。

20世纪后期到21世纪，全球化带来的福利加快了国家间的流动，第一世界和第三世界之间的贫富分化越加严重。然而，不少从事跨文化写作的作家却既无兴趣也无能力去表现新移民中那些不公不义的故事。我想，这与这批年轻作家大多出身于中上等人家,履历虽然光鲜却也简单有关。抛开主题不论,仅从写作技术来说,想要最迅速、最全面和深入地了解和感受异国的人与事,亘古不变的途径就是与当地人恋爱或结婚。

## - 13 -

从诺冬的描写来看,20 岁出头的伦理符合我们既定观念中的日本人形象,他善良懦弱,中规中矩,略为缺乏活力。但是,他又是个想要打破日本文化束缚的年轻人,就像明治维新前夜的日本,极力想要西化。伦理学习法国语言和文学,交外国女友,吃西餐,疏离家人……这些都使伦理在表面上离开了日常生活中的日本。

阿梅丽和伦理的行为正相反,她想要成为一个真正的日本人,她的这种"真正",其实就是极力融入日本文化。她学日语,吃日本饭菜,交日本男朋友,膜拜日本人的图腾之境,极力理解和接纳日本人的思想观念。

诺冬和伦理的交往,既有不同种族和文化带来的新鲜感和丰富性,也有因其而起的尴尬、难堪和误解。二战结束半个世纪之后,诺冬们的恋爱与苦大仇深的前辈们有了根本性不同,《蝴蝶夫人》中美国男子和日本女子、《广岛之恋》中日本男子和法国女子,他们的交往夹带着历史遗留下的伤痕,其沉重的底色注定使恋爱中的痛苦远远多于快乐。阿梅丽和伦理的交往,属于无疾而终,温馨得犹如诺冬在文中对伦理的无声表白——你给了我很多好处,你是第一个给我带来幸福的男人,我没有任何东西可以指责你,你给我留下了美好的回忆……

如果《闻所未闻》终归就是这样清淡甜蜜的爱情小说,也许根本就不值一提。然而,这两个富裕国家男女相爱的故事,在也许是不经意,也许是有意为之中流露出来的东西,颇令人玩味。阿梅丽说伦理是没有缺点的人,如果如此,为何她用尽托词来说明她有多合意他,也还是不能真正爱上他。合意与爱,有很大不同。就像阿梅丽所说,你可能去爱一个惹你"讨厌"的人,但过来人都知道,这所谓的"讨厌"中,必然包含着激情。激情才是生命力。也就是说,在阿梅丽心目中,伦理并不能带给她生命力勃发的激情。

— 14 —

抛开政治正不正确这样宏大的主题不谈（诺冬的小说还没这分量），诺冬其实对日本和日本人有着许多淡淡的嘲讽，虽说也有真诚到热泪盈眶的赞美，但那种嘲讽，的确是暗含优越感的外来人才有的态度。你不可能想象江国香织或三浦紫苑等日本作家也会是那样的口吻，尽管她们的笔下也有与诺冬笔下近似的人或物，但视点和理念的不同，带来的是不一样的文字技巧。

伦理很瘦，偏孱弱，欧美人对亚洲男人的普遍印象就是这样。他们认为亚洲男性的荷尔蒙似乎不太旺盛。伦理很温柔，细腻敏感，没有攻击性。他总是靠默默无闻地为阿梅丽做事来赢得她的好感。他殷勤行动的基础是富二代的经济实力。他是个让女人感觉安全愉快的男人：支付高昂的上课费用；总是开着簇新洁净的奔驰车接送女友；家住豪宅；日常用品高档精致；随心所欲地外出旅游……有了这些奢侈品的保驾护航，加之特别温柔体贴，伦理的确让阿梅丽活得惬意。

相反，作为西方人，哪怕是女性，阿梅丽却是我们已知的、典型进攻型人格的人。她个性积极主动，初次见面就让伦理必须用法语与她对话；她在日语班上对问题的刨根问底甚至激怒了日本老师；面对伦理母亲的愠怒，她毫不在意，因为伦理母亲代表的是陈旧观念；她将伦理活泼好奇的外公外婆视作超级怪兽；伦理的朋友们在她面前只能唯唯诺诺，基本不敢说话；即便去攀登作为日本国山的富士山，伦理在体力、意志力、好奇心和知识面等各个方面也完全和她不在同一等量级。

伦理作为富家子弟，自身又无公害，带来的都是温情享受，当然让强大的阿梅丽既居高临下又惬意舒适。即便是阿梅丽在公司遭受了委屈，伦理都会代表日本人向她道歉。这是何其荒谬怪诞又是绝对真实的状态。

当然，伦理带阿梅丽进入的，绝非日常真实的日本，普通日本人也不具备如此高端的条件。阿梅丽在不到一年的工作中感受到了某些日本人"狰狞"的一面，这时的阿梅丽像到了地狱，遭受到的各种屈辱打破了她工作到老的幻想。可见，她与那个本色高压的日本、芸芸众生都在各自位置上挣扎的日本，并不容易融洽。

日本人在诺冬的笔下，无论他们多么有钱，公寓多么电气化现代化，环境多么优美，面对欧洲人，他们还是自卑而顶礼膜拜的。伦理怎么着也要找个白人当太太；伦理的爸爸尽管觉得儿子不成材，但对他找了个白人女友却很自豪，不断送给她贵重礼物；伦理的外公外婆甚至会情不自禁地抚摸阿梅丽的身体，感叹道，"多白啊……"伦理的朋友们，自卑得在阿梅丽面前集体噤声；打扫温泉浴池的老爷爷，大雪天留在户外，顽强地想要窥视阿梅丽从浴池起身后的裸体……也许这就是日本的现状，但这情状搁在20世纪末期，依然让人百感交集。

## — 15 —

《闻所未闻》趣味横生、新颖别致，它不靠异域风情和猎奇手段来赚取眼球。酷爱法国文学的诺冬，在这部不足十万字的小说中，不时流露出法国文学常有的那份优雅和博识的气质，读来实在是轻松愉快、赏心悦目。

诺冬父亲的身份决定了她接触和游走在日本的上层社会。上层社会不能说就不是日本，但肯定不是最真实广大的日本。因而，她笔下的日本和日本人，就显得单薄和略为概念化。特别是她以第一人称的视角来叙事，这种主观化的叙述方式容易带着先入为主的作家个人的痕迹。伦理的形象虽然说不上丰满，但还算有个性，而对伦理家人和朋友的描写就有些表面化。显然，诺冬也并未想要在深入理解日本人后，再去表现他们。自说自话、点到为止难道算是她的写作风格？

作为职业作家，诺冬的作品颇丰，这也是新一代作家的特质。他们多产，却不算多思。诺冬不具备像奈保尔或库切这类作家那种打破砂锅探寻本质的深度。看过诺冬的小说，除了那段简单纯美的爱情，日本依然是模糊、往昔概念中的日本。也许这就是诺冬想要的效果，简单，轻松，易读。

不得不承认，一代人有一代人的使命。诺冬的小说能畅销全球，但她注定不是文学大家。她的小说基本上介乎严肃文学和通俗小说之间。作为高级消遣，鬼怪精灵的她令人愉快，读者如果想要借此更深一步来认识日本和日本人，恐怕就会有点失望。

## 埃尔夫丽德·耶利内克

埃尔夫丽德·耶利内克（Elfriede Jelinek，1946— ），出生于奥地利蒂利亚州的米尔茨楚施拉格市一个有捷克犹太血统的家庭，毕业于维也纳大学。奥地利著名诗人、小说家和戏剧家。著有长篇小说《女情人们》《钢琴教师》《欲》《死者的孩子们》《贪婪》等，创作戏剧作品《克拉拉S》《城堡戏剧》《在阿尔卑斯山上》《死亡与少女Ⅰ—Ⅴ》等。先后获得德国和奥地利多项文学奖，2004年，获得诺贝尔文学奖。

《钢琴教师》
花城出版社，2023年3月版

# 反击的边界

## 奥地利女作家埃尔夫丽德·耶利内克和她的《钢琴教师》

> 对于大多数人来讲，艺术的主要吸引力就在于重新认识他们原来以为认识的东西。
>
> ——埃尔夫丽德·耶利内克

## - 01 -

母女关系在所有家庭关系中最为特别。在一般人看来，女人是非社会性的感性动物，在这个男性占统治地位的世界，女性从根本上处于边缘地位。多数女人对于自己的生存处境其实并不满意，只不过她们少有对此做出理性思考。她们把诸多现实困境怪罪到身边的亲人朋友同事等人身上。在生存和活动范围逼仄的情境下，她们也只能如此。法国哲学家波伏娃认为，所谓"女人"（特质）并非天生，她是被塑造而成……在此过程中，第一塑造人往往就是她的母亲。母女既为同性，又同属社会弱势群体。她们如何界定自身、如何相互影响、最终何去何从……每一对母女的日常相处方式，都是耐人寻味的。

母女关系也是诸多女作家最感兴趣的创作题材之一，奥地利作家埃尔夫丽德·耶利内克的《钢琴教师》便属于此类小说中的杰作。《钢琴教师》弹奏了心灵世界一首声部尖锐的恢宏乐曲。耶利内克洞见时代的痈疽，一针见血地将它刺破，毫不顾忌它形状丑陋、气味难闻。她眼神犀利，手段高超，触类旁通，直抵核心！正是凭借以《钢琴教师》为主的系列小说和戏剧作品，耶利内克荣膺2004年诺贝尔文学奖。

1946年，耶利内克出生于奥地利米尔茨楚施拉格一个有捷克犹太血统的家庭。父母都是小市民，望子成龙。耶利内克幼时开始学习钢琴、管风琴和长笛。从维也纳音乐学院毕业后，她进入维也纳大学学习戏剧和艺术史。耶利内克的艺术造诣非常全面，除了拥有专业的音乐学位而外，她很早就开始了诗歌创作，后来又写小说和戏剧，一直活跃在慕尼黑、柏林和奥地利的文学艺术界。耶利内克的作品充满实验色彩，深具先锋和前卫精神，颇受德语文化圈瞩目。

有意思的是，在创作和公共话语领域都很活跃的耶利内克竟然严重社恐。据说只要有五个以上的人在场，她就会浑身不自在。就连诺贝尔文学奖颁奖典礼，她也未能出席。

由于极端自闭，耶利内克的触角异于常人。她敏感而神经质，观察力、想象力、思考力，继而创造能力都出类拔萃。她像个拥有"魔法"的女巫，善于创造和培植一枝枝桀骜不驯、另类顽固、超凡脱俗的恶之花！

很多女作家会选择在小说中掩盖真实的自我，但其作品却常常会泄露她们的隐私。耶利内克反其道而行之，1983年，在自传体小说《钢琴教师》中，她不惜将手术刀挥向自身，展示她对个人生活的高度审视和犀利剖析。

## - 02 -

埃里卡·科胡特快40岁了，还与母亲住在一起。老科胡特女士是那种望子成龙、说一不二的家庭绝对总管。20世纪中期以前出生的孩子们，应该对这样吃苦耐劳、泼辣强势同时又特别悲情的母亲都不陌生。"母亲被人一致公认为是在国家生活和家庭生活中集中世纪异端裁判所的审讯官和下枪决命令者于一身的人物。"科胡特家的情况比较特殊，科胡特先生患有精神病，他早早就被送进了精神病院。他的及时退场为埃里卡·科胡特的拔地成长腾挪出了地界。

埃里卡的家庭是从奥地利农村搬到维也纳的普通市民。母亲认为埃里卡是个音乐天才，大城市的氛围更有利于天才的成长和被发现。埃里卡从小被母亲逼迫学习钢琴，任何家务事母亲都舍不得让她插手：一双钢琴家的纤纤玉手是不能被洗涤剂毁坏的。埃里卡牺牲了一切童真童趣，她没有朋友，不会同龄人的游戏，常因做事笨拙而被人耻笑。她的全部生活围绕着世界杰出音乐家的诞生打转。然而，天不假人，埃里卡和众多学习音乐的幼童一样，从未闪现过天才的灵光。母亲虽说不甘心、埃里卡虽然惆怅，但在竞争异常激烈的音乐丛林，埃里卡最终还算幸运地拥有了音乐学院教师的席位。

母亲经过音乐的洗涤，就很看不上芸芸众生。就连亲戚们，也因为平庸而被母亲挡在了门外。全世界有抱负的母亲都有"昔孟母，择邻处"的气概。埃里卡成人后，不负母亲栽培，在看不起人这点上更甚于母亲。她虽然无法比肩舒伯特、舒曼等名垂青史的音乐家，但也是本地甚至跨地区的钢琴家，至少可以靠教授钢琴多挣一些钱。母亲认为要完成埃里卡在生命交易所里的升值就不能受任何外界因素的干扰，母亲试图在女儿身上收回她的投资。女儿弹琴，她把女儿当作琴来弹，她要支配和运用女儿的一生，否则母亲的一生毫无意义。

孩子像母亲羊水里的鱼，她毕竟还是会游动的。埃里卡时不时有偏离母亲为她设置的围栏的危险。

埃里卡爱虚荣成了母亲的眼中钉。埃里卡已经过了37岁，不年轻了，年纪大时爱虚荣是一种特别的负担。连衣裙、高跟鞋、化妆品……这些物件就是色彩和布料构成的诗。和一切女人一样，尽管不算时尚女人，埃里卡还是喜欢看、喜欢购买衣物。可是衣物都是很快就会过时的消耗品，穿上这些东西除了招惹男人，根本没有用处。于是，母亲经常从埃里卡的衣柜中拿出这些东西，咬牙切齿地把它们剪坏、撕烂、扔掉。

还有男人，他们到处撒下诱饵，带给女人伤害和前进路上的障碍。母亲认为，艺术家不仅不应纵欲，反而应该忘记"性"的存在。如果做不到，他就至多是个凡人。母亲警告周围一切人：我的女儿隶属于艺术，她不可能隶属于某个男人。

偶尔溢出母亲画定的路线，母女俩便会互相恶毒地诅咒谩骂，扭打成一团。打闹过程中，埃里卡设想着母亲最好能突然死去。同时，她又渴望母亲能率先过来热烈地亲吻她，她们能甜蜜地和解。在母亲面前，埃里卡像一只固化在琥珀中的昆虫，早已失去了爬行的技能。她和母亲渐渐长成混杂成一体的生物，彼此既是寄生物，又是害虫。

在母亲这里，音乐成为通向成功和出人头地的媒介，它是世间唯一有意义的东西。母亲生活得顽强而节俭，不惜以专制手段来获得跻身上层社会和名利金钱的阶梯。母亲从未获得过爱情和家庭幸福，结婚 20 年后才有了女儿。丈夫热爱自然，经常拿着双筒望远镜去观鸟。但他质疑世界的公道，和妻子斗争了一辈子。在几近双目失明的境地，他被送进了精神病院，结局凄怆。母亲唯一的寄托和希望就是女儿。从表面来看，母亲达成了愿望：他们从乡间迁居城市，女儿快 40 岁了，只是委身于音乐，委身于母亲，从来没有过"休假"。

母亲已经老去，她的前半生碌碌无为、全是失败，但她比天还要高的志向并没有熄灭，还以埃里卡来完成她的后半段人生。就像我们经常看到的父母那样，打着爱的幌子，通过奴役儿女来实现自己未曾达到的目标，所谓可怜天下父母心。

— 03 —

埃里卡从未有过自己的生活。她从小在祖母和母亲的压迫下学习音乐。起初，她谈不上喜欢音乐，只不过是强权下的屈从。学习钢琴渐渐成为惯性，她倒也视音乐为唯一的朋友。埃里卡像荒野中的黑色花朵，压抑而孤傲地生长着。

在她少女时期，有一个暑假，表弟布尔西到她们乡下的家来度假。布尔西学习医学，但对体育运动非常感兴趣。在维也纳森林的怀抱里，布尔西天性大发，他常常穿着游泳裤就和乡村姑娘们打闹嬉戏在一起。布尔西的活力将埃里卡的老古板祖母和母亲勾引得乐不可支，她们突然变得宽厚多了，甚至一反常态地热议起关于男人的种种话题来。某天，终于苦撑过母亲规定的练琴时间，埃里卡带着青春的热情跑出房间，参与到年轻人的唱歌跳舞中。布尔西不由分说地和表姐埃里卡玩起摔跤游戏来。布尔西碰倒了埃里卡，压在布尔西身下的埃里卡看到了布尔西游泳裤里鼓胀的生殖器。这个男性的物件如此具有诱惑力，它带来了埃里卡感官世界的崩裂，她不由自主地用嘴唇触碰了它……

没有人觉察到什么，夜幕降临时，布尔西照旧和大家一起玩纸牌。埃里卡却无法克制住被挑起的情欲，她拿出父亲留下的双面刀片，冷静而准确地在身体各处按压。她在这方面很有天赋，切割并不伤及筋骨，也感觉不到疼痛。纵使血流成溪，却大大地缓解了内心的焦虑和无处安放的情欲。

埃里卡从此走上了自残的漫漫长路。

## - 04 -

从未有过少女生活的埃里卡仇视少女和年轻女人。她恨她们可以活得轻松、快乐、任性和自在。她恨她们光滑的肌肤和时髦的衣着。她也痛恨无处不在、自得其乐、不求上进、缺乏自我的中产阶级。心烦意乱、矛盾纠结的时候，她会涌起强烈的破坏欲。偷盗行为很快便不能满足她想要把这个世界撕一道裂口的欲望，她进入了平心静气地充当告密者、诬陷告状、恶意伤人的新阶段；在公交车等拥挤隐秘的场合，她打人、掐人、用刀片割伤人……看着前一秒钟还在扬扬得意的人们，因她的所作所为惊慌出丑或被惩罚，她会涌起淋漓尽致的快感！

母亲自然不知道她一手栽培的植物有这么多的虫眼。连喝杯咖啡的时间都在她的计算之下，埃里卡怎么可能偏离轨道？然而，女儿有女儿的伎俩，她是钢琴教师，她有掩护身份。这个势利的社会不是唯身份而论吗，她是艺术家，绝不会有人把她和罪犯勾连在一起。做事全靠悟性，往往一通百通，埃里卡可是冷面杀手。她了解这个社会和时代的漏洞，连抽象的莫扎特、舒伯特都难不倒她，更别说大街上集结而行的乌合之众了。

作为在音乐中泡大的孩子，埃里卡不缺精神食粮。然而，那些精神世界如此寡淡的人却可以占有青春，拥有欢乐，进行庸俗的物质享受！她必须让这些人受点罪……

- 05 -

起初，埃里卡的乖戾只不过是青春期极度压抑封闭所致。在还算年轻时，她暗暗做过努力，渴望回归到正常人群中。她和偶然认识的几个男人有过短暂的接触，希望借助男性活跃的本性和爱情的力量来拯救自己。那些男人都是精英分子：一个音乐代理人、一个法学家和一个文理中学教授。作为清高的艺术家，埃里卡以为自己可以在这些艺术门外汉面前大吹大擂，维持某种精神的骄傲。然而，她高估了女人在男女关系中暂时的优势和特权。艺术只是手段，男人感兴趣的是女人的身体。"在爱情的档案里没有一个女人能长期保持至高无上的地位。"如果长时间或说是相当费劲地才能得到这个女人的身体，这些男人便感觉到了某种不自由，而他们想要找到所谓的自由（随心所欲）比女人容易得多。

包裹着埃里卡的厚茧需要男人的强力去突破，这些男人则都浅尝辄止。他们不会去探究这个女人的艺术才能、想象力和情趣，他们炫示完自己的那点货后毅然离去，不会产生丝毫遗憾和片刻怀想。埃里卡却在一次又一次的打击中失去了年轻人的水分，她变得灰头土脸、枯萎干缩。

艺术的内在推动力就是情感。埃里卡比常人对情感更加饥渴。她得不到正常的发泄，就只能剑走偏锋。这对她不是难事，她从小就是个另类，特立独行，偏要与众人反着来。既然她承受了庞大的孤寂伤害，她就能把孤寂伤害当快感来享受。

用刀片自虐的快感都已经麻木时，埃里卡寻觅着视觉窥视的刺激。起初，她去城乡结合部以土耳其和前南斯拉夫移民为主的居民区观看色情表演。那种修建在地铁桥下的简易投币色情小店，通常是一群下层男性市民在那儿边看色情表演边手淫，最为经济实惠地解决性饥渴。表演者则是身材惹火的女人。埃里卡喜欢这种场所，在这儿没人知道她是谁，但她被视为高贵的夫人。这里让她放松。色情小店的小房间地上到处是沾满男性精液的变硬了的纸巾。情欲勃发时,她会捡起这些纸巾来闻,感觉到片刻的心满意足。

色情电影已经无法完全满足她。在色情电影中,埃里卡发现女人被深度注视着,女人胴体的每一处都能被反复细致地观看,放大来观看。男人们聚集在电影院,只在这一刻"发现"女人。埃里卡也积极地去发现"女人"(自己),寻觅可以下刀的身体部位。

- 06 -

渐渐地,偷窥别人做爱变成埃里卡最强烈的性刺激。她穿上适合在泥泞的草地上行走的运动鞋,携带着父亲遗留下的双筒望远镜,跋涉到郊区的森林中,窥视野合的男女。果然,她看到了一个土耳其移民和一个貌似妓女的女人粗鲁狂暴的性交过程。埃里卡发出的响动让那个土耳其男人警觉起来,她侥幸逃脱了被伤害的结局。偷窥让她得到了极大的性快感。为此,她推迟了回家,并遭到母亲扇耳光的惩罚。

长期借助视角刺激满足性欲,埃里卡的感知方式慢慢发生了改变。她的性快感不再来自阴道,而来自盆腔。性欲高涨时,她靠憋尿和撒尿来达到高潮。也就是说,她可以无须借助男性身体而独自完成性活动。这是她研制和发明的身体秘密和快乐之源,她母亲对此一无所知。

- 07 -

耶利内克的笔触冷淡嘲讽,即便是处理篇幅不小的情色内容,也如医生面对裸体一样冷静,个别段落更是充斥着旁观者的奚落口吻。性是私密的活动,带有个性化标志,但性本身很不好书写,容易落套。耶利内克对埃里卡反常性爱方式的描写直入肯綮,人物形象顿时就如 3D 效果一样跃然眼前。

《钢琴教师》犹如复调音乐和抽象绘画的意象,初看有点抽象,布局也略为凌乱,稍加深入阅读,便会接受到它传达出的跨越多种艺术门类的庞杂信息及其广博的精神内涵。它是意识流、时空倒置、互文写作、复调叙述等现代小说技法的实验田地。耶利内克驾轻就熟、立体交叉地在人物身上架设起"高倍摄影机",以"长镜头""特写镜头""高速镜头"等多种方式,从各个角度透析埃里卡瞬息万变的内心世界。

《钢琴教师》在修辞方面的一大特色是长句的频频使用。长句不易读,但如果写得好,节奏感会特别强烈,富有音乐的韵律之美。耶利内克笔下的长句完全将原本狭窄的伦理题材小说扩展开来,它容纳了包罗万象的联想、特异怪诞的比喻、酷烈冷静的评析、毫不留情的批判。其内质之饱满,完全是对小说语言的极大拓展和创新。

耶利内克曾加入共产党,属于奥地利左派知识分子。她经常在国家和社会的公共事务上毫不留情地批评右翼政府。她既睿智又勇敢。在《钢琴教师》中,耶利内克也是大加鞭笞男权社会的虚伪和虚张声势。

## - 08 -

瓦尔特·克雷默尔是埃里卡的学生。他在大学学习电流,就快毕业了。作为音乐爱好者,克雷默尔对贝多芬和莫扎特的理解是肤浅的,但他对他们有了解的热情。他更加热情的是对他的钢琴老师埃里卡的探究。

克雷默尔正处于男人荷尔蒙最旺盛的青春之年,这个阶段的男性介于男孩和男人之间。他们对同龄女孩怀有畏惧心理:青春期的女孩子们精灵古怪,变幻莫测,很难搞定。只有成年女性才是他们情爱路上的好老师、好伙伴。克雷默尔适可而止的时髦,恰到好处的聪明,最可贵的是他无视埃里卡表面的正经严肃、老科胡特的监管,而一心想要占有埃里卡。二十出头的毛头小伙,征服女人犹如征服生活。他是一个皮划艇爱好者,在他那里,驾驭女人和驾驭皮划艇是一个道理,尤其这个女人是他的老师。他想让他们的关系倒置过来,由他来充当老师,而她则乖乖地任他摆布。

克雷默尔不断地挑逗老师,埃里卡似乎也没有拒绝,这让克雷默尔很兴奋。

艺术家应该是有激情的，尽管埃里卡认为对艺术家来说，表现激情和感情反而比较容易，但它们只不过是艺术修养的替代品。克雷默尔反对的正是老师的这种艺术修养，在他眼里，埃里卡有点发胖，病态弯曲，耽于理想，只在精神上活着。这种状态很可怜！他要把她拯救到尘世中来。

克雷默尔认为埃里卡轻视自己的身体，而将之奉献给艺术，他要教她重视自己的身体。他希望通过女人的身体去探测女人这个永恒之谜。"女性的价值随着年龄的增长和智慧的增加大大降低。"未来的技术员和工程师克雷默尔计算得很清楚：与年龄大的女人交往就是这点好，来去都比较轻松。她们一般都比较自尊，很少死缠烂打。

– *09* –

埃里卡目睹了克雷默尔与年轻女孩的打情骂俏，深受刺激。她要不惜任何代价享受一次自己的青春，她已经成熟到可以用经验代替青春了。她惩罚了那个企图引诱克雷默尔的女长笛手。她踩碎了玻璃杯，将它塞在长笛手的大衣口袋里。这个化着浓妆的少女的手被割烂而残疾，她将永远无法再演奏长笛。听着女孩的尖叫和人群的慌乱之声，埃里卡产生了强烈的快感。她在厕所里接受了尾随她而来的克雷默尔的身体的试探。她的性怪癖让克雷默尔无所适从，她主导了他，而他为了掩饰无能只好仓促地对她念叨着情话。

埃里卡的内心被真正地点燃了。她渴望克雷默尔能给予她爱情，渴望委身于他。她幻想着他们甜蜜默契的爱情：热烈地交流音乐、艺术；去世界各地旅游，去不了世界各地也可以，维也纳森林就是天堂；他们变着法儿地做爱，他虐待她，而她正可以借助爱情躲避虐待。在她看来，因为有爱，就不必施虐与受虐。爱让人在精神和身体上变得平等；她可以被带走，逃离母亲的牢狱……

然而，男女双方对情感和性的需要往往正相反。埃里卡不会示爱，她经常羞辱她所爱的人。克雷默尔被她所激怒，他要撕破她的一切假面占有她，强暴她，他却并不真正希望得到她。

埃里卡以为自己胜算在握，她交给克雷默尔一封信，希望他按照信里的方式对待她。这封信里有未来约会的规划，更多却是要求对方在性爱中虐待她的细节。她希望他吸空她，吞噬她，成为她的丈夫。她希望他完全是出于爱她而主动放弃这些虐待；而她，出于爱，不用受虐。

　　然而，男人和女人再次以相反的行动证明了他们遥远的心理距离。克雷默尔带着埃里卡强闯进埃里卡家，不顾母亲歇斯底里的反抗。老科胡特的领地失守了，两个年轻的男女将埃里卡房间的门和锁眼都堵上了。老科胡特毫无还手之力，第一次失去了对女儿的绝对控制权。男人以迅雷之势进入，让她领教到了男性暴力的可畏。这股暴力要摧毁她通常实施在女儿身上的暴力简直是手到擒来。老科胡特只有把自己灌醉来强忍地盘被霸占的结局。

　　埃里卡不停央求克雷默尔看她的信。克雷默尔把这当作老处女埃里卡的羞涩之举。他威胁她听话点，有些男人对女人很快就腻烦了，女人必须能经常变换花样来适应男人。埃里卡回答说她早想到了，她在信中将要告诉他如何延长男女关系的保鲜期。强攻不成的克雷默尔不得不去看信，即使这样，他也要让信先掉到地上，再装作不经意地捡起来，以此羞辱埃里卡。信，代表一种精神主张，它来自女人，这让克雷默尔不胜其烦！

　　克雷默尔读了信。他简直不敢相信埃里卡在信中对他的要求，那些鞭打、捆绑、堵塞身体各部位的变态细节，让克雷默尔高涨的情欲冷却下来。克雷默尔对埃里卡涌起了巨大的反感和蔑视，埃里卡在性爱关系中反转成了主导者，这让克雷默尔很不自在。她果然不是个正常女人。他辱骂她的变态，将信朝埃里卡身上扔过去，并在叫嚷埃里卡名字时特意加了个"老"字。这是他内心真实的想法，自我壮大的想法，他无法忍受自己在性爱游戏中再次败下阵来。

– 10 –

　　小说写到这儿，耶利内克依然不放弃对男女主人公的"穷追猛打"。克雷默尔携带着失败的懊恼走了。埃里卡被强烈激荡起的爱情和情欲双双落空。她爬上和母亲共眠的大床,狂乱地亲吻起母亲的身体来。她掀开被子,执意要从纯粹肉体的角度来扫视母亲。老科胡特吓坏了,女儿居然要乱伦!她对女儿又踢又打,阻止女儿的造次。她哪里知道埃里卡此时绝望之极、几近崩溃的内心:她想要钻进母亲的肚腹,重新成为母亲胎盘中的婴儿,把自己隐藏起来,盘踞在安全安心又温暖的母体最深处……

埃里卡疯狂地在母亲身体上发泄了一番,然后精疲力竭地哭了!老科胡特装着若无其事,她的内心同样掀起了巨浪,但她自私到甚至不愿去了解女儿这样行事的深层原因。她明白这必定和男人有关,一旦将内在因子掀开来,容易让生活漏气。她一直忙于在生活中堵塞各个可能漏气见光的缝隙。

克雷默尔没有断绝与埃里卡的往来。他居高临下地看不起她,只把她作为压迫蹂躏的对象。她越来越让他感觉到自己的自豪、强大、正常。尽管,他和她做爱总是无法达到最后的高潮。他情不自禁总要想到她那封癫狂的信,下意识地害怕无法满足她。然而,他的自卑自欺反而鼓励了他的自大,他把她视为一块发臭的肉,他要不断羞辱她来掩盖自己的无能。

"女人,当她还能轻易取胜时,甚至嘲笑男人,而随着更深地进入生活和情感,如果仍是嘲笑男人,就必然被毁灭。"

埃里卡不在他眼前时,克雷默尔依靠虚张声势的幻想和由极度愤怒燃起的激情来手淫。他释放了身体的能量,随之而来的精神颓丧感却无处安置。他冲动地闯到埃里卡家里,不仅强暴了埃里卡,还动手狂打她。这不是他们玩的性游戏,更不是埃里卡关于虐恋的性幻想,这是真正的男性暴力!埃里卡除了哀哭和躲闪,毫无还手之力。

暴力的得逞让克雷默尔心安理得。他感觉到了自己身体的年轻。他那皮划艇运动员和技术员混合而成的强壮身体和粗糙神经重新鼓舞了他,他又充满了力量。他从来都是让正面积极的想法占有自己的,这是他获得不断成功的保证。和时下众多年轻人一样,他的脑袋是一次性思维,快乐和愤怒都如疾风暴雨,来去迅猛。

## - 11 -

受到暴力殴打羞辱的科胡特母女选择了沉默。在这个男权社会，她们除了互相致命地伤害和彼此深深地舔伤外还能怎样？母亲依然在电视机前打发时光，女儿的行为则越加乖戾阴森。

失去了克雷默尔的埃里卡迎来了新的一天。随身袋子里放着一把刀，她身着过时的紧身超短裙走上街去。她接受着人们惊诧的目光和嘻嘻嘲笑。埃里卡在心里高兴地欢呼：人们终于注意到我了，而不是只注意年轻的姑娘。年轻人能干的，她埃里卡干得更好。由于待在家里，她长期被人们忽视。现在她终于被注意到了！那些没有看到她的路人，都是自私自利只看得见自己的可怜虫。

她看见克雷默尔了，他们一群大学生在一起，他正搂着一个年轻姑娘笑得开心，开心到捂着肚子蹲到地上……他们走远了，那姑娘看上去也是理工科学生。一群理工科学生。技术如今站在了欢乐的前排，技术——艺术的对立面已遥遥可见。埃里卡知道，今天的艺术再也不能像从前那样子了。巴赫和舒伯特的时代，那种纯粹，那种除去死亡就不会停止的艺术，也许一去不复返了。

埃里卡从手提袋里拿出刀，将它刺向自己的肩膀。在流淌的鲜血装饰的路上，她往家走去。那是她必须去的方向，无须顾忌路人吃惊的目光……

## - 12 -

《钢琴教师》的内容看似简单，情节推进比较缓慢，人物也比较少。但其实这本书非常难读，有点怪味豆的滋味。姑且不说耶利内克渊博的艺术史知识、高深的音乐艺术感受力，仅从文字和句式的结构来论，其跳跃性的描写和大量思辨性文字的不断叠加，或是反复回溯，就像复调音乐，充斥着大量隐喻的内涵，让人不明就里。没有注意力高度集中的阅读习惯和一定文学阅读经验的人，容易迷失其中而放弃阅读。

我看到过报道，曾有读者把《钢琴教师》内容的艰深怪罪为中文翻译不佳。其实，国内最早出版《钢琴教师》的北京十月文艺出版社的这版翻译非常精到，只是因为该书的内涵、结构、形式决定了它的曲高和寡。

耶利内克笔下的男权专制社会，其受压迫者不仅是女人，更有男人。就如埃里卡患有精神病的父亲科胡特先生，他作为社会边缘人，不仅被社会抛弃，最终也被自己的妻子女儿鄙夷遗弃。科胡特先生在精神病院与送他来的妻女分开时，大家挥手告别，科胡特先生却会错了意，他害怕地把手挡在眼前，恳求她们别打他……在此可以看到，正如著名学者戴锦华所说，男权社会不仅压制女人，这种压制最终还是会回到男人自身。

我们身处一个暴力的环境，暴力就是这个世界的实质。强势国家对弱势国家、男人对女人、长者对儿童、当权者对无产者……暴力不一而足。每个人都能感觉到某种暴力并对别人施暴。在暴力中受到最大伤害的，当然是女人和儿童。

老科胡特由于丈夫的孱弱而聚集起怨怼，同时更加向往上层社会。她是个村妇，并没有正常的发泄委屈怨恨的渠道，她只能把这股能量以暴力的方式施加到女儿身上。埃里卡承重而生，早就熟悉了暴力，待她有力量施暴时，除了过于轻松地教训几个构不成对手的学生，她无法找到一个人来长期发泄暴力欲望，只能采取低下、隐秘、阴损的方式。

在《钢琴教师》中，耶利内克还多次涉足土耳其、南斯拉夫等移民的底层生活场景。他们空虚而无所归依的精神状态更是暴力萌发的导火索，但没人真正关心他们。那些社会上层的正人君子们以为只要给这些人划定一个区域蜗居，远离自己的视线就可以万事大吉，殊不知暴力是个发酵物，其渗透力超过人们的想象。

多丽丝·莱辛有部名作的名字就叫《暴力的孩子们》。那些敏感而有社会责任感的作家，他们常在作品中预告社会畸形发展的灾难性后果。近期发生在美国、法国等西方发达国家的恐怖活动就证明了作家们的前瞻性。

- 13 -

埃里卡在把艺术当饭吃的40年人生中，正是艺术支撑着她不至于精神崩溃。在她看来，什么都在飞快流逝，接踵而来的却寥寥无几，唯有艺术长久存在。在与音乐相依相偎的关系中长期浸淫，她对于音乐的理解奇异深邃且独到。她痛恨学生们对音乐的怠慢和轻视，她痛恨人们只把音乐当成附庸风雅的外衣和从劳动者的底层爬向艺术家高层的阶梯。她热爱音乐，就连她的母亲，对音乐也有着格外精准诗意的认识："在舒伯特的钢琴奏鸣曲中，森林的寂静远远胜于森林本身的宁静。"

埃里卡也不惜向庸俗的世俗开战。她一直被排除在现实之外，因而她反而把现实看得清清楚楚。她看到中产阶级对自我的迷失，他们已经不能独立行走、独立思考，必须成群结队。他们是强大的，因为他们构成多数。然而他们又是恐惧的，惧怕现实的实质，惧怕需要打破懦弱和幻想去努力争取的未来。他们宁愿被绑在电视机前被灌输……人们不再凭借个人在社会中的位置和责任来感受现实、定位文明和历史，他们只依据眼前唾手可得的信息来定位，且不管这种信息的来源。埃里卡冷冷地旁观到了这一切，她既不与现实为伍，当然也就不与人群同行。

她没有出路。除了音乐，就是自残。

– 14 –

文学艺术作品的创造毕竟不是写作论文。从小说中，我们也可以看出耶利内克明确反对技术对艺术的统治。她不惜解构和反讽艺术大师和他们的作品，比如她把歌德在《浮士德》中的诗句运用在性爱场面的描写上，以此抨击现实的荒谬，人们对艺术体验的浅薄和卖弄。

耶利内克本人契合了埃里卡个性中貌似极端却最为动人的那部分特质，孤独而特立独行，敢于承受孤立，敢于傲视男权社会的不公不义……

在奥地利和德国，耶利内克一直是以先锋作家、剧作家的身份被评价。写作《钢琴教师》时，她是个47岁的中年人，对故事性还比较在意。在她后期的创作，特别是戏剧作品中，内容更加抽象冷酷，语言的实验性质更强。不过，无论写作形式如何变化，她的作品总是充满蓬勃的创造力和先锋色彩。

耶利内克年轻时接受过神经系统方面的治疗，一直深居简出，个人生活极其低调，但她批判政府和社会疾瘤的言论不时见诸报端，她是奥地利著名的异见人士和政府的麻烦人物。尽管如此，在诺贝尔文学奖委员会决定授予耶利内克荣誉之时，奥地利政府总理依然还是把她称为"国家的骄傲"！

– 15 –

对那些期望看到开阔纷繁的女性内心世界，不完满却真实的女性生活，听到不悦耳却动人的女性声音，能够体悟人性之复杂幽深、矛盾重重的读者，《钢琴教师》会带给他们不能忘却的阅读体验。它的宏大气势凝缩在不动声色的描写中，宛若贝多芬命运交响曲的各个声部，无论高亢激越或是婉转舒缓，都是一气呵成的杰作，大气澎湃、荡气回肠，值得反复咀嚼。

## 赫塔·米勒

赫塔·米勒（Herta Müller，1953— ），出生于罗马尼亚西部蒂米什县的一个小镇尼特基多夫，毕业于罗马尼亚蒂米什瓦拉大学。德国著名诗人和作家。著有《低地》《狐狸那时已是猎人》《心兽》《圈套》《国王鞠躬，国王杀人》《呼吸秋千》《护照》等长篇小说和诗集。先后获得过20多个文学奖，包括德语文学界重要的克莱斯特奖。2009年获得诺贝尔文学奖，成为该奖项历史上第一位罗马尼亚裔德国籍得主。其作品已被译成20多种语言。

**《呼吸秋千》**
贵州人民出版社，2022年11月版

# 我的人生被饥饿打了劫

## 德国女作家赫塔·米勒和她的《呼吸秋千》

> 我觉得,哪里有人给地毯拍打灰尘,那里的和平该是可靠的,那里的生活该是正常的,那里的人可以平静地生活。
>
> ——赫塔·米勒

## - 01 -

2009 年,德国著名女作家、诗人赫塔·米勒获得了诺贝尔文学奖。她的获奖在德国爆了个大冷门,引发了巨大的争议。米勒的复杂性在于,她既是德国人,又是罗马尼亚人,她的身份和经历都非常特殊。她的文学路径,甚至她的个人行为,都极大地有别于二战后在西方出生和成长起来的那批作家。

1953 年,赫塔·米勒出生在罗马尼亚巴纳特地区蒂米什县一个农民家庭。村里的人讲德语,他们属于罗马尼亚的德意志族,对罗马尼亚文化不大认同。在罗马尼亚 1900 万人口中,罗马尼亚族占总人口的 89.5%,德意志族只占 3%。德意志族属少数民族,很受歧视。

米勒的祖父参加过一战,后来成为一位殷实的农场主和商人。他的祖父曾经说过:"旗帜开始飘扬起来时,人就会在军号里丧失正常心智。"二战初期,罗马尼亚还是德国的盟国,米勒的父亲和其他青年一起,在纳粹狂热的洗脑教育下,成为坚定的党卫军士兵。

1944年,苏联红军推翻了罗马尼亚法西斯政权,罗马尼亚遂向德国宣战。作为一种效忠的表示,当苏联将军维诺格拉多夫向罗马尼亚索要其境内所有年龄在17岁到45岁之间的德国人时,罗马尼亚政府遗弃了它的德裔子民。米勒的母亲和其他德裔民众一起,被押送到苏联境内的劳动营,并在那里挨过了生不如死的五年。1945年到1989年,罗马尼亚受制于苏联,独裁者齐奥塞斯库在国内推行极左、"软清洗"的政策。异见人士、知识分子甚至是普通人,均受到一系列的打压、监控、迫害和清洗……米勒就在这样的环境中长大,大学时所学的专业是德国和罗马尼亚文学。她和后来成为她丈夫的理查德·瓦格等几个同学组成了"巴纳特文学小组",这个小组受到了国家安全局的威吓。到工厂上班后,米勒曾被安全局要求发展为线人,她拒绝了。从此,她被秘密警察跟踪、威胁、逼打、剥夺工作机会并长期进行监控。在生存得不到保障的情况下,"愤怒出诗人",她开始了文学创作。

1982年,米勒出版处女作、短篇小说集《低地》。此后,她获得过多次德国文学奖。1987年,米勒与丈夫移居西德,定居柏林。移居德国后,她依旧被看作外国人,德国人或是友好地纠正她的德语发音,或是为她纯正的德语口语惊叹。在德语文学圈,她属于小众作家和边缘人士。

— 02 —

米勒的作品主要是在追忆德裔罗马尼亚人的不堪境遇。与当代许多作家在写作中极力撇清个人经历不一样,米勒的作品和她个人以及家族的生活经验密不可分,她的创作揭示出专制体制下日常生活中的悲剧性。德国评论界对她作品的看法不一,似乎负面评价更多。很多评论家认为米勒过于沉湎于过去,没有看到德国的新生活,没有描写新事物。为此,米勒说:"我没有选择,因为我是在写作而不是在卖鞋……你们听没听到过什么叫作创伤？……我必须通过写作让自己逗留在内心创伤最深的那块地方，否则我宁愿封笔。"

米勒是永远的不合时宜者。长期以来，她被各种组织拒斥。正因如此，在悬置者的立场之下，她看待周遭的环境尤为冷静，智性也发展得很充分，她为那些不幸的人代言时，其下笔的姿态越发哀痛幽深、振聋发聩。

诺贝尔文学奖评审委员如此评价米勒的作品：以诗歌的精练和散文的直白，描绘了无依无靠的人群的生活图景……看过米勒的多部作品后，我认为诺贝尔文学奖评审委员会对她的品评特别恰如其分。"无依无靠"这四个字，其中饱含的孤独、悲惨、酷烈、哀痛、冤屈、疯癫、麻木、冷冽和隔膜，都是米勒文笔对准的那群人的样貌。一般来说，以此为背景的小说也好，诗歌散文也罢，都不是单纯地能让人愉快和怡情的东西。

如果说内容的沉痛深刻、语言的鞭辟入里、细节的精准奇绝是很多优秀小说都有的特质，米勒作为诗人的那种"令人发指"般恣肆的想象力和绝美的意象，则在作家中都少见！她能从很小的切口入手，把人的苦难写得磅礴斑斓，宛如辉煌的"黑暗之诗"。

## - 03 -

《呼吸秋千》出版于2009年，曾获得德国重要的文学奖——德国书奖，它也是米勒获得诺贝尔文学奖的主小说。《呼吸秋千》算是半纪实作品，本来是由米勒和同为德裔罗马尼亚作家的奥斯卡·帕斯提奥（移居德国）共同创作。帕斯提奥曾向米勒详细讲述了二战结束之后他在苏联强制劳动营的经历。2006年，帕斯提奥突然去世。于是，米勒在帕斯提奥讲述笔记的基础上，创作了这部小说。

《呼吸秋千》虽然直接取材于帕斯提奥的个人经历，但那段往事的历史背景和诸多奇特的细节，米勒是从长辈那里知悉的。

完整地叙述《呼吸秋千》的故事比较困难，或说是容易流于简单，它讲的是二战后苏联强制劳动营劳工的生活。劳动、吃饭、睡觉，周而复始，就是这么牲口般挣扎着。当然，事情又远远不止这么简单。悲剧的庞大在于各种人性像绳子一样扭曲缠绕在一起，解不开的死结，缠绕得非常之紧、非常之乱，没有强力，不会崩断，但会让人在其中慢慢绝望，直至窒息而亡。

《呼吸秋千》是以诗歌的凝练、抽象和极致与散文的直白、自由和散碎集合而成的小说。讲述完整的故事并非米勒的兴趣，战争中悲欢离合的故事俯拾即是，难出新意。米勒敏感细腻、率直任性，她直接去捅挠伤疤，不怕它再度流脓。美国著名作家、评论家苏珊·桑塔格说过，小说也可以作为一种证据存在。米勒就在"收集"战争后遗症中的疼痛，她不屈不挠地去接近它、紧贴它、缠绕它、感受它、咀嚼它、描绘它、想象它、思考它，她不希望读者只是在煽情的故事中一掬热泪，过足虚幻而无关痛痒的心瘾，然后将之诉诸脑后。她要将人性在堕落边界处的创伤抠出来展示，不让惨重的历史被尘封，或成为伤感的碎片。

米勒拒绝遗忘过去，对于死去的冤魂，遗忘意味着背叛，意味着曾经的罪恶没有得到时间的清算，它有可能卷土重来。历史总是在重演，而写作，从来就具有摒弃和预言的双重性质。

## - 04 -

1945年1月15日凌晨，在罗马尼亚中部的霍尔曼城（锡比乌），17岁的雷奥在家中焦急地等待着警察把他带走。按照新规定，罗马尼亚国境内17岁到45岁的德国人都要被送到苏联的劳动营去从事战后建设。家人为此哀伤不舍，雷奥反倒需要掩饰他迫不及待想离开家的心情。雷奥是个同性恋者。此前，他只能偷偷摸摸地在公园和游泳馆这种地方与陌生人约会，这让他感觉羞耻而又恐惧。同性恋者一旦被抓，除身败名裂之外，还会面临牢狱之灾。

雷奥的父母坚信他们特兰西瓦尼亚（罗马尼亚中西部地区）的萨克森人（这一地区的德国人最初来自德国萨克森地区）属于雅利安人种。雷奥的父亲是个绘画老师，母亲是家庭主妇，祖父母也都健在，家中只有他这个独子，家境殷实。夏天的时候，全家人常到罗马尼亚著名的文奇山风景区去度假。

17岁的雷奥满怀心事,从身体角度来看,他明白他的同性恋行为非常恶心,更别提他的约会对象中还有罗马尼亚人。与罗马尼亚人有染,被视为种族的耻辱。而在心理上,即将被放逐到劳改营了,他却还幼稚到像是无动于衷的样子。

凌晨三点钟,由罗马尼亚警察和苏联警察组成的巡逻队,拿着名单挨家挨户搜查适龄德国人。他们带走了雷奥。母亲哭了。祖母的那句临别赠言"我知道你会回来的",成为接下来的五年中雷奥最大的精神支柱。

战前用来举行庆典活动的展览大厅,如今成了劳动营报到处,从各处抓来的500多名德国裔罗马尼亚人乱糟糟地会聚在那儿。随后,这些强制劳动人员统统被塞进了没有车窗的运送牲口的火车。车厢里拥挤不堪,大家在此吃喝拉撒睡,甚至摸摸搞搞。这些人希望火车别停下来。一直在路上,就意味着苏联人并没有像家乡的纳粹宣传的那样,早早地枪毙他们。男人还可以喝酒,女人也能唱歌。

但是,他们都笑得太早,过于自负了。由于都携带有干粮,他们把那些天从火车下面扔进来的两个半只冻僵的山羊当柴火烧了。在接下来饿得死去活来的五年中,他们为这个举动把肠子都悔青了。

## - 05 -

半个月后,火车换上了较宽的轮轴,这就意味着他们进入了苏联的地界。夜里,苏联卫兵持枪高叫着"集体大小便",这群劳工就跌跌撞撞地跑到了雪地深处,男男女女挨在一起脱裤子。他们都背对月亮,面朝路堤,无视那份耻辱感,心中只有恐惧,随时担心着火车突然开走,抛下自己。

劳动营建在名叫诺沃-果罗卡(今乌克兰境内,是古拉格体系中一座以严酷出名的劳动营)的城市,周围是广袤的原野和村落。劳动营共有五个工作大队。每个支队分别由500人到800人组成。劳工们住在工棚里,分为上下铺,雷奥那个工棚里共有68张床。

施矢万涅诺夫是劳动营的指挥官,苏联人,粗鲁而又残暴。工头图尔·普里库利奇既会讲德语,也会说俄语。他虽是在押人员,却充当劳动营负责人的副官。

他站在苏联人一边,负责翻译长官的俄语命令,还得再加上他自己的德语命令。他将劳工们的名字和工号整理到大队编号之下,每个人都必须日夜牢记自己的编号,明白自己不是拥有私人身份的人,只是有编号的囚徒。

在名字旁边那栏,图尔标注了集体农庄、工厂、清理废墟、运沙、铁路线、工地、运煤、车库、焦煤组、炉渣和地下室等每人所干的工种。不同的分工决定了劳动强度的大小,也就是说,是属于疲累、像狗一样劳累,还是累得要死;分工也决定了劳工们在干活之后,还有没有时间和力气去以物换物,决定了他们是否能在食堂后面的厨房垃圾里悄悄地翻找东西吃。

图尔从不去干活,他只负责发号施令和居高临下地轻蔑他的同胞。

## - 06 -

这些从罗马尼亚带来强制劳动的德国人,要在一片空地上给苏联人修建居民楼。其实,当地的苏联居民也非常贫穷,孩子们都骨瘦如柴。

工地上分了八个班组,同时有六栋房子在建,到处一片混乱。劳工们被指挥得团团转,挨耳光和被踢属于家常便饭。渐渐地,劳工们的内心变得固执而忧郁,外表却像狗一样谦卑与懦弱。他们互相仇视,每个人都怀疑别人在偷奸耍滑,而自己吃了亏。

在这八个班中,有一班劳工都是妇女,她们的工作是把装着石灰石的"马车"拉到工地边的熟石灰池去。"马车"其实是一个巨大的梯形木箱,车辕两边各拴五名妇女,她们的肩和腰上都绑着皮带。这车拉起来极度费劲,女人们都泪眼浮肿,嘴唇半张着。

特鲁迪·佩利坎是运送石灰的妇女中的一个。在警察去佩利坎家领人的前几天,她一直藏在邻居家花园的地洞里。一连下了好几天大雪,她母亲要去给她送吃的,新雪上的脚印无法掩盖。佩利坎将永远不会原谅雪,是大雪出卖了她……"马车"的最后面拴着佩利坎,烂泥里的苍蝇落到了她的瞳孔上,飞进了她的嘴里,她在"马车"后面脚步踉跄……佩利坎在冬天冻坏了脚趾;到了夏天,双脚被石灰车碾扁了；秋天，她那捆绑双脚的绷带下面生了蛆虫，只好截肢。

## - 07 -

很快，劳工们变得眼睛浮肿，鼻子硕大，面颊深陷，肚子和双腿水肿……他们被要求整晚站立，没完没了地接受点名。准备上夜班的人不用点名，他们在两块砖之间垒起来的锅中煮东西吃。那些食物是用衣物在村里换来的，一件夹克换十根小萝卜，一件毛衣换三升小米，一双羊毛袜换半升糖或是盐。

劳动营的伙食像垃圾一样难以下咽。即便如此，更多的时候也没有吃的。他们吃野菜、野草和一种叫麦得草的树木……他们都患上了慢性饥饿病，总会有更多的饥饿加入到原有的饥饿之中。可怕的是，除了谈论饥饿，基本无话可说；除了饥饿，别的事无法去想。雷奥觉得自己简直就是在以生命本身为食。

雷奥和他在劳动营的许多同伴，佩利坎、哈尔门、策莉姐妹、保罗·加斯特夫妇等，甚至还有图尔和他的情人贝娅，他们都是德国人，都是从家里被带走的。有个叫科琳娜·玛尔库的打扮时髦的女人是罗马尼亚人，她是在火车站被押送劳工的士兵抓住后硬塞进牲口车厢的。她被用来顶替抓捕名单上死去的人。到劳动营后的第三年，她在给一个铁路段铲雪时被冻死了。

劳动营的这些人都没参过战，但对苏联人来说，只要是德国人，就该对希特勒所犯下的罪行负责。

同伴们经常偷窃劳动营的煤，然后拿到苏联人的村子里去兜售，换取一丁点可怜的食物。有次，在苏联人的商店里，雷奥听到一首贝多芬的曲子，那是二战前在罗马尼亚经常出现的曲子，广播电台经常用它给战时特别报道配乐。普通民众接受到的都是纳粹美化战争、渲染民族情绪的宣传。尽管如此，当老百姓看到他们熟人中的犹太人突然消失，还有那些从战场上受伤归来、无法掩饰痛苦和厌倦情绪的士兵的表现，还是会有唇亡齿寒之感。

## - 08 -

理发师奥斯瓦尔德·恩耶特是图尔的老乡,他们和贝娅一样,都来自喀尔巴阡—乌克兰—罗马尼亚三国交界处一个名叫陆基的山村。恩耶特享有特权,可以住在理发室里。五年来,劳工们越来越形容枯槁,恩耶特还得给他们理发剃须。有些男人照镜子时,被自己的模样吓得哭了起来。恩耶特清楚地知道,劳工中谁还会再来,虽然已经瘦得一半像是蜡做的了;谁再也不会来了,因为干活太累,或是思乡成疾,或是已经死了。

贝娅被图尔照拂,做了最轻松的工作,她在工作服发放室上班。他们的家乡陆基是科希策(斯洛伐克东部城市,靠近匈牙利边界)附近一个贫穷偏僻的村落。留在那儿的人抑郁消沉,更多的人则想尽办法离开。贝娅毕业于布拉格的一所音乐学院,图尔的大学也在布拉格。图尔本来想当传教士,没当成,转行做起了生意。贝娅告诉雷奥,小村庄的法则严厉,布拉格的法则同样严厉。他们都无法逃脱这些法则,因为法则是由严厉的人来制定的。贝娅说,她爱严厉的人!雷奥明白,她不过是在严厉的人那儿谋了个好差事,她就靠这种严厉生活。贝娅还说,如果人演什么,自己就是什么,他会吃苦头的,这就像是一条生活的法则。

伊尔玛·普费佛在劳动营的第一个冬天发出了叫喊,听不清她喊的是"救命",还是"我再也受不了了"!劳工们拿着铲子和木条朝砂浆池奔跑过去,工头手中高举着铲子,逼迫劳工们袖手旁观。普费佛脸朝下,趴在冒着泡的砂浆池中,后脑勺露在外面……

卡蒂是个弱智儿,她不知道自己身在何处。她是被收了贿赂的管事人拿来充数的劳工。她干不了任何活儿,唯一的任务是在各个工棚轮流值夜。为了惩罚卡蒂上班时打瞌睡,图尔命令女军医剃光了卡蒂在这世上唯一的依靠——她的大辫子。待卡蒂的头发刚长出一点发茬,头发还没虱子多,因为上班睡觉,再次被剃了光头……如此循环往复好长一段时间之后,图尔终于想通了,穷困潦倒的人可以被驯服,白痴就很难俯首听命。

每天早上,大家能拿到一天的面包份额。这天,卡尔利·哈尔门偷了阿尔伯特·吉翁放在枕头下面的面包。卡尔利被包括雷奥在内的几个同伴打得门牙飞落，小便失禁，吐了一地浆糊状的面包。然后，打手们又分别将尿撒在他头上……两天后，卡尔利从医务室回到工棚，大家都显得若无其事，他也认栽。

## - 09 -

雷奥干的是铲煤和卸煤的工作，铲一铲煤等同于取到一克面包。这工作需要极大的体力，他又总是饥肠辘辘，工作时满脑子想的都是吃。如影相随的饥饿被他命名为"饥饿天使"。"饥饿天使"让他去翻检厨房垃圾中冻硬的土豆皮，"饥饿天使"让他吞食炊烟，"饥饿天使"让他和同伴闭上眼睛想象吃饭。他们整夜在给"饥饿天使"喂食，吞吃一个又一个梦。梦里的吃喝强迫症是一种恩惠，也是一种折磨。梦里吃喝得越多，睡眠越浅。"饥饿天使"似乎永远不知疲惫……

雷奥清楚地记得同伴中最先饿死的三个人是谁。在很长的时间里他都会惦记着他们三个。但是，数字不断变化着，当自己都饿得皮包骨头、身体虚弱的时候，人们会尽可能地让死者远离自己。沿着这条数字的轨迹，等到了第四年，已经死了330人。人们已经负担不起明晰的情感，只能是偶尔才想起死者来了。不过，劳动营最先遇难的那三个人，雷奥一直都忘不了：他们是聋哑人米茨，被两节车厢压扁了；卡蒂·麦耶，在水泥塔中被埋了；伊尔玛·普费佛，在砂浆池中窒息而死。每个人的死因或许都不同，但总有饥饿参与其中。

有天很冷，雷奥饿得受不了，他干完活后带了一块无烟煤到苏联人的村子里去兜售。他敲开了一位老年苏联女人的家门。这位老太太"咕噜"了一大通，雷奥听明白了个大概：老太太有个儿子，和雷奥年纪相仿，被邻居告发了。于是，那孩子被抓到西伯利亚的流放营去了。老太太害怕她的邻居……老太太给雷奥盛了一大碗土豆汤，雷奥像只饥饿的狗一样蹲在汤盘前，吃得狼吞虎咽。老太太还把一条雪白的做工考究的手帕送给了雷奥……离开老太太家，雷奥用包煤的粗布擦着流泪的眼睛。他告诫自己，有太多理由哭泣的时候，绝不能开这个头，刚才这泪水不过是严寒所致。

这条白手帕雷奥从未用过，一直跟随他回到了家。其实，那些年，雷奥不是没有想过用这手帕换糖和盐，甚至是小米。饥饿足以让人盲目。但雷奥认为这方手帕就是他的命运，如果交出自己的命运，人就彻底迷失了。他坚信，临别时他祖母那句"我知道你会回来的"赠言，已化成了一方手帕。他还认为，这方手帕是劳动营里唯一关心他的"人"。

## – 10 –

斯大林格勒战役开始的那年，雷奥在家里度过了最后一个夏天。收音机里传出一个德国女人充满爱欲的声音，"每个德国女人都要送给元首一个孩子"。姑姑和妈妈双眼发亮，似乎她们很想去做这事。姑姑还半开玩笑半认真地说，她们该怎么做呢，是元首到家里来，还是她们去找他……父亲则皱起了眉头。

工厂后面有个生了锈的巨大管道，七八米长，两米高，已经废弃不用了。它的一头被焊死，另一头则是敞开的，它外形威武，所有人都叫它"齐柏林飞船"。这艘飞船是一个钟点旅店，劳动营的头头和干部们默许它的存在。劳动营的女人和德国战俘在里面轮流幽会。

雷奥明白，这些德国男人有自己和同伴们缺乏的一切。他们由元首派到世界各地去打仗，虽然也贫穷落魄，但在战火中拼杀过，而且正当年。劳动营的女人觉得他们是英雄，和他们做爱，比在工棚的床帘后面和劳改犯们做要强得多。

雷奥的脑海里转悠着同样的事。他常常重温在公园和游泳池里与人幽会的瞬间，还记得那些和他一样心怀恐惧的同性恋者的绰号：燕子、圣诞树、耳朵、绳子、黄鹂、帽子、猫、海鸥和珍珠……有两次，他紧盯着德国战俘的身体不放，到底还是恐惧占了上风；还有一次，同伴卡尔利·哈尔门正让他欲望难耐，但哈尔门吃黄沙的样子吓退了他……

齐柏林飞船里的爱也是季节性的，冬天的来临给它画上了句号。接着登场的是饥荒。

— 11 —

饥荒让劳工们的行为越来越不可思议。他们会对一模一样大小的面包产生幻觉，总以为自己拿到手的那块是最小的；他们把木头块塞到弱智的卡蒂手中，换取她的面包；他们吃掉死去的人省下的面包，剥下死者的衣服给自己穿；有人吃煤，有人吃黄沙。就连苏联人从来不吃的瘦骨嶙峋的土狗，劳工们也都吃。雷奥只需要一张床、一只铁皮碗和发放的面包就够了，连雷奥这个人，他也可以不要……

在食堂里，律师保罗·加斯特就像个看守一样寻找着他老婆。如果她已经在别人中间坐定，他会把她拉走，把她的汤放在自己的汤旁边。她眼睛一看别处，他的勺子就进了她的碗。要是被她发觉了，他就说："干吗勺勺计较啊。"他老婆死后，他穿上了他老婆的大衣。很快，这件大衣落到了伊洛娜·米悉身上。保罗可以借此钻到米悉的床帘后面去……

劳动营的日子过去60年之后，"吃"，依然让雷奥兴奋不已。他用所有的毛孔来吃，吃得非常自我，他被饥饿吓怕了。只要在吃东西，他就会被食物的味道所囚禁。他一直在为反抗饿死而吃。

劳动营医务所是个等死的地方。苏联女军医说德国人一死就是一批。看到别人这么早就谢幕，恐惧感变得强烈起来，几乎与麻木感惊人的相似。只要死者身子还未僵硬，在别人拿走他衣服之前，你就必须迅速剥下他的衣服。在别人赶到之前，你得赶紧拿走他枕头下面省下来的面包。拿光死者的东西就是一种哀悼方式，同样，濒死的人也会拿光你的东西。

劳动营是个很现实的世界，羞愧和胆怯的个性劳工们负担不起。人们的行为坚定而冷漠，带着一种绝望的满足。对死者的恐惧越小，对生存的迷恋就越大，生存的概率似乎就越高，越容易什么瞎话都相信。

在劳动营的第三年，雷奥终于收到了家书，只有一行字，母亲写下了新生的弟弟的出生年月日。雷奥有了替代物罗伯特，父母已经不指望他了，没准他们认为他已经死了。余下的两年里，他执拗地不回复家信。母亲没有一个字提到他，他也骄傲地不想去讨要母爱。这骄傲每天折磨着他,指给他看,母亲如何从他身边走过,去喂养他的替代品。在无聊的日子里唯一有所寄托的那份乡愁,现在变成了一个空洞。

## – 12 –

在劳动营的最后一年,劳工们拿到了工钱。他们不顾一切地吃。只用了几个星期,营养状况就恢复了正常,他们变成了海绵一样虚胖的人。吃饱过后,女人们开始打扮,男人们似乎更需要布帘后面的活动。地下恋情、野地里苟合、怀胎受孕、城里医院的刮宫术……这类事情越来越多,医务室的木栅栏后面,婴儿数量也增加起来了。

劳工们得到允许,可以在点名场上跳舞。他们确信,饿了四年后再让他们吃饱,为的是永远留在这里强制劳动。在营地里,个人对家乡的眷恋被消磨掉了。当然,如果人的脑海里转来转去的总是同一个东西,世界其实早已离他而去。

皮包骨头的日子过去了。有了现金,有了吃的,皮下长了新肉,箱子里有了新衣,这时却要被释放了,这种突转简直让人无法承受。

1950年初,雷奥被释放回家。他在家人面前变成了沉默而无动于衷的人。他的归来出乎他们意料,让他们松了一口气。不过,他们的震惊远大过喜悦,他还活着,家人白白为他伤心了。

## – 13 –

回家的第一个月,雷奥房间里日夜亮着灯,没有了劳动营工棚里的值夜灯,他感到恐惧。

叔叔介绍雷奥到木箱厂去上班,他工作很上心,这样可以逃离家人的沉默。没准儿他不在家时,他们就能像从前一样,正常地高兴或是生气地嚷嚷了。亲人间已成陌路当然令人沉重,可是彼此距离近得不能再近,却还怯生生地、莫名地不安,那份沉重感简直就是直接的折磨。

雷奥在城里瞥见过老了很多的贝娅，碰到过拄着拐杖的佩利坎，他们彼此都佯装不认识。理发师恩耶特从维也纳写来信告诉雷奥，图尔在多瑙河的一座桥下被人发现，他嘴里塞了一条领带，前额被斧头从中间劈开了，斧头就放在他的肚子上。

在一所夜校就读混凝土浇筑课时，雷奥认识了在此修会计课的艾玛。四个月后，他们结了婚。婚后，他们从老家霍尔曼城搬到了首都布加勒斯特。

雷奥依旧到公园去和男人幽会。在得到公园活动的伙伴被捕的消息之后，恐惧再次向雷奥袭来。他递交了去奥地利探望姑姑的申请。邀请书是他自己编造的，他告诉艾玛，下次再带她去。他们貌合神离的婚姻维持了11年。

他装扮成短途旅行的模样上了火车，一去便不回头。30多年过去了，这件事始终是雷奥最沉重的心债。艾玛后来再婚了，他没有结婚，只是滥交。

雷奥控制不住地想要工作，它是强迫劳动的反面，也是一种拯救交换。

他惧怕自由。

— 14 —

以上是我对《呼吸秋千》组织出的情节线。在黑色的、充满诗意的字词间，在刻骨深入的庞大细节滚动中，每个人物的命运都很难简述。正常的呼吸本来是无知无觉的本能，但它们用来隐喻像秋千一样剧烈波动的命运，就变得困难重重。拼命下坠，然后被四处抛洒，这种命运既虚无（大历史下的小个人），又过于沉重（每个人构成大历史）。这群无法归类的人，既不是战俘，也不是战犯，他们是地域和身份的囚徒。雅利安人种带来的虚荣或许只是一时，为此付出的代价却影响一世。当历史的罪孽压在个人身上，那种生命之重，叫人无法承受！

赫塔·米勒顽固地记录着这些罗马尼亚和德国双重边缘人的悲惨命运。如果没有书写，那些在罗马尼亚生活的德国人曾经承受的非人折磨将灰飞烟灭。纳粹制造了奥斯维辛集中营，苏联又制造古拉格劳改营……普通人既为战争买单，又为所谓的重建流血。他们欠谁的债，又该为谁负责？

话说回来，文学作品假若真实得如同历史档案，比如纪实文学，它的文学价值是否会高于历史价值？文学本身并不负载记录历史的使命。赫塔·米勒的过人之处在于，她以作家的心智和诗人的想象，让她笔下的历史也好，现实也罢，都能极致地飞翔起来，进入文学特有的超越境界，起到"卡塔西斯"的效果。

米勒深挖人性之"恶"，用以揭示卑微的"善"。她不愿煽情，痛恨伪饰。她的文字把任何一种残暴的现实都给贬低下去，踩在了脚下。这就是文学所能产生的救赎作用，以及审美产生的意义。

— 15 —

站在生活富裕的德国，米勒却不愿忘记伤痕。《呼吸秋千》中劳工们的眼睛是变形的，饥饿劳作和恐惧扭曲了人心，人变成双腿行走的兽。猜疑、排挤、出卖、谄媚、贪生怕死……相继出现。但是，米勒不忘强调，极端情境中统治者的暴行才是罪恶的渊薮。因为即便环境如此残酷，劳工们仍然残存着些许善意和对生活发乎本能的热爱，他们唱歌、跳舞、弹琴、恋爱、制造小物件、以幽默化解恐惧……

对于每一种处境，米勒都能找到搭建它的诗的意象，那些联想丰富、喻示精准的行文，让每一种苦难都在黑暗中发出呐喊的光来。米勒提醒你，苦难不会平地而起，也不会倏忽而逝。她在描写饥饿、劳顿、伤残、肮脏等人所经历的残缺和疼痛时，无所不用其极，创造了多个想象力奇崛的崭新意象情境。米勒企图揭示出苦难那非同一般的腐蚀性，它拥有败坏一切的容积，永不停歇的能量，它甚至也有一种生长性，在最坚硬的地方也能扎下根来。

米勒的文字跳跃而富有想象力，她有本事把纯粹的生理感觉书写为壮大的心理感觉和斑斓的视觉意象，她能用字词分辨出100种饥饿，她能从恐惧中抽出100支细丝，她还能形容100种残暴方式，能将100种孤独打包……她的诗人气质流泻在字里行间，仿佛任何囚禁都阻拦不了诗意那挥洒自如的翅膀，饥饿不能，苦难不能，孤独同样不能。

"我听到自己肚子的咕噜声，整个夜景都饿了起来""一些白色的母鸡蹲在上面，瘦得像扯碎的薄云""风轻轻吹起的时候，一个灵魂会飞翔起来，浑身装饰着羽毛。如果风很强劲，灵魂就像坐在波涛中一样"……

米勒在展示每一段悲剧时，都以诗的轻盈去反衬现实的沉重；都以充满灵性的想象去揭示精神的困乏。对于作家来说，哪种质地的生活把他喂养大，日后都会在他的作品中不经意地显露出来。智性排在首位，生命情怀当然也是精神高度的标尺。

即便想要揭示创伤，赫塔·米勒却没有一句宣泄调。她相信字词自会说话，相信形象自会代言。同样，她相信，人们既然可以以相同的姿态坠落，当然也可以以相同的姿态飞翔。

"哪里有人给地毯拍打灰尘，那里的和平该是可靠的，那里的生活该是正常的，那里的人可以平静地生活。"

平静的生活也可以是奢侈的生活。当然，那得看你处于何种外部环境了。

## 尤莉娅·弗兰克

尤莉娅·弗兰克（Julia Franck，1970— ），出生于德国东柏林，毕业于柏林自由大学。当代德国著名女作家。著有《新来的厨师》《谄媚之人》《腹部着地》《营火》《午间女人》等多部长篇小说和短篇小说集。曾获多个文学奖。2007年，长篇小说《午间女人》获德国图书奖。《午间女人》英文版入围英国独立报外国小说奖短名单。2022年获得席勒纪念奖。

《午间女人》
人民文学出版社，2009年1月版

# 遗弃也会轮回

## 德国女作家尤莉娅·弗兰克和她的《午间女人》

*精神上的富有能克服痛苦和空虚。*

——尤莉娅·弗兰克

- 01 -

德国女作家尤莉娅·弗兰克出生于1970年,在东柏林(东德)长大。她的个人经历丰富得让我羡慕,她对东、西德都很熟悉,是柏林墙坍塌的亲历者。2007年,她出版了以生父童年遭遇为故事蓝本的长篇小说《午间女人》。《午间女人》既叫好又叫座,获得了德国文学大奖——德国图书奖。

不追逐时尚题材、依据家族真实命运写作是弗兰克作品的特质。《午间女人》的故事背景贯穿于两次世界大战之间,基调沉重而压抑。它描写了一连串的悲剧,在这条悲剧链中,弗兰克探寻着普通人那些阴狠歹毒的行为背后所隐含的心理动机。"悲怆"是那类动机的底色,在此之上,它包含的内容异常复杂而深邃。

我常常觉得,女作家的个人经历往往就是她世界观形成的出处。我们先来看看《午间女人》译者杜新华对尤莉娅的介绍："在当前德国新生代作家当中，尤莉娅·弗兰克是个人经历非常坎坷的一位。她于1970年生于前东柏林，母亲是一位演员，父亲则从来没有和母女俩一起生活过，弗兰克还有两个异父姐姐和一个双胞胎妹妹。在她八岁那年，在多次提出移民西部的申请终于获准之后，母亲带着她们四姐妹得以成行，先是在一个收容所里度过了九个月，母女五人挤在一间12平方米的小屋里，后来在石荷州的一个小村庄定居。13岁的时候，弗兰克得到母亲的允许，离开家庭，只身前往柏林，投奔那里的朋友，断断续续完成了中学课程，后来进入柏林自由大学，学习法律、古美洲学、德语文学和哲学。在没有经济援助的情况下，她只能靠打零工维持学业，她做过十年的清洁工，还做过保姆、护工、打字员，给电台和报社打杂。弗兰克自小喜爱文学，在收容所栖身的那段日子里，每周会有图书馆送书来，母亲给了她一些本子，于是她用来写日记、编故事，写作已经不仅仅是生活中的乐趣，更是活下去的动力。在弗兰克25岁那年，她的一篇短篇小说获得了柏林'开放的麦克风'文学竞赛的一等奖，这个比赛在德国文学界有着相当的分量，它给了德国的青年作家脱颖而出的机会。能够在这个比赛中获胜，极大激励了弗兰克的创作热情，也为她走上文坛提供了机遇。后来，她陆续出版了三部长篇小说：《新来的厨师》（1997）、《谄媚之人》（1999）、《营火》（2003），以及两部短篇小说集：《腹部着地》（2000）、《我没什么，你没什么》（2006）。"

## - 02 -

2004年，我到属于前东德地区的小城波茨坦旅行，尽管已经是柏林墙坍塌后的第五年了，波茨坦的城市设施、市民气质依然很"东德"。在还算平和的表象之下，凋败气息氤氲。这是一片沉重的土地，战争和战后反人性的政策留下的困境随处可见。二战结束之后，老一辈的德国作家们从未停止过对它的反思，现在轮到尤莉娅·弗兰克他们这辈作家了。

弗兰克的父亲于尔根·塞米施生于1937年，二战结束后，他被母亲遗弃在一个小火车站。这件事对他造成了深重的伤害，使得他痛恨自己的母亲，并且发展为对所有女性的不信任。弗兰克自小便不与父亲生活在一起，直至父亲去世前几年才真正了解他。随着时间的流逝，尤其是弗兰克本人也做了母亲，她越来越想知道，为什么她的祖母会做出那样的决定，抛弃自己的亲生骨肉……

这不啻为一个巨大的悬念，照理说战争已经结束，各种创伤似乎在渐渐愈合。然而，七岁的于尔根·塞米施却被亲生母亲抛弃。从此，他不再信任女人……《午间女人》的故事就从这里开始叙述。

"午间女人"是流传于德国劳西茨地区的传说：在夏日炎炎的正午时分，尤其是在收获季节，"午间女人"会出现在人们面前，迷惑他们的神志，使他们四肢麻木，然后用一把长镰刀砍下他们的头。但是，如果人们能在此时给"午间女人"讲上一个小时制作亚麻的技法，她的魔力就会消失……

显然，"午间女人"是个拥有魔法的残忍女巫。弗兰克将小说命名为《午间女人》，其用意何在？

– 03 –

彼得七岁那年的春天，苏联红军占据了德国的斯德丁市。在医院做护士的妈妈爱丽丝决定带着彼得离开斯德丁去柏林。赶火车的人实在太多，他们一连几天都没能挤上去。妈妈比较严厉，不苟言笑，彼得却深爱着妈妈。这天，彼得和妈妈又来到了拥挤的火车站，妈妈让彼得抱着行李箱等她，她去买车票……彼得一直乖乖地坐在那里等着。直到火车站空无一人，妈妈也没有回来……

– 04 –

海伦娜满头金发，长得很漂亮，她家住在德国东部小城鲍岑。鲍岑是德国的少数民族索布人的政治文化中心。海伦娜的爸爸恩斯特·路德维希·维尔吉希学识渊博，他是出版人兼印刷商。妈妈塞尔玛生了姐姐玛塔之后，一连夭折了四个儿子，最后才生下海伦娜。

塞尔玛是犹太人，身份危机和儿子们的夭折，让她的神经受到了强烈刺激，有些疯疯癫癫。塞尔玛从未搂抱和亲吻过海伦娜，她把自己关在堆满废品的卧室里，家事都交给忠实的女仆玛丽欣打理。

母亲的犹太人身份让姐妹俩深感自卑，乖戾的举止也让她俩觉得丢脸。恩斯特倒无视这一切，他深爱着妻子。

在医院做护士的玛塔比海伦娜大九岁，她基本充当了母亲的角色。在性欲萌动的年龄，玛塔一边与男同学来往，一边和女同事莱奥亭娜关系暧昧。莱奥亭娜的鳏夫父亲嗜酒如命，他在鲍岑地区非常有名，是个大律师。他偏爱两个小女儿，对莱奥亭娜比较漠视。相同的境遇让玛塔和莱奥亭娜打得火热。

第一次世界大战爆发后，恩斯特被征兵派往前线。恩斯特希望妻子为他祈祷，保佑他平安归来，塞尔玛却冷漠地拒绝这么做。

明知海伦娜在数学方面天资过人，恩斯特却从没有对她的教育上过心。尽管如此，海伦娜还是因父亲对母亲的挚爱而对他产生了崇敬之情。

打小开始，海伦娜便在与玛塔的拥吻中填补着母爱缺失带来的内心空洞。渐渐地，相互抚摸身体产生的快感和精神慰藉，让姐妹俩僭越了正常的亲情。

## - 05 -

恩斯特在前线的日子，正是德国经济大萧条时期。玛塔工资微薄，曾是家里主要经济来源的印刷所也入不敷出。

由于妻子以死相逼不让离开，恩斯特很晚才到达前线，上级把他从轻骑兵团赶到新成立的步兵团。投入作战不久，他就被战友误投的手榴弹炸掉了左腿，被送到战地医院。恩斯特为自己没见过任何敌人就离开了战场而羞耻，他给妻子写了很多信来倾诉心事。在前线，妻子迷人的微笑是他唯一的支撑和念想，但他却没有收到过一封回信。事实上，恩斯特的来信塞尔玛看都不看就交给玛丽欣收起来了。

海伦娜中学毕业后，无法升入高等女子学校，她擅长数学，聪颖过人，正好被母亲指派给家里"打工"。她学会了操作印刷机、排字，还负担购买纸张、核算印刷所开支等工作。

有一次，海伦娜为了取悦塞尔玛，私自去换洗她的床单，没想到发现了塞在床单下面的不同币种的票子。海伦娜吓得赶紧把床单重又铺上，却正好被塞尔玛撞见。塞尔玛扑过来使劲掐住海伦娜的脖子，要不是玛丽欣及时赶到，海伦娜没准就被母亲掐死了。

丈夫离开的六年里，塞尔玛不是没有思念过他，但长久的思念和担忧磨蚀了她对生活存有的最后一些善念。她把对战争的怨恨转嫁到丈夫身上，以蔑视一切的态度来维持着优越感和活下去的勇气。

## - 06 -

战争结束两年后，恩斯特被护工推回鲍岑的家时，一只眼睛失明，还失去了一条腿。玛塔和海伦娜装作对父亲失去的那条腿视而不见。塞尔玛坚决不见丈夫，谁去她房间哀求都没用。

断腿带来的感染让恩斯特持续高烧。为了让父亲好过一点，玛塔和莱奥亭娜配合，从市立医院偷来了吗啡和可卡因。海伦娜和姐姐轮流为父亲洗身、换绷带，她还学会了给父亲注射吗啡。每次注射过后，父亲的脸上就会浮现出如释重负的微笑，海伦娜觉得父亲那是在为她而笑。

恩斯特 40℃高烧持续不退，姐妹俩都明白，父亲的大限要到了。玛塔和玛丽欣把塞尔玛强行推到恩斯特床前。恩斯特深情地说他是为了塞尔玛才从战场上回来的，塞尔玛却并不回应丈夫的柔情。玛塔抓住母亲的肩膀告诉她，父亲快要死了！塞尔玛冷漠地说，她已经死过不止一次了……海伦娜觉得妈妈身上没有一丝爱的光芒，她无法不憎恨母亲。玛塔说塞尔玛的心是盲心，她只能接受"物"，再也不能接受人了。

葬礼过后，玛塔宴请给恩斯特办后事的朋友们。席上牧师说起了莱奥亭娜已订婚并将移居柏林的事情，玛塔当即痛哭着跑走了。海伦娜在自家花园的厕所找到从里面出来的玛塔时，她却变得容光焕发。海伦娜发现了玛塔大衣口袋里的注射器，她不敢往下联想。姐妹俩各怀心事，迫不及待地上了床，借身体的亲热来掩盖精神的落寞。

## - 07 -

父亲死后的那个冬天,天气奇冷,面包从未有过的昂贵,煤更是供应不上。海伦娜和玛塔从父亲的保险柜里找到了几捆已经贬值的旧钞票、裸体女人的素描画和一本通信录。姐妹俩给通信录中的每位亲戚都发去了父亲的讣告。海伦娜还特别给母亲在柏林的堂妹芬妮·施泰因尼茨写了一封问候信。

姐妹俩收到了从未见过面的芬妮姨妈的回信。从芬妮姨妈那儿,她们了解到在布雷斯劳,她们有位叔公是制帽商,他生前最喜欢塞尔玛。在芬妮的帮助下,她们意外获得了叔公留给母亲的遗产,包括住宅和店铺的租金收入、一点不值钱的股票、一行李箱装饰古怪的帽子和多块宝石。她们把那些帽子激动地展示给塞尔玛看,塞尔玛表现得很漠然。

姐妹俩在信中告诉芬妮,由于得到了叔公的遗产,母亲养病已经无忧。工作不久的海伦娜成了医院外科最得力的护士,尽管她才16岁。海伦娜当然不会告诉姨妈,玛塔会定期注射少量毒品,吗啡或是可卡因。她们在信里的口气明显有些讨好姨妈。

圣诞节前,姐妹俩收到了芬妮的回信。芬妮邀请她们到柏林玩,从德累斯顿到柏林的火车费由她提供。姐妹俩原以为她们会终老在鲍岑,姨妈的信让她们看到了别的可能。特别是玛塔,莱奥亭娜不断从柏林给她来信,诉说自己和那个古生物学家婚姻的无聊,以及对她的想念。

外科手术室最棒的教授对海伦娜想要去柏林发展大发雷霆,海伦娜和他在手术中的配合特别默契。第二年3月,教授还是趁到德累斯顿开会之机,把玛塔和海伦娜带到了德累斯顿,并把她们送上了去柏林的火车。

姐妹俩激动地憧憬着未来的生活。她们将塞尔玛在最后几个星期里对她们的咒骂与怒吼都遗忘了。母亲有玛丽欣照顾,她们也很放心。

姐妹俩抵达柏林那天,正好是芬妮姨妈的生日。45岁的芬妮时髦轻佻,追求者众多。她的房子豪阔雅致,客人们也都风流倜傥。宴会上,客人们争相向单身的芬妮献媚。注射了吗啡后活泼得有些怪异的玛塔也颇引人注目。

## - 08 -

玛塔很快成为芬妮的社交伙伴，她们一起出入俱乐部和歌剧院，一起分食白粉。海伦娜则喜欢在芬妮包罗万象的书房里阅读一本又一本书。

玛塔和莱奥亭娜重聚了。莱奥亭娜经常在芬妮家中过夜。海伦娜躺在自己的小床上，一米之外，玛塔和莱奥亭娜就在那里做爱。

芬妮介绍玛塔到一家犹太医院的临终病房做护士，这让姐妹俩很高兴，她们都不愿意依靠姨妈的接济过活。她们偷过芬妮家食品储藏室的东西，把它寄回鲍岑，还偷过芬妮的唱片去当铺换钱……

海伦娜在芬妮家遭遇了形形色色的男人，伯纳德、埃里希、巴伦……不到30岁的伯纳德和埃里希与芬妮关系很暧昧，这两个男人似乎都不用工作。画家巴伦说服海伦娜做了他的裸体模特，海伦娜以此避开了埃里希的性骚扰。巴伦喜欢海伦娜，但碍于年龄差距，他不敢追求她。

海伦娜很想谈恋爱，对象却不是眼前这些游手好闲的男人。

芬妮介绍海伦娜到一家药店去给药剂师克莱门斯当助手。踏实、勤恳又聪明的海伦娜很快赢得了克莱门斯的信任。为了报答芬妮，海伦娜经常在药店偷配毒品给她。

## - 09 -

来到柏林三年后，19岁生日那天，海伦娜终于可以跟着芬妮到酒吧去跳舞了。在那儿，她认识了大学生卡尔·维特海默。卡尔的专业是哲学和语言学。卡尔暗恋过老师莱奥亭娜，海伦娜暗暗担心卡尔看出玛塔和莱奥亭娜的同性恋关系。

尽管都才20岁上下，卡尔和海伦娜却喜欢谈论诗歌、痛苦、幸福以及人生意义等大话题。他们都非常喜欢读书，对爱情和幸福生活充满了想象和憧憬。他们没有料到彼此能这么谈得来，尤其在文学方面。他们很快相爱了。

卡尔世家出身，很有教养。父亲是天文学教授。他的两个哥哥都卷入了战争，大哥已经战死；姐姐则是大学物理系唯一的女生。

海伦娜在姨妈家的日子越发难过，她不再给芬妮带毒品，芬妮对她就明显地冷淡起来。芬妮的经济日益窘迫，靠变卖东西来维持高消费。姐弟恋的波折也让芬妮时常歇斯底里。她暗示海伦娜，不会再为她支付高级中学进修班的学费。玛塔倒是很高兴海伦娜有了男朋友，这样她就可以不受拘束地和莱奥亭娜在一起了。

卡尔给海伦娜读斯宾诺莎，讲解叔本华，议论大作家、诗人和哲学家，一起观赏戏剧……他们同居了。

某天，海伦娜感觉有些恶心，卡尔问她想要孩子吗，她说当然想，但她想上大学，想靠工作来养活自己，这之后才能要孩子。卡尔说海伦娜可以靠他来生活，她送给他一个"孩子"，他送给她上大学的机会。海伦娜正色道，孩子是不能"送"的，基督徒只可能把一种东西送给主，那就是爱！

海伦娜让莱奥亭娜为她做人流手术。麻醉结束后，莱奥亭娜肯定地告诉海伦娜，她并没有怀孕。海伦娜不知真假，反而有些失望。

## - 10 -

卡尔以优异的成绩通过了博士入学考试。德国著名哲学家卡西尔和海德格尔都在争取卡尔去跟着他们学习。海伦娜还在药店上班，高级中学的结业考试结束了，在等大学入学通知。卡尔告诉海伦娜，在他离开柏林前，他们一定要结婚。

卡尔以未婚夫的身份被海伦娜介绍给芬妮。芬妮家凋败的气息没能阻止那帮常客们的醉生梦死。最让海伦娜吃惊的是，卡尔居然曾经和莱奥亭娜混在一起吸毒。她质问卡尔是否经常如此，卡尔坚决地予以否认。海伦娜也情愿相信他不过是偶然为之。

同居三年后，某天海伦娜正在上班，卡尔打电话给她，急迫地想要见她。海伦娜猜想也许是卡尔收到了来自汉堡的卡西尔教授的信，所以才这么兴奋。到了约定的咖啡馆，海伦娜又猜想也许是卡尔买了结婚戒指，迫不及待要展示给她看。

卡尔始终没有出现，海伦娜等来的是他出了车祸的噩耗。他骑着自行车在结冰的路上滑倒了，头撞在一辆汽车的水箱上……

屋漏偏逢连夜雨，在海伦娜万念俱灰时，玛塔的毒瘾已经严重到莱奥亭娜不得不把她送往疗养院戒毒的程度。

卡尔父母邀请海伦娜到他家去做客。他父母很友善，海伦娜却不愿对他们谈起她曾经和卡尔有过的梦想：她将跟着卡尔到汉堡或弗莱堡去，学习化学或是医学、药剂学……卡尔的母亲说卡尔死时，手里还捏着一支新鲜的雪莲花，钱包里有一缕金色的卷发，那是海伦娜的头发……

— 11 —

莱奥亭娜推荐海伦娜在伯塔尼医院重操过去的护士旧业。海伦娜非常敬业，但不与任何人交谈。她夜复一夜的失眠，只有梦到卡尔时，才能睡得踏实。

玛塔还在疗养院。海伦娜住在芬妮家，被迫忍受着埃里希时不时的性骚扰。有一次，埃里希几乎就要强暴她，幸好芬妮及时赶到……海伦娜想到去死，医院有很多手段可以让她简单地死去，好在医院的工作按部就班，她可以不思考不说话地帮助别人，让时间自然流走。

为了不让自己成为芬妮的包袱，也为了躲避埃里卡，海伦娜在医院护士宿舍申请了一个房间居住。玛塔回来了，她和莱奥亭娜同居在一起。她们三人的工作都很忙，几周甚至几个月才能见上一面。

经济危机上升到了新高度，人人身陷其中。芬妮不切实际地妄图回到过去的生活状态中，她在家里给男朋友办起了豪华的生日宴。在聚会上，有个叫威廉的客人注意到了海伦娜，他开始狂热地追求海伦娜。海伦娜对此既不反感也不兴奋。

海伦娜只知道威廉是个工程师，具体发明什么她就搞不明白了。威廉关心时事，关心国会纵火案背后的主使者是谁。

共产党员一个一个地被捕，还有作家艺术家们。也有走运的，威廉被选中为空军机场做侧向发报器，他为此骄傲得近乎目空一切。

第二年春天，威廉向海伦娜求婚。在越来越恐怖的形势下，海伦娜对自己的犹太人出身很害怕。威廉坚定地说海伦娜叫"爱丽丝"，他要给她搞一份毫无瑕疵、毫无纰漏的出身证明。

海伦娜吓坏了！按照德国新颁布的《防止具有遗传性疾病后代法》的规定，

海伦娜这种母亲有精神疾病的人根本不能生育后代。威廉自信能为"爱丽丝"做一切。他说那些因为时局而离开德国的人就该早早滚蛋,只有像他这样的人可以拯救德意志民族、祖国和母语。

威廉的英雄气概让海伦娜恼怒,她觉得他很虚伪。然而,威廉不知疲倦地追求着海伦娜,仿佛她的每一次拒绝都给了他新的动力。他在进行一项壮举,拯救她就是他的使命。

— 12 —

在鲍岑的谷市上,警察带走了大哭大闹的塞尔玛,将她强行送到精神病院。

威廉义不容辞地陪着海伦娜去看望塞尔玛。母亲凄楚而亢奋的疯癫状况给了海伦娜很大刺激,她未能如愿带走母亲。悲伤压抑的海伦娜决定答应威廉的求婚。结婚需要证明文件,海伦娜在鲍岑的那些显然不敢再使用。威廉有个哥哥在盖尔本赞德务农,善于伪造假证件。

在威廉为海伦娜新造的身份中,她名叫爱丽丝·舒尔策,父亲贝特拉姆·奥托·舒尔策是德累斯顿人;母亲叫奥古斯特·克莱门蒂娜·海德维希。这几个人都是威廉在德累斯顿的邻居,都已死亡。

海伦娜忧伤地告别玛塔和莱奥亭娜,跟着威廉到了斯德丁。海伦娜不用去工作,她怀着感激之情给威廉做饭、熨烫衣服、生炉子……

三年过后,他们结婚了。

新婚之夜,海伦娜仿佛是一只木偶在与激烈进攻的威廉做爱。发现她原来不是处女之后,威廉极度失望,觉得自己买了件次品。海伦娜这才意识到,威廉的爱情是以她的纯洁为基础的。

冒着触犯法律的危险,威廉给海伦娜搞到了假证件。他们互相提防,因为谁都可能会出卖对方。

威廉和海伦娜的性爱方式越发简单粗暴,只图解决问题。他亢奋地为帝国修建着各种高速公路、港口和化工厂,并且开始和同事们出入妓院。

海伦娜怀孕了！她以为这个消息会让威廉高兴。恰恰相反，他们为此发生了结婚以来最大的冲突。威廉骂海伦娜是母狗，让她自己想办法养活孩子……他对海伦娜的身体也失去了兴趣，在外面有了别的女人。

这年11月，威廉在外地商谈重要的建设规划时，海伦娜生下了儿子。她给儿子取名"彼得"。看到儿子，威廉没有丝毫的惊喜。月子里的海伦娜不仅要克服身体的不适，艰难地哺育孩子，还要忍受威廉嫌弃孩子吵闹而生发的暴怒。

– 13 –

调到法兰克福工作之前，威廉帮海伦娜在市立医院找了个护士工作，彼得则托付给保姆照顾。威廉不时从法兰克福给海伦娜寄点钱，让他给彼得买帽子和手套。海伦娜不想要威廉的钱，她把钱都转寄给了依然在鲍岑的玛丽欣。

彼得上幼儿园后，海伦娜工作更忙了。她喜欢彼得的笑容，可是很少与他在一起。当她晚上下班回家时，彼得往往都睡着了。

海伦娜收到了莱奥亭娜寄至柏林的信。信中说玛塔病得很重，不得不终止在医院的工作，她被打发到一个新建的劳改营去劳动。她们的母亲塞尔玛则在几星期前死于肺炎……

彼得上学前的那个星期，威廉回来看儿子。看到威廉志得意满、精力充沛的样子，海伦娜搞不清楚他到底是工程师还是军人。威廉原定在斯德丁待一周，才住了两天就住不下去了。他将儿子带到他哥哥乡下的家去玩了几天。海伦娜在给威廉洗衣服时，发现他钱包里有张女人的照片，她一点也不在乎。彼得回来后告诉海伦娜，爸爸说妈妈很冷酷……

下班回家后，海伦娜往往累得筋疲力尽，对彼得很敷衍。彼得小小年纪却好像有种不详的预感，他对海伦娜格外地温柔和依恋。

伤员越来越多地被送到医院来，每天会做很多台手术。海伦娜目睹了太多的不幸，她的心越来越麻木。要不是医院为照顾她还有个拖油瓶儿子，她早就被抽调到前线医院去了。

1945年，军队进入了斯德丁，所有的德国人被要求离开这个城市。

彼得看到过士兵赤裸或半裸着从自家屋里出来，妈妈则没有照面。彼得不明白这些士兵在他家干什么……

海伦娜去意已定，她觉得玛塔一定还活着，她要去找玛塔。

海伦娜用威廉的睡衣给彼得缝制了一件新睡衣。她在行李箱里放上彼得最爱读的书，把写着威廉哥哥家地址和彼得出生情况的纸条放在装钱的袜子下面……想到即将到来的分别，海伦娜没有哭泣。应该让彼得什么都不缺，为此他必须被送走，必须离开她。彼得会有更好的前途。海伦娜不能告诉彼得他们即将分开，那样的话，他是不会让她走的。

— 14 —

17岁生日那天，伯伯告诉彼得，妈妈海伦娜要来盖尔本赞德探望他。彼得躲到了牲口棚上面的顶棚里。在这里，他能把海伦娜的一举一动都看在眼里……十年来，虽然伯伯、伯母没有孩子，对彼得却不怎么样。尽管如此，彼得还是不愿意出来见妈妈。故意不见妈妈，是一种难以遏制的乐趣，又甜又苦的乐趣。

海伦娜到底没有见到彼得，她走了。她也许有点悲伤，也许并没有。妈妈感觉如何，彼得根本不在乎，只有一点是肯定的：他这辈子再也不想见到她了……

— 15 —

《午间女人》是一部关于"遗弃"的小说。战争岁月里的几代人，被时代、社会、家庭和命运所裹挟，他们被爱"遗弃"，又反过来"遗弃"他人。悲剧就这么连环套似的上演着。

海伦娜生下来就遭到母亲塞尔玛心理上的"遗弃"。塞尔玛在排犹势力强大的鲍岑也是被大家"遗弃"的边缘人。塞尔玛接连失去了四个儿子，宠溺她的丈夫恩斯特又被第一次世界大战征兵派往前线。塞尔玛主动"遗弃"了眼前的生活，以此抵御被生活所"遗弃"的下场。

玛塔和海伦娜从小就被父母之爱"遗弃"，她们相依为命，躲避到人伦的边界之外寻求安慰。恩斯特是战争的受害者，受伤后被部队"遗弃"，回家后又被妻子"遗弃"。尽管他心灵高贵，却死得很凄惨。战争就是这么残酷，普通人不明不白地卷入战争，然后又不明不白地被抛弃。

弃人者终被人弃。玛塔和海伦娜为了逃避出身带来的耻辱和令人窒息的家庭环境，毅然"遗弃"了羸弱的母亲，远走柏林。她们从未为此自责过。

未婚夫卡尔的意外车祸使海伦娜再次被爱"遗弃"，他是比较完美的情人，他和海伦娜之间的爱真挚和谐。卡尔之死带给海伦娜的打击之大，胜过童年时被母亲漠视的伤害。卡尔死在第二次世界大战的前夜，那时德国纳粹刚刚兴起，排犹浪潮达到高峰。如果他没死，很难说不被卷入战争。

威廉的形象比较单一。他好像是纳粹军官，又好像只是纳粹的一个工程师，负责基建项目。威廉占有欲极强，个性强悍自信，民族情绪强烈。他在爱情中敢于行动，为达到目的也能克制冲动。他对海伦娜狂热追求了三年，在此期间没碰过她，还铤而走险为海伦娜伪造身份证件。这些举动说明他真爱过海伦娜。但当他发现海伦娜不是处女（不再单纯）后，马上熄灭了激情，毅然决然地遗弃了她。

军队进入了斯德丁，海伦娜和彼得的看护、邻居柯岑斯卡太太等人都遭到了士兵的轮奸。海伦娜彻底失语了，在工作中获得的肯定和赞誉也无法拯救她。尽管彼得依恋她、痴爱她，也不能扭转她冷硬的心肠。她理智地遗弃了彼得，去劳改营找寻姐姐玛塔——这个在人世间给予了她最多温暖和爱的人。

"遗弃"再次残忍地循环起来。

## - 16 -

《午间女人》借"午间女人"这个寓言，隐喻了女人本性的多个侧面。女人之为女人，她散发的柔情和爱意，甚至连她的母性，都并非纯粹出自天性。她需要从小被关爱呵护，接受爱的启蒙，懂得正确的爱的方式。到她成熟后，才能给予他人健康的爱。

在错误的时代，"午间女人"只能接受和施与错误的爱。

战争爆发前，塞尔玛并没有因犹太人身份而受到过度的迫害，她只是逃避一切责任，为丈夫和女儿们的不幸提前种下了恶果。

野性活泼、胆大妄为的玛塔，神不知鬼不觉地把父亲给安乐死了。为逃避痛苦，她偷盗、吸毒，性取向也很独特。第一次世界大战使她失去了父亲，第二次世界大战让她进了劳改营。虽然作家没有直接描写，读者完全可以想象得到，玛塔不会善终。

一向过着奢华生活的芬妮姨妈，豪宅被党卫军占领，人也不知去向……

《午间女人》没有正面描写战争，但战争的非人性本质，只要瞧瞧这些人物的命运，也就不言而喻。

弗兰克的文学品味端庄大气，写实功底扎实。《午间女人》内容凝重哀痛，语言简练清明、含蓄典雅。弗兰克善于营造氛围，不少场面的描写如同古希腊悲剧，线条寥寥，遒劲真朴。她不以复杂的情节、错综的人物关系取胜，不煽情，不制造噱头，读者不掉一滴眼泪，却能痛彻心扉。

个人在极端情境中的行为是人性的天然试金石，作家们对此深感兴趣。所谓典型环境中的典型性格，抑或"国家不幸诗家幸"。千千万万普通人不过是极端情境中的炮灰，他们是最不幸的人，构成了大历史，自身却轻如尘埃。唯有作家的描写，记录下他们的生活，把他们的音容笑貌定格在历史长河中。

## - 17 -

《午间女人》的女性形象闪耀丰满，很有个性。海伦娜本性善良，这从她对家里排字工的态度就能看出来。排字工有八个孩子，生活极度艰辛。13岁的海伦娜不惜偷拿家里的食物去接济排字工。当母亲要开除排字工时，她也表现了极大的愤慨。海伦娜对工作药店的药剂师、医院的同事和病人也都非常和善。对比之下，她的弃子行为更显得惊心动魄，值得同情。

小说中的几段爱情和性描写也都让人耳目一新。海伦娜的两段爱情，作家也拿捏得准确到位。以纯生理的方式揭示人的痛苦和凄惶，这种手段非常有力，但文字既要干净，还得准确而动人，并不容易。海伦娜和玛塔的乱伦、玛塔和莱奥亨娜的拉拉情等细节，尤莉娅写得很有分寸，亲密却不猥琐，温情而不狎昵。

作家木心说过，爱情是一门业已失传的技艺。弗兰克描摹出女性的爱情在动荡时代的诸般形态，她们对真我的执拗追求，为捍卫尊严而铤而走险的勇气，令人唏嘘。

- 18 -

当然，《午间女人》的瑕疵也比较明显。

塞尔玛的形象不统一。塞尔玛完全不管家务，沉浸在"废物世界"中，神经不太正常；同时，她似乎又异常精明，对商业利益很敏感，思路特别清晰。既然要强调她的"疯癫"，她就不可能如此理性。塞尔玛个性错位的细节还不少，看着实在别扭。这不应该是弗兰克这种级别的作家该犯的错。

恩斯特过于单纯，个性显得模糊不清。他痴迷妻子，除了彼此曾经的一见钟情外，再无突出的情感互动。作为犹太女人的丈夫，本来就要承受诸多压力，妻子对他也没有任何温情的回应，反倒很嫌弃他。恩斯特单恋妻子的心理逻辑在哪里？

海伦娜抛弃彼得的情节，即便缺乏足够的逻辑铺垫，非常时期的非常之举，也具备合理性。不过如果作家让海伦娜的行为动机再强烈一些，心理挣扎过程描写得更深入细致一点，小说的深度也会大不一样。抛弃彼得是悲剧的高潮，是悲伤汇集成河后决堤的爆发点。感情的堤坝要挖掘得深，决堤时的冲击力才会强。母亲抛弃幼子，这本是顶级的人伦悲剧，现在这种不太给力的写法，读来实在不过瘾。

- 19 -

和平时期的女人也许难以理解海伦娜抛弃幼子的行为。战后的海伦娜走在大街上，她是如此沉默，谁会想到她身上蕴藉着深重的苦难。彼得也因为被母亲抛弃，终生偏离了正常的生活轨道。《午间女人》带我们重返70年前的生活现场，看到大历史中渺小个体那并不渺小的悲惨命运。

历史终究不是虚无的，永远别侥幸地以为战争和遗弃永不再来，唯有去面对它、认清它和警惕它，才有可能避免悲剧的再次发生。

## 玛丽娜·马约拉尔

玛丽娜·马约拉尔（Marina Mayoral,1942— ），出生于西班牙西北部加利西亚自治区卢戈省的蒙多涅多市，毕业于马德里康普鲁坦西亚大学。西班牙著名作家、文学教授。著有《再度纯真》《在另一侧》《塔钟》《隐秘的和谐》《几乎完美》等长篇小说和《一数，一再见》《亲爱的朋友》等短篇小说集，以及多篇研究论文和专集。曾获西班牙文学界年度佳作奖、最佳情节奖等奖项。

**《隐秘的和谐》**
人民文学出版社，2008年12月版

# 隐形伴侣

西班牙女作家玛丽娜·马约拉尔和她的《隐秘的和谐》

> 人总是能看见自己想看见的东西,也总是相信自己愿意相信的事情。
>
> ——玛丽娜·马约拉尔

## - 01 -

描写女性友谊和爱情的文学作品,在 20 世纪中后期骤然多起来,足见女性的社会和经济地位有了大幅度提高。中国小说较早就涉入了女性友谊的题材。《红楼梦》写尽了姐妹情谊,但很难说那种关系是纯粹的友情,毕竟大观园的姑娘们基本都是亲戚,亲情占据了主要位置。大观园里的主仆之间,倒是有着感人至深的友情,比如黛玉和紫鹃、湘云和袭人,等等。小说打点在她们出嫁之前,基本上,她们之间还算是少女之谊。女性性情的蜕变,多是发生在青春期,尤其是遭遇婚恋之后。繁缛琐细的家庭生活,随年龄增长的时间切割,常常会给女性友情带来真正的考验……

很长阶段以来,尤其是欠发达地区,女人背负着家庭的重担,没有个人生活。

缺乏个人生活，又何来同性之谊？即便有个别作品涉入这个母题，大多是以表现女性友谊的破碎和丧失为前提。打破这种关系的深层动力，必定是男性的介入。特别是男性钟情于其中某个女人，另一个对他也怀有爱意的女人便感觉受到欺骗和伤害，两个女人的关系瞬间就能分崩离析。男人，他是拥有自主权、能动性的一方，他的破坏力是惊人的，他甚至会觉得他是女人的救世主。

刚刚得到男人的女人，陶醉在占有或被占有的关系中，她惊觉从前为何如此沉溺在姐妹情谊中。即便她对那个男人渐渐失望，也会沾沾自喜于毕竟拥有一个男人，还有随之而来的孩子。她很容易淡忘同性之谊。那段饱满充实、属于青春的日子，她把它归结为恋爱的狩猎期，她们腻在一起叽叽喳喳，虎视眈眈，瞄准猎物。捕获情人之后，她放下身段，丢盔卸甲，母仪天下。她把同伴的秘密泄露给她的猎物（同时也是她的君主）。当然，他对此并不在意，除非他对她的同伴充斥着欲望。她并未能与异性在精神上相匹配，她的精神不独立。寂寥之余，她贬损她的女伴愈加厉害。为了占有、谄媚和争斗那个聚集她全部能量而得到的男人，她不惜进入最为孤绝的境地——逐渐与女性为敌……

某个时期，表现上述这种较为传统女性关系的小说并不鲜见，它多由男作家创作，基本也是男性视角的书写。其实，书写女性关系最有深度的作品，大多还是出自女作家。她们笔下的女性友谊和爱情，最是浓烈、复杂、幽微和鲜活。西班牙女作家玛丽娜·马约拉尔的长篇小说《隐秘的和谐》，便是此类小说的杰作，它宛若活力充溢的西班牙探戈舞，变幻莫测、热烈触目、深情激荡。

玛丽娜·马约拉尔1942年出生在西班牙西北部加利西亚自治区卢戈省的蒙多涅多市。蒙多涅多是一座历史悠久的小城，古堡、教堂和神学院等古迹俯拾即是。神秘浪漫的风土人情和深厚的文化根基，滋养了马约拉尔的艺术情怀。她先后就读于西班牙圣地亚哥德孔波斯特拉大学、康普鲁坦西亚大学的文学与哲学系。在康普鲁坦西亚大学获取博士学位后，她留校教授西班牙文学。马约拉尔是一位创作和学术双管齐下的学者型作家，她创作了包括《再度纯真》（1979）、《在另一侧》（1980年）在内的十几部长篇小说和几部短篇小说集，还发表过多篇研究西班牙近现代作家的论文。《再度纯真》和《在另一侧》荣获过西班牙国内的文学大奖，这几部小说也奠定了马约拉尔在西班牙文坛的地位。

与作家本人的身份近似，《隐秘的和谐》中的两位女主人公——埃莱娜和布兰卡也是知识女性。小说背景是在20世纪30年代，那个时候，全球绝大多数女人恐怕还是文盲。埃莱娜和布兰卡属于非常少见，既拥有自由又有文化的特立独行的女骑士。因此，真正对她们的命运倍感亲切，甚至高度认可的，反倒是近一个世纪之后的我们。

## - 02 -

埃莱娜和布兰卡是西班牙最有声望的贵族学校之一"黑夫人学校"的同学。埃莱娜金发碧眼，来自一个开明的贵族家庭。布兰卡则是个孤女，三岁时父母就去世了，从小跟着当牧师的叔公长大。15岁时，埃莱娜从法国的私校转学到"黑夫人学校"，尽管她低调有礼，但在学校还是拥有一些特权。

失去双亲反倒使布兰卡得到了更广泛的关注和爱怜。叔公精心地呵护她，经常给她讲《圣经》故事。叔公家里的历任厨娘都极其宠溺她，成天抱她亲她，将满满的母爱灌注在她身上。在她童年和青年时代影响最大的人，应该是主教阿蒂拉诺先生。

七岁以后，每周四的下午，布兰卡会单独去拜见主教。他们在一起喝茶吃点心，听歌剧唱片，玩木偶戏，弹钢琴，纵论古今……阿蒂拉诺喜好弹琴和吟唱歌剧。就连布兰卡首次来月经时的慌乱，都被阿蒂拉诺温柔地安抚下去。13岁那年，布兰卡惴惴不安地离开家乡布雷特玛去读寄宿学校。临行前，阿蒂拉诺为她演唱了歌剧《向生命告别》中那些伤感的选段。

在全体同学中，只有埃莱娜听出了阿蒂拉诺送给布兰卡的音乐盒中放的是歌剧《茶花女》选段《祝酒歌》。布兰卡艳羡埃莱娜的美貌聪慧，埃莱娜却并不满意自己的形象，她喜欢布兰卡那种黑头发黑眼睛棕色皮肤的姑娘。有趣的是，两个姑娘都想成为对方的样子。

埃莱娜和布兰卡变得无话不谈。她们的话题涉及宗教、艺术、爱情、集体生活、灵异现象、生与死，等等。尽管她们还未沐浴生活的风雨，却都有一个善于思考的大脑。埃莱娜活泼外向，胆子却比文静含蓄的布兰卡要小，布兰卡自觉该作埃莱娜的保护人。

埃莱娜的父亲雷森德侯爵本名爱德华多，他长得英俊不凡，热爱读书和观赏歌剧，对运动也很在行。他从不隐讳自己是个不可知论者，却很尊重身为天主教徒的妻子。他从不强行评价两个儿子和女儿的信仰。

## - 03 -

埃莱娜和布兰卡是学校里少有的想读大学的女孩，她们都不急于披上婚纱。埃莱娜想成名，想要在这个世界上留下自己的痕迹。布兰卡没有远大理想，她认为阿蒂拉诺给她的建议就不错——做一名药剂师。

埃莱娜迫不及待地将布兰卡带到家中。她把布兰卡介绍给哥哥卡洛斯，希望卡洛斯能娶布兰卡，这样她和布兰卡的友谊就更加坚不可摧。可是，被介绍的两人并不"来电"，布兰卡反倒对埃莱娜的爸爸爱德华多一见钟情。

爱德华多建议两个女孩读书深造，然后去工作。他说《圣经》上把工作视为低贱的事，这是不对的。虽然社会的落后使得妇女的地位还比较低下，但无论她们选择什么样的工作，都应该受到尊重。工作本身就意味着她们走向了渴望已久的解放。工作应该成为一种生活方式，成为她们存在于世界的一种形式。布兰卡深深地被爱德华多迷住了，但她明白，这是必须深藏于心底的感情。为此，她嫉妒爱德华多身边的一切人。

圣诞节时，埃莱娜来到布兰卡的家乡做客。布兰卡不知道埃莱娜该如何看待她的家人朋友，特别是阿蒂拉诺主教，她有些紧张。万万没想到的是，埃莱娜竟然爱上了高大威严的阿蒂拉诺。阿蒂拉诺对埃莱娜的印象也很好。

埃莱娜凭直觉推测阿蒂拉诺是因为有一段惨痛的爱情经历才当了神父，她让布兰卡帮她去探口风。

复活节时，布兰卡回到了家乡。她得知阿蒂拉诺心脏病突发，多亏家里的厨娘约瑟芬"看"到了主教大人灵魂的影子。约瑟芬赶去教堂看望他，主教的管家这才发现已经晕倒在地多时的主教。

布兰卡平生头一次感觉到生命如此脆弱，快乐如此短暂。从那一刻起，她开始把死亡看作是人生不可分割的一部分。当布兰卡倒在阿蒂拉诺怀里，为他的疾病痛哭时，主教告诉她，他的病不严重，心脏病人也有很多是老死的。阿蒂拉诺问起埃莱娜的近况，布兰卡趁机转达埃莱娜的疑问：阿蒂拉诺为何做神父，他是否有过恋人？

阿蒂拉诺说他生命中最重要的女人是他的母亲。母亲年纪轻轻就守寡，为了养活孩子，她接替了丈夫在面包房的工作。由于工钱太少，工作之余她还得做绣工活。母亲不仅勤劳，还很聪明，她让儿子渐渐受到绣品雇主们的关注，让他们资助他上学。

阿蒂拉诺11岁就进了神学院，因为那里不收学费，还提供伙食和教育。他聪慧好学，连年获得奖学金，还被派往罗马进修。有机会留在罗马的神学院做教授的阿蒂拉诺，为了把母亲带在身边，选择只管理一个教区。母亲再也不用站在灼热的面包炉前或瞪着老花眼日日刺绣了，他为了母亲才做了主教。

天命是后来才领悟到的，神学院使人摆脱了物质的羁绊，进入一种更高尚更有尊严的精神境界中。

- 04 -

布雷特玛的人们都说主教的母亲用她阴柔的方式控制着主教的一举一动。他们甚至说，如果主教的母亲在世，他就不可能在布兰卡这个孤儿身上花这么多心思。

阿蒂拉诺对布兰卡诉说往事的最后，他弹起了歌剧《可怕的烈焰》的旋律。这出歌剧讲述的是男人将作儿子的责任凌驾于情人身份之上的故事。布兰卡明白，阿蒂拉诺心中隐藏着某些不愿道出的隐秘往事。

布兰卡对于责任的认识就是在阿蒂拉诺这首咏叹调中形成的：责任就是让自己想做的服从于自己该做的事。埃莱娜则认为这种观念不过是压制人的宗教教育带来的恶果。

埃莱娜从父亲那里得知，罗马教廷很器重阿蒂拉诺。阿蒂拉诺写的几封关于教会在社会冲突中的作用的信，在议会里引起了很大反响，他被确定为红衣主教的候选人。埃莱娜为此兴奋不已，她认为这种荣升教职的可能性为主教增添了魅力。布兰卡则预感到阿蒂拉诺的寿命不长，她格外怀念从前能够定期见到主教的日子。

爱德华多带着埃莱娜和布兰卡出席各种会议、观看表演，还不断推荐可供阅读的好书，他希望开阔两个姑娘的视野，挖掘她们的天赋。她俩却因为对阿蒂拉诺的感情而一心想当修女。见到阿蒂拉诺，埃莱娜总是含情脉脉地凝视他。她不仅把他当红衣主教来崇拜，还因他的男性美而想入非非。阿蒂拉诺却总是回避她，他连歌剧也不再唱了。

## - 05 -

17岁时，埃莱娜和布兰卡进入公立女子大学"小姐之家"就读。布兰卡的学费由阿蒂拉诺支付，他拒绝了爱德华多提出的为布兰卡付学费的建议。布兰卡的各种闲逸开销，比如旅行费、马术费、观剧费等，则由爱德华多支付。

在"新物理学"系列研讨会上，聚集了来自欧洲各地的科学家。著名物理学家伊格纳西奥·阿罗萨梅纳的显赫声名征服了埃莱娜，她决定学习物理专业，并拉着布兰卡和她一起填报了物理系。她们成了物理系仅有的两位女生。

阿罗萨梅纳恃才傲物，习惯刁难学生。在他看来，物理学就像宗教，只有最纯粹、毫无功利性的研究才值得尊重。埃莱娜的聪颖灵动和布兰卡的倔强自尊，尤其是两个人不仅漂亮还都用功，让阿罗萨梅纳对她们另眼相看。学期结束时，阿罗萨梅纳选中她俩做他的助教。

两个姑娘仿佛变成了阿罗萨梅纳的私人财产，关乎他的名誉。他要求她们必须成绩优秀，全身心地投入学习和学校工作。由于他的鞭策，加之爱德华多和阿蒂拉诺的支持鼓励，埃莱娜和布兰卡包揽了学校所有的奖项和奖学金。她们应邀出席各种研讨会，享受带补助旅行。她们在系里的工作也是成就斐然，超出其他助教好多倍。充实的学习和工作使得她们不屑于去做那个年龄的女孩子最为憧憬的事情：交男朋友、结婚生子。

阿罗萨梅纳自私的一面逐渐显露出来。他并不把埃莱娜和布兰卡当作培养对象，只是供他随意差遣，帮他做大量运算以及程式化的实验工作，帮他批改作业，替他给学生上课。他从不给她们讲解他的想法，回答她们的疑问也显得极不情愿。反倒是通过爱德华多的介绍，她们才能及时了解世界物理学界的最新著作和成果。

1932年，读到著名物理学家卢瑟福发表的评论，她们才知道自己搞的是核物理研究。那些被阿罗萨梅纳称为"中空电子"的东西，竟然是核物理学的伟大发现。当她们去找阿罗萨梅纳申辩被蒙在鼓里的事实时，后者大发雷霆，责骂她们抓住一点发现就小题大做。阿罗萨梅纳对那些给无数科学家带来荣誉的东西嗤之以鼻，这让两个女孩对他更加崇拜。

## - 06 -

1934年，两个女孩跟着新出任科学研究中心领导的阿罗萨梅纳离开大学，去从事核物理的研究工作。爱德华多对这项最终会用于战争的研究很是担忧。两个女孩对此倒没那么紧张，她们正被阿罗萨梅纳与她们关系的改变而烦恼。

埃莱娜看到阿罗萨梅纳在实验室亲吻布兰卡，这让一向在男人面前自我感觉良好的埃莱娜心理失衡，为此她痛骂了布兰卡。布兰卡虽然崇拜老师，却并不爱他，被他强吻很是气愤。埃莱娜认为老师既然在探索宇宙方面都敢于打破常规，同样也能突破社会行为准则的束缚。埃莱娜责备布兰卡像个虚伪的处女，不去回应老师的激情。埃莱娜愿意为老师做任何事，但他选择的居然是布兰卡。

强吻事件后，阿罗萨梅纳对两个女孩的态度变得截然不同。埃莱娜的工作处处得到赞许，布兰卡却要忍受老师的批评。批评归批评，阿罗萨梅纳依然企图接近布兰卡的身体。他甚至利用埃莱娜对他的热情来挑衅布兰卡。埃莱娜很快就成为阿罗萨梅纳的情人。

阿罗萨梅纳不愿公开承认他和埃莱娜的关系，他依然在工作中触碰布兰卡的身体，埃莱娜对此表现出高度的警觉。不仅如此，阿罗萨梅纳越加变本加厉，他将埃莱娜叫到办公室里间做爱，以此刺激布兰卡。他们做爱发出的声响果然让布兰卡坐立不安，她有了偷窥的冲动。她时常不自觉地打量自己的裸体，做起了春梦。阿罗萨梅纳勾起布兰卡情欲的目的达到了，就是在与爱德华多交谈时，布兰卡也会跳开话题，直勾勾地盯着他，揣摩他衣服下面的身体。

埃莱娜并未察觉到布兰卡对她父亲的非分之想，她正努力说服布兰卡委身于阿罗萨梅纳。埃莱娜知道老师喜欢布兰卡，但她不理解布兰卡为何要拒绝老师这样的天才男人。他能改变人类的历史，每个女人都应该为能得到他的青睐而自豪。布兰卡无法反驳埃莱娜，她对爱德华多的爱无望地徘徊在幻想中，她无怨无悔地和埃莱娜母亲等人一起分享着爱德华多，不曾想过要代替她们的位置。也许，"爱"就是心甘情愿地付出自己的一切，不求任何回报！

## - 07 -

布兰卡很想将自己的困惑讲给主教听，但阿蒂拉诺的烦心事已经够多了。时局开始动乱，革命也在酝酿之中。爱德华多怀疑阿罗萨梅纳的研究和战争牵上了关系，他希望借出差的机会把两个女孩带到罗马去，让她们与老师拉开距离。埃莱娜的拒绝和布兰卡的沮丧增加了爱德华多的怀疑。他说阿罗萨梅纳正在毁掉她们的前途和生活，她们既无学术文章发表，也没有任何研究成果，更没有去享受青春年华。

爱德华多单独约见布兰卡，他希望布兰卡替他照顾埃莱娜，女儿对老师的过分依赖让他忧虑。爱德华多的真情让布兰卡暗自发誓要对得起这份信任，她决定随时陪伴在埃莱娜左右。

布兰卡不愿意以处女之身与老师上床，她和大学里一位英俊的好友理查德发生了性关系，然后，她主动勾引了阿罗萨梅纳。从此，埃莱娜和布兰卡轮流和老师上床。布兰卡被约见的次数多过埃莱娜。阿罗萨梅纳在床上表现出来的柔情，或者说是虚弱的样子让布兰卡很意外。仿佛一旦和谁上了床，他就会丢盔卸甲。埃莱娜喜欢盘问布兰卡和老师做爱的细节。布兰卡告诉埃莱娜，正如阿蒂拉诺先生所说，那种事的细节总是不堪入耳的。埃莱娜抱怨布兰卡太过保守，说她性格中隐藏着清教主义特征。这种喜欢安静、向往隐修会等腐朽思想是一种消极的生活方式，这种思想与人为之奋斗的东西是相悖的。

从未信任过两个女孩的阿罗萨梅纳，某天却突然对布兰卡说起了他的家庭。父母之间虚伪的关系，让他从小就对婚姻和家庭很反感。与布兰卡正常的性行为让他感到欣慰；埃莱娜喜欢性虐待，他有点无所适从。

对老师行为的不同理解让布兰卡和埃莱娜争执起来。埃莱娜激动地嚷嚷说是她告诉老师，布兰卡是自己父亲的情人。布兰卡听罢，震惊得面红耳赤！末了，埃莱娜又来向布兰卡道歉。

事到如今，两个女孩都想离开阿罗萨梅纳。爱德华多为她们联系到另外一所著名大学的物理系去做助教。埃莱娜迫不及待要离开，她就是想让老师对她们的所作所为感到痛苦。

## - 08 -

阿罗萨梅纳果然大发雷霆，他说她们违反了合同规定，是他让她们得以加入这个全欧洲顶级的项目。冷静下来之后，他告诉埃莱娜，他可以修改合同，帮助她们发表文章，逐渐让学术界知道她们的名字。然而，埃莱娜只想报复，只想让老师不好过。在和布兰卡谈话时，他向她表白了爱意，他说他和女人的关系向来肤浅，只有和布兰卡在一起，他才愿意彼此亲密无间，他不想失去她，他们甚至可以结婚。

布兰卡觉得很遗憾，老师竟然愿意放弃理想，只为根本不在乎他的女人。阿罗萨梅纳问布兰卡，他们之间的障碍是因为有别的男人，还是因为埃莱娜？为了不伤害老师，布兰卡撒谎说她在家乡有个青梅竹马的男孩，她要嫁给他。阿罗萨梅纳说一定是因为爱德华多，布兰卡才拒绝他的求爱。阿罗萨梅纳竭尽全力说服布兰卡将情感转向自己，但布兰卡去意已定。

不曾料想，阿罗萨梅纳竟然为自己的感情付出了生命代价。在实验室里，埃莱娜谈起了她们将要去为他工作的那个教授的闲事，说得好像他们彼此之间已经非常熟络。布兰卡对此表现出的惊讶神情激起了阿罗萨梅纳的怀疑，瞬间的分神使他没有留意到手中正在操作的电容器就要爆炸。为了保护实验室，阿罗萨梅纳从容地带走了电容器，自己却被烧得皮开肉绽，面目全非……事后，埃莱娜勇敢地进入病房探望了弥留之际的老师。

那是1936年7月，西班牙军团和王室正统派在几个城市发动了起义，马德里已经不大安全。阿罗萨梅纳的葬礼过后，两个姑娘去布雷特玛躲避动乱。路上，埃莱娜告诉布兰卡，垂危中的老师见到她时，口中叫的却是"布兰卡"……

– 0.9 –

西班牙内战刚打响，爱德华多家里先爆发了战争。他本人拥护开明君主制，然而一个儿子支持起义军，另一个儿子则加入了共和国空军。国家自然也被分成几个不同阵营相互谋害。战争带来了某种怪异的自由，人们跨越障碍，去做一些平日里永远不会做的事。

布兰卡和埃莱娜发生了性关系。从未得到过母亲柔情的埃莱娜，喜欢享受女性的爱抚。埃莱娜迷恋布兰卡的身体，但由于布兰卡不是天才，她没有爱上布兰卡。在与布兰卡的关系中，最吸引埃莱娜的是打破禁忌的新奇感和反叛感。而对布兰卡来说，她对埃莱娜的欲望和对男人的欲望并不一样，她喜欢埃莱娜的裸体，喜欢抚摸她，其中很大部分是美的享受，她从未产生过欲火焚身的冲动。

前线的战火反衬出后方的安宁。埃莱娜和布兰卡接受了护士学校的培训，一旦有需要就上前线护理伤员。闲暇时，爱德华多带着两个姑娘编写植物学手册。爱德华多对布兰卡吐露了对内战和儿子们的忧虑。他冲动地亲吻了布兰卡，让布兰卡激动得不能自持。

埃莱娜看出父亲和布兰卡的暧昧关系，她一反常态地对父亲大加指责。她告诫布兰卡别插进自己父母的关系中，母亲虽表面冷漠，却一直以自己的方式爱着父亲……

两个在感情上都很绝望的姑娘决定到前线去。在接下来的三年中，她们成了著名的战地天使护士，精心照顾着长枪党的伤员。她们的生命因战争而被赋予了新的意义。

— 10 —

仿佛是一种宿命，她们的感情方式再度重蹈覆辙。埃莱娜爱上了消极忧郁的战地医生赫尔曼。为了追求赫尔曼，她甚至"强奸"了他。赫尔曼却一再回避她。

硝烟战火中，爱情变得虚幻，那些渴望着埃莱娜身体的士兵让她放下了傲娇之气。她不再因追求卓越、渴望名留青史而和男人上床，仅仅为了安慰那些明天就可能死去、极度渴慕她身体的士兵，她就和他们做爱……

战争毁坏了人们固有的信仰和世界观，就连小城布雷特玛，也显现出某种疯狂。1939年盛夏，阿蒂拉诺因为保护一名左翼造反分子而被警察提审。为了保护主教，上级将他派往一座苦修派修道院进行苦修。临行前，阿蒂拉诺将他所有的财产都送了人。埃莱娜得到了他的紫水晶戒指，布兰卡得到了他的钢琴、唱片和怀表。阿蒂拉诺离开那天，布兰卡悲伤欲绝。主教府附近围满了人，人们都来送别德高望重的阿蒂拉诺。但是，阿蒂拉诺并未出现，他突发心脏病去世了……

最终，长枪党和军人右翼政权把持了政权，佛朗哥政府加入德国法西斯一方，西班牙卷入了第二次世界大战。爱德华多的儿子卡洛斯在共和军空军战斗中牺牲。埃莱娜埋怨布兰卡，后者把感情投射给了爱德华多而不是卡洛斯，等于间接害死了卡洛斯……依然爱着爱德华多的布兰卡无言以对。

爱德华多建议布兰卡和埃莱娜移民美国。他说他和布兰卡之间的关系永远取决于布兰卡的意愿。他的夫人是天主教徒，不能离婚，但她不介意他和别的女人交往。爱德华多说他唯一不能给予布兰卡的就是他的姓氏。

布兰卡拒绝了这个建议，她留在了布雷特玛。她觉得自己的根和阿蒂拉诺先生一起深深扎在了故乡，只有在这里，她才感觉到自己仍然活着。

埃莱娜把自己的未来交给爱情来做选择。她到监狱去探望因最后关头加入共和军而被判刑五年的赫尔曼。她询问医生是否爱她，如果他爱她，她就留下来等他。赫尔曼告诉她，他爱的人是布兰卡。

– *11* –

战争结束后，两个女朋友分开了。埃莱娜在美国开了几家公司，专为少数民族和边缘群体服务。布兰卡实现了自己从前的理想，她在布雷特玛开了家药店，做了一名药剂师。药店效益很好，并且成为无神论者定期聚会的文化沙龙。

赫尔曼出狱后，布兰卡和他，还有他寡居的姐姐生活在一起，他们一直没有结婚。现在，工作成了已近中年的埃莱娜和布兰卡的精神支柱。她们之间最欢愉的日子，已经过去了。

尽管爱德华多帮助赫尔曼拿到了行医执照，他从美国回来后却一直住在马德里。他避免和布兰卡单独见面，好让布兰卡和赫尔曼的关系发展顺利。直到去世，爱德华多也不允许布兰卡去看望他，他不愿意自己留给布兰卡的最后记忆是一个糟老头子。爱德华多死后，布兰卡哭得很伤心，就像阿蒂拉诺主教去世时一样。相反，埃莱娜对父亲的离世没流一滴眼泪，她那古怪劲头又发作了，她只想知道赫尔曼是否是布兰卡最重要的人，布兰卡爱赫尔曼是否胜过爱自己的父亲和自己……

两个女人每隔几天就要在电话里感慨一番人生。她们认为这世上没有完美的幸福，人生达到幸福的顶峰后，可以维持一段时间的现状，然后就要走下坡路，疲惫、病痛、死亡、永别……接踵而至。

最后一次从美国回到布雷特玛时，埃莱娜希望布兰卡把她俩的故事写成书。她说她得了癌症，很多接触到核能的人都患上了不同种类的癌症，她活不了多久了。没有父亲和布兰卡在身边，她就像迷失了方向。曾经为之奋斗的事业——女权主义、穷人、同性恋，这一切让她疲倦。想到自己将要独自死去，她最大的痛苦莫过于再也见不到布兰卡了……随后，埃莱娜去找赫尔曼告别。她和赫尔曼最后一次上了床。

埃莱娜回美国去了，布兰卡从此没有和她再见过面。在她们最后一次的通话中，埃莱娜告诉布兰卡，她的一生过得很值……

— 12 —

《隐秘的和谐》不同于 20 世纪 40 年代至 80 年代的西语爆炸文学，它注重环境描写和人物性格塑造，技法和风格都更为传统。小说以布兰卡的第一人称叙事，有着女性作家擅长的细敏纷繁的手笔。这部完完全全关乎女性友谊和爱情的小说，从头到尾着力点都在女性关系的变化上，男人不过是她们的陪衬和影子。

埃莱娜和布兰卡的出身和性格大相径庭，却拥有较为一致的人生理想，要做独立女性。她们的独立既体现在能够自食其力、事业颇有建树上，也包含在情感选择的主动性上。她们情投意合、形如亲人，甚至将彼此当作性爱对象。这样的女性人物，放在 20 世纪 30 年代，即便是在以热烈奔放、率性本真出名的西班牙，也依然让人瞠目结舌，难以置信！

在英俊高贵的贵族父亲爱德华多的呵护下，埃莱娜尽管缺失母爱，个性依然得到了充分的滋养和发展。良好的教育和出众的容貌让她特别自信，她渴望改变自己，改变世界，也渴望挑战爱情的边界。越是这样的女性，越不容易遭遇情场的对手。毛头小伙无法满足她的精神深度；有深度的成熟男人，却很难接受她强烈的占有欲。她是个灵魂游移不定的女人，大气热烈、勇敢率真，沉迷于打破各种世俗禁忌。同时，埃莱娜也极度孤独，最后客死异乡。埃莱娜的独立强悍很难被男权社会认可，但她是真正意义上的现代女性！这样复杂精彩、宛若交响乐一般雄浑大气的女性形象，在以往的文学作品中并不多见。

布兰卡则属于另外一种精神气质的女性，她幼年失怙，反而得到周围人们的加倍爱怜。博学浪漫、感情充沛的主教阿蒂拉诺像父亲一般温柔宠爱她。布兰卡敏感善良、浪漫忧郁，她向往安静的生活，比埃莱娜更有主见和定力。她深爱着爱德华多，但从不接受爱德华多在金钱上过多的资助。她秉持的是独立自由、个人奋斗的人生信条。她和埃莱娜在独立性上可谓殊途同归。

从 15 岁相识，直到埃莱娜去世，这两个女人半个世纪的友情和爱情绵长而温暖。由于能够坦荡地认识、面对和检视自己的灵魂，她们在自我成就和自我完善的路上走得特别勇敢，其精神境界大大超越了同时代的人，无论男女。

- 13 -

说到此，不得不提到对这两个女人影响巨大的男人：雷森德侯爵（爱德华多）和阿蒂拉诺主教。他们深具男女平等意识，尤其是爱德华多，他不断鼓励两个女人为改变妇女地位、发挥聪明才智去尽力学习和工作。他们品行高贵，胸襟开阔。两个姑娘分别爱上他们后，尽管他们也都爱她们，但都能克制自己，站在对方的立场和境遇去为她们着想。虽然彼此间没有发展出两情缱绻的爱情，但超越了占有欲的关怀和爱，分量更为深沉、瑰丽。

在人生谢幕之时，爱德华多和阿蒂拉诺与两位姑娘作别的段落，美好伤怀得令人落泪。这两个男人显然是作家理想中的人物，他们的形象喻示了作家对男性可能达致的人格境界的期许和信心！

书中的每段爱情、每段人物关系，其构成都相当单纯，这也是那个时代固有的单纯。那是个爱恨相对明晰的年代，物质的丰富程度、技术的发达程度都与 21 世纪不可同日而语。那个时期，人们注重不带附加值的交往方式，情感的力道很强，情感生命力旺盛、丰沛。阅读那个时期的小说，缅怀逝去时光中那些快意恩仇的时刻，不免有些惆怅。

- 14 -

《隐秘的和谐》对情感层次的揭示异常丰满，这也是女作家的写作长项。乍看两个女主人公的爱情有些混乱，深入她们的精神轨迹，却能发现同性爱、异性爱、精神之爱以及情欲之爱的不同之处。在令人眼花缭乱的青春期，她们凭着初生牛犊般生涩而健旺的蛮力寻觅爱，却不会滋养爱。严苛的现实和战争的硝烟让她们失去爱情、失去年华、失去彼此，但她们也逐渐找到了想要的生活和爱情。可见，女性自我的确立并非易事，需要悟性，需要学习，更需要经历的磨砺。

马约拉尔在小说中营造的环境氛围，以及人物基调的定位，兼具古典主义文学的严正、典雅和浪漫主义文学的抒情、唯美。她自然而无拘无束地表现情欲，大胆得令人咋舌。同性爱、性虐待、交换性伴侣……种种呈现，不忸怩、不神秘，衬托和渲染了人物内心的波折，以及精神的成长。她的描写自然立体，点睛传神。其实，"性"不好写，其过程中的细节不宜示人，却最能窥见人性的毛细血管、人的精神状态和审美趣味。

马约拉尔虽然运用的是传统线型叙事手法，在结构和叙事技巧上似乎未有更多新意，却胜在小说整体风格的诗意盎然，宛若一部高亢激越、蓬勃优雅的歌剧。人物塑造是该小说最大的亮点，他们之鲜活饱满、灵肉合一，就像行走在我们身边的亲人朋友。作家既能细致入微地匍匐在人物现有的形态中，白描一种生活情态；又能透过人物行为表象，以魔幻般的想象力展示人物飞扬的内心。这种写作技法不耸动、不惊艳，但质朴耐读。作家世故老辣的阅历和高雅的文学趣味须得榫卯合位，才可能产生这种效果。当然，这类小说对读者眼力和阅读经验的要求相应也更高。

……

尼采说，女人之间没有友谊。读完《隐秘的和谐》，谁会同意他的说辞呢？

## 艾丽丝·门罗

艾丽丝·门罗（Alice Munro, 1931—2024），出生于加拿大安大略省温厄姆，加拿大西安大略大学肄业。加拿大著名作家，以短篇小说创作闻名全球，曾入选美国《时代周刊》"世界100名最有影响力的人物"。著有《快乐影子之舞》《女孩和女人们的生活》《公开的秘密》《幸福过了头》《逃离》《亲爱的生活》《爱的进程》等多部短篇小说和故事集，先后获得加拿大总督文学奖、布克奖等多项国际文学大奖。2013年获得诺贝尔文学奖。

《逃离》之《播弄》
北京十月文艺出版社，2016年10月版

# 命运的播弄

## 加拿大女作家艾丽丝·门罗和她的《逃离》之《播弄》

> 现在已很难说得清楚，当日那番遭遇是幸或不幸。
>
> ——艾丽丝·门罗

— 01 —

1931年，艾丽丝·门罗出生于加拿大安大略省休伦县的威汉姆镇，原名艾丽丝·雷德劳。门罗的父亲鲍勃·雷德劳是个农场主，主要养殖狐狸一类毛皮可以卖钱的动物。鲍勃不善经营，农场因此举步维艰，门罗家中的生活更多时是捉襟见肘的。母亲安妮·钱梅尼在结婚前做过小学老师，婚后不得不放弃工作，生育了两女一子共三个孩子。安妮讨厌农场的环境，自觉高人一等，虚弱而顽固地抱守着知识女性的优越感，无奈她刚过中年就患上了帕金森病。随着安妮病情的加重，许多繁重的家务事就由身为长女的门罗来承担。

鲍勃的家族来自苏格兰，安妮则是爱尔兰移民，他们彼此之间个性迥异，矛盾重重。美国圣劳伦斯大学门罗研究专家罗伯特·撒克教授为此指出："安大略的苏格兰裔过着艰苦而守律的生活，工作努力，态度严谨。与之相对的爱尔兰裔虽不乏有共同点，整体而言却更崇尚自由。"雷德劳夫妇热爱阅读并重视教育，门罗显然受惠于此。安妮的家族曾经诞生过作家，还有着口述历史的传统。在门罗小时候，安妮就常给她讲一些家族的趣闻轶事。

门罗似乎是当代女作家中的异类，她学历不高。因为家里无法提供经济援助，故她在西安大略大学新闻系读到二年级就辍学了。1951年，还姓雷德劳的艾丽丝刚20岁，就和从事百货业的吉姆·门罗结了婚。婚后，艾丽丝改姓门罗。夫妇俩移居多伦多，门罗连续生了四个女儿，其中一个夭折。

门罗曾在加拿大的两所大学教授创意写作，教学效果很不理想，很快她就不干了；她还与前夫吉姆在多伦多的维多利亚市开过书店，生意也不是太好。门罗一生中，除去作家身份，基本就是个家庭主妇。

## - 02 -

孩子们还小的那会儿，门罗是在做家务和照料她们的空隙中完成写作，这也是她只写作短篇小说的部分原因。第一部小说集《快乐影子之舞》出版时，她已经37岁了。这部好评如云的短篇小说集让门罗一举成名，并首次获得加拿大文学最高奖——总督文学奖。

1972年，门罗夫妇离婚，门罗回到家乡定居。四年后，她再嫁大学学长、年长她七岁的地质学家杰拉德·弗雷林。婚后，他们搬回杰拉德的老家克林顿镇——那儿距离门罗的老家威汉姆镇仅30公里，住在杰拉德母亲留下的老房子里。在此期间，门罗爆发了惊人的创作力。20世纪八九十年代，她每隔三四年便会推出一部短篇小说集，质量也越来越臻于完美。她开始享有世界级的声誉。

迄今为止，门罗共创作了14部短篇小说集和1部类似故事集的长篇小说。对于职业作家来说，这个数量并不算多产。2013年，门罗荣获诺贝尔文学奖，她是首位获得诺奖的加拿大作家。在她漫长的创作生涯中，她获得过加拿大总督文学奖（3次）、加拿大吉勒文学奖（2次）、英联邦文学奖（2次）、布克奖和美国国家书评人奖等重要奖项。门罗还被美国《时代周刊》评选为"世界100位最有影响力的人物"。

门罗是世界公认的短篇小说大师。只写作短篇小说,这在世界级的大作家中比较少见。不过,阿根廷的博尔赫斯先生、中国的鲁迅先生也是如此。诺贝尔文学奖候选人、美国著名女作家乔伊斯·卡罗尔·欧茨曾盛赞门罗的短篇小说"具有其他作家长篇小说的深度"。门罗凭借短篇小说创作获得诺奖,极大地提升了短篇小说在世界范围内的影响力。她的短篇小说艺术水平之高,西方文学界将之与俄罗斯杰出作家、剧作家契诃夫相提并论,她被赞誉为"当代契诃夫"。

## - 03 -

天资聪颖、记忆力超群、很有文学天赋,这些评语用来形容作家门罗似乎都还不够,门罗的勤奋,她对写作的看重,实在让人叹为观止。1966年,前夫吉姆不顾门罗反对,购买了一栋能看到大海的别墅,全家人的生活条件因此得到了极大的提升。这事搁在寻常人身上,应该会为之雀跃,门罗却很不开心。她觉得住大房子,打扫卫生相应就更麻烦,做家务本来就占去了她大量的时间,这是她一直以来最想摆脱的事情。她期望能有更多时间投入写作,而不只是单纯的物质享受。

门罗的创作质量一直相当稳定,中后期的小说越来越好。阅读她的小说,需要静下心来仔细体悟,否则不仅难以领略她文学技巧的高妙,个别篇目甚至还可能看不太懂。门罗常常在小说中以别具匠心的时空结构营造"小径交叉的花园",虽然故事比较完整,但并非线性叙事,人物的行动或情绪常常相当跳跃、散漫。她在叙事中评点人物大起大落的心理情状,擅长将各种行为的不堪后果以不经意的笔触撒埋在字里行间,其时空变化之大,意识流动之频仍,有时让人相当费解。她不给人物定性,读者需要尽可能去想象和补充人物在人生关键节点的行动线索,然后给出多重解读。

门罗的小说和契诃夫小说一样，有着渐变的层次，入门不难，毕竟只是短篇，故事不复杂，但它文字和意境的好，以及人生况味的深，就对读者的阅历和文学鉴赏力很有要求。我从小学时开始读契诃夫，之后每过几年重读一遍，年龄不同，从中获得的感悟果然两样。

门罗小说的主人公都是我们身边俯拾即是的普通劳动者，更有不少社会边缘人。从表面看，他们的工作乏善可陈，家庭生活也平淡庸常，但门罗总能赋予普通人很有质感的人生内容。门罗的写作视点多元且不断变幻，她仿佛具有魔法师的眼光，叫人纳罕。

门罗的艺术品味质朴高雅、含蓄诗意，文字从容舒缓，剀切透辟，停匀得当，举重若轻。她就如田间地头的那类好把式，并不需要刻意，播下种子，该施肥的地方施肥，该灌溉的灌溉，动作娴熟，成竹在胸。待到收获季节，一洼洼一垄垄的庄稼，放眼望去，齐整规致，繁盛昌茂，美不胜收。门罗的系列小说几乎都能保持如此高的水准，这在我看过的不算少的当代女作家作品中（仅限翻译成中文的小说），几乎无人能及。

在众多女作家中，我比较偏爱门罗，她鼓舞了我从事日常写作的信心。几年前，偶然在《世界文学》上读到她的短篇小说《熊从山那边来》，当时还完全不知道作家的背景，只觉得相当惊艳。门罗小说谋篇布局的独特、心理开掘的老道、饱满内在的激情，都相当合我的口味。我曾以为这类型短篇小说创作起来并不算太难。可是，读得越多越深入，便也明白，她的功力实在难以企及。

"她让角色超越时间，读者意识不到时间流逝，事情已经过去了，角色也被改变了"，英国著名学者型作家朱利安·巴恩斯评价门罗，"这是她罕见的能力和神秘的天赋"。朱利安说，他曾尝试像门罗这样写一次，但毫不意外地失败了。他说，"我很高兴，因为没有人可以像了不起的艾丽丝·门罗这样写作"。

当然，超凡的写作能力既是门罗天才性的表现，也是她日复一日刻苦练习和积累经验的结果。门罗表达过她对写作的敬畏，她说，"一种完美的简单，是经过了很多年的反复打磨才能掌握的简单"。

## - 04 -

《逃离》是门罗的代表性文集，曾获英国布克奖。这部短篇小说集也是门罗获得诺贝尔文学奖的主体文集。《逃离》的出版时间大约是在 2003 年，其时门罗已经年过七十。无论结构故事的能力、文字表达技巧，还是人生观念，她已然炉火纯青。《逃离》中共有八个短篇小说，每篇都是精品，《播弄》是其中之一。

我之所以选择《播弄》来评述，也许是因为我和门罗都偏爱戏剧，《播弄》的内容就与莎士比亚戏剧发生了关系。门罗曾表示自己是戏剧的拥趸，除了看戏，她还长期坚持在剧院参加活动。不爱抛头露面的她偶尔会在戏剧演出中客串些小角色。

《播弄》的女主人公若冰也特别喜欢看戏。而她的命运，又何尝不是一出戏……

## - 05 -

五年以来，每个夏天，若冰都要坐火车到斯特拉特福镇去看戏。这个以莎士比亚家乡命名的小镇，每年夏天都要举办莎士比亚戏剧节。若冰是个护士，已经 26 岁了，属于那个时代的大龄单身女青年。姐姐乔安妮 30 岁，自小患有严重的哮喘病，体态几乎还像个儿童。乔安妮每日足不出户，却具有充沛的蔑视他人的能力，对若冰各种行为的冷嘲热讽，算是乔安妮的日常功课。

单调沉闷的日子里，看戏前后那短短几个小时的体验，自有一种光辉，它带给若冰以自信，让她觉得寻常那种将将就就的生活，只不过是短短的插曲，是能轻松忍受下去的。在 20 世纪 50 年代的加拿大小镇，热爱戏剧是会被包括乔安妮在内的几乎所有熟人讪笑的。当然了，若冰不仅对他们的冷眼置之不理，甚至还有种与众不同的优越感。

若冰从来没有谈过恋爱。在她的家乡，姑娘们总是很早就结了婚，男孩子们也显得很抢手。乔安妮需要若冰照顾，另外，她确实也没有在这件事上及早花心思。她做人太较真，就像莎士比亚戏剧《李尔王》中的李尔王一样，许多不快的事情，都是对人对事太过认真带来的。一个满脸正经的姑娘是会让自己的容貌打折扣的。医院那些护士常有机会找医生做丈夫，若冰却未能如愿。话说回来，若冰也从未嫉妒过任何一位拥有丈夫的女人，她怎么想也想不出哪位男人是她幻想过与之结婚的。当地已经有人在赞美若冰，他们想当然地认定她之所以不结婚，是想一辈子照顾乔安妮。

## - 06 -

去年夏天，若冰在斯特拉特福镇看过莎士比亚名剧《安东尼与克莉奥佩特拉》。这部激动人心的戏剧结束后，她在河边幻想着，如能坐在高雅的饭店里，喝着红酒、享用美食，同时回味这出戏，该有多享受……当她下意识摸皮包看看还有多少钱时，才发现手包不见了。一路捋着行踪，她想起来了，戏剧结束后，她太过兴奋，只顾在剧场洗手间的镜子前打量自己，手包正是那会儿忘在了洗手台上。

她赶紧回去寻找，结果可想而知。若冰变得一无所有，甚至无法买火车票回家去。她顿时懵掉了，找了个地方坐下来考虑该怎么办。

先是有条狗碰到了她，接着有个身材高大的男人为自己的狗向若冰道歉。那个男人讲话很亲切，他看到若冰愁眉紧锁，便问她怎么了。在这样的氛围下，也实在是因为心烦意乱，若冰没有遵从妈妈从前的告诫——不要和陌生男人讲话——她告诉他丢钱包的事。讲完这事，若冰笑了起来。这个男人很赞赏若冰居然还能笑得出来的态度，他说他可以借钱给若冰。他还说如果若冰饿着肚子去坐火车，就享受不到坐火车的乐趣了。他让若冰跟他回店铺去取钱，顺便吃点东西。

起初，若冰因为心事重重，并没有听出那人的外国口音。另外，他说享受坐火车的乐趣，这话让若冰感到有点意外——若冰认识的人中，没有任何人会认为这种乐趣属于成年人。那人告诉若冰，他来自门的内哥罗（黑山共和国）。听到此，若冰更觉得坦然起来，医院里经常有外国移民来看病，医生护士除了态度略有些居高临下，仿佛也需要对这些移民格外宽容和客气。

若冰跟着那人回到他的家。他的家也是他的修表铺，一楼修表，二楼是起居室。他的房间简洁整齐朴素，除了必需品，没有多余的东西。

他为若冰做了匈牙利风味的晚餐，一起品尝了红酒。饭后，他们沿河散步，彼此都感觉心旷神怡。他说他叫丹尼洛·阿德齐克，白天修表，晚上学英语。若冰对他的国家一无所知，就问了问那里的情况。他们还谈到了对《安东尼与克莉奥佩特拉》的观感。

最后，丹尼洛把若冰送到了火车站。若冰让丹尼洛把他的地址写给她，她好把火车票钱寄还给他。丹尼洛说不久他要回家乡一趟，这一年间他们不必靠写信联系，火车票不值几个钱，他们只需彼此惦记着对方。明年夏天，若冰对他的感觉还在的话，最迟6月，可以去修表店找他，他一定是在的。他还幽默地说若冰只要穿着和今天同样的衣服，梳上同样的发型就行了。

他们情不自禁地拥吻在一起，无言地告诉对方：彼此一见钟情。

若冰乘坐夜间最后一班火车回到家。乔安妮对她明显编造出来的谎言嗤之以鼻。若冰的双脚像踩在荣耀的云朵上似的飘飘然。接下来的好几个星期，姐妹俩都没怎么讲话。直到乔安妮看到并没有什么新的电话打给若冰，家中也没有收到过任何信件，若冰晚上也只是去了图书馆，这才放下心来。

现在，若冰的精神在任何时候都有所依托了，仿佛有某种奇异的光亮照耀着她，丹尼洛·阿德齐克与她如影随行。她时常会无缘无故地微笑，对病人也变得体贴入微。

若冰查阅了很多丹尼洛家乡的资料，逐一了解门的内哥罗的政治、经济、文化，以及人们的个性。看到这些有关他的资料，想到他的足迹也许正在她翻阅的地图上的某个地点出现，她特别踏实、欣慰。若冰还尝试通过查书和看图表来了解钟表制造业，这方面她实在是搞不大懂。

## - 07 -

次年6月到来时，若冰犹豫再三，才选定去看周年纪念日当天的莎剧《皆大欢喜》。她可以不必看戏而径直去丹尼洛的店铺找他，即便去了剧场，她也会心绪激动得看不下去戏。不过，若冰认为，还是完全按照一年前的程序走一遍会比较把稳。去年穿过的那条鳄梨绿裙子被送到干洗店去清洗了，这条裙子只穿过那一回，若冰要让它像新的一样干净。

若冰出发去斯特拉特福的前一天，裙子没有送到。干洗店熨烫女工的孩子生病了，那女工一直没来上班。若冰只好又到当初买这条裙子的时装店去试试运气。还好，虽然没有一模一样款式的鳄梨绿裙子，若冰却买到了一条更时髦的酸橙绿裙子。

她没能把《皆大欢喜》看完。这条绿裙子质地太薄，剧场空调开得过大，加之神经紧张，她被冻得瑟瑟发抖。她在剧场洗手间整理好头发，提前退场了。她双腿有些发软，再过几分钟，她的生活就要起变化了，她还没有准备好呢，可是她再也经不起任何延宕了。

修表铺的大门敞开着，透过纱帘，若冰看见丹尼洛在埋头修表。若冰本来担心这一年来门的内哥罗会使他有了某种变化，但他依旧是老样子。

若冰不想进屋，她想等他走出来招呼她。若冰叫了他的名字，他大概太专注于自己的工作，没有听到她羞涩的声音，没有及时抬头看她。接着，他看到了她。不像是在看她，只是在寻找某个他需要的东西，在抬起眼光的时候扫到了她。最终，他还是站起身，离开工作台，迟疑地向她走来。

她本可以推开门直接招呼他，但她没有，她在等他开口说话，他却没有。他有些心烦，摇了摇头，把眼光从她身上移开，环顾着店内的那一排排钟，好像在寻求支持。当他重新看着若冰的脸时，他打起了冷战，仿佛见到若冰给他带来了一种危险。

若冰站在那里，整个人僵住了。还有一种可能性，说不定这只是他故意在和若冰开玩笑。

他又朝她走了过来，好像已经下定决心要做什么。他不再看她，而是十分反感地将店门从里边关上了。这是一个直截了当的表示，若冰震惊地领会到了他的意图。他关上门就可以便捷地摆脱她，无须做任何解释，可以无视女性的精神崩溃和随之而来的大吵大闹。

若冰感觉到莫大的羞辱，丹尼洛肯定是对一年前的行为后悔了。他大概暗自祈求若冰别对他的话当真；也有可能他已经从黑山带回来一个老婆，此刻就待在他楼上的起居室里。这种设想可以解释他刚才为何一脸惊慌，简直都魂不守舍了。他假装不认识若冰，不做道歉，不做解释，也不给她留下任何希望。若冰越恨他，事情就解决得越好。

若冰在她和丹尼洛曾经散步的河边啜泣起来。这事给她当胸致命的一击……回到家，乔安妮讽刺说若冰今年看戏回来得够早的，是出什么样的悲剧让她像是把眼球哭得都快掉出来了？若冰撒谎说看戏时眼睛里飞进了虫子，她反复搓揉眼睛来着……

若冰决定永远不再去斯特拉特福镇，永远不再穿绿裙子，任何有关门的内哥罗的消息一概不听。

## - 08 -

40年过去了，乔安妮已经死了18年，若冰还是孤身一人，她现在是城里少数几个最有气质的女士之一。她家所在的镇子也繁华了不少。她卖掉了老宅，租住在能俯瞰湖景的公寓里。

城里现在有了世界各地的移民。印度、埃及、菲律宾、韩国……若冰交往的基本都是这些人。旧的生活方式依旧存在，但影响力已经很小，人们想怎么样就怎么样，同居什么的，都很普遍。

若冰管理着医院顶层精神病区的病人，每天只需要干几小时的活儿。她的工作就是和病人聊聊天，掌握一下他们病情的新进展，连护士服都可以不穿。她上过精神病理学课程，她对这方面挺有兴趣。那些病人显然都很依赖她，有几个人甚至爱上了她。她也和那些爱上她的人中的几个人睡过觉，不过那都是他们康复出院以后的事了。到那时，感情的性质有了变化，男的心存感激，她怀着的则是善良愿望，双方都生出了一种倒错的怀旧心理。

那年夏天从斯特拉特福回来之后，若冰开始对工作有了感情。40年中，也不是没有结婚机会，不过若冰都表示没有兴趣。从年轻时就认识她的人说，她一直就这样，她就是这么个人；新认识的人则以为她是个同性恋者。

若冰还加入了镇上的业余剧团，经常登台表演。她演过易卜生的《海达·高布乐》，这出戏比较沉闷，不过大家公认她演得非常出彩。他们说，戏里那个叛逆矛盾、控制欲强的海达，跟真实生活中通情达理的若冰相距多远啊！

## - 09 -

有一天，相邻的珀斯县医院转来三个危重病人，他们被临时安置在若冰管理的那个病区过道里。病人是两个老太太和一个老头，都已经昏迷。若冰从那儿经过，本已经调转了头，马上又转了回去。她往下看那个老头：他的身躯变小了，但胸膛与肩膀仍然宽阔，与若冰记忆中的一样。他脚边的吊牌上写着他的名字：亚历山大·阿德齐克。

他叫丹尼洛·阿德齐克，这个"亚历山大"也许是他中间的那个名字，要不就是他一开始就在撒谎，以谎言或半谎言作为对付若冰的预防措施。若冰找主管护士要来亚历山大·阿德齐克的资料，护士略有些不解，询问若冰是否认识这个人，若冰假装轻描淡写地说她也许认识。

护士将亚历山大的病历复印件交给若冰，若冰迫不及待地在医院边上教堂的静思堂看起来。原来——尽管她万万不能接受——亚历山大·阿德齐克是丹尼洛·阿德齐克的孪生弟弟，他天生或是出生不久就因疾病成为聋哑人。他幼年没有受过特殊教育训练，也没有训练过手语，但他受过修理钟表的训练。亚历山大一直依赖哥哥丹尼洛照顾，除此之外感情上无法与人沟通。他的哥哥丹尼洛·阿德齐克已于1995年去世。那之后，亚历山大住进了长期关怀医院……

其实，若冰早该有心理准备的，她看过那么多戏剧。在莎士比亚的戏剧里，孪生子正是误解或灾难的起因，这样的播弄在戏中的作用非常关键，它将剧中人的命运导向了完全不同的轨道……那天，若冰找上门去时，丹尼洛也许正巧出去了，他带着狗去办事或散步都是有可能的。也许他在出门前关照过弟弟，他不在家时，要把门插上……那天，若冰确实还曾闪过一念：怎么没有见到他的狗呢？

倘若看完整出《皆大欢喜》再来，或是若冰根本不去看戏，没有在洗手间花那么长时间整理头发，那天的情况又会如何呢……不过，即便他们相逢了，那又能怎么样？从那天亚历山大看着若冰的眼神便能推断出，他显然是难以忍受外人插入他们兄弟俩的生活的；而她自己也有乔安妮要照顾。乔安妮不仅会嫌弃又聋又哑的亚历山大，也无法接受妹妹嫁给一个外国人！

已经很难去假设当初那番遭遇是幸运还是不幸。事情在几分钟之内就全部结束了，不像通常恋人之间的分手那样，历经反反复复才彻底垮台。与其经受那样的折磨，不如快刀斩乱麻，痛痛快快地了断……

不过，这些只是给别人的安慰，临到自己头上时，没有人会这么想，若冰情愿没有错过与丹尼洛的重逢。她绝对不想在心里给命运的播弄空出半点感激的位置。她很高兴最终能搞清楚整件事情的个中玄机。她当然气愤，但更多感到的却是远方传来的温暖，其中丝毫不会有羞愧之感。

也许，夏日邂逅的那一天，他们进入的是另外一个世界，就像站在舞台上表演，他们脆弱的安排、仪式般的接吻，都由鲁莽的信心主宰着。他们竟然会深信他们的安排既是浪漫的，也是合理而缜密的。他们不明白，这个危险的布局只要有分毫偏差，就会让事情落空。

若冰的一些病人很迷信，他们认为牙刷、梳子、鞋子等物件都有它既定摆放的位置，如果违规，就会遭到报复……若冰也宁可相信，她错过的机缘，是因为在40年前，那个干洗店熨烫女工的孩子病了，她没能穿上那条鳄梨绿的裙子去看戏。

她希望能把这件事告诉什么人，告诉丹尼洛·阿德齐克。

## - 10 -

《播弄》的叙述节奏细腻平缓，衬托出若冰平地听惊雷的大半生。一个女人不知恋人有孪生弟弟，认错了人，继而被改变一生，如果仅从这个角度去解读《播弄》，就会错失太多意味。孪生兄弟的设置非常戏剧化，还有牵强的嫌疑。有经验的读者明白，门罗显然意不在此。她在小说的前前后后布下很多线头，暗示若冰命运的转折并非纯粹的巧合，正是她性格的缺陷使然。或者说，这篇小说吸引我的，不是充满强烈戏剧性、属于偶然性的那部分，而是步步为营的个性必然性。"错认"只是情节手段，是某种结果。若冰的行为动机中连带出的心理真相才是过程，是命运转折的关键，它使得这篇小说的内涵，超越了简单的爱情悲剧。

看戏的嗜好既可以理解为若冰的精神追求，她摆脱庸常生活的某种方式，也可以看作是她自恋的资本。因为乔安妮的拖累，若冰在婚恋方面其实很自卑。从门罗轻描淡写的几笔中，读者能看出朴实的发小、姐妹俩的邻居威拉德一直很喜欢若冰，但威拉德和镇上的人们一样短视、乏趣。若冰显然瞧不上他。丹尼洛尽管来自贫穷的国家，只是一个修表匠，却长得高大英挺。他关注戏剧（有精神追求），懂得浪漫（享受坐火车的乐趣），和若冰一拍即合。这让自以为脱俗且高镇上人一等的若冰欣喜若狂。

若冰的精神底色是脆弱的，她知道她是包括乔安妮在内的熟人社会中的异物。由于没有得到过人们对她精神追求的真心承认，若冰的自恋中有很大成分是某种叛逆性的骄傲，旨在抗拒周围庸众，而非真正的自信。因而，在她错把亚历山大当成了丹尼洛的那一刻，受挫的打击让她轻率地掉头而去。她既无法勇敢地上前质问丹尼洛（亚历山大）这一年到底发生了什么事，会让他突然对她形同陌路；也没有冷静地想一下，是不是自己的打扮和模样有了某种变化，导致他确实没有认出她？了解到原委，即使感情就此结束，她也能真正死心。毕竟为了这次见面，她苦苦期待了一年,他是她全部的精神支柱。然而,若冰的本能反应是自卫,赶紧挽回自尊。她即刻认定当初他在作假欺骗她,她得赶紧逃离这个"坏人"。

此后的40年,若冰一直未婚。一对双胞胎之间的错认,几分钟之内的事,若冰纠结了40年。她内心的虚弱和受到的伤害可见一斑。

- 11 -

门罗在不长的篇幅中,让若冰的性格层次和心理空间不断被打破,又不断重新生成、递进式发展。门罗善于最大限度地挖掘事情之间隐而不见的精神关联。她在呈现这种精神关系时,既精微毕肖又惜墨如金,甚至故意设置暧昧的基调,以此展示人生此一时彼一时,既悠长又碎片化的情状。

40年来,为求自保、一直在精神上控制若冰的乔安妮死了,若冰主动远离了熟人社会。即便再孤独,她也不与发小威拉德过多来往。若冰大概也是深知熟人社会对个人精神自由的钳制。熟人社会的最大弊病,就是不给个体留出精神成长的空间。

尽管属于惊鸿一瞥,丹尼洛的痕迹在若冰身上却处处可见,她对婚姻没有兴趣,她选择和那些相对边缘国家的男人交往,印度、埃及、菲律宾、韩国,等等。丹尼洛成了刻在她身上的印章。

把情感注入工作时,若冰反倒解开了自恋的铠甲,她开始确立真正的自我。那些病人信赖她,她进修了精神病理的课程,成为一个受欢迎的专业人士。若冰的自尊自信有了底蕴,她不仅成为本城少数几个最有风度气质的女士,甚至敢和从前的病人睡觉。那些康复的病人都是有家庭的,可见她在精神上已经相当独立,她并不是在向那些人索取精神安慰,反倒是在安慰他们。

拥有坚实精神寄托的若冰,工作得心应手、轻松愉快又受人尊重;业余时间也很充实,她参加剧团的演出,在舞台上历经不一样的人生。若冰参透了世情,舆论不能拿她如何。当她偶然弄清楚40年前那段爱情纠葛的原委时,对于这个曾经让她万念俱灰、备受打击,甚至改变了她一生的"冤假错案",她反倒表现出了宽容、豁达、诗意优雅的超然心境。

门罗想要强调，若冰的成熟、通达、宽厚并不仅仅是年龄带来的自然变化，这也是她从未放弃过精神追求的必然结果。

- 12 -

若冰带有门罗小说中很多女性的共同特质：她们想要突破庸碌琐碎生活的局限，不管是依靠爱情、艺术还是别的什么，总之是要打破现状。其实，对日常生活的超越是很多内心细腻、感情丰富的女性本能的需求，她们精神上的索求往往比男性更为强烈。有时，这种需求表现为飞蛾扑火一般追求爱情；有时表现为莫明奇妙的、破坏力很强的出格行为；还有时，它就是浑身不自在，对个人一切现状的全盘否定……囿于出生、教育、性格，甚至宿命的因素，她们中的一些人把生活弄得相当拧巴、混乱，甚至残酷。

门罗小说中的女性大多属于精神高度内倾类型，她们的性格是一种自我反省的产物，从内心中映射出多重原初性的生活要意。门罗写出了这类女性的永恒悖论，她们被精神追求照耀，也被它伤害。她们的扭曲兴许是某种"不甘"的变形，却也只能靠倔强的"不甘"自救。放眼观照，门罗小说的哲理深度总是蕴藉在一种普遍性的人性残缺中。

门罗的小说绝对不按"规矩"出牌，她既不是古典小说，也非完全意义上的现代派。她"对于时间的精妙处理使其总能在有限的叙述空间中展现出复杂的生命体验"。只要读者注意力集中，就能享受她考究的空间蒙太奇文体的美感。看她的小说，我常惊叹自己原来活得如此粗疏，错失了生活中可能呈现的万千触角。

……

当代短篇小说常常被许多成熟的作家用来炫技，其意象虚幻飘忽，结构混乱随意，语言过于晦涩，故意让人看不懂。虽然今日对短篇小说的评价已经没有恒定的标准，我还是庆幸能有门罗这样的作家，她让严肃文学的哲理深度得以保持，同时，阅读其小说的感性快感又很强烈，有如此魅力的作家现今比较少见。门罗属于古典小说痕迹浓厚的现代派严肃作家，她让文学归于文学，而非哲学、政治学、历史学和社会学的分支或变体，这真是让人欣悦。

## 安妮·普鲁

安妮·普鲁（Annie Proulx，1935— ），出生于美国康涅狄格州诺维奇，毕业于佛蒙特大学和蒙特利尔乔治威廉斯爵士大学，美国著名作家和编剧。主要作品包括长篇小说《船讯》《手风琴罪案》《老谋深算》《树民》等，短篇小说集《心灵之歌》《断背山》《恶土》《随遇而安》等。曾获普利策奖、美国国家图书奖和福克纳奖等文学奖项，并于2017年获美国国家图书奖——终身成就奖。

《船讯》
人民文学出版社，2021年3月版

# 爱自卑微中绽放

## 美国女作家安妮·普鲁和她的《船讯》

> 上了年纪之后,你发觉你出生的那个地方越来越强烈地牵扯着你。
>
> ——安妮·普鲁

## - 01 -

"解开一团乱绳的方法是,把所有缠结处弄松,在最长的绳头穿出的地方撑开一个洞。然后从这一头开始卷绳子,从洞里穿过,像卷袜子一样卷下去。要使乱绳保持松活,不要拽绳结,让它自己解开。"

——《阿什利绳结大全》

安妮·普鲁曾经是位记者,1935年,她出生于美国康涅狄格州的诺维奇城。20世纪80年代,安妮·普鲁已过知天命之年,这时才开始文学创作。她不写则罢,出手便不凡。她创作的小说《心灵之歌及其他》(1988年)、《明信片》(1992年)、《船讯》(1993年)、《手风琴罪行录》(1996年)、《近距离:

怀俄故事集》（1999）、《老谋深算》（2002年）和《脏泥：怀俄明故事集Ⅱ》（2004年），等等，每部作品都是文学精品。安妮·普鲁获得过美国几乎所有重要的文学奖项。根据她的短篇小说《断臂山》改编的同名电影，经由著名导演李安执导，获得了多项奥斯卡奖，更是风靡全世界。

《船讯》是安妮·普鲁在57岁时创作的、最富激情的长篇小说，它先后获得美国国家图书奖、普利策文学奖等四项文学大奖。

安妮·普鲁热爱大自然，她小说中的场景往往设置在北美风光最为独特和雄奇的地方，山地、草场、大海、田园，大自然被安妮赋予了神性的光彩，这是她最大的灵感来源。人与环境总是相互影响、相互塑造的，长期盘踞在大自然中的人，他们的悲欢离合尤为大开大合、起伏跌宕。在浓墨重彩的自然衬托之下，个人命运的跌宕，既是惊心动魄，又显渺小虚幻。

安妮的小说结实厚重，情感的根系深入大地，其沉甸甸的分量，历经风吹雨打都不易折断。这类小说或许不太好消化，但它肯定有嚼头，经回味。

《船讯》的故事发生在美国和加拿大相接的纽芬兰岛。纽芬兰属于美国的外岛，它远离本土，相对封闭落后。当地居民以海为生，大多数人系英格兰人和爱尔兰人的后代，使用着几百年前在英国和爱尔兰流行的方言。这些方言古老而富有幽默感，很有特色，都快成为一项民俗了。为了创作这部小说，安妮·普鲁九次深入纽芬兰，采访、聆听、观察、感悟……她老辣的眼光最终聚焦在这里的一群边缘人身上，发掘出他们的不同凡响之处，赋予了他们别样的光彩。

《船讯》大部分章节的楔子，均引用了《阿什利绳结大全》中绳结的使用方法。绳结是轮船的基础备件，也是重要的链接设施。如果把人生看作一条长线，那么，线绳的延展、缠绕、打结和松动等环节，正是其中波澜起伏的章回。一盘平常的绳结，关键时刻会救人于危难之中。同时，在航海时，绳结若捆绑得不周全，也会夺去人的生命。以各式各样或简单或复杂的绳结法来隐喻人物错综复杂的生命轨迹，安妮·普鲁的用心可谓朴素别致又切中命脉。

《船讯》的男主人公奎尔，他的人生就像一盘曲里拐弯的绳索［英语中，奎尔（Quoyle）和绳圈（coil）读音相近]。在荷尔蒙最为旺盛、生命力英姿勃发的少年和青年时代，奎尔把自己活成了一团乱麻。

- *02* -

"佛德兰盘是平面状的一盘绳索，放在甲板上，需要时可在其上行走。"

——《阿什利绳结大全》

奎尔出生在纽约的布鲁克林，他的父亲在连锁超市做经理，母亲是家庭主妇。奎尔长了个痛苦或高兴时都会下意识去捂住的大下巴，个头也异常高大。他的童年很不快乐，一路磕磕绊绊地长到30岁，受够了爸妈和哥哥的辱骂。他先后做过自动售货机发糖员、便利店的通宵服务员、三流新闻记者、出租车司机等，最终还是失了业。

奎尔唯一的朋友是黑人帕特里奇，他们是在洗衣店里偶然认识的。帕特里奇是某家报社的技术编辑，为人热情和善，无比热爱生活。帕特里奇夫妇带给奎尔很多温暖和帮助。然而好景不长，不久之后，他们就移居到加利福尼亚去了。帕特里奇的太太在加利福尼亚开卡车，她成了美国第一位黑人女卡车司机。

奎尔滞留在经济衰退、社会混乱的莫金伯格。在一次会议中，他邂逅了美丽性感的女人佩塔尔·贝尔。佩塔尔在治安防卫局售卖防盗铃。奎尔跌入了痛苦的爱情中，他们结婚了。一个月火热的欢乐，然后是六年纠缠不清的痛苦。佩塔尔是个欲望超强的女人，她和各种各样的男人睡觉，即便在生了两个女儿之后，仍然是这样。

虽然没有得到过理想中的家庭生活，奎尔依旧爱着佩塔尔。佩塔尔因此越发憎恨奎尔，她常常用尖刻的语言和出格的行为来羞辱他。

有一天，人生的变故一起向奎尔涌来：得了肝癌的父亲和长了脑瘤的母亲双双自杀，除了债务，他们什么也没给奎尔留下。奎尔找到在人格魅力教会任宗教中尉的哥哥，试图和哥哥商量一下，如何处理父母的后事，却只得到了一顿辱骂。奎尔只好遵照父亲的遗言，将讣闻通知了父亲的妹妹——姑妈阿格妮丝·哈姆。当姑妈赶到他家时，奎尔正陷入另一个绝境中：佩塔尔拐走并以七千美元卖掉了两个女儿——六岁的小兔和四岁半的阳光。女儿们还在佩塔尔肚子里时，奎尔就爱上了她们。奎尔对女儿们的爱不同于一般做父亲的男人，他战战兢兢地，随时担心两个女儿会被某种神秘的力量夺走。

佩塔尔和她的情夫双双死于车祸。在警察救出小兔和阳光之前，她们差点被购买她们的那个摄影师猥亵。

奎尔央求姑妈留下来陪伴他们父女三人，阿格妮丝答应了。阿格妮丝建议奎尔离开莫金伯格，回到他们在纽芬兰的老家，重新开始一段新生活。阿格妮丝告诉奎尔，人在上了年纪之后，出生的地方会越来越强烈地牵扯着他的心。她已经50年没有回过纽芬兰了，她产生了强烈的叶落归根之心。

就这样，奎尔驾驶着他的旅行汽车，阿格妮丝坐在副驾驶位置，两个孩子和阿格妮丝那只名叫华伦的狗坐在后座，他们驱车1500英里，然后又乘坐渡船，向纽芬兰驶去。

15岁那年，阿格妮丝全家搬离了纽芬兰的奎尔岬。两年后，他们迁往美国。他们是外逃的纽芬兰移民中的一滴水珠，争先恐后地逃离绝望之地。阿格妮丝的父亲在他们去美国前死于非命。那次，一个挂在桶钩上的绳结松动了，桶的铁边砸在她父亲的后脖子上，撞脱了脊椎，砸碎了脊柱……纽芬兰是一个相当强悍的地方。

在距离纽芬兰的锚爪市三英里的老家，阿格妮丝携奎尔父女定居下来。锚爪市只有区区两千居民，码头、鱼厂、货运终点站、饭店等城市该有的东西都有……

## - 03 -

在纽芬兰，普通绒鸭被称为"拉呱鸟"，它们习惯于聚在一起呱呱齐叫。这个名字与帆船时代有关，当两只船在大海上相遇，他们便会降下帆桁，大声交流消息。为了让船能靠得尽量近，便于船上的人进行交谈，处于上风的船会降下它的主帆桁，而处于下风的船则降下前桅的最下桅桁。这便是"聚拢拉呱"。

奎尔家族那耸立在大西洋海岬角岩石上的老房子破败不堪，祖孙三代人只好暂时栖身在低廉的汽车旅馆里。小旅馆破败肮脏，小兔每晚噩梦连连；就连奎尔，在睡梦中也被佩塔尔残缺不全的尸体惊扰过。

焦虑的奎尔迫不及待地在电话里向帕特里奇诉苦。帕特里奇介绍他到当地一家名叫《拉呱鸟》的报社去应聘。阿格妮丝则一副既来之则安之的态度，她计划修建老屋，并延续自己在纽约州从事的轮船装潢生意。

陌生的故乡适应起来并不容易，奎尔决定去《拉呱鸟》报社看看情况。

《拉呱鸟》由不熟悉新闻业务的杰克·巴吉特先生创办，七年之后，发行量居然达到了一万三千份。总编特德·卡德把他的团队称为"土匪队伍"。负责"家庭版"的编辑比利·布莱蒂是个快80岁的老光棍，他在当地有几百个通讯员供稿。"家庭版"是个大杂烩，内容从诗歌、婴儿照片、邮购针织地毯图案到手工技术、食谱……简直应有尽有。英国人纳特比姆负责从收音机里收集新闻内容来加以篡改，附带还收集性猥亵故事、体育消息和补白性质的东西登报。

社长杰克·巴吉特为了能经常出海捕鱼，总是找各种理由翘班。虽然特德·卡德是总编辑，但他还兼做技术编辑、改写员、版面设计师、广告编排人员、邮件收发主人、铲雪开道工等工种。

起初，奎尔在报社只是给各位同人打杂。一段日子之后，杰克让奎尔去报道车祸新闻和船讯。奎尔有些畏难，他不大明白轮船方面的事务。杰克说奎尔可以学习，何况奎尔家族的血液里天生就有船的基因。

这份满是错别字的报纸充斥着真真假假的诽谤性闲言碎语：把报纸扔进港口的邮递员的故事、悲惨的车祸、强奸70岁老妇的少年、乱伦的父女、割下人质耳朵的绑架者、在法庭上脱光衣服的罪犯……这些奇闻异事让奎尔读得痛苦不堪。

有天，杰克向奎尔讲述了自己的传奇经历——这片海湾大部分男人的命运大同小异。杰克的高祖父曾经吃过人，历经各种让人惊悚的挣扎之后，他们勉强活了下来。他们在这片水域捕鱼、捕海豹、出海，什么能糊口就做什么。纽芬兰脱离英国与加拿大结盟过后，这里才慢慢有了电、公路、电话、收音机以及健康保健、邮政服务、教育机构等先进的设施和服务。但是，渔场的生意却越来越不景气，加拿大政府把捕鱼权向全世界开放，那些外国的拖网渔船把鱼几乎都捞光了，绿色和平组织又禁捕海豹。海边的人们想要维持生计越来越不容易。

失业之后，杰克找到加拿大人力资源办公室，要求他们提供工作机会。那里的工作人员介绍他到皮革厂去处理兽皮。后来兽皮厂倒闭了，杰克又在机器厂、炼油厂和手套厂断断续续地工作过。这期间，他的长子遭遇海难去世，妻子也病着。随着阅历增加，没有多少文化的杰克终于明白，要想了解外面的世界，就得依靠媒体提供的信息。当地没有报纸，于是，他决定办报。人力资源办公室很支持他，并派他到多伦多去学习办报业务。

杰克了解当地人对报纸的诉求，《拉呱鸟》被他办得活色生香。奎尔认为这份报纸与他干过的《莫金伯格记录》很不一样，它太过混乱和低俗，在此工作收入也低。他从小怕水，不会游泳，对轮船更没有兴趣。如果非要买条船作为交通工具（上班会近得多），他宁愿回美国去。

阿格妮丝鼓励侄儿去勇敢面对困境，两个侄孙女需要开始新生活，他们不能一直住在肮脏的汽车旅馆里。阿格妮丝找到一个木匠来维修岩石上的祖屋。木匠正是杰克的儿子丹尼斯。丹尼斯的妻子比蒂准备开办一所家庭幼儿园，小兔和阳光可以寄托在那儿。

## - 04 -

《拉呱鸟》编辑部那两个穷困潦倒的编辑整天做着海洋梦。纳特比姆在巴西的海港城市巴伊亚和累西腓工作过，也曾在美国各地流浪。漂泊的日子里，支撑他挺过来的信念是能拥有一条能驶过凉爽水面的小帆船。海洋生物和轮船专家比利·布莱蒂则懂得各种鱼类出没的规律，明白各类船只的水性。

迫于生计，奎尔做起了轮船资讯的报道工作。采访中，他认识了港务长狄迪·肖维尔。狄迪·肖维尔是个传奇人物，他13岁就出海了，在他叔叔的纵帆船上做舱面水手。叔叔给他吃山珍海味，也让他当牛做马。他在平底纵帆船上捕过鱼，在海岸渡船上工作过，还当过商船船员。第二次世界大战期间，他做过加拿大的海军上尉。战后，他参加了海岸巡逻队。从1963年起，他就一直担任锚爪市的港务长。

狄迪给奎尔讲述了发生在报社主编杰克·巴吉特家的故事。巴吉特家的人全是水狗，就连女孩子也不例外。杰克有两个女儿，一个在安大略省当帆船教员，另一个是巡游舰的公关主任。杰克把所有时间都花在了海上，但他对海洋有一种病态的恐惧。他不想让他的孩子去当渔民，渔民的生活非常残酷，老来除了一身病痛，一无所有。他的大儿子杰森是个船员，在某次突发天气带来的事故中被淹死了；小儿子丹尼斯学了木匠手艺，曾在船上做随船木匠。丹尼斯对船和大海也很着迷，想要以捕鱼为生。杰克对此怒不可遏。

奎尔对身边的人渐渐产生了兴趣，小兔和阳光也爱上了在比蒂家的日托生活。小兔和阳光与丹尼斯的孩子差不多大，互相玩得很开心。阿格妮丝买了辆货车，租了铺面筹备她的生意，还招了两个女助手。这期间最令阿格妮丝悲恸的是那条老狗华伦死了。奎尔看到姑妈颓丧难过的样子，想要帮她埋葬华伦。阿格妮丝拒绝侄儿帮忙，她独自海葬了华伦。奎尔哪能想得到，这条狗是阿格妮丝的同性爱人华伦去世后，阿格妮丝买来纪念爱人的信物。

奎尔在开车送女儿们去丹尼斯家的路上，总能看到一个高个子的女人在路边行走。她的姿态很美，奎尔被吸引住了。他们有时会互相挥手致意，有时会对视微笑。比利告诉奎尔，这个女人叫韦苇·普鲁斯。韦苇怀孕时，她的海员丈夫遭遇翻船事故去世了。韦苇因此受到过度刺激，儿子海利生下来就是个弱智。

比利·布莱蒂说他的父亲告诉过他，男人一生要遭遇到四类女人：草地上的小姐、魔鬼恋人、勇敢的女人和高个子的文静女人。韦苇就是高个子的文静女人。

– 05 –

在过去，害相思病的水手会给他的意中人送去一段打着相思结的钓丝。如果绳结被原样送回，表示两人关系没有变化。如果绳结被拉紧，表示感情得到回应。但如果绳结被弄乱，则是暗示水手离开。

阿格妮丝迫不及待地搬进自家老房子去住。丹尼斯基本上修理好了这所老屋，还新修了船坞码头。奎尔买了一艘非常便宜的破船，被同事们讪笑坏了。比利建议奎尔去找韦苇的舅舅重造一艘船。

阿格妮丝将哥哥盖伊的骨灰撒在室外厕所的坐坑里，然后掀起裙子撒了一泡尿。想着盖伊的亲生儿子和两个孙女每天都要把排泄物撒在他的遗骸上，她就感到痛快！阿格妮丝12岁那年，盖伊强奸了她。后来，她还流了产。他们这个家族有乱伦的传统。盖伊就是他们的母亲和母亲的哥哥生下的孩子。母亲的哥哥死后，她又和她弟弟通奸。她弟弟被淹死后，她嫁给一位姓哈姆的男人，这才生下了阿格妮丝。

某天，奎尔和比利一起去采访一条豪华的荷兰大型游艇。据说这条船是为希特勒建造的，非常富丽堂皇，但希特勒没有来得及享用。这条船的主人贝亚内特·梅尔维尔夫妇富有而怪异。在一次飓风天气中，这条船将缅因州波特兰港口12幢由著名建筑设计师设计的别墅、船坞和船库等建筑物撞得稀巴烂，它身上却没有留下一个瘪坑、一道划痕，只是损失了一块横漂抵板。

在采访中，奎尔询问梅尔维尔夫妇是到锚爪市来度假的吗，贝亚内特说他们怎么可能到这世界上最寒碜最荒凉的海岸来度假，他们此行是为了给这艘船的餐厅作特殊装潢。奎尔追问令他们如此赏识的装潢师的名字，贝亚内特太太说装潢师叫阿格妮丝·哈姆，一个令人厌倦的女人，不过操起装潢针来绝对是一个天使。

奎尔他们离开这条豪华游艇时，听到了这对夫妇剧烈的争吵声。

奎尔向姑母提及轮船装潢的事。阿格妮丝回忆起她从事轮船装潢业的缘起。她实在是太熟悉轮船了，她看到过的船比车还多。在美国的服装厂工作时，她和爱人华伦在长岛海岸的一条船上同居。华伦最早发现阿格妮丝有做皮革装饰的才华，并从书上（华伦爱读书）看到了装潢培训广告。她建议阿格妮丝到北卡罗来纳州的一所学校去学习装潢。装潢学校的导师认为，阿格妮丝在皮革装潢方面简直就是个天才，完全可以承接装修豪华游艇的生意。阿格妮丝满怀畅想回到纽约，华伦却罹患了癌症并到了晚期。三个月后，华伦去世了。华伦死后，阿格妮丝买来一条小狗，取名艾琳·华伦。她每天会念叨50遍爱人的名字……15年来，阿格妮丝一直在做游艇装潢生意。

奎尔对姑妈道出了他对大女儿小兔的担忧，他那么深爱着小兔，却不知道该如何教育她，连佩塔尔都说过小兔是个古怪的孩子。小兔显然是受到妈妈去世的压力和影响，她爱做噩梦，攻击性强，还曾出现过幻觉。她总说有只白狗在窥视他们。阿格妮丝对奎尔的担忧不以为然，她认为小兔不过是在某一方面比大家更敏感罢了。

阿格妮丝说："我同意你说的她与众不同，你或许可以说她有时有点奇怪，但是你知道，我们都是与众不同的，只是我们可能会假装成别的样子。我们的内心都是很怪的。我们长大了便学会掩饰我们的不同。小兔还没有那样。"

-06-

要救出跌进冰窟窿里的人，救人者的手指和被救者的手指要相对扣合在一起。
"首先应该把指甲剪秃。"

——《阿什利绳结大全》

小兔和阳光在丹尼斯家比在自己家更放松更快乐！看到孩子越来越健康活泼的样子，奎尔觉得丹尼斯和比蒂就像是他内心深处的父母一样亲切，尽管丹尼斯的年龄与他一样大。

奎尔采写的关于希特勒荷兰游艇的报道在当地引起了轰动，人们纷纷跑去参观那艘大船。杰克对奎尔大加赞扬，奎尔异常兴奋。36年了，奎尔第一次听到有人表扬他行事是完全正确的。

比利驾船带着奎尔去给自己的父亲上坟。比利的祖父是伦敦的印刷工人，他很小就会读书认字。在他童年时，一艘从英国运送孤儿和流浪儿到加拿大的轮船撞到了冰山上。只有包括他在内的少数人幸存下来，他就这么偶然留在了纽芬兰。悲惨多舛的命运让比利的父亲特别珍视教育，他在岛上开办了学校，使得这里的每个孩子都学会了流利地阅读，并写得一手好字。

从比利那儿，奎尔家族的往事渐次撩开了面纱。他们到达这个海岬只有百年左右的时间，那是在19世纪八九十年代，50个男人拉着绳子，把奎尔现在住的这栋老房子架在用云杉杆做的大滑橇上拖着走。经过漫长的冰上跋涉，他们最终定居到了这里。为了生存，他们曾经像海盗一般作恶多端。现在，他们家族还剩下一个叫诺兰的怪人。

比利和奎尔从海里打捞上来一只旅行箱，箱子里装着贝亚内特·梅尔维尔破碎的眼睛、脸和胡子……

奎尔向姑妈提议去看看那个本家诺兰，阿格妮丝拒绝了。

上学之后，小兔轻松地融入了学校的氛围，奎尔紧绷的神经这才放松了一点。阿格妮丝带领小兔、阳光和海利一起去采浆果。奎尔和韦苇在海边散步。韦苇给奎尔讲述了她丈夫霍罗德在海上遭遇特大风暴的故事，当时全船沉没，无人幸免于难。奎尔明白，就像佩塔尔对他的影响深入肌肤一样，韦苇也被霍罗德改变了。尽管奎尔和佩塔尔曾相互吸引，奎尔却认为它并非爱情。因为爱情使人扭曲、受伤，爱情一生只有一次……

为了打捞一具偶然发现的尸体，奎尔莽撞地驾船出海了。他毕竟不是只海狗，差点在风浪中被淹死，幸亏被杰克救了起来。经警察调查，奎尔打捞上来的尸体，正是贝内亚特·梅尔维尔被割去了脑袋的遗体。不久，贝内亚特太太在夏威夷被捕。贝内亚特太太坦承，她和自家游艇上一个比她小30岁的英俊乘务员好上了。为了新欢，她毅然割下了丈夫的头颅。贝内亚特太太倒是没忘记从澳门给阿格妮丝寄来装修游艇的报酬。

冬天来了，海湾的人一到秋末就要到南方去避寒。纳特比姆准备走了，驾驶他的帆船驶向加勒比海，去寻求冒险和爱情。他把自己的活动房屋留给奎尔居住。暴风雪来临时，奎尔家的老屋就没法待了。谁知在纳特比姆家举行的告别聚会上，喝醉酒的男人们闹腾着将他的活动房屋推进了大海，还用斧头凿穿了他那艘小船的船底。

## - 07 -

11月的风暴过后，圣诞节到了。奎尔和韦苇给对方赠送了深情的礼物。他们在旅馆共度良宵，并再次谈起了过去的爱人。佩塔尔很滥情，霍罗德则是个色狼。奎尔和韦苇都曾被爱人深深伤害过，却都以为那只是他们自己不够好，活该被那样对待。

奎尔被杰克任命为《拉呱鸟》报社总编，杰克退休了。

奎尔在丹尼斯的陪同下探望了他的堂兄诺兰。长年孤独的日子已经使诺兰变成神经错乱的老人。妻子死后，他还和她的尸体睡了一段日子。恋尸癖让诺兰在当地很出名。现在，只有一条白狗陪伴诺兰——就是那条被小兔多次描述、奎尔曾以为是小兔幻觉中的狗。奎尔把生活不能自理的诺兰送到了精神病院。

比蒂和韦苇开办了关怀和帮助受虐妇女、少女妈妈和智障儿童的慈善团体——"体恤组织"。

暴风雪来了，奎尔家那栋70年历史的老房子被连根拔起，掉进了茫茫大海。奎尔和姑妈为这所房子投进去那么多钱，现在都打了水漂。他们只能从头干起，挣钱修房。阿格妮丝没有被打垮，她早已为这所房子买了保险。她极力扩大装潢业务，希望能赚更多的钱。和从前一样，姑妈又站在了困境的前面。

有天半夜四点，杰克带着他的猫去捕龙虾。为了保住宝贵的捕虾许可证，他就得时不时出海去捕虾。他竟然被捕虾套上的投石索给缠住了脚踝，头冲下掉进海里，意外地淹死了。杰克的家人和朋友们万分悲痛，他们将他放进棺材，等举行完仪式后准备下葬。伤心欲绝的杰克夫人靠近棺材去吻别丈夫。不料，已经断断续续吐了两天海水的杰克突然醒了过来，鼻子里狂喷海水……

奎尔把杰克苏醒过来的事放在了报纸的头条位置。

杰克终于同意把捕虾许可证转给儿子丹尼斯使用。

奎尔在此地扎下根来。他大笑过，哭泣过，爱情重又到来了。既然杰克都能死而复生，还有什么事情是不可能发生的呢？也许，有的时候，爱情也可以不再只有痛苦和悲伤……

## - 08 -

《船讯》的故事密度相当大，刀砍斧凿般惊心动魄的人物和细节实在难以赘述。小说大气、粗犷、质朴、凛冽，犹如巨浪扑面，疼痛中满是咸腥的味道。在绵密的情节和令人眼花缭乱的动作背后，《船讯》表达的人生情怀，就像海边被狂风暴雪冲刷的岩石，在岁月中慢慢显现出光亮的质地。安妮·普鲁简洁从容、充满力道的小说语言（译者称其中不少纽芬兰方言），与生活在海边极地环境中那群豪放粗粝的人们正好相衬。

奎尔以失败者的形象登场。这个长相丑陋不受人待见的大学退学生，30多年的人生里，除了孤独、失意、频频受到伤害，没有别的内容。父母待他世故淡漠，哥哥无情地欺负他，妻子则背叛羞辱他，他除了忍耐，就是替他们自圆其说。他爱他们，这份爱因得不到回应，显得憋屈、懦弱而凄惨。可是，挚爱出自爱者的肺腑，奎尔的心胸宽厚而博大，他从来不是冲着某种回报去谄媚地爱人，他的爱尽管卑微，却格外纯净动人。

在困境面前不改善良本性的人，福报自会悄悄到来。奎尔的姑妈阿格妮丝·哈姆，似乎就是上帝派来帮助奎尔的天使。家族的前辈们在长期艰苦的生活中像虎狼一样粗鲁残暴，阿格妮丝少女时代就曾被哥哥——奎尔的父亲强奸。惨痛的经历磨砺出阿格妮丝刚强粗硬的个性，也使得她的性爱取向发生了改变。晚年时，回归故里的内心需求，让阿格妮丝和奎尔父女的生活重叠在一起，姑姑和侄儿同样需要面对伤痕累累的过去。岁月磨砺出阿格妮丝智慧通透和果敢坚忍的个性，在帮助奎尔和他两个女儿重建生活的同时，她也治愈了童年和少年时期的创痛，超越了自己的爱恨情仇，重拾内心的宁静。

在奎尔面前次第登场的人们，人生的困境把他们牢牢地捆扎在一起，就像打结的绳结，彼此缠绕。开朗、热情、善良的黑人帕特里奇，他和奎尔的友谊真纯含蓄，深情得让人落泪。韦苇、纳特比姆、比利、杰克、肖维尔、丹尼斯、比蒂……这些生长在海边的普通人，风平浪静的日子对他们来说实在少有，波涛汹涌的时辰反是常态。他们人生的基调就是挣扎。他们靠海吃海，宿命色彩浓重。在正视现实的同时，他们绝不肯对困苦低头，执拗地守护着点滴希望。梦想和希望既是他们的精神支柱，也是本能地向上攀援的生命动力。

## - 09 -

安妮·普鲁大刀阔斧地刻画人物，酣畅淋漓地剖析他们的内心，不留情面，不虚伪矫饰。她的写作技法就像绘画中的黑白版画，看似寥寥几笔，却又刀刀深入，拙朴生动。她不避讳艰苦生活散发出的粗陋、恶俗和腥臭之气，也以大量热烈幽默、充满激情的笔调，各种鞭辟入里、出人意料的比喻来抒写爱情的甘醇、亲情的微妙和友情的温暖。她欣赏各种稀奇古怪的人，包容各种形式的爱，赞美梦想，理解被命运诅咒的人们……

对小说中人物那些反常规、反社会、反理性的状态，安妮·普鲁不做任何道德绑架，她不过是在最大限度地探究、发现和表达他们灵魂的深度。文字水准的高超肯定是《船讯》的基底，安妮·普鲁大气、开阔和淳良的胸襟更是让人感佩。

作为与自然共生共长、休戚相关背景下成长起来的作家，安妮·普鲁对大自然有着狂热的爱和非凡的感悟力。她能描画出大海千万张"脸庞"的美感，无论波光粼粼还是咆哮怒吼，都是那么引人入胜。她用文字掀起的巨浪飓风或是冰山暴雪，看得人心惊胆战。安妮·普鲁铸造的海洋，有着雄性阳刚的力量，永远蕴含着危险。它的神秘和奇美诱惑人情不自禁地靠近它、亲近它、征服它，在她笔下，美是一种冒险。然而，海洋终究不可战胜，千千万万的人被它吞噬，它依旧无动于衷、优雅壮阔。

显然，为了衬托人物对大海那种勇敢无畏和执拗痴迷的状态，安妮·普鲁使用了一些哥特小说的技法。哥特元素仿佛是营造《船讯》氛围的有力助推器。有了这些神秘、阴森、诡谲和恐惧的因子，人物的命运变得更加无常、魔幻、深邃，更具有文学形式的革新意味。

## - 10 -

除了具有鲜明个性的人物和气势逼人的场面，奎尔以善良多情和忍耐者的形象勾连起了这本绝不多情的小说。安妮·普鲁让走投无路的绝望者最终被爱救赎！当然，这爱并不尽是甜蜜、柔情或心安理得，它常常表现为伤痕累累的渴盼、害怕失去的恐惧、缺乏信心的苦楚、温情恣肆的不安。爱使人生迸发出的力量让人叹为观止。奎尔确实就像他名字的发音一样，是一圈绳索，他串起和缠绕在那些卑微善良的人们之间，他们彼此借力发力，虽有磕磕绊绊乃至互相伤害，还是驾驭生命的航船在风浪中颠簸前行，直到某天抵达心灵的港湾。

奎尔这个人物形象，在美国小说和电影中并不少见，"失败的英雄"可以说是美国文学艺术中的常客。越是赋予人物较低的起点、连串的失败，越能激起他们绝地反击之后的力量感。在历史短暂、讲求个人奋斗的美国，奎尔这类人特别容易引起大家的共鸣，其励志色彩也带给人力量。但其实，这类型小说也很容易像多数励志小说一样，形成套路，流于一般。安妮·普鲁睿智开阔的精神视野、别具一格的认知能力、沉甸甸的感情、结实雄健的文字能力，及其文学境界和文学技巧，使之极大地超越了鸡汤型励志小说。

　　《船讯》最终传达的是由一连串悲剧铸就的生命奇迹。

# 米歇尔·克拉桑迪

米歇尔·克拉桑迪（Michelle Cohen Corasanti, 1966— ），生长于纽约州北部乡村，毕业于哈佛大学。犹太裔美国作家，同时还是一名人权及国际法方面的律师。米歇尔致力于中东问题的研究，曾在以色列居住七年，亲身经历了巴以冲突。《杏仁树的守望》是她的首部文学作品。

**《杏仁树的守望》**
重庆出版社，2016年8月版

# 守望家园的杏仁树

美国女作家米歇尔·克拉桑迪和她的《杏仁树的守望》

> 不要背弃你的天赋，让它们成为光亮，带领你度过人生。眼前有障碍的时候，就仰望你的光亮。
>
> ——米歇尔·克拉桑迪

## - 01 -

"什么会更好？宽恕与遗忘，还是憎恨与记忆？"

小说《杏仁树的守望》中饱经磨难的巴勒斯坦阿拉伯人沉重的设问背后，则是 20 世纪五次中东战争以来从未消停的巴以冲突。事实上，巴勒斯坦地区阿拉伯难民的代际悲剧还在不断叠加……遗忘并非真正的宽恕，记忆也不代表憎恨的继续，所有的难题都不会自动消除。

作为中东问题专家，美籍犹太裔学者米歇尔·克拉桑迪有她自己对巴勒斯坦地区难以化解的矛盾冲突的人文理念和个人见地。《杏仁树的守望》是米歇尔的长篇小说处女作，她出手就不凡，小说结构严整清晰，内容大气酣畅，元气淋漓，细节的描写更是极具震撼力。显而易见，米歇尔把更多的悲悯关怀放在了处于弱势境地的阿拉伯人民这边，这是她作为作家和知识分子的自然选择。

《杏仁树的守望》时间横跨一个甲子，场景也都处于非常状态中，但它拒绝碎片化拼凑苦难中的传奇，也无心烹制励志鸡汤。米歇尔遵从笔下人物的命运发展逻辑，挖掘他们的行为动机以及动机中潜藏的性格因子。无论对阿拉伯人还是犹太人，作家分四个阶段——1955年、1966年、1974年、2009年，娓娓道来，展示他们在这60年来的风雨历程。

《杏仁树的守望》以阿拉伯人的视角、第一人称的叙事方式切入作品，刻意与作家本人的经历拉开距离。米歇尔将读者带入几个在以色列的阿拉伯人跌宕起伏的命运中，走进他们的家园，深入他们的内心，与他们灵犀相通，体会、感悟、思考人生的重大命题，诸如自由、仇恨、创造、宽恕、死亡等。这些兴许沉重却最能彰显生命质地的品行，在和平的环境中，人们很难真正严肃地去对待它。

## - 02 -

生长在阿赫玛家门口的杏仁树，每年都盛开漂亮的白色花朵，它就像阿赫玛家的男人一样强韧，像阿赫玛家的女人一般美丽。杏仁树"目睹"了这家人承受的太多不公义，只因为他们生来就是地域政治的囚徒。在走投无路的日子里，杏仁树"慈悲"地将它的果实喂养着母亲和阿赫玛五兄妹。他们吃杏仁饭、杏仁面包、杏仁饼、杏仁奶油、杏仁汤……他们只有杏仁可吃。这些在以色列的阿拉伯人，干裂暴晒的沙漠和漫无天际的灰尘，阻挡不了他们在地下盘根错节地生长，被打压掠杀一批，很快就生长出更大一片。他们各个都像杏仁树一样旺健。

阿赫玛出生于第一次中东战争爆发前的1947年，以色列建国前夕。阿赫玛家勉强算是小康，在历次巴以冲突中终被以色列毁灭殆尽。他两个年幼的妹妹，一个误入禁区被地雷炸得四分五裂，一个在催泪瓦斯的烟雾中死得无声无息。挂满父亲精心描绘的家人肖像的家被夷为平地，临时搭建的棚屋被掀，就连帐篷或勉强栖身的纸箱子都住不安生。父亲蒙冤入狱。12岁的阿赫玛和11岁的阿巴斯为养家糊口，结伴为犹太人修建住宅，干着重体力活儿。在工地上阿巴斯被一个仇视阿拉伯人的伊拉克裔犹太工人，从毛坯房的五楼推下去，落下终身残疾……

哪里有压迫，哪里就有抗争。在世界文学史上，关于反抗压迫的小说很多，英雄崛起于祸起萧墙之时。然而，《杏仁树的守望》没有停留在对暴力和杀戮的展示层面上，也不纠缠于简单的是非评判和道德渲染。它更多地将目光投向家庭，表现守望家园的艰难和在此过程中越挫越勇的信念。如果没有对家园的念想，人的灵魂将永远无所皈依。20世纪中叶之前的犹太人是如此，一直定居在巴勒斯坦地区的阿拉伯人更是如此。

## - 03 -

米歇尔·克拉桑迪以丰沛的情感塑造了饱满生动的人物形象。阿赫玛和比他小一岁的弟弟阿巴斯截然不同的命运，无疑是小说中最为揪心、最发人深思的章节。政治旋流与自身性格在命运转折时起到的作用孰轻孰重，对此，米歇尔笔下分寸拿捏得相当准确。毕竟，小说的深度来源于人物个性和行为的深度，外部环境只是彰显个性的背景。

阿赫玛从小智力过人，对数字尤为敏感。弟弟阿巴斯则擅长社交，颇有人缘。父亲被捕入狱以后，两兄弟其实都想替父亲报仇，但因为个性不同，复仇的路径也大不同。阿赫玛的偶像是爱因斯坦，阿巴斯则崇拜敢与以色列抗争的埃及总统纳赛尔。父亲曾告诉兄弟俩："不要背弃你的天赋。让它们成为光亮，带领你度过人生。眼前有障碍的时候，就仰望你的光亮。"

对阿赫玛来说，那样的一束光，就像爱因斯坦带给后辈的精神信念，能够照亮暗黑的人生旅程。阿赫玛常常处在往哪个阵营站队的两难境地中：以色列给家人和族人带来的致命伤害不可能忘记，母亲和阿巴斯对犹太人的痛恨更是根深蒂固。同时，那些在他生命中留下烙印的犹太人：他的老师和合作者梅纳肯、在世界各地做公益并为此牺牲的他的前妻诺拉、因帮助他而被以色列军队误杀的同学佐荷，还有无数为巴勒斯坦难民呼吁的各国科学家……他们博大无私的人格都曾让阿赫玛肃然起敬。米歇尔细腻地书写着阿赫玛痛苦的心理成长过程，每次对自我的艰难超越，都似凤凰涅槃，都让他在人格完善和科学之路上走得更远。

阿巴斯则是仇恨喂养大的孩子，他意志顽强、执拗极端。"以色列人要付出代价，他们只懂暴力，只会用暴力这种语言说话。一定要以牙还牙。"他很小就隐姓埋名，追随领袖，潜入地下，磨刀霍霍，寻觅时机复仇……阿巴斯的理念自有站在他那个立场和角度的合理性，毕竟软弱和犬儒换不来和平。作家对阿巴斯这个人物也是给予了充分的理解。

然而，不以辩证开阔的眼光来看人行事，结局很可能会与愿望正相反。阿巴斯敌视一切犹太人，包括哥哥身边那些真诚的犹太朋友和善良的嫂子诺拉。他意气用事，加之受教育程度低，无法自行构筑建设性的心理机制。他拒绝承认和理解世事都在不断变化的真相，不相信斗争双方还可以凭借部分的妥协来达成共赢的局面。最终，他的复仇指向了虚无。

## — 04 —

也许，战争和争斗最大的荼毒在于让很多孩子无法接受教育，而教育带来的理性和思考能力，才能有效地预防仇恨的肆意蔓延。《杏仁树的守望》中最感人的形象是阿赫玛的父亲玛哈默·哈米德，在他身上集中体现着作家对于理性人格的赞赏。

玛哈默·哈米德是位艺术家，他热爱生活，擅长音乐和美术。1955 年，七岁的阿赫玛无意中默许一位巴勒斯坦解放组织成员将武器埋藏在自家院子里。以色列人发现这些武器后，错将玛哈默·哈米德当成了叛乱分子。玛哈默·哈米德为保护儿子，锒铛入狱 14 年。在狱中，他受尽了折磨。尽管如此，他拒绝将仇恨罪恶的种子播撒在子女身上。他说，"不要让罪恶感进入你的心，因为它就像疾病，就像癌症，会渐渐啃蚀你，直到什么都不剩"。他在狱中坚持给孩子们写信，让他们读书学习，勇敢成熟地去看待未来，规划自己的前程。他说："我领悟到，勇气并非不恐惧，而是无私，是将别人的利益摆在自己的前面。"

凭借无私的勇气和豁达的心性，哈米德活到了儿孙满堂的高龄。他看到了在以色列的阿拉伯人地位的提高，看到了犹太人和阿拉伯人彼此关系的极大改善。

## - 05 -

在所有的观念之上,文学正是以细节的累积来呈现人的精神状态和生活的纷繁复杂。细节可说是考验作家功力的试金石。首次进行文学创作的米歇尔·克拉桑迪在《杏仁树的守望》中显示了她不俗的文学天赋。

阿赫玛最小的妹妹爱玛儿为采野花误入以色列的"禁区",被地雷炸得身首分家。只有六岁的弟弟阿巴斯如此宽慰着悲伤欲绝的母亲,"爸爸会把她(爱玛儿)拼好,他什么都会修"……孩子的天真反衬出战争是何等暴虐残酷!同样,60年之后,作为巴勒斯坦伊斯兰抵抗运动即哈马斯成员的阿巴斯和他的一家子,被以色列围困在加沙地带。他那在数学方面拥有超常天赋的儿子卡里德渴望像伯伯阿赫玛一样走出加沙去读书深造,麻省理工大学已经提供给他全额奖学金,但阿巴斯的政治身份让签证多次被拒。阿赫玛决定帮助侄子,他动用了一切关系,经过艰苦的努力,甚至找到了以色列总理……然而,条条道路都因阿巴斯的特殊身份被堵死。卡里德无法接受这个事实,决定以自杀的方式来谴责以色列的行径。在自杀前,这个二十出头的青年西装革履,像个新郎官一样体面平静地与衣衫褴褛的父母和著名科学家伯伯在饭店吃饭……这些情节,读来真是触目惊心。

值得欣慰的是即便在最凶险的环境中,生活依旧有它温馨、欣悦和值得为之活下去的无数瞬间:妈妈巧手做的甜点和贝都因刺绣婚纱、爸爸弹奏的乌得琴和绘画作品、族人们欢快热闹的节日庆典、阿赫玛横扫全村的高超棋艺、穆罕默德老师在阿赫玛获得以色列数学竞赛第一名时露出的笑容、阿赫玛与老师梅肯纳从敌人到挚友再到诺贝尔奖共同获得者的友谊、阿赫玛两段浪漫纯情的恋爱、阿赫玛和妻子雅思敏从陌生到相亲相爱的包办婚姻、阿赫玛和弟弟妹妹们彼此扶助勇于牺牲的手足情……

这些日常生活深深浅浅的纹理,构成了《杏仁树的守望》纯正、优美和高贵的文学品质。

"只有宽恕才能给你自由",阿赫玛睿智的父亲曾这样告诫儿子。当然,宽恕的前提是深刻地懂得和理解,懂得世界,理解他人。《杏仁树的守望》不啻是以文学的方式,深入细致地去理解巴勒斯坦地区阿拉伯人和以色列人的一座桥梁。

安·兰德

安·兰德（Ayn Rand, 1905—1982），出生于俄罗斯圣彼得堡，毕业于彼得格勒大学。俄裔美国作家、哲学家，以其小说和哲学闻名于世。安·兰德为享誉全球的超级畅销书作家，代表作品《源泉》《阿特拉斯耸耸肩》全球累计销量近亿册。

《理想》
重庆出版社，2023年12月版

# 彼岸的诱惑

## 美国女作家安·兰德和她的《理想》

> 人应该追求的是那些令他们感到敬畏的东西——畏之而乐之。
>
> ——安·兰德

### - 01 -

毋庸置疑，俄裔美国籍著名哲学家、作家安·兰德去世已久，她创立并身体力行推广的思想体系，在美国乃至全球依然产生着广泛的影响。华东师范大学教授刘擎说："安·兰德堪称公共知识分子的女性标本，不了解安·兰德，就很难理解美国精神。"兰德宣称自己是哲学家，文学创作不过是附带而为之。兰德深受亚里士多德影响，提倡极度客观的理性主义，强调个人利益最大化，反对集体主义。她认为人类不是一个整体，要放弃把人视为"共同体"总量之一的研究方式。另外，她承认个人的根本特征是理性能力，人从理想出发的选择是让自己得到幸福的唯一途径……

兰德对资本主义社会的大肆赞美，对个人权利的竭力捍卫，在不同社会制度的国家带来的反应肯定大相径庭。"人类一思考，上帝就发笑"，其实，兰德被广大普通读者熟知，还是因为她的长篇小说。1943年，《源头》的出版曾引起巨大轰动。1957年，她的另一部长篇小说《阿德拉斯耸耸肩》在美国的销量仅次于《圣经》。兰德算得上是20世纪最有影响力的女性之一。登上此名单的女性们，又有几个不是伴随着极大的争议呢？

《理想》写作于20世纪30年代，80年之后才得以出版。当初，兰德只是将它改编成了话剧。话剧在百老汇大获成功，常演不衰。重庆出版社新近出版的《理想》一书，将小说和剧本收录在了一起。我是学戏剧出身，深谙小说与戏剧文本的不同。这次能对照着阅读同一作家内容相同、表达形式迥异的文本，真是非常难得又非常享受的阅读体验。

## - 02 -

《理想》并未悬空，它毫不多愁善感，其个性鲜明，文本仿佛镀着一道金属饰边，显得精悍、夺目且冷硬。法国著名女性主义哲学家西蒙娜·波伏娃同时也是小说家，她的小说就不似兰德的小说有着如此强烈的哲学隐喻，故兰德小说的价值和独特魅力也正在于此。

1905年，兰德出生于俄罗斯圣彼得堡一个犹太家庭，她的父母都不信神。在成长过程中，由于受到俄国革命的巨大冲击，她和家人频频辗转于俄罗斯各地避难。1924年，兰德毕业于圣彼得堡大学哲学和历史学专业。在学校，她开始钻研各个学派的哲学体系，并渐渐形成了自己的历史和哲学观。1926年，她移民美国。

在大多数照片中，兰德都有着同一种眼神：敏感犀利，警觉地逼视镜头，似乎不信任眼前所见，嘴角带着讥诮。兰德是冷战时期两个最为针锋相对的社会阵营的混合物，目睹和经历的沧桑，让她难以拥有平静的面容。她对世界扭过脸去的拒斥，正是以她猛烈鞭笞芸芸众生的激情来表现的。《理想》也明显带有这种既铿锵决断又虚幻莫测的气质。

## - 03 -

《理想》的两个版本——小说和剧本，讲的都是"试探（试验）"的故事。对于"试探"主题的这类型创作，戏剧的优势更加明显。戏剧在规定情境中展开行动，规定情境自带"试探"体质，是"试探"的助力条件。"试探"内容需要的强烈悬念牵扯和出人意料的结果，非常适合用戏剧来表现。何况，小说的特质之一——时空自由以及容易展开心理描写，这些并非兰德小说的着力点。

《理想》在现实书写中透着强烈的荒诞色彩，人物和情节的描述鲜明具体，内涵却相当抽象。寓言和道德说教的氛围也很浓厚。读者不难看出，在20世纪40年代，就连娱乐业，也比今日严肃，比今日更加困惑。

好莱坞大明星凯伊·贡达在涉嫌杀人后逃逸消失。死者格兰顿·塞尔斯是石油大亨，亿万富豪。众所周知，他狂热地追求贡达。贡达的制片人、出品人、导演、编剧们，既要掩盖和否认贡达离奇消失的真相，又无比焦虑因此带来的巨大经济损失。贡达趁着这沸反盈天的混乱时刻，取走了六封最打动她的影迷的来信，并逐一拜访这六位超级粉丝。

银幕上的贡达集美艳智慧于一身。这样完美的超级巨星，被普通人视为自己苟且人生中的神明。然而，走下神坛的贡达既傲慢冷漠，又孤独虚无，她为了确认自我价值，亟须在倾慕者那里收集证据。

贡达亲自"考验"的几个人，其社会阶层、职业、家庭状况涵盖面很宽泛，他们中有新升职为罐头公司副总经理的乔治·佩金斯、贫苦农民耶利米·斯里尼、新近出名的画家德怀特·朗格力、惨被同行淘汰的神父克劳德·伊格那提亚斯·希克斯、落魄贵族迪特里西·冯·伊斯哈齐、失业的打工仔强尼·道斯。剧本中的出场人物也基本沿用了小说中的人物，只有农民斯里尼改为左派社会学家扎克·芬克，明眼人很容易看出改动背后的政治目的。

## - 04 -

这些人物都能经得起贡达的考验吗？或许，读者们只需了解这个事实：着力怜悯什么和颂扬什么,都并非兰德的风格立场……

身为罐头公司的副总经理,佩金斯想要逃离忍辱负重和疲惫困乏的职场,逃离烦乱隔膜的家庭生活,不想就此老去。他在大明星贡达身上寄托着庸俗生活中的图腾——诗意的精神念想。当贡达从天而降,眼看梦想就要成真,守护梦想可能付出的代价却让他止步不前,极度纠结。佩金斯空有想象,然则翅膀已折,又该如何飞翔?他终于败给了现实。

贫苦农民斯里尼夫妇胆怯懦弱。他们那住了50年的老房子,在金婚纪念日的第二天,就要被抵押人收回。儿女们找各种借口来逃避该尽的义务。斯里尼夫妇早就把银幕上的贡达当成了理想中的女儿。然当真实的贡达在他们身旁降临后,斯里尼夫妇发现,她不能对他们的处境有任何实质性的帮助;反之,他们倒要承担收留她的风险。夫妇俩决定向警方告密贡达,以此换取奖金来支付老宅的抵押金……兰德是否想要通过此章内容指出,道义对穷人来说,有时太过沉重,他们根本要不起?

朗格力以描画贡达的形象而出名,他无时不在与各种形式的"贡达"为伴。朗格力自卑脆弱,狂妄倨傲,目空一切,喜怒无常。当他的缪斯女神来到身边,他根本就不相信这个贡达会是大明星的真身。他粗暴地赶走了她。朗格力认为贡达的形象有多璀璨,这个世界就有可能存在着多少个"贡达"。替身、骗子、乔装者……都有可能是她。朗格力把美、功利和金钱捆绑在一起,并不承认美那不可替代的价值。朗格力显然是在艺术中迷失了自我,将生活的因果顺序彻底倒置。

清贫压不垮神父希克斯,清贫既是他忠于主的代价,也是他自我陶醉的资本。但当周遭民众被他的同行以时尚却庸俗的布道方式收买时,他慌了神。他的仁慈也是有条件的,面对一两个残疾或老朽的教友,他就提不起兴趣来拯救他们。身处危难、渴望被他宽解超度的贡达倒是让他灵光一闪:如果拿万众瞩目的明星作为"黑暗中的罪恶之花"来献祭,牺牲的是贡达,得到万众敬仰的就该是他自己……遗憾的是,他的想法自然没有得逞,他的行为却最深地背离了他的信念!

伊斯哈齐虚荣庸俗，大把年纪却没有成熟的世界观。金钱被挥霍耗尽之后，世界便露出了它寂寞狰狞的一面。伊斯哈齐只会摘取生活之果，他无力栽培任何具体的生命。他对贡达的爱注定浅薄，在给贡达开了很多不切实际的空头支票过后，伊斯哈齐强奸了他的希望女神贡达。他是被革命逐出祖国的流放者，他不相信任何属于明天的事物，更不相信自己。

## - 05 -

以上是小说中的内容。而在剧本中，兰德将小说里的农民斯里尼换成了社会学家扎克·芬克。也许兰德意识到斯里尼的层次还够不上她揭批的力度。

扎克·芬克自我定位较高，心怀解放社会的理想。他领导工人进行的罢工失败了，包括他妻子在内的多位罢工者都面临被起诉从而关进监狱的命运。芬克也是贡达的影迷，他在给贡达的信中诉说了他从贡达的电影中汲取到的、坚持为社会正义奋斗的能量。

没想到，这银幕上的"能量"真的到了眼前时，芬克除了对她大肆吹嘘自己之外，只想从贡达那儿探听一些娱乐八卦新闻。芬克的妻子出了个主意，他们可以向警察告密贡达的行踪，以此换来的奖金足够支付房租和为战友们聘请法官。芬克没有太多犹豫就答应了妻子的提议，他渴望成为政治偶像，理想只不过是他沽名钓誉的通行证。

贡达"试验"中唯一的例外来自频频失业的道斯。道斯写给贡达的信非常不真实，大可看作是作家兰德写给贡达的寄语。信中高度颂扬贡达追求理想并勇于践行理想的行为（不知这结论从何而来）。道斯在这个世上受尽盘剥和厌弃，银幕上的贡达让他看到了生活本该有的样子。

贡达找到了住在小阁楼里的道斯。只有在他面前，贡达才敞开了全部的自己。她追溯了个人成长中的一切困惑，他们还一起探讨了生之意义。然而，贡达明知道斯想要轻生，她还是没有告诉他实情：她并没有杀人。她执拗地要把"试验"进行到底。道斯毅然决然地替贡达顶了罪。他自杀前告诉警察，是他杀了格兰顿·塞尔斯。

道斯死后，贡达不再进行人性试验，她主动返回了摄制组。与此同时，塞尔斯的妹妹在达到了商业目的后，公开了哥哥厌世自杀的内幕。

## - 06 -

《理想》的剧本和小说在内容上差别不大。兰德很有创作戏剧的天赋，剧本的情境设置十分合理，矛盾冲突集中而强烈；戏剧对话彰显的哲理中有不少振聋发聩之处。兰德设置的舞台场面干净利落，光看文本中的提示，也能想见它是非常适于演出的。据说这个戏当初在百老汇的演出效果就不错。

这部以表现观念为主的小说，并不着重塑造人物形象，作为贡达（兰德）"试验品"的人物们显得扁平而薄弱，给人以来去匆匆、等待被作家叫号的感觉。就连极度理性的主角凯伊·贡达，也像个影子一般扫来射去，无法扎根立足。在戏剧舞台上，演员的表演也许能弥补小说中这方面的部分不足。小说为了"拗造型"，让风格比较酷，不交代发展背景，因而略觉生硬的人物性格，在戏剧中反倒并不显得突兀。可见，不同的艺术形式需要的素材材质并不相同。

兰德为了"揭露"工人阶级（无产阶级）领导的虚伪、自私和残酷，她塑造了社会学家芬克这个形象。这个人物特别面具化，非常失败，不真实得近乎可笑。兰德21岁时从苏联逃到美国定居，她对社会主义、集体主义制度的反感，强烈到了神经质的地步。作为哲学家和个体的人，她有着怎样的意识形态都正常，但作为作家，其思想意识过于走极端，对人的理解和阐释非黑即白，完全绝对，则容易在走笔时一叶障目，继而塑造的人物千人一面，影响了作品的深度。

《理想》可以说是哲理小说，充斥着大量格言警句。显然，兰德的观念走在了形象的前面。《理想》中的每个人都像是同一类型的人，他们仿佛被催眠了，严重缺乏自觉意志。作家在人物身上寄予的理念太多，溢出了某些人物的身份。并且，兰德将艺术的审美经验和道德启示混淆在了一起。她将道德选择放在了审美效果之前。道德呈现并不是艺术创作的首要任务，道德说教恰恰激发不起对道德本身的思考。兰德设置的"人性考验"貌似严苛深刻,却因感染力不足,细节虚假,并不具备太大说服力。

哲学家写作小说或戏剧,我们可以以萨特来与兰德作个简单的对比。萨特的戏剧《恶心》《禁闭》《死无葬身之地》,哪部不是在特定情境中对人性的考验,哪部不是对他存在主义哲学的思考的延展?然而,萨特作为剧作家,堪称充分遵循艺术规律从而达致创作成功的大师。"他的剧作虽有哲理的深刻性,却又未囿于哲学观念的形象图解,而是能把戏剧艺术的吸引力与人物形象的感性丰富性融为一体,具有很高的审美品位。"

越是大作家,越重视作品的思想性。但是,文学毕竟不是哲学的传声筒,要想让读者真正接受这些思想,就必须创造出淋漓尽致地体现这些思想的人物形象和艺术细节。作家的思想和生命情感、想象力、形象创造力不分伯仲,同等重要。从这方面来看,《理想》不尽如人意。

阅读《理想》的读者,不妨将该小说作为应证兰德哲学思想之书。它倒是极好的抛砖引玉之作,诱使你对"理想"这个大词产生自己的思考和判断。

## 伊莎贝尔·阿连德

伊莎贝尔·阿连德（Isabel Allende,1942— ），出生于秘鲁利马，毕业于智利大学。智利著名作家、编剧、记者，全球最具影响力的西班牙语作家之一。先后出版《阿弗洛狄特》《矮人森林》《怪兽之称》《维奥莱塔》等多部作品。她从17岁起致力于新闻事业和文学创作，1973年智利政变后踏上流亡之路。《幽灵之家》被翻译成42种语言，全球销量超过7500万册。2010年，荣获智利国家文学奖。

《幽灵之家》
人民文学出版社，2023年3月版

# 幽灵出没的百年沧桑

智利女作家伊莎贝尔·阿连德和她的《幽灵之家》

> 孤独和厌倦会把好端端的人变成酒鬼。
>
> ——伊莎贝尔·阿连德

## - 01 -

哥伦比亚作家马尔克斯无疑是南美洲魔幻现实主义文学流派的总代表。那些创作风格与他近似的后辈南美作家，也常常被媒体以"某某马尔克斯"来指代。智利女作家伊莎贝尔·阿连德凭借长篇小说《幽灵之家》声名鹊起之后，也被媒体称为"穿裙子的马尔克斯"。的确，南美各国作家们有着类似的文化土壤和政治现实，伊莎贝尔·阿连德就认为，在这片土地上产生魔幻现实主义小说再自然不过了。只是，我们有时过分强调了这类小说的"魔幻"技艺，却有意无意忽略了其沉重的"现实"。

《幽灵之家》和《百年孤独》一样，"魔幻"编织成外衣，"幽灵"只是色彩，南美大陆百年来的沧桑现实才是作家的创作内核。马尔克斯将笔头对准的是老家哥伦比亚，伊莎贝尔自然书写的是她的祖国智利。

1942年，伊莎贝尔·阿连德出生在秘鲁首都利马，她的家庭属于智利上层政治之家。父亲托马斯·阿连德是智利驻利马的外交官。伊莎贝尔三岁时，父母离婚。母亲把她带回智利，在外祖父家中生活。伊莎贝尔从小就对文学表现出浓厚的兴趣。她母亲和一个外交官再婚后，他们全家借工作之便游历了拉丁美洲和欧洲的许多国家。这些经历打开了伊莎贝尔的视野，为她日后描述南美洲大陆的自然风光和社会环境提供了依据。15岁时，伊莎贝尔回到了智利。1958年，她开始为联合国粮农组织驻智利某机构做秘书工作。1959年，她当了记者，深入社会和了解民情成为工作所需。在此期间，她撰写了不少批评社会丑恶现象的文章。

尽管伊莎贝尔故意模糊掉小说的背景，读者们还是很容易就能看出那是发生在智利的故事。小说中的那位总统，其创作原型显然是她的叔叔、智利社会党领导人萨尔瓦多·阿连德。1970年，萨尔瓦多·阿连德在智利人民阵线的支持下当选为智利总统。他推出了一系列民主化的社会改革，受到人民的欢迎，但与国内的极右势力和军人集团产生了很大矛盾。1973年9月11日，智利三军和警察部队发动了震惊世界的武装叛乱，阿连德总统率领支持者奋勇抵抗，以身殉国。

政变之后，伊莎贝尔和家人流亡委内瑞拉。他们生活艰难，精神寂寞。1981年，她年届百岁的外祖父即将不久于人世，伊莎贝尔决定给外祖父写一封长信，记载他百年来的足迹。这封长达30万字的家书，还来不及被外祖父看到，他就过世了。这封家书就是《幽灵之家》的雏形。1982年，在颇费了些周折之后，在西班牙出版的《幽灵之家》引起了文学评论界和读者的广泛注意。小说一版再版，并被翻译成几国文字在海外出版，成为了畅销书。美国《芝加哥论坛报》认为《幽灵之家》是"二次大战后世界文坛最优秀的小说之一"。

- 02 -

秘鲁著名作家、诺贝尔文学奖获得者巴尔加斯·略萨在评论到南美作家时，曾这样说："在女作家中，最著名的当推智利的伊莎贝尔·阿连德。她才华横溢，擅长用流行于拉丁美洲的魔幻手法创作……在阿连德的作品中还有一种女性的灵敏。她的成功在拉丁美洲之外引起了人们的惊讶，因为在一个以男子气概闻名于世的大陆，像伊莎贝尔这样的女艺术家居然能脱颖而出，似乎真的有点奇怪。"

其实，伊莎贝尔的成功可说是顺理成章。《幽灵之家》就直接取材于她那个颇具传奇色彩的大家庭。她的家人都是讲故事的高手。在科学技术远未普及之前，似乎就连贩夫走卒也能讲述精彩的故事。德国评论家本雅明在论及故事与长篇小说的关系时就说，长篇小说的诞生直接取代了故事的地位。

伊莎贝尔的作品视野宏阔广博，内容奇幻丰富，结构大开大合，她将记者敏锐、犀利、简捷的职业特点，和作家瑰丽、自由、深邃的想象力结合得非常完美。当然，还夹带着作家本人绵柔温情、火辣倔强的性情。凭借天时地利人和之机，伊莎贝尔终将《幽灵之家》杂糅成了一部史诗风格的杰作。

阅读《幽灵之家》的快感是全方位的，它是我最喜欢的那类小说，它不及书斋型作家的作品智慧高深、引经据典，它重在感情浓烈，代入感十足。它气息本真，气质粗朴，心性滚烫。伊莎贝尔笔下蓬勃生长的动植物、苦乐恣肆的子民，无不弥漫着浓烈的生命活力，他们与当下机器化、同质化和空心化世界中的人们如此不同，质感迥异。他们诞生于绿野山岗、激流险滩，被历史推搡，被宿命驱使，一路走得跌跌撞撞，血肉横飞。

伊莎贝尔气度雍容，她笔下的智利历史风云变幻，看得令人血脉偾张；同时又细腻诗意，叫人回味无穷。

- 03 -

20世纪早期，无神论者、共济会会员塞维罗·德尔·瓦列律师正野心勃勃地竞选国会议员。他的妻子妮维娅生过 15 个女儿,最小的女儿克拉腊已经 10 岁了。妮维娅意识前卫,就是怀着身孕,也还在妇女界极力为丈夫拉选票。

塞维罗夫妇的大女儿罗莎 18 岁,貌若天仙,远近闻名。罗莎的未婚夫埃斯特万·特鲁埃瓦在北方矿山上做事。罗莎天真无邪,每天刺绣,想要绣出全世界最大的一块台布。克拉腊则与罗莎正相反,她早熟且其貌不扬,继承了妮维娅娘家女人特有的超乎寻常的想象力,会施展魔法。她可以让餐桌上的盐瓶等物件转动,还能预言自然灾害和人的旦夕祸福。

舅舅马科斯是对克拉腊影响最大的亲人。马科斯行为装扮像个野人,他对未知事物充满顽童般的好奇心。他在厨房搞炼金试验,教鹦鹉说西班牙语,卖锯末球和壮阳粉,拉着风鸣琴走街串巷演奏音乐。马科斯曾按照一本英文指南组装了一只史前大鸟,打算骑着它飞翔。马科斯的鸟像只笨重的鸭子,和此时美国已经开始制造的飞机无法同日而语,但前来观看他飞行的人们依旧把街道挤得水泄不通……

半个世纪之后,全国第一位信仰马克思主义的总统候选人提出,争取用百分之百的民主办法登上总统宝座,大街小巷的人们群情激奋,又一次出现了观看马科斯表演时的那种场景。

马科斯在周游世界和回归姐姐家之间来回循环。他曾和克拉腊联手,给人算命赚钱,他还给克拉腊讲述世界各地的奇闻异事。马科斯有几本旅行日记,他死于一种神秘的非洲瘟疫。他的日记连同一批世界地图、故事书、历险记和鬼怪小说统统留给了克拉腊。

克拉腊最有耐性和兴趣听舅舅讲故事。凡是听过的故事,她都能重述一遍;国外印第安人方言里的一些词,她还能背出来;就连舅舅讲述中那些佶屈聱牙的动植物名称、遥远国度的风俗,她都能记住。

罗莎的未婚夫埃斯特万·特鲁埃瓦是个脾气火爆、内心高傲的高个子男人。他第一次见到罗莎,就被她的美貌倾倒折服。他靠母亲显赫的姓氏从银行得到了一笔保证金,租下一座矿山,开采金矿和银矿。他没命地干活,全部信念就是尽早发财，然后回首都迎娶罗莎。

## - 04 -

塞维罗作为自由党候选人在南方的一个省参加了议会选举。在这节骨眼上，克拉腊预言家里会死人。几天后，罗莎发起了高烧。在喝下老保姆用来给她发汗的白兰地兑柠檬汁之后，罗莎死了。白兰地是反对党送给塞维罗的礼品酒，经查，酒里有毒。塞维罗和妮维娅悲伤欲绝！克拉腊偷看了大夫们给罗莎做尸解的全过程，惊惧之下，她不再开口说话。

埃斯特万接到罗莎去世的电报，万念俱灰。他赶了 30 个小时的路，总算在罗莎出殡前见了她一面。他觉得罗莎的遗容不改旧貌，甚至比记忆中的她美上一千倍。他在墓园为罗莎守灵，对她倾吐了疯狂的爱慕。

埃斯特万出生于一个衰败的富裕之家，父亲早死，留下瘫痪的母亲和为了照顾母亲无法出嫁的姐姐菲鲁拉。姐姐曾像对待婴儿一般照顾埃斯特万，对他倾注了全部母爱。埃斯特万长大后，极度反叛的个性让他对菲鲁拉粗暴而疏远。罗莎死后，埃斯特万决定振兴家里衰败的庄园。

圣卢卡斯镇的三星庄园曾经红火一时，埃斯特万的父亲因酗酒而疏于庄园的管理，致使这里贫瘠荒凉，农民们愚昧无知。失去罗莎后，假如还有什么能使满腔悲伤的埃斯特万镇定下来，那就是在庄园大干一场。他搭进去不少钱财，率领当地老实巴交的农民，没日没夜地改造和建设三星庄园。

埃斯特万喜欢上了农村。他离群索居，话越来越少，脾气越来越怪。渐渐地，三星庄园变得生机勃勃。忙碌之余，看书、下棋和听歌剧唱片都不能平息埃斯特万内心的焦躁和淫欲的目光，他需要女人。很快，他强奸了贴身仆人佩德罗·加西亚第二的妹妹潘恰·加西亚。

与女人的亲近唤醒了埃斯特万内心的柔软部分，他开始关心起农民们的生活来。他改变他们的生活条件，企图把文明的生活方式引进来。农民们并不接受他的教育，但农庄的生产却开展得蓬勃兴旺。潘恰生下了一个男孩，那只是埃斯特万在这一带诸多私生子中的一个。

在以后的十年中,埃斯特万成为这一带最受人尊敬的东家,他让人们的生活水平得到了普遍提高。他的色欲也越来越厉害,没有一个姑娘逃得出他的掌心。庄园的女人玩遍了,他又去找其他庄园的妇女。看到他那副凶神恶煞的样子,没人敢来讨公道或者报仇雪恨。他的凶恶残暴远近闻名。在"推动进步"的借口下,他变得良知泯灭,心如铁石。

埃斯特万给妈妈和姐姐寄去成箱的粮食、蔬果、肉类和奶油,她们要多少钱,他就寄多少钱。他打算等到想要儿子时找个门当户对的姑娘结婚。他想起罗莎的母亲妮维娅,丈夫被投毒的白兰地吓得退出政界后,她开始了政治活动。她夜间跑到大街上贴标语,号召举行普选。她要求妇女和男人享受同等权利,她们可以投票、上大学,还要求所有的儿童,包括私生子在内,都享受法律的保护。埃斯特万觉得妮维娅这样的女人脑子有毛病。

欧洲战争结束了。广播、电讯和装着移民的船只把破坏性的思想带到这里,人民不满的浪潮冲击着寡头社会坚固的结构。有钱有势的上等阶级并未意识到危机,空前追求汽车、时装、高尔夫球等时髦玩意儿,农民的生活和殖民时期一样封闭。新成立的左派党的代表开始潜入庄园,他们化装成传教士,宣传马克思主义思想。与此同时,埃斯特万也在贿赂收买农民们,让他们去给他竞选议员投票。

— 05 —

家人用各种办法治疗克拉腊的"哑巴"病,均不奏效。克拉腊从学校退了学,妮维娅教她弹钢琴、刺绣。她看了很多书,擅长圆梦,善知人的未来,能猜中人的心思。她陪伴妈妈去参加女权主义者的活动,她们参观工厂、去贫民区发救济品,妮维雅发表演讲……克拉腊记录了童年时看到的一切。

19岁生日那天,克拉腊说她马上就要结婚了。父亲问她跟谁结婚,她说是罗莎的未婚夫。家人这才发现,这是她九年来第一次开口说话,他们激动得失声痛哭。这事在当地闹得沸沸扬扬,大家反倒把她说话的内容忘记了。

埃斯特万接到菲鲁拉的电报,赶回首都见了病危的母亲最后一面。安葬完母亲后,他就到塞维罗家求婚,询问他们还有没有未婚的女儿。塞维罗的11个女儿中,除了重病的一个,只剩下克拉腊还待字闺中。

当埃斯特万见到克拉腊时,他不敢相信从前那个闹哮喘病的瘦弱小女孩儿变成了一尊精美的象牙雕像。他们聊得很开心,克拉腊询问比她大15岁的埃斯特万是否愿意同她结婚。家人被克拉腊的举动吓坏了,埃斯特万却高兴地说他正是为此事而来。他们很快就订了婚。

整整一年时间,塞维罗家和埃斯特万都在为结婚做准备。埃斯特万建造了一幢结实、豪华和奢靡的花园大宅。菲鲁拉看不惯弟弟的铺张,她每天都要去贫民大院,如癫似狂地从事慈善事业。菲鲁拉常年照料着母亲,过得很孤苦,她担心弟弟结婚过后,她就彻底失去了依靠,为此她想要拉拢克拉腊。能看透别人心思的克拉腊真诚地对菲鲁拉表达了善意,菲鲁拉感动得失声痛哭。

埃斯特万和克拉腊举行了俭朴的婚礼。婚礼过后,夫妇俩到意大利旅行度蜜月。埃斯特万觉得自己像个初恋的年轻人一般痴迷妻子。

菲鲁拉发现婚后的弟弟变年轻了。她毫不嫉妒弟弟对克拉腊不可抑制的宠爱,她也非常疼爱克拉腊,尤其在不久之后,克拉腊怀孕了。

埃斯特万对妻子的激情还没有平息,又回到离开已经一年多的三星庄园去了。菲鲁拉无微不至地照顾着克拉腊。克拉腊把全部精力都用在和埃斯特万保持心灵感应上面,只是力气都白费了,她还在努力完善洞察一切的本领。她越来越脱离现实,兴趣都转向了内心世界。

那段日子,菲鲁拉第一次感觉到了幸福,她从来不曾对人这么亲近过。就连弟弟从乡下回来,她都厌烦,觉得他破坏了她和克拉腊在一起的和谐。晚上,弟弟、弟媳回到他们的房间后,她就会产生无名的嫉恨。她向神父安东尼奥忏悔了自己对弟媳身心的渴望。

## - 06 -

埃斯特万的女儿布兰卡刚会走路的时候，他们全家到三星庄园去过夏天。雇工们发现埃斯特万变了，他不再去妓院，不再斗鸡赌钱，脾气和缓了许多，尤其是改掉了把少女掀翻在麦田里的坏毛病。人们说这都多亏了克拉腊。克拉腊则终于明白了她在人世间担负的使命。她在缝纫室、杂货店和学校间忙活。她给农妇治病，教她们煮牛奶、治疗腹泻、漂白衣服；教孩子们唱歌和学习音节表。菲鲁拉则照料家务，指挥许多用人干这干那，照顾侄女布兰卡。

菲鲁拉被迫适应乡下的生活，把她最后一点对生活残存的激情留给了克拉腊和布兰卡。布兰卡很快就和管家佩德罗·加西亚第二的儿子佩德罗第三玩到了一起。他们形影不离，相互拥抱亲吻，直到大人在餐桌下找到已经睡着的他们。

埃斯特万了解到姐姐和妻子在召集妇女们聚会，她们念诵经文，宣扬进步的女权思想，他气得第一次对克拉腊大喊大叫，骂骂咧咧。克拉腊对丈夫的暴怒不以为然，倒是当地妇女的不觉悟让她失望。

三星庄园闹起了蚂蚁灾，埃斯特万和佩德罗第二使用了各种各样的杀虫药、杀虫粉也无济于事，蚂蚁还是成倍地增长。从美国请来的农业技术专家认为至少需要个把月才有可能灭蚁。佩德罗第二把他父亲老佩德罗找来，老人用一张白手帕兜起聚拢的蚂蚁放进草帽，他用智者的格言和法师的套话将蚂蚁连哄带劝地带走了。第二天早晨，一只蚂蚁也不见了。美国农业技术专家见状，困惑之极！

克拉腊又怀孕了，他们一家人回到了首都。

怀孕后的克拉腊对周遭的一切表现出佛教徒般的冷漠，对埃斯特万连看都不看一眼。埃斯特万开始在商业交易所搞投机买卖，研究国际证券的价格，组织股份公司，搞进口贸易。他对政治也产生了兴趣。

某天，为了生理需求，也为了报复克拉腊，他来到了一家著名妓院，没想到老鸨给他找来的头牌妓女却是他在三星庄园附近妓院嫖过、借钱给她远走高飞的黑人姑娘特兰希托·索托。特兰希托拒绝了埃斯特万出钱给她开办堂子的建议，她说她想搞的是妓女合作社。

克拉腊在临产前梦见父母死了。果然，塞维罗和妮维娅因车祸双双毙命。妮维娅的脑袋被从挡风玻璃插入车内的钢板铲掉了。警察、护林人和志愿人员直到葬礼时也没能找到妮维娅的脑袋，克拉腊却凭直觉找到了。

克拉腊生下了一对双胞胎男孩——海梅和尼古拉斯。克拉腊不管儿子，却成天跟着和她同一个星宿的默拉三姐妹呼神唤鬼、交流神道和菜谱。除了和女儿布兰卡依旧很亲密，克拉腊活得像个幽灵。

菲鲁拉不再掩饰她对克拉腊的爱，埃斯特万也对克拉腊爱得着魔，他希望妻子除了爱他，什么也不干。克拉腊从来不感激埃斯特万，对从他那里获得的金银财宝更是不屑一顾。她对埃斯特万的好与对别人的好并无不同。相反，埃斯特万要是萌发了什么邪念，她一眼就能看穿他。

埃斯特万又开始在灌木丛中强奸农妇和出入乡村妓院了。欲火在他内心燃烧，克拉腊也满足不了他的渴望。他那么爱她，却永远到达不了她的内心深处。为此，他发疯似的摇晃克拉腊，冲她叫喊些不堪入耳的话，然后又趴在她怀里痛哭流涕，请求她原谅他的粗鲁。对克拉腊的热情是他一生中最强烈的感情，甚至胜过他的暴躁和傲气。他恼怒姐姐对妻子的过度关爱、讨厌儿女把妻子的注意力都吸引了过去，他甚至不愿出门工作和玩乐，日夜监视着姐姐的举动。家里的气氛十分憋闷、阴郁。克拉腊对这些事全然不知，她还是那么心不在焉、天真无邪。

埃斯特万和姐姐的怨恨公开爆发了，他们在小事情上干仗，闹得全家不得安宁。有天晚上，地震吓得菲鲁拉魂不附体，她想找点温暖，就跑到克拉腊的房间，挨着已经睡熟的克拉腊躺下。正巧那天下午，埃斯特万从庄园回到首都，晚上从俱乐部回家，他像一阵暴风出现在两个女人面前。他大声咒骂菲鲁拉用老处女的温情把妻子引入歧途，用同性恋的把戏弄得克拉腊神经错乱，装神弄鬼。菲鲁拉败坏了家庭荣誉，污染了孩子的名字。他要她马上滚蛋。如果他再看到她出现，会宰了她。菲鲁拉也狠狠诅咒埃斯特万的灵魂和肉体都会萎缩，会像狗一样死去。

第二天早晨，菲鲁拉什么都未带，穿着睡衣就离开了大宅。埃斯特万交给安东尼奥神父一个信封，答应以后每月给菲鲁拉一笔钱。克拉腊运用各种通灵和传统办法都不知道菲鲁拉栖身哪里。安东尼奥神父让克拉腊别找了，菲鲁拉不愿再见她。

## - 07 -

埃斯特万的事业越来越发达，经济危机对他也没有产生大影响。全国流行起了斑疹伤寒，埃斯特万想带全家人到农村去躲避瘟疫，克拉腊却忙着抢救穷人。埃斯特万把双胞胎男孩送进了英国维多利亚寄宿学校。海梅喜欢看马克思的著作，尼古拉斯却继承了舅爷喜欢冒险和妈妈占卜未知的特质。

只要回到三星庄园，布兰卡就会和佩德罗第三嬉戏在一起。他们渐渐长大、克服了家庭和阶级差异，疯狂地相爱了。

这天，正在吃晚饭的全家人都看见了菲鲁拉的影子飘进家来，她走到克拉腊跟前，亲吻了她的额头，随后就走了。克拉腊流着眼泪说菲鲁拉死了。由安东尼奥神父带路，在一个平民窟大杂院的龌龊小屋里，埃斯特万和克拉腊看到了菲鲁拉的遗体。菲鲁拉虽然打扮得像个奥地利女王，却被老鼠啃掉了脚趾头。克拉腊独自一人给菲鲁拉洗澡更衣换装，对她讲述着六年来家里的变化以及对她的深情怀念。

即便姐姐已经死去，埃斯特万还是在姐姐面前感到屈辱。他讨厌姐姐的牺牲精神、庄重的仪表、安贫乐道的品格和坚定不移的贞操。他觉得姐姐的品行不啻是对他自私自利、贪淫好色和权欲本性的无声指责。

## - 08 -

克拉腊预言了地震的发生，但没人听她的话。地震摧毁了富丽堂皇的三星庄园。亏得克拉腊的镇静坚定，劳工们在佩德罗第二的指挥下，挖出了压在瓦砾土坯下的埃斯特万。老佩德罗又把埃斯特万错位的骨头一一接好。地震过后，埃斯特万开始重建三星庄园。地震让克拉腊在短短的几小时内目睹了暴力、死亡和平庸的生活,她不得不关心起庄园里的日常生产等诸多现实问题来。佩德罗第二成了她最有力的助手和依靠。

拥有独立思想的佩德罗第三开始在庄园宣传社会主义思想,埃斯特万恶狠狠地赶走了他,但佩德罗第三还是会乔装来和布兰卡幽会。佩德罗第三向布兰卡讲述了国内国外的大事,特别是欧洲和北美的工团主义者和社会主义者在过去几十年中,通过流血牺牲换来的比较合理的法治共和国。自从佩德罗第三遭到当局迫害,他就变成了英雄,大家都愿意把他藏在家里过夜。

垂涎埃斯特万遗产的某个号称法国伯爵的混混,偶然发现佩德罗第三在与布兰卡幽会,他将约会的地点告发给了埃斯特万。埃斯特万找到了佩德罗第三,本想结果他的性命,犹豫之中,他的子弹走火,只是打掉了佩德罗第三的三根手指。

地震过后,三星庄园重新建成了模范庄园。克拉腊和埃斯特万的关系更淡漠了,布兰卡也不亲近父亲。埃斯特万觉得自己老了,他越来越渴望亲近克拉腊,渴望得到她的温存,他不明白她为何如此吸引自己。

双胞胎兄弟长大了,他们都长得高大英俊。海梅学了医学,接受了社会主义思想,过着苦行僧的生活,热衷帮助和救治穷苦人。尼古拉斯沉溺在各种玄学和东方神秘主义思想中,他创立了一种修行会,有了不少追随者。埃斯特万不喜欢两个儿子,他认为他们都没有继承他的精神衣钵,都不够强大。

布兰卡怀上了佩德罗第三的孩子。为了掩盖家丑,埃斯特万许诺给法国伯爵一笔钱,强迫他娶了布兰卡。婚后,夫妇俩移居北方。很快,布兰卡发现丈夫是个异装癖同性恋者,她逃回娘家,生下了女儿阿尔芭。

克拉腊对丈夫参选参议员很配合,但是她已经不再和他讲话。如同她预言的那样,他当上了共和党参议员。他变成了一个受人尊敬的富翁,却和过去一样孤单。两个儿子有意躲着他,他们之间的交谈每次总是以大吵大闹告终。

海梅和尼古拉斯志趣不同,却爱上了同一个姑娘,由此产生的嫌隙让他们越来越疏远。海梅庄重深沉,仁厚温情。尼古拉斯着迷于将东方神教玄学当成生意来经营。海梅只是疏远父亲，尼古拉斯却因开办自然神论者学院和父亲直接发生了巨大冲突。埃斯特万被尼古拉斯和他的信徒们装神弄鬼的胡搞气得差点一命呜呼。他硬是把尼古拉斯送到了美国。

## - 0.9 -

佩德罗第三以他的歌声来宣传左派思想，这使他成为了一位著名的歌手，布兰卡重又和他联系上了。经历了青春期的激情，他们的感情变得深沉而稳定。布兰卡还不时将阿尔芭带去看他。

埃斯特万现在和外孙女阿尔芭最为亲近，他把她带到庄园，希望她以后能接管庄园的事务。在三星庄园，阿尔芭受到了被埃斯特万强奸过的女人潘恰的孙子埃斯特万·加西亚的猥亵！加西亚知道自己的父亲是埃斯特万的私生子，他痛恨埃斯特万那一家人！

阿尔芭七岁那年，克拉腊死了。首都的大宅首先衰败了下去。埃斯特万参与政治越积极，他与左派的斗争就越激烈。三星庄园的共产党活动越来越有规模，埃斯特万已对付不了革命的燎原之势。

阿尔芭18岁了，她爱上了大学同学米格尔，米格尔是个坚定的革命者。与此同时，极力反对暴政、主张民主政治的海梅也因和社会党总统候选人多年的友谊而卷进了政治斗争。新的总统竞选成功后，推行了一系列民主改革制度，但遭到了以埃斯特万为代表的极右势力和军人集团对经济的大力破坏。军人们在国内外反动势力的支持下，发动政变，在全国抓捕革命者。克拉腊曾用来修行、早已封存不用的房间，先后被布兰卡和阿尔芭用来掩藏过佩德罗第三和米格尔。

总统和包括海梅在内的新政权的支持者们拼死抵抗政变军人，到底寡不敌众，他们失败了。总统死在血泊中。海梅被军人警察抓获后，受尽折磨，最后被枪毙了。这边厢，埃斯特万和他的同道们庆祝着总统垮台；那边厢，他还不知道自己的儿子已经不在人世。

总统去世后，军人阶层出现了，他们很快就位居要津。起初，埃斯特万赞成他那个阶级的人坚持的机会主义主张。几个月过后，所有人都看清了，军人夺取政权并非要把政府交给支持政变的右派政治家，而是要自己掌权。对政治失望、心生极度倦意的埃斯特万终于听从布兰卡的建议，他和通缉犯佩德罗第三握手言和。他设法把女儿和佩德罗第三偷运到了某北欧国家大使馆，布兰卡和佩德罗第三从那儿辗转到了加拿大。

## — 10 —

阿尔芭受情人米格尔影响，无论如何都不肯离开祖国。她偷偷将家里值钱的东西变卖了许多，支持米格尔他们打游击。终于有一天，军事警察来大宅抓走了阿尔芭，埃斯特万想以他参议员身份为孙女求情，那些人反倒当着他的面打了阿尔芭。前来抓捕和羞辱阿尔芭的人中，就有已经是上校军官的埃斯特万·加西亚。加西亚终于找到了疯狂报复埃斯特万这家人的机会！

阿尔芭在看守所遭到了轮奸、毒打等非人的折磨。当她想一死了之时，外祖母克拉腊的幻影出现了。克拉腊鼓励她勇敢地活下去，让她把自己的经历写下来，让人们知道在离他们的幸福天地不远处，还有人在暗无天日的地方苟延残喘或者径直死去。

就连埃斯特万的地位和处境也已经无力搭救外孙女了。了解上层社会游戏规则的米格尔找到埃斯特万，建议他去请妓女特兰希托帮忙搭救阿尔芭。特兰希托的妓院如今进化成了婚外野合的高档场所。特兰西托和许多上层人物的关系非同一般，她掌握着他们许多肮脏的秘密。特兰希托是个有恩必报的重义气姑娘，她毅然答应了埃斯特万的请求。几天后，阿尔芭回家了，祖孙俩抱头痛哭。

阿尔芭给外祖父和米格尔详细讲述了她在狱中的悲惨经历。埃斯特万鼓励她把家族的故事都写出来。已经九十高龄的埃斯特万记忆力惊人，他给阿尔芭讲述了很多过去的事情。埃斯特万认为他想说的话已经说完，他躺在克拉腊的那张床上，平静地离开了人世。

阿尔芭怀孕了。孩子有可能是米格尔的，也有可能是那些对她施暴的人留下的，但她认为孩子主要还是她自己的。看完了克拉腊的笔记，阿尔芭对许多仇恨的来源有了了解，知道了当下发生的事情的来龙去脉，她的仇恨烟消云散。她不想再报复谁，报复只能延续和循环这个难以挽回的结局。她和肚子里的孩子一起埋葬了外祖父，等待着米格尔归来。与此同时，她打算撰写家族的故事……

## - 11 -

《幽灵之家》将民族资本家埃斯特万·特鲁埃瓦家族作为描写轴心，通过三个家族四代人命运的沉浮，以磅礴之势叙写了智利各阶层人民在 20 世纪的生存情状以及国家的民主化进程。伊莎贝尔说它是"思念过去的产物，是流亡的产物，是失去国家、家庭、朋友和工作的产物，是失去我的土地的产物"，她站在现代人的角度，对祖国以及拉丁美洲的近代历史作了深沉的反思。

伊莎贝尔把这百年历史划分为早期、"幽灵时代""混乱时期"和"真理时刻"。开发金矿、振兴农村、政治启蒙、学生运动、总统大选、土地改革、右派倒算、经济危机、社会混乱、军事政变等社会历史变革中的重大事件，伊莎贝尔都没有漏过，她以浓烈的感性化书写，将祖国的过往梳理得清楚透彻。

英国著名作家毛姆曾经说过，如果一种写小说的方法能够诱发读者对人物的亲切感，并增加其真实性，这种方法无疑是很值得推荐的……《幽灵之家》最为成功之处就在人物形象的塑造。

小说中的每个人物都有一段细腻入微、出神入化的个性发展历史。从这个角度来审视《幽灵之家》的技法，伊莎贝尔延续的似乎是 19 世纪古典主义文学注重人物性格描写、以人物来推动情节发展的传统衣钵。不过，古典主义小说主要以线型螺旋式上升的叙述方式讲述故事，结构紧密、严丝合缝。《幽灵之家》的线索并不算规整，并未辅以大量心理铺垫。作家直接将人物性格概括揭示出来（间离效果），再以片段性事件（非线性叙事）、急速的行动（灵活多变的时空构架）、个性化的细节来佐证和强化这种性格，这就完全属于现代小说的特质了。

早在 19 世纪末 20 世纪初，陀思妥耶夫斯基在《卡拉马佐夫兄弟》中，就已经抛弃了对所谓故事性的追求，而把重点放在了对人物内心世界精神发展轨迹的探索上。《幽灵之家》集合了民间传说、说唱艺术、意识流、超现实、拼贴、内心独白、间离效果等文学技巧，伊莎贝尔把它们运用处理得自然、流畅和妥帖，很有美感。形式的创新增添了小说的文学性，同时完全撑开了小说的时空视域。用空间关系取代时间顺序是现代主义文学的一个关键技巧，伊莎贝尔的成功实践也可以检验这个理论。

《幽灵之家》斑驳混杂、虚实结合、深浅得宜的整体风格与个性凹凸有致的人物特别协调。伊莎贝尔对女性人物的塑造更是令人激赏，她赋予了她们超越于男性的理想化人格。妮维娅深具女权主义思想、菲鲁拉热衷慈善、克拉腊智慧善良、布兰卡纯情烂漫、阿曼黛前卫深刻、阿尔芭勇敢无畏……这些女性大异于传统女性，她们有些"怪癖"，偏好特立独行，都不是传统意义上的贤妻良母。她们具有男女平等思想、民主自由意识，不屈不挠地坚守自我，哪怕为此付出惨痛的代价也在所不惜……这些女性的命运走向，显露出一个世纪以来，这个国家最为坚实有力的进步。

## - 12 -

《幽灵之家》并不是女性主义小说，它的贯穿人物是男人，是浓缩了智利民族资产阶级成长历程的埃斯特万·特鲁埃瓦。这个人物以作家的外祖父为原型，她了解他，吃透了他。埃斯特万和《百年孤独》中的布恩迪亚上校一样，已经成为文学长廊中的经典人物。

埃斯特万这个人极为复杂。他的野性、热血、叛逆、暴烈以及生命力的强盛、意志力的顽强，均是人中少见。为了发财，娶上心爱的姑娘，他在蛮荒的矿山咬紧牙关开采金矿。除了吃苦耐劳的韧劲，他还有创造财富的敏感和智慧。他利用开矿赚的钱振兴了家里遗留下的破落农庄，将其发展成为富裕的模范农庄。即便地震摧毁了庄园大宅，他也还能雄心勃勃地加以重建。多年以后，凭借农场积累的财富，他又向贸易、股票、证券等现代金融业拓展，最终成为一个超级大富翁。

依托无尽的金钱开路,他寻求政治抱负,并当上了参议员,个人发展达到顶峰。

与此同时,埃斯特万的家庭生活却不算幸福。姐姐诅咒他,妻子和女儿日渐疏远他。两个儿子别说继承他的事业,其中一个还是他的政治死对头。私生孙子陷害他。他只和外孙女阿尔芭有温柔的舐犊之情。埃斯特万是家庭生活的失败者,这并非全然是他的错,他们那种人口众多的大家庭,在时代巨变带来的剧烈颠簸中,必然会出现"大限来时各自飞"的样貌。

埃斯特万作为极右翼资产阶级的代表,他凌驾于人民之上,主张以专制独裁的手段管理民众,他敌视民主进步的平权思想,以为金钱能给他摆平所有事。在广大人民的选择面前,他妄图以螳臂当车的精神推翻民主政府。为此,他不惜团结国内外反动势力,大搞经济破坏。尽管军事集团实现了他的想法,但他还未来得及庆贺胜利,就发现自己也成为了牺牲品。军事独裁者连他这种依靠个人奋斗而崛起的富裕阶层也要一概铲除。最后,风烛残年的他被迫接受国家政治制度倒退、家庭破碎瓦解和个人孤清苍凉的现实。

埃斯特万是 20 世纪早、中期的枭雄。他集贪欲好色、刚愎自用、专横暴戾、彪悍勤奋、果敢深情于一身。他既是荷尔蒙主宰的囚徒,又是浪漫主义的贤孙。他是暴徒,也是可悲的孤独者。他是个矛盾体,是社会巨变中的混合物。不得不承认,埃斯特万既是推动社会经济发展的干将,又是民主政治的障碍!

伊莎贝尔没有囿于对祖父的深厚感情而将埃斯特万作简单化处理。她站在历史和社会进步的高度来评判埃斯特万的局限性。同时,正因为伊莎贝尔对祖父饱含深情,埃斯特万的一举一动又特别有情趣,甚至很有些孩子气。不管是年轻时的英姿勃发,还是老去后的孤独疑虑,埃斯特万这个形象丰富有魅力,直叫人爱恨交织,过目难忘!

《幽灵之家》中虽说不少"幽灵"出没,却是一部想象力奇崛、浸透了理想主义者爱恨情仇的小说。写作这部小说时,伊莎贝尔仍在流亡,但小说中丝毫没有流亡者的阴郁和对个人境遇的怨怼,反倒充溢着爱的激情。

伊莎贝尔·阿连德对拉丁美洲那片红土地的爱,对祖国的爱,对真理的爱,对亲人的爱，对纯净心灵的爱，对梦幻者的爱，对诗意者的爱，对创造者的爱，对劳动者的爱……种种爱汇聚成精神的大河。河水奔流不止，生生不息，传达着作家积极乐观的信念：人类发展的大船免不了蹒跚趔趄，千疮百孔，但凭借生命与生俱来的坚忍，凭借祖先延续下来的精气神，终将到达彼岸……

每一个沉浸其中的读者，或许都会为这种强大的精神力量动容！